QUELQUE CHOSE DANS LA NUIT

DU MÊME AUTEUR

LA PROMESSE DU FEU, Albin Michel, 2009

Prix Sang d'encre des lecteurs 2010

NOCES DE GLACE, Albin Michel, 2006 – Le Livre de poche, 2010

porté à l'écran sous le titre Mémoire de glace

L'INHUMAINE NUIT DES NUITS, Albin Michel, 2004 – Le Livre de poche, 2006

Prix Polar derrière les murs 2005/2006

TROIS SOURIS AVEUGLES, Albin Michel, 2002 – Le Livre de poche, 2004

Prix Polar de Cognac 2003, porté à l'écran sous le titre Une souris verte

www.mikaelollivier.com

MIKAËL OLLIVIER

QUELQUE CHOSE DANS LA NUIT

roman

LEPASSAGE

Photographie de couverture : © Ulla Lohmann / Getty

www.lepassage-editions.fr

À mon frère

There's a code of silence and it can't go on.

Code Of Silence, Bruce Springsteen, Joe Grushecky

Rire lui coupe le souffle. Un point de côté s'empare de son flanc gauche. Elle y porte la main et appuie. Cela lui rappelle l'enfance. Elle rit encore, ne peut s'en empêcher. Elle a beaucoup trop bu.

Des cris devant. Elle distingue son prénom. D'autres voix derrière, qui claquent dans le noir, incompréhensibles, agressives, menaçantes. Elle court. Elle rit. Elle n'en peut plus. Les images de cette folle soirée se télescopent en elle. La foule, la pluie diluvienne, les éclairs qui déchirent la nuit, les bras levés en cadence. Elle est saoule. De fatigue, de musique, de rire et de bière. Elle lève les yeux sur la rue déserte. Les autres sont déjà loin devant. Elle rit encore. Plus nerveusement. Sa poitrine la brûle, ses jambes flageolent. Elle se retourne. Ils approchent. Leur course est sèche, ramassée, bustes droits et foulées serrées qui martèlent le macadam. Ils sont sept. Elle rit mais cette fois, une bouffée de peur s'en mêle et elle tousse, pas loin des larmes.

I

LE MAGIC TOUR

1

Something In The Night. Pourquoi cette chanson venait-elle de faire irruption en lui ? Ses premiers accords au piano puis la voix, sans parole, vocalises plaintives soutenues par la batterie qui roule et monte jusqu'aux cris… *Quelque chose dans la nuit.*

D'un mouvement de tête, le commissaire fit craquer ses cervicales. Ankylosé, il changea de position et le bruit du cuir du siège de la Peugeot banalisée troubla singulièrement le silence. Guillaume Le Guen détestait les planques. 3 h 17 du matin. Il se sentait épuisé. Il l'était. Le bénéfice de ses dix jours de vacances avait été anéanti en moins d'une semaine de boulot.

Hawaï, Hookipa Beach, avec son frère. La réalisation d'un rêve d'adolescent, à l'époque où la planche à voile était sa passion et qu'il avait juré à Damien, de huit ans son cadet, qu'il l'emmènerait un jour vers ce paradis des surfeurs. L'île avait été une terrible déception, mais pas la complicité avec Damien. Ils s'étaient retrouvés plus frères que depuis bien longtemps, que depuis qu'ils étaient adultes, en vérité.

Damien, une nuit qu'ils étaient assis sur la plage mythique, lui avait avoué qu'il lui manquait, que leur fraternité lui manquait. Ils ne s'étaient jamais perdus de vue, ils habitaient tous deux Montpellier, s'étaient toujours bien entendus mais chacun menait sa vie et, comme ils en avaient convenu lors de cette longue conversation à voix basse, le grondement sourd des vagues pour fond sonore, il n'y avait plus qu'à travers leur passion commune pour Bruce Springsteen qu'ils retrouvaient l'évidence de leur lien. Pendant un concert du chanteur américain, quand ils partaient ensemble à l'étranger pour suivre une tournée de leur idole, ils n'avaient plus d'âge, ils n'étaient plus flic ni gendarme, ils n'étaient plus que deux frères qui communiaient par une musique qui faisait partie de leur vie depuis vingt ans. Plus de vingt ans, même, pour Guillaume qui en avait 40. Déjà un an de plus que l'âge auquel leur père était mort.

« Je descends la rue Kingsley, avec l'idée d'aller prendre un verre. Je mets la radio à fond, comme ça je n'ai pas à penser. » Encore cette chanson de 1978, de l'album *Darkness On The Edge Of Town*, l'un de ses préférés. Pourquoi lui revenait-elle cette nuit ?

« Pied au plancher, à la recherche d'un moment où le monde semblerait parfait, je m'enfonce dans les entrailles de cette chose dans la nuit. » Voilà, c'était ça, ce « moment où le monde semblerait parfait ». Le ciel, en cette nuit d'été 2007, était limpide au-dessus de Montpellier, l'un de ces moments furtifs durant lesquels on avait l'intuition de la possible perfection du monde. Mais dans la chanson, cette sensation est troublée par *quelque chose dans la nuit*, à l'image de la vie entière du commissaire Le Guen qui était ternie par la fréquentation trop intime de la violence et de la folie des hommes.

Le lieutenant Kévin Bianchi revint à lui en sursautant. Il se leva, et alla se servir un nouveau café du Thermos. Il n'avait pas dû s'endormir plus de quelques secondes mais avait eu le temps de rêver. Le songe était confus, mais il lui en restait une sensation de douceur, et le souvenir de la présence de Rita, sa fillette... La réalité ne tarda pas à chasser ce doux écho, le remplaçant par une amertume qui ne le quittait plus depuis deux semaines, depuis qu'il avait surpris le capitaine Vienney en compagnie de Serge Califo. Quand il avait enfin osé aborder le sujet avec son supérieur deux jours plus tôt, Luc lui avait révélé, sous le sceau du secret, que le truand lui servait d'indic. Pourtant une nuance dans le comportement de l'officier, il ne savait pas vraiment quoi, lui soufflait que c'était faux. Aurait-il dû s'en ouvrir immédiatement au commissaire Le Guen ? Il lui avait écrit un mail, depuis son adresse personnelle, pour plus de confidentialité, mais n'avait pas osé l'envoyer. L'accusation était grave et depuis quelque temps Guillaume Le Guen n'était pas à prendre avec des pincettes.

Kévin termina son café, se disant qu'il devait chasser ces pensées, et se concentrer de nouveau sur l'affaire qui l'avait mené à cette planque nocturne.

Deux coups frappés à la porte. Le commissaire ? Bianchi perçut alors un mouvement à travers la fenêtre, tout en bas. Son pouls s'accéléra. Il lança aussitôt le caméscope, zooma, prit les jumelles. On frappa de nouveau au moment où le talkie crachota.

Trois silhouettes près d'un lampadaire, un éclat de voix. Guillaume Le Guen approcha une nouvelle fois son talkie de sa bouche. Pourquoi Bianchi ne répondait-il pas ? Les formes humaines s'évanouirent dans la nuit. Le sud de La Mosson était redevenu calme. Trop calme. Le policier sentait monter sa tension et regarda sa montre, incapable de distinguer les aiguilles phosphorescentes. Depuis quelque temps, ses problèmes de vision s'étaient aggravés. Là où avant il discernait la pénombre de l'obscurité étaient apparus des trous noirs. Il voyait ce qui était éclairé par les phares, les lampadaires, les torches mais au-delà, il n'y avait plus que les ténèbres. Il souffrait d'héméralopie, ce trouble de la vision nocturne et crépusculaire, par bonheur beaucoup plus léger que celui qui avait atteint son père. Soudain une puissante moto, tous feux éteints, s'arrêta près de nouvelles silhouettes surgies de nulle part. Il appela sur le talkie et n'obtint qu'un silence chargé d'électricité. L'angoisse s'empara de ses entrailles, réveillant son instinct de flic. Un autre moteur à l'approche, une camionnette. D'où il était installé, le lieutenant Kévin Bianchi devait être aux premières loges pour filmer la scène. Mais pourquoi restait-il silencieux sur les ondes ? Craignait-il de se faire repérer ? Se savait-il déjà localisé ? Le motard remit les gaz, une dizaine de personnes s'égaillèrent aussitôt et la camionnette repartit. Guillaume fit encore chou blanc avec son talkie. Quelque chose clochait, cette fois, il en était certain.

Comme toujours quand il partait en planque la nuit, il avait neutralisé les ampoules de l'habitacle et put ouvrir sa portière sans risquer d'attirer l'attention. La nuit était douce, sans doute délicieuse pour des milliers d'individus menant une vie normale. Pas pour un commissaire dans sa troisième nuit blanche consécutive. Guillaume se demanda s'il apprendrait un jour à déléguer, à faire confiance, à admettre aussi que son boulot n'était qu'un boulot, et qu'il n'était pas personnellement responsable de la gestion du bien et du mal dans la société française… Il avala sa salive et un foret acide lui creusa l'œsophage. Il fouilla la poche gauche de sa veste, y trouva une barrette de Maalox. Il soupira en croquant deux cachets. Quand allait-il enfin reprendre son physique en main ? Il avait encore grossi cet été et se sentait lourd, lent, plus vieux que son âge. Souvent, le matin, quand il se regardait dans le miroir de la salle de bain, il peinait à se reconnaître. Depuis peu, il avait perdu dans ses traits toutes traces de l'enfant qu'il avait été. Était-ce cela que l'on appelait la crise de la quarantaine ? Ses cheveux si bruns et frisés à l'adolescence étaient désormais plus sel que poivre et leur implantation reculait chaque année. Il n'était pas très grand, 1 mètre 75, et s'était toujours trouvé bas du cul. Il était plus vieux que son père ne l'avait jamais été.

Passant du halo d'un lampadaire à l'autre, il marchait avec précaution vers l'une des barres d'immeuble, prenant bien garde de ne pas buter sur un obstacle dans l'obscurité. Ça la foutait mal, pour un commissaire de police, cette presque cécité. Aucun de ses collègues ne s'en était jamais aperçu. Mais pour combien de temps ?

Si Bianchi s'était endormi, il allait avoir de ses nouvelles ! Cette pensée n'était qu'un leurre inefficace. Le jeune lieutenant avait toujours effectué un travail irréprochable. L'inquiétude du commissaire grandissait à chaque pas et il avait l'impression d'être observé par des dizaines de regards invisibles. Il s'engouffra dans le bâtiment le plus proche.

Le matériel d'écoute et de prise de vues avait été installé dans un studio du septième étage. Les deux premières nuits n'avaient rien donné, mais Guillaume savait être patient. Il travaillait depuis cinq mois au démantèlement d'un réseau d'ateliers clandestins et bientôt, la tête de la bande tomberait. C'était presque toujours le cas, les salauds finissaient par se faire prendre et une affaire en chassait une autre. Pas le temps de se réjouir, de se féliciter d'avoir bossé dur et bien. Guillaume tenta de se souvenir de son dernier moment de sérénité. En tout cas rien en rapport avec son travail. La fin de cette conversation avec Damien, sur la plage hawaïenne, quelques jours plus tôt ? Ou un concert de Springsteen ? Oui, celui du 27 mai 2005, au Royal Albert Hall de Londres pendant l'interprétation de *Matamoros Banks*, Guillaume s'était senti quitter son corps pour s'élever avec les intonations tragiques de la voix du chanteur. Il y avait aussi le jour où Mimi, sa fille, lui avait dit qu'elle souhaitait vivre chez lui plutôt que chez sa mère. Mimi, Émilie, qui allait bientôt avoir un enfant… Guillaume fit une pause sur le palier du quatrième étage pour reprendre son souffle, toujours pas en paix avec l'idée de devenir grand-père dans quelques semaines. Tout avait été si vite. Il lui semblait qu'hier encore, Mimi et ses deux jumeaux de frères, Nicolas et Mathieu, en barboteuse, couraient vers lui bras tendus d'une démarche approximative… Il se fit la réflexion que la sérénité n'existait pas, qu'elle n'était qu'un moment de faiblesse, d'oubli fugace et artificiel de ses culpabilités.

Il se remit en mouvement, ne lâchant pas la rampe dans la pénombre de la cage d'escalier. Enfin rendu au septième, il s'immobilisa. Pas un bruit. Il frappa. Rien, de l'autre côté de la porte. Il tourna la poignée. Le studio n'était pas verrouillé. Guillaume sortit aussitôt son arme de son holster, sa lampe torche de son étui. Son cœur déjà éprouvé par l'ascension des sept étages accéléra encore ses battements. Il ferma un instant les yeux et frissonna, traversé par la prémonition d'une catastrophe.

Il poussa le battant d'un mouvement sec. Devant lui l'étroit vestibule, sombre et nu. Le commissaire entra, semi-automatique au poing. Encore deux pas et il serait dans la salle de séjour transformée en poste d'observation. Encore deux pas et il saurait si la prémonition qui lui vrillait le ventre était fondée.

Il ressentit la douleur avant de comprendre ce qu'il voyait dans le faisceau de sa torche. Un direct à l'estomac. Le lieutenant Kévin Bianchi au sol, baignant dans son sang. Guillaume chercha en vain une pulsation cardiaque sur le cou de son collègue. Kévin était mort depuis peu ; sa peau était tiède et souple, le sang sur le lino encore rouge vif commençait à peine à s'oxyder. Le policier réfléchissait vite, malgré lui. La porte n'était pas verrouillée et n'avait pas été forcée. Kévin avait dû l'ouvrir lui-même. Pourquoi aurait-il commis une telle imprudence alors que ce logement était censé être inoccupé ? Parce qu'il connaissait celui ou celle qui avait frappé. Il n'y avait pas d'autre réponse.

Un bruit dans la cage d'escalier. Guillaume se redressa d'un bond. Des pas rapides. Le policier se précipita sur le palier, se pencha, dirigea vers le bas le puissant faisceau de sa lampe. Une main glissait deux étages plus bas sur la rampe. Une large main d'homme.

Tout en dévalant les marches, Guillaume revoyait la scène du studio : le caméscope au sol, le boîtier ouvert de l'appareil photo numérique équipé d'un téléobjectif… Les enregistrements avaient disparu, comme sans doute ceux des écoutes téléphoniques. Alors qu'il s'efforçait de descendre les marches deux à deux sans tomber, il se maudit une fois de plus de ne pas avoir repris le sport.

Quand il déboucha sur l'esplanade, une voiture démarrait. Il courut jusqu'à sa Peugeot, manqua de s'étendre de tout son long, retrouva son équilibre *in extremis* et, hors d'haleine, sauta derrière le volant. Faisant crisser ses pneus, il fixa précipitamment l'oreillette de son portable et appela le SRPJ pour donner l'alerte.

Le temps d'installer et d'allumer le gyrophare sur le tableau de bord et il crut avoir perdu le fuyard. Il finit par l'apercevoir qui s'engageait dans une contre-allée pour sortir du parking. Guillaume accéléra encore. Il gagnait du terrain. Le fugitif était seul à bord d'une Golf plutôt bleu nuit à la lumière orangée des réverbères. Elle déboucha sur un carrefour, grilla un feu rouge et vira à gauche en laissant de la gomme sur l'asphalte. Quand le policier franchit à son tour le carrefour, le feu était passé au vert. Son portable vibra. Il l'ignora, trop concentré sur sa conduite, bras tendus sur le volant, pied au plancher. Les rues étaient désertes et, voyant la Volkswagen emprunter brusquement une allée perpendiculaire, Guillaume coupa par une voie d'autobus.

Les deux voitures remontaient une longue ligne droite, moteurs rugissants. Le commissaire ne put empêcher l'image du cadavre de Kévin Bianchi de faire irruption dans son esprit. Il avait été tué à l'arme blanche, sans doute un coup de couteau dans le ventre ; Kévin et son assassin avaient dû se tenir face à face, très proches. Guillaume pensa aussitôt à Leïla, l'épouse du lieutenant, à leur petite fille de 5 ou 6 ans. Comment déjà ? Bon Dieu, le prénom de la petite lui échappait… L'autre tourna à droite. Guillaume monta aussitôt sur le trottoir pour virer au plus court. Il avait gagné quelques mètres quand il retrouva la surface plane de la chaussée.

Il expirait par la bouche pour compenser son excitation, la dompter et en exploiter les ressources. Son esprit en ébullition enregistrait une multitude d'informations simultanées. Il avait eu le temps de déchiffrer la plaque minéralogique de la Golf dans le pinceau de ses pleins phares et s'en répétait la combinaison pour la mémoriser. Si le fuyard avait poursuivi à pied, Guillaume aurait été foutu. En voiture, il se savait le plus fort. Il avait toujours aimé la conduite sportive et avait fait de nombreux stages sur circuit. Kévin était mort et il ne laisserait aucune chance à son assassin. Une rage froide monta en lui, tendant chaque muscle de son corps.

Encore un carrefour. Un feu rouge. Le policier entendit à peine le Klaxon de la voiture dont il venait de couper la trajectoire, focalisé sur celle qu'il suivait de plus en plus près. Il faisait corps avec sa voiture, son volant, et ne pensait plus qu'à sa cible et à l'instant présent. Le fuyard tourna à gauche. L'arrière de la Golf chassa et la Peugeot combla ce qui lui restait de retard. Guillaume rétrograda et écrasa la pédale d'accélérateur. Le compte-tours s'envola, le moteur hurla. Le choc contre l'arrière de la Golf fut brutal. Guillaume vit la surprise du fuyard qui ne put s'empêcher de se retourner. Plus tard, il se dirait qu'il l'avait reconnu à cet instant précis. Mais dans le feu de l'action, il ne pensa qu'à renforcer la pression. Il poussa une nouvelle fois la Golf qui fit une violente embardée, manquant de peu d'entrer en collision avec un camion de livraison dont le chauffeur hurla une salve d'injures que couvrit le bruit des moteurs. Profitant de cette confusion, la Golf reprit quelques mètres d'avance. Son portable vibra de nouveau. Cette fois il décrocha et tenta de donner des précisions sur sa position à ses collègues. Il eut à peine le temps de commencer à reprendre pied dans l'espace qu'il vit le fuyard tourner à 180 degrés, franchir une ligne blanche et s'engager sur une bretelle d'accès à une voie rapide. Guillaume jura, jeta portable et oreillette sur le siège avant droit et tourna à son tour. Ses pneus crissèrent, son arrière chassa mais il se rétablit aussitôt et s'engouffra sur la bretelle.

Il ne fut pas long à revenir dans les roues de la Golf. Une première voiture le frôla, son coup de Klaxon déjà loin derrière quand il arriva jusqu'à son cerveau. Le véhicule du fuyard fit un écart sur sa droite, celui du commissaire l'imitant aussitôt, la Golf et la Peugeot comme soudées par la vitesse, dans la même aspiration. Soudain un nouveau coup de Klaxon, un nouveau frôlement. La peur frappa Guillaume au ventre sans prévenir, sèche et terrible. Ils étaient à contresens. Ce malade avait pris la voie rapide à contresens ! Le policier manqua soudain d'air, il suffoquait. Encore le souffle d'une voiture croisée. Guillaume sentit la panique le gagner quand brusquement, le fuyard perdit le contrôle de sa Volkswagen.

Le monde s'inversa, le temps se décomposa. Guillaume n'entendit pas le fracas des tôles, le hurlement des freins. Il se sentit voler, puis tourner. Il se dit qu'il allait mourir. Le noir se referma sur lui.

Quand il rouvrit les yeux, il se demanda aussitôt pendant combien de temps il avait perdu connaissance. Il se sentait congestionné et avait chaud au visage. Son téléphone était à portée de main, désolidarisé du fil de l'oreillette, tournant sur lui-même près du gyrophare renversé dont la lumière bleue l'aveuglait par intermittence. Il n'eut qu'à tendre le bras pour le ramasser. Il prit conscience de l'incongruité de ce geste en même temps qu'il comprit que sa voiture reposait sur le toit. Il regarda au dehors et vit, à l'envers, le fuyard qui s'extirpait péniblement de sa Golf. Son absence n'avait donc été que de quelques secondes.

Guillaume se contorsionna, glissa son téléphone dans une poche de son jean et prit une profonde inspiration, le temps de recouvrer ses esprits. Il tendit le bras. La portière s'ouvrit avec un méchant grincement de tôle. Il lui sembla qu'il mettait un temps infini à s'extirper de la carcasse de sa Peugeot. Autant ensuite à se dresser sur ses jambes. Sa tête tournait, son corps était douloureux comme s'il avait été roué de coups et il cligna des yeux pour en chasser la sueur qui les piquait.

La N 109. Il était sur la N 109, au sud de Juvignac. La chaussée sentait le chaud et la gomme, l'essence et le caoutchouc brûlé. Par miracle, aucune autre voiture ne les avait percutés. Guillaume aperçut des véhicules arrêtés devant lui, les chauffeurs stupéfaits, debout près des portières ouvertes sous une lune montante aux trois quarts pleine. La Golf avait défoncé les barrières de sécurité, ses phares encore allumés découpant la silhouette de son chauffeur qui s'éloignait dans l'herbe en boitant. Guillaume se lança à sa poursuite. Ses premiers pas furent chancelants mais il parvint à se mettre à courir. L'autre se retourna un instant et le commissaire eut la sensation que cette lourde silhouette éclairée par la lumière orangée des lampadaires ne lui était pas étrangère.

Il traversa quelques bosquets, une pente légère qui descendait jusqu'aux premières maisons. Le fuyard buta et tomba de tout son long. Quand il se releva, il tenait un revolver à la main.

Un instant, Guillaume douta de ce qu'il voyait, de qui il voyait.

– Bouge pas ! lui ordonna l'autre d'une voix essoufflée.

Guillaume sortit son Sig Sauer.

– Luc ?

– Jette ton arme !

– Luc ! Pourquoi, Luc ?

Guillaume connaissait la réponse. Il connaissait le capitaine Luc Vienney depuis plus de quinze ans. Un bon flic, l'un des meilleurs, un exemple pour lui à ses débuts. Il connaissait sa femme, Annie, Maxime, leur fils handicapé qui devait avoir maintenant une trentaine d'années. Il savait leurs inextricables difficultés financières.

– Luc, il n'est pas trop tard.

– *Jette ton arme, putain !* cria Vienney d'une voix dans laquelle Guillaume perçut l'affleurement d'un sanglot.

Le commissaire tendit le bras, mit son collègue en joue. Moins de trois mètres séparaient les deux hommes. Une profonde tristesse s'empara de Guillaume, le sentiment d'un gâchis irréversible. Un policier était mort ce soir, tué par un autre qu'il tenait dans la visée de son pistolet.

– Luc. Ne m'oblige pas…

L'autre tremblait maintenant. Guillaume savait qu'il allait craquer.

– Au nom de notre amitié, Luc… De ton passé. Tu es un bon flic, tu…

Guillaume n'eut que le temps de crier. Luc Vienney venait de retourner son arme contre lui et de planter son canon entre ses dents. La détonation déchira la nuit. Guillaume vit la gerbe de sang jaillir du crâne vers la lune, le corps rester un bref instant debout, en suspens, puis s'abattre dans l'herbe sèche.

Le commissaire tomba à genoux. En quelques minutes, il avait perdu deux collègues, deux amis. Il sentit son estomac se retourner et se mit à vomir.

Des sirènes de police s'approchaient. Dans le chaos de ses pensées, Guillaume retrouva le prénom de la fillette de Kévin Bianchi : Rita, la petite Rita.

Il ne sentit pas son portable vibrer dans sa poche pour signaler l'arrivée d'un SMS dont il ne prendrait connaissance que le lendemain :

> Ça y est, frérot, le barrage a cédé ! Magic est téléchargeable sur le Net. Je t'ai envoyé le lien par mail. Comme d'hab, on essaye de faire la première écoute ensemble ?

2

Isabelle sentit naître l'annonce du plaisir. Tout au fond d'elle, lueur fragile encore, frémissante, hésitante telle la flamme s'accrochant à la mèche blanche et roide d'une bougie neuve. Elle ferma les yeux, expira avec la bouche. Grégory râla, se redressa en s'appuyant sur ses mains, remonta d'une bourrade vers la tête du lit qui cogna contre le mur. Son sexe buta au fond du sien. Isabelle, de surprise, poussa un gémissement aigu. Grégory accéléra son va-et-vient. Il devint plus brutal qu'il ne l'avait jamais été. Elle aima cela et voulut y voir le renouveau de leur passion. Elle s'ordonna de ne pas réfléchir de peur de faire fuir le plaisir. Le lit cognait maintenant contre le mur à chaque assaut de Grégory qui grognait avec régularité. Isabelle ne put s'empêcher de penser aux chambres voisines. Ils se retrouvaient depuis plus de quatre ans au Printania, vieil et charmant hôtel plein de couloirs et d'escaliers aux parquets grinçants. « Leur » chambre donnait sur la mer, vue plongeante sur le Bec de la Vallée et le port de plaisance de Dinard. Au début de leur liaison, Grégory, elle le savait, était heureux du vacarme qu'ils faisaient en s'aimant, des cris de jouissance d'Isabelle, des coups sonores du lit contre le mur. Quand ils redescendaient l'escalier, croisaient d'autres clients de l'établissement ou la patronne à l'accueil, elle pouvait lire de la fierté dans son regard, voire une pointe d'arrogance. Puis, sans bien qu'elle se souvienne comment ni quand, la gêne s'était immiscée, le souci de la discrétion qu'elle aurait dû interpréter comme un premier signe de désamour ou tout du moins de l'effritement de la passion. Au début de cette nouvelle étape de leur relation, ils avaient dû faire attention pour ne pas être trop bruyants. Grégory donnait à Isabelle sa main à mordre, ou elle étouffait ses cris dans un oreiller; ils changeaient de position si le lit grinçait trop. Puis ils avaient de moins en moins eu besoin de se contenir, le tapage quittant naturellement leurs ébats... Cet après-midi, Isabelle avait la sensation d'avoir remonté le temps. La flamme en elle devenait boule de feu. Elle respirait par saccades. Elle allait jouir. Mon Dieu, elle allait jouir. Elle remonta ses jambes, emprisonna les reins de son amant entre ses mollets et jeta ses hanches à la rencontre de celles de cet homme qu'elle aimait. Elle sentit les larmes monter.

Il lui avait plu au premier regard. Ils avaient pris rendez-vous pour un lundi matin, à la concession de la zone d'activité de Saint-Malo. C'était début août 2002. Ils voulaient essayer un coupé 406. Il lui avait dit que sa femme possédait une 607 et qu'il souhaitait pour lui quelque chose de plus... « Sportif? » avait-elle proposé. De moins... « Cossu? » avait-elle avancé en pensant « bourgeois » sans oser le dire. Il ne pouvait pas mieux tomber. Elle adorait le coupé 406 qu'elle tenait pour la plus belle des Peugeot toutes époques confondues, dessinée par Pininfarina. Elle en possédait une elle-même, celle qu'elle allait lui proposer d'essayer faute d'un autre modèle à la concession. La veille, elle avait donc lavé sa voiture, intérieur et extérieur, et avait vidé le coffre. Son portable avait vibré alors qu'elle passait l'aspirateur sur la banquette arrière. C'était Brice, son fils, qui appelait pour la rassurer : il était bien arrivé chez son père où il allait passer le mois d'août. Leur premier été à mi-temps. Le divorce n'était pas encore prononcé mais déjà, Isabelle avait appris que la vie de mère divorcée était pleine de petits deuils : la chambre du fils vide un week-end sur deux, l'absence de Brice le jour de son anniversaire une année sur deux, le linge qui sèche sur le fil et que l'on range la gorge serrée... Grégory était arrivé à l'heure et Isabelle, qui s'était pourtant juré qu'elle en avait fini avec les hommes, était aussitôt tombée sous le charme. Il avait quelques années de plus qu'elle sans doute, quelque chose comme 40, 41 ans. Il était grand, ce qu'elle appréciait chez un homme étant donné qu'elle-même était d'une taille bien supérieure à la moyenne des femmes. Pas vraiment mince, mais pas gros non plus. Sa peau était très blanche et semblait douce, presque enfantine, il portait ses cheveux blonds un peu longs, ondulés, et ses yeux étaient d'un bleu tirant sur le violet. Elle s'était fait la réflexion qu'il était charmant, son physique dégageant un mélange de force et de douceur. Il affichait une élégance décontractée à laquelle elle n'était pas habituée. Du lin l'été, du velours l'hiver (elle le découvrirait plus tard, comme la boutique parisienne du tailleur Irlandais où il s'habillait exclusivement, près du jardin du Luxembourg), et il portait toujours des chaussures anglaises somptueuses, impeccablement cirées. Elle avait pensé qu'il devait être architecte, ou artiste. Elle ne connaissait aucun architecte, aucun artiste. Elle avait 37 ans à l'époque, commerciale chez Peugeot, efficace dans son métier. Elle vivait à Dinan, où elle était née de parents fleuristes et travaillait sur deux départements, Ille-et-Vilaine et Côtes-d'Armor. Brice, son fils unique, venait d'obtenir de très bonnes notes à son bac français malgré les remous engendrés par la séparation de ses parents sept mois plus tôt. Isabelle s'extirpait à peine de plusieurs semaines de dépression. Elle avait senti venir le renouveau le matin même, en choisissant dans sa penderie une petite robe d'été à bretelles, très courte, trop légère pour aller au boulot (mais l'on pouvait se permettre ce type de fantaisie au mois d'août quand on travaillait en bord de mer). Elle n'en avait pas moins tiré sur le bas de sa robe quand elle s'était levée pour serrer la main de ce Grégory Morinet qui venait de Cancale. Elle s'était toujours trouvée trop grande, trop maigre, trop brune, brusque dans ses gestes et parlant trop fort, sa voix trop grave. Toujours trop quelque chose. Son lot de complexes lui était revenu en une bouffée. C'était bon signe. Elle voulait plaire, donc elle allait mieux. Quand Isabelle se remémorait cette rencontre, elle s'y voyait épouvantablement maladroite, secouant la main de Grégory plutôt que de la serrer, parlant vite, le brusquant. Elle avait pris les clés de sa 607 en caution et lui avait donné celles de son coupé. Il était revenu une dizaine de minutes plus tard, le visage trahissant sa satisfaction. Isabelle avait aussitôt eu la certitude que la vente était faite. Mais ce n'était pas de voiture dont il s'était mis à parler.

– Je… Je me suis permis d'ouvrir la boîte à gants, avait dit Grégory, pour voir sa taille et… j'y ai trouvé des CD…

Isabelle s'était sentie rougir. La consigne, lorsque l'on faisait essayer un véhicule déjà en circulation, était de le vider de tout objet personnel pour que l'acheteur potentiel puisse se l'approprier totalement durant son essai. Mais Grégory avait poursuivi :

– Ce sont vos disques ?

– Heu… Oui.

– Il n'y a que du Springsteen.

– J'aime beaucoup.

– Moi aussi. J'ai vu que vous aviez le dernier album. Qu'est-ce que vous en pensez ?

Isabelle ne se souvenait plus de ce qu'elle avait répondu, ni de ce qu'à l'époque, elle pensait de *The Rising*, sorti seulement quelques jours plus tôt. C'était ensuite devenu l'un de ses albums préférés, parce que lié à la naissance de son amour pour Grégory. Ils étaient restés ainsi une vingtaine de minutes, à parler de Springsteen, à échanger leurs goûts, à se découvrir des bouts de passé commun puisqu'ils avaient vu les mêmes concerts depuis la tournée *Born In The USA*, en 1985. Isabelle avait assisté à presque tous les shows français depuis cette époque, Grégory, lui, en avait vu beaucoup plus puisque depuis 1988, il suivait aussi les tournées du chanteur à l'étranger.

– On aurait pu se rencontrer avant ! avait-elle dit en se trouvant aussitôt idiote.

Puis il y avait eu un blanc, rompu par Grégory qui avait déclaré : « Je la prends. »

– Quoi ? Vous prenez quoi ?

– La voiture !

Isabelle avait de nouveau rougi et il lui avait souri. Il payait cash, prenait toutes les options, se moquait de la couleur, lui avait demandé de choisir pour lui, ce qui avait fait naître une trouble sensation de désir dans le bas de son dos.

– Vous serez à Bercy, cet automne, j'imagine, lui avait-il déclaré au moment de quitter la concession. Il faudra qu'on s'y voie…

Le jour de l'achat définitif de la voiture, elle avait appris qu'il était écrivain et s'était ensuite procuré le premier de ses romans, qu'elle avait aimé bien qu'elle soit adepte de polars plutôt que de littérature intimiste. Mais il y avait une vérité dans ce texte qui l'avait touchée, un sens du détail du quotidien des personnages, de leur vie. Elle avait eu la sensation que le roman avait une part d'autobiographie et cela l'avait troublée. Elle n'avait pas osé l'appeler ni lui écrire pour lui faire part de son enthousiasme. Ni quand elle avait pris son billet pour le concert du 14 octobre au Palais omnisports de Bercy. C'était lui qui avait téléphoné, fin septembre, et elle avait aussitôt reconnu sa voix. Elle avait une place en tribune, lui dans la fosse. Ils avaient bu un verre en face de la salle après le concert, et elle avait fait la connaissance d'une dizaine de fans français. Il y avait un flic de Montpellier complexé par son surpoids, son frère, un gendarme sympathique et assez beau garçon, une mère au foyer un brin hystérique, un commerçant du Sentier – petit brun trapu dont elle n'avait pas aimé le regard – et sa petite amie de vingt ans de moins que lui à la poitrine spectaculaire, un huissier de justice terne et peu bavard, un prof de philo volubile… Elle avait été estomaquée d'apprendre que Grégory, avec quelques-uns d'entre eux, prenait la route dès le lendemain pour assister aux prochains concerts de Springsteen à Barcelone, puis Bologne et Berlin. Le show allemand tombait un week-end et Grégory lui avait proposé de les y rejoindre. Elle n'avait pas de place pour le concert mais Armand Matignon, le professeur de philo, avait déclaré que ça ne posait pas de problème, qu'il lui en trouverait une. Pour l'hôtel aussi, ils s'arrangeraient. Elle n'avait qu'à prendre un billet d'avion pour l'aller et rentrerait avec eux en voiture ; il restait une place dans l'Espace qu'ils avaient louée. La proposition était très excitante, mais Isabelle avait eu l'impression de ne pas avoir le droit de l'accepter. Un aller-retour à Berlin, impromptu, pour assister à un concert. Ou pour revoir un homme qui lui plaisait ? Elle avait dit que c'était impossible mais le lendemain matin, dans le TGV qui la ramenait vers la Bretagne, elle s'était sentie seule et idiote. Qu'est-ce qui l'empêchait, à 35 ans passés, de s'offrir cette folie ? Son mari l'avait plaquée pour la nièce de sa meilleure amie, son fils était bien assez grand pour rester deux jours seul, l'année, catastrophique sur le plan personnel, était excellente professionnellement et elle dépasserait sans peine ses objectifs, sans compter qu'il lui restait des RTT à prendre et que le concert ayant lieu un week-end, elle ne manquerait qu'une journée de travail…

Berlin avait été un enchantement. La ville comme un vaste chantier, imprégnée d'une atmosphère d'exaltation futuriste, d'optimisme et de possibles illimités. Le concert avait lieu dans un vélodrome, lieu étrange pour écouter de la musique, la piste circulaire séparant la foule en deux, la fosse des tribunes. Ils étaient assis un peu loin, face à la scène. Isabelle était à côté de Grégory et d'Armand qui, curieusement, était resté sur son siège tout le concert alors que Springsteen et son E Street Band avaient enflammé en quelques accords le public allemand. Isabelle avait ressenti un plaisir particulier à voir un deuxième concert de la même tournée. Elle n'avait encore jamais fait cela et s'était aussitôt vue pénétrer dans une nouvelle catégorie du public : les initiés. La sensation était grisante de faire partie de ceux qui en savaient plus que les autres, qui pouvaient prévoir ce que le chanteur et son groupe allaient faire, qui étaient capables de dire que telle chanson avait été mieux jouée que deux jours plus tôt en Italie, que Bruce était plus en forme qu'au début de la semaine à Paris, et qui se réjouissaient d'entendre une « tour première », comme on appelait les titres interprétés pour la première fois dans une tournée. Tout cela créait une manière de familiarité avec l'artiste.

La bande s'était ensuite retrouvée au bar de l'hôtel et avait échangé ses impressions. Tout le monde était emballé, sauf Armand qui avait trouvé le concert moyen et attendu.

– Tu vois trop de shows, Armand, avait commenté Grégory. Si tu ne peux plus apprécier un concert comme celui de ce soir, c'est que tu en vois trop…

L'autre n'avait pas nié, il semblait même plutôt d'accord, et Isabelle s'était demandé comment l'on pouvait assister à trop de concerts de Bruce Springsteen, elle qui était tout juste en train de découvrir le plaisir d'en voir plusieurs d'affilée.

Grégory et elle avaient fait l'amour toute la nuit, et avaient dormi à l'arrière de l'Espace une bonne partie de l'interminable voyage jusqu'à Paris le lendemain. Seuls, ils avaient pris ensuite le TGV jusqu'à Rennes, et n'avaient cessé de parler pour se découvrir l'un l'autre. Grégory avait été très clair : il était marié et n'avait aucune intention de quitter son épouse.

Il en était de même cinq ans plus tard, à la différence que cela ne convenait plus à Isabelle qui, à 42 ans, Brice parti faire ses études à Paris, n'en pouvait plus de vivre seule, avait envie de changer de vie, de déménager, d'avoir un homme à la maison et pourquoi pas un enfant de lui.

Cette fois, plus rien ne pourrait l'empêcher d'avoir un orgasme. Cela ne lui était pas arrivé depuis de longs mois, depuis qu'elle sentait Grégory s'éloigner d'elle, depuis qu'elle le voulait pour elle seule et qu'elle avait peur de le perdre. Elle s'était dit le matin en se préparant à le retrouver à Dinard, leur ville d'amour comme elle l'appelait en pensée, qu'il fallait qu'il se passe quelque chose, qu'après les presque deux mois de silence qui avaient suivi l'incident du mois de juin, elle devait lui parler. Et voilà que les corps parlaient pour elle, que la passion renaissait d'elle-même, que leur amour reprenait le dessus. Grégory allait bientôt jouir lui aussi. Ils le feraient ensemble. C'était si bon que c'en était douloureux. Isabelle tendit ses jambes, plantes des pieds arquées nerveusement, orteils recroquevillés, et fut prise de tremblements. Elle s'arc-bouta et cria, stupéfaite par la violence de la vague qui montait en elle. Grégory avait les mâchoires serrées, une épaisse goutte de sueur tomba de son front sur celui d'Isabelle. Le lit gémissait, cognait, menaçait de rompre. Isabelle perdait la tête, son cri s'était mué en une note aiguë et continue et, un instant, elle eut peur de la force de son plaisir. Puis Grégory fut à son tour pris de spasmes. Isabelle sentit son sperme en elle. Elle était proche de l'évanouissement, n'avait plus de voix, et les yeux hagards. Pourtant, dans un repli lointain de son cerveau chamboulé, elle se demanda si, outre la cocaïne, l'intensité nouvelle de son plaisir n'aurait pas un lien avec le fait qu'elle ait arrêté de prendre la pilule depuis plusieurs semaines.

Grégory ne cessait de se répéter qu'il n'aurait jamais dû accepter ce nouveau rendez-vous. Ils ne s'étaient pas revus depuis leur dispute de juin dernier. Il n'avait plus donné de nouvelles, comme il se l'était promis, et c'était Isabelle qui l'avait recontacté, prenant pour prétexte l'actualité soudain effervescente du monde springsteenien : dates de la nouvelle tournée, sortie du nouvel album, premier single écoutable sur le Net… Il avait accepté de la revoir pour lui parler, il voulait rompre « officiellement », mais pas à Dinard, pas au Printania ! Dinard, la ville de leurs amours clandestines, décor idéal pour une romance qui n'aurait jamais dû avoir lieu. Cela avait été sa première erreur : voir Isabelle en dehors des tournées de Springsteen, des hôtels des villes où ils allaient assister, aux quatre coins de l'Europe, aux concerts de leur idole. Se voir « dans la vie civile », serait-il presque tenté de dire, en tout cas la vie normale, près de chez eux, en Bretagne, à mi-chemin de leurs villes respectives, était revenu ni plus ni moins à l'instauration d'une double vie. Et leur liaison, suffisamment extraordinaire pour ne pas être considérée comme telle tant qu'elle était liée à Springsteen, s'était transformée en un banal adultère. Et puis non, se dit Grégory qui, dans un mouvement d'humeur, remonta d'un coup vers le haut du lit dont le montant cogna contre le mur, c'était sa deuxième erreur, la première avait été d'appeler Isabelle pour le concert du *Rising Tour* à Bercy. Pourquoi lui avait-il téléphoné ce jour-là, après l'achat de la voiture ? Cherchait-il inconsciemment une liaison ? Il n'avait jamais trompé Soazig en dix-neuf ans. Il l'aimait, il l'admirait même. Il adorait leurs quatre superbes filles. Il était amoureux de sa famille. Alors quoi ? La crise de la quarantaine ? Un jeu ? Un marivaudage qui aurait dû rester sans conséquence mais qui l'avait en vérité entraîné dans une liaison qui durait depuis presque cinq années.

Isabelle gémit d'une voix aiguë qui l'irrita. Elle n'avait jamais été si nerveuse au lit, jamais si fébrile. Il la pilonna rageusement, furieux contre lui-même, se sentant incapable de jouir, condamné à un accouplement interminable qui ne faisait qu'aggraver son humeur. Comment avait-il pu en arriver là ? Sur la route, entre Cancale et Dinard, il avait trouvé les mots, les formules habiles, sans ambiguïté mais sans méchanceté, de leur rupture. Et voilà qu'il se retrouvait à s'escrimer sans plaisir entre les jambes d'une Isabelle qu'il sentait prête à jouir, chose qui ne lui était plus arrivée depuis des mois. Grégory se souvint d'une phrase qu'aimait à dire sa grand-mère quand la vie lui jouait un mauvais tour : « Le Bon Dieu doit avoir le sens de l'humour… » Il avait su que ce rendez-vous allait tourner à la catastrophe dès qu'Isabelle avait ouvert la porte de « leur » chambre. Quelque chose avait changé dans son regard, une flamme y était née, une fièvre. Elle portait sa combinaison noire, la même, courte et légère, qu'à Berlin, la première nuit où ils s'étaient aimés. Isabelle était très grande, presque autant que lui. Très mince aussi, presque maigre, un peu osseuse, avec des jambes interminables, et cette combinaison pourtant assez sage la vêtait si peu qu'elle en était indécente et avait toujours eu un effet immédiat sur Grégory. Isabelle avait une apparence terriblement sexuée, d'autant plus que c'était involontaire, comme lors de leur rencontre à la concession Peugeot de Saint-Malo. Il avait été surpris de la voir dans une robe de plage, plus nue que vêtue, en fait, ses longues jambes très bronzées, ses bras entièrement découverts, ses pieds aux ongles pourpres dans des sandales tressées à talons. Elle s'était levée pour lui serrer la main, tirant en vain sur le bas de sa robe, puis marchant avec un fort déhanchement, pubis en avant. Mais rien de tout cela n'était calculé. Isabelle, bien qu'objectivement moyennement jolie, était terriblement sexy sans le savoir. Elle était involontairement provocante. Sauf aujourd'hui. Elle n'avait pas mis par hasard sa combinaison noire pour l'accueillir. C'était un piège, dans lequel il était tombé avec une facilité qui aiguisa sa colère. Il accéléra encore la cadence, ayant conscience qu'il devenait violent. Voulait-il lui faire mal ? Lui faire payer ses propres erreurs ? Il voulait surtout en finir, et jouir une fois pour toutes.

Il repensa à leur dispute du mois de juin. Sa colère, après coup, lui avait fait penser à celle de parents terrifiés disputant un enfant ayant un instant échappé à leur surveillance et se retrouvant sur la chaussée. C'était exactement ce qu'il avait ressenti quand Isabelle s'était plantée devant lui dans la librairie et lui avait tendu d'une main tremblante son dernier roman pour qu'il le dédicace.

– Je l'ai déjà lu, mais c'est pour offrir à une amie.

Soazig était présente, bien sûr, puisque c'était elle qui avait organisé la soirée, puisque c'était elle qui finançait les publications de son mari à qui les éditeurs nationaux avaient tourné le dos.

Soazig, de sept ans l'aînée de son époux, était une personnalité en Ille-et-Vilaine, l'une des grosses fortunes du département, très impliquée dans la politique locale, très engagée dans la protection du littoral et l'écologie en général. On lui prédisait même un avenir politique possible au niveau national, mais elle était bien trop intelligente pour se laisser tenter par ces dangereuses sirènes. Elle savait exactement comment doser son ambition pour ne pas gâcher la jolie vie qu'elle s'était bâtie, son métier qui la passionnait, sa magnifique malouinière du XVIIIe siècle, sa famille que tout le monde donnait en exemple. Elle aimait Grégory et admirait sincèrement ses romans. Elle croyait en lui, plus que lui-même.

Grégory savait qu'il avait un petit talent, que ses écrits valaient bien de nombreux autres publiés par des maisons prestigieuses et qui se vendaient bien. Il s'estimait un auteur assez bon, mais pas plus. Comme en tout. Il n'était mauvais en rien, mais jamais très bon non plus, et cela depuis toujours. En dessin à l'école, au trampoline (il sautait haut, faisait quelques figures – vrilles, enchaînement de rebonds sur les fesses, sur les genoux, à plat ventre ou dos, mais pas de sauts périlleux), en natation où il maîtrisait la brasse, le crawl, mais pas la brasse papillon. Au tennis, à l'adolescence, où il s'était montré doué, avec des facilités, mais pas assez accrocheur. Il avait fini 4/6, de quoi briller l'été lors des tournois organisés par les stations balnéaires mais pas assez pour devenir l'un des jeunes espoirs d'un club qui décrochaient un contrat avec un équipementier à la mode, plaisaient aux filles en jupettes blanches et parvenaient un jour au premier tour des qualifications de Roland-Garros. *Idem* en planche à voile : il avait fini par maîtriser le *waterstart* mais n'avait jamais réussi à effectuer d'élégants *jibes* serrés entre deux vagues. Il avait toujours envié ces gamins qui avaient la niaque, qui s'obstinaient et devenaient des virtuoses du cerf-volant ou du roller… Lui touchait à tout non sans adresse mais ne se passionnait pas assez longtemps pour devenir vraiment bon. En fait, il ne croyait jamais assez aux choses qu'il entreprenait. Il était bien trop lucide. Il fallait sans doute être un peu crétin pour devenir excellent en quoi que ce soit. Ses deux premiers romans avaient été publiés par les éditions Grasset mais s'étaient peu vendus. Il avait eu quelques articles élogieux dans lesquels était louée son écriture à « l'élégante nonchalance », on avait comparé (abusivement à son avis), son deuxième ouvrage à *Gatsby le Magnifique*, il avait eu droit à un paragraphe dans *Le Monde*, à une demi-page avec photo dans *Ouest-France*, puis s'était vu refuser son troisième roman qu'il tenait pourtant pour son meilleur. Par Grasset d'abord, son éditrice habituelle ayant quitté la maison du jour au lendemain, puis par toutes les maisons prestigieuses de la place de Paris. Les petits éditeurs de la capitale, puis de province n'avaient pas montré plus d'enthousiasme ensuite. Il n'en avait pas fait un drame. Après tout, s'occuper des filles le rendait heureux, et il adorait jardiner. Mais Soazig, elle, n'avait pas baissé les bras. Elle avait monté Les Éditions de la Houle, dont Grégory était le directeur éditorial, se publiant lui-même ainsi qu'une dizaine d'auteurs régionaux pas trop mauvais. Il écrivait aussi de temps en temps des papiers dans *Ouest-France* et tenait une chronique littéraire mensuelle dans *Le Pays malouin*. Les livres étaient très bien distribués dans le département et dans presque toute la Bretagne, dans les librairies classiques ainsi que dans les grandes surfaces, et se vendaient également sur le site Internet de la maison d'édition que gérait Maëllys, leur aînée. À chaque sortie de l'un de ses romans, Soazig organisait des séances de dédicaces avec cocktail dans les librairies de la région.

En résumé, elle était le mécène de son mari qui, bien que tout à fait lucide sur le tour qu'avait pris sa carrière littéraire, avait la sagesse de s'en contenter.

– Tu sais, avait poursuivi Isabelle lors de la séance de dédicaces, c'est pour Marion, ma collègue…

Elle clignait des yeux, de la sueur perlait à son front. Grégory, stupéfait, avait eu le temps de noter ces détails qui lui étaient revenus plus tard. Il avait aussitôt senti Soazig se rapprocher. Isabelle l'avait tutoyé, il était hors de question de faire celui qui ne la connaissait pas. Et cette robe fendue sur la cuisse…

Se sentant rosir, Grégory s'était forcé à sourire, à se lever pour faire la bise à Isabelle et s'était tourné vers son épouse pour faire les présentations d'une voix au naturel qui sentait le formol :

– Soazig, je te présente Isabelle. Isabelle, Soazig, mon épouse. Puis aussitôt : Isabelle travaille chez Peugeot, c'est elle qui m'a vendu mon coupé il y a…

– Cinq ans, avait précisé Soazig.

– Cinq ans, déjà ! s'était empêtré Grégory, cherchant comment justifier qu'il fasse la bise à une commerciale de chez Peugeot à qui il avait eu affaire cinq ans plus tôt.

Ce fut Isabelle qui poursuivit :

– Il se trouve que je suis également une grande fan de Bruce Springsteen, et…

– Oui, c'est dingue, hein ? l'avait interrompue Grégory, redoutant chaque mot que pourrait prononcer Isabelle.

– On s'est revus à des concerts depuis, avait-elle tout de même ajouté.

– Le monde est petit ! avait conclu Grégory, le regrettant aussitôt.

Soazig s'était contentée de sourire en serrant la main d'Isabelle, pas dupe un seul instant, Grégory en était certain. Comment pourrait-elle ne pas trouver étrange qu'il n'ait jamais évoqué cette coïncidence : la femme qui lui avait vendu sa voiture avait la même passion que lui ! Logiquement, il aurait dû lui en parler, ils se seraient étonnés de ce hasard et ils auraient même invité Isabelle à dîner à Cancale ! Une femme qu'il avait vue ensuite à plusieurs concerts en France ou ailleurs et qui habitait Dinan ! Soazig, sans pour autant les fréquenter, connaissait les amis de tournée de Grégory, au moins de nom. Alors pourquoi pas cette Isabelle aux longues jambes dont la présence semblait tant désarçonner son époux ?

Grégory avait dédicacé le livre, Isabelle était restée pour le cocktail, il l'avait vue se lancer dans une discussion passionnée avec Soazig alors qu'il était bloqué à sa table par d'autres lecteurs. Il avait détesté voir les deux femmes réunies, bien sûr parce qu'il avait le ventre vrillé par la peur, mais surtout parce que ce tableau lui jetait à la face toute la culpabilité qu'il peinait déjà à étouffer. Soazig était l'opposée d'Isabelle, petite, les cheveux clairs, les yeux verts, tout en réserve, parlant peu et à voix presque toujours basse, semblant se mouvoir sans déplacer d'air, passant inaperçue tout d'abord mais s'imposant par une farouche volonté et une intelligence hors pair. Grégory avait vécu la pire soirée de sa vie, à laquelle Soazig n'avait fait aucune allusion dans la voiture sur le chemin du retour vers Cancale. Dès le lendemain matin, il avait appelé Isabelle, furieux, lui hurlant dessus tant il s'en voulait de s'être laissé embarquer dans une liaison qui risquait de mettre sa famille en péril et qui ne l'amusait même plus. Elle n'avait rien répondu, n'avait pas cherché à se justifier, l'avait laissé déverser sa colère, ses vaines menaces (que pourrait-il faire si Isabelle décidait de ruiner son existence ?), et Grégory avait compris que c'en était terminé de leur pacte, qu'il ne servirait à rien de lui répéter comme il le faisait en braillant dans son portable qu'il lui avait toujours dit qu'il ne quitterait pas sa femme. Isabelle voulait plus et serait capable de tout pour l'obtenir. Ensuite, il avait passé l'été dans la terreur d'une autre rencontre, d'un autre guet-apens. Mais rien n'était venu, et il avait fini par se calmer et par se convaincre que, finalement, Soazig ne s'était doutée de rien ce soir-là.

Et le voilà qui était en train de baiser Isabelle plutôt que de lui dire que tout était fini entre eux. Comment pouvait-il être si faible, si lâche, si misérablement homme ? Il détesta soudain son corps et son sexe qui bandait malgré lui le répugna. Il ne pouvait pas perdre Soazig. Il l'aimait, il avait besoin d'elle. Un bref instant, il eut la tentation de chercher si ce « besoin » qu'il venait d'évoquer mentalement n'était bien qu'un besoin amoureux, s'il n'avait pas un double sens lié à sa totale dépendance financière à son épouse, mais il n'eut pas le courage de poursuivre dans cette voie. Il ferma les yeux et sentit enfin la libération venir. Isabelle se cambra sous lui et se mit à crier. Elle jouissait, et il la rejoignit sans aucun plaisir, seulement du soulagement.

Il se laissa aussitôt tomber sur le côté, en sueur, essoufflé. Isabelle, encore tremblante et brûlante, se blottit contre lui. Ce contact lui fut insupportable et il se leva avec brusquerie, s'enfermant dans la salle de bain où il prit une douche, fondant en larmes sous le jet brûlant.

– J'ai envie de marcher ! lança Isabelle, joyeuse, quand il revint dans la chambre, un peu calmé. Il fait si beau…

Ils empruntèrent la digue, longèrent la mer autour de la pointe du Moulinet. Le soleil soulignait les remparts de Saint-Malo, de l'autre côté de la baie, et Grégory pensa avec amertume qu'il aimerait être chez lui, avec ses filles et son épouse. Les quatre amours de sa vie. Tout aurait pu rester si simple. Il avait peur. Isabelle ne le laisserait pas la quitter sans se débattre, sans faire d'irrémédiables dégâts. Elle lui tenait la main et il se sentait pris au piège. Il savait qu'il ne lui parlerait pas aujourd'hui, pris d'un mutisme qu'il connaissait bien, qui s'emparait de lui parfois et contre lequel il était incapable de lutter. La soirée dédicaces avait été le premier avertissement d'Isabelle. La demi-heure qu'ils venaient de passer dans leur chambre d'hôtel était sa victoire à elle, ou plutôt sa défaite à lui. Lui avoir fait l'amour (et qu'elle ait joui) entérinait l'emprise qu'elle avait sur sa vie. Une nouvelle tournée s'annonçait pour l'hiver. Aurait-il rompu d'ici là ? Abattu et lucide comme il l'était à l'instant présent, il en doutait. Sa famille serait-elle encore intacte en novembre quand Springsteen et le E Street Band monteraient sur scène ? La seule solution pour désarmer cette bombe était de tout avouer à Soazig. Mais il savait qu'il n'aurait jamais le courage de le faire.

Au loin, à l'ouest, le cap Fréhel était dégagé, visible dans ses moindres détails, y compris les remparts du fort La Latte, ce qui était signe de pluie pour le lendemain. Le vent était doux mais fort, la mer montante, ses lourdes vagues émeraude se déchirant en grondant sur les rochers que surplombait la digue. Isabelle marchait à sa droite, sur le bord de la promenade, à quelques centimètres du vide. Elle n'aimait pas l'eau, était une piètre nageuse. Grégory pensa qu'elle n'aurait aucune chance si elle chutait. Elle se briserait les jambes sur les rochers, les vagues la balaieraient ensuite, puis le violent ressac l'emporterait. Sans l'intervention d'un bon nageur, ce serait une affaire de quelques secondes.

Et ses ennuis seraient envolés.

Cinq minutes plus tard, ils se séparaient sur le parking de la plage de l'Écluse, derrière la piscine extérieure ronde dans laquelle se précipitait la grosse houle.

– J'ai une surprise pour toi ! lui dit Isabelle en se penchant pour récupérer un objet dans sa voiture.

Le tissu de sa robe se tendit, marqua la forme de ses fesses, ses mollets se cambrèrent joliment. Elle se redressa et lui donna un CD.

– C'est l'album. Il y a eu une fuite, je l'ai téléchargé hier soir et je l'ai gravé pour toi.

Elle lui sourit. Il lui sourit. Même Springsteen jouait contre lui. Puis il se fit une nouvelle fois la réflexion que quelque chose avait changé dans le regard de sa maîtresse dont les pupilles étaient dilatées et brillantes.

– Je suis tellement impatiente que la tournée commence. Il faut qu'on regarde les dates. Je ne voudrais pas manquer Madrid. Il me reste des jours à prendre… Et l'Italie ? J'avais tellement aimé Milan, en 2003.

Grégory ne répondit rien. Milan 2003. Un concert formidable, une nuit de violent orage. Mais après le concert ? Isabelle avait-elle oublié ce qui s'était passé juste après le concert ?… Il prit le CD, se laissa embrasser, sentit un instant le corps d'Isabelle contre le sien, lascif.

Une fois seul dans sa voiture, il glissa le disque dans le lecteur et démarra aux premiers accords de *Radio Nowhere*. La voix de Bruce, le son du E Street Band, vingt-deux ans de sa vie.

Après Saint-Malo, Grégory prit la direction de Cancale et poussa le moteur de son coupé 406 que, depuis quelques semaines, il avait envie de changer. Cette fois, il ne prendrait pas une Peugeot. Il avait toujours rêvé d'une Volvo, ou bien d'une Saab. Il était impatient d'écouter le nouvel album dans de meilleures conditions, chez lui, au casque, une fois les filles couchées, quand Soazig serait montée lire au lit. Grégory se sentait réconforté par la perspective d'une soirée paisible à la maison. Peut-être même, demain, parviendrait-il à écrire un peu. Il essaierait de se lever de bonne heure. Dans *Rosalita*, l'une des chansons de ses débuts, Bruce Springsteen écrivait : « Un jour, on repensera à tout ça, et ça nous paraîtra drôle. » Grégory serait-il un jour amusé par le souvenir des remous de sa liaison avec Isabelle ? Il en doutait. Peut-être, au mieux, consolation de l'écrivain, en ferait-il la matière d'un chapitre plein de justesse.

Violemment, son esprit interrompit le fil de ses pensées et le ramena aux vagues qui se brisaient sur les rochers de la pointe du Moulinet, aux quelques secondes qui suffiraient pour qu'Isabelle soit emportée si elle venait à tomber.

3

Damien Le Guen n'était inscrit au site *Land Of Hope And Dreams*, le forum francophone consacré à Bruce Springsteen, que depuis un an. S'il consultait quotidiennement les sujets de discussion à la recherche d'informations et de nouvelles sur la carrière de son idole (tout comme il se connectait régulièrement depuis des années à deux ou trois sites anglo-saxons qui décortiquaient le moindre de ses faits et gestes), il n'y avait pas lui-même participé jusqu'à l'annonce, le 16 août dernier, de la prochaine parution d'un nouvel album. Gagné par l'excitation, il était sorti de sa réserve et, depuis, postait lui-même de temps en temps des messages sous le pseudonyme de Jackson, en référence à la chanson *Jackson Cage*, de l'album *The River*.

Le site avait aussitôt pris une teinte nouvelle aux yeux du gendarme, passant du statut de simple source d'informations à celui d'excroissance de son tissu social. En donnant son avis sur le forum, Damien générait des réactions, des commentaires, et avait rapidement compris qu'il avait mis le doigt dans un processus de dépendance. Aussi virtuelles fussent-elles, c'étaient bien des conversations qui s'engageaient, mais sans vis-à-vis et surtout dans un espace-temps déstructuré : une réponse pouvait intervenir quasi immédiatement aussi bien que des heures voire des jours plus tard. Et Damien se surprenait à se connecter au forum plusieurs fois par jour (parfois par heure quand il avait écrit un message qui lui semblait important), à la pêche d'une réaction et donc de la confirmation de son existence virtuelle.

Rapidement, le cœur même des échanges s'était déplacé : quand Damien n'était qu'un simple visiteur, c'était leur contenu qui comptait alors que maintenant qu'il contribuait aux conversations, l'important était ce que les autres membres pensaient de ce qu'il avait dit, et donc de lui. Ce *lui* qui n'était pas tout à fait lui, identité parallèle et partielle (puisqu'il n'apparaissait qu'à travers ce qu'il décidait de dire ou de taire), cachée derrière un pseudonyme. Et il se faisait souvent la réflexion qu'à 30 ans passés, technicien d'identification criminelle à la cellule d'investigations criminelles de la brigade départementale de recherches et d'investigations judiciaires de Montpellier, il avait autre chose à faire dans la vie que de se connecter à un forum de fans et de se soucier de « l'image » que l'on y avait de lui, autre chose à faire que de s'y bâtir, message après message, un second ego – celui d'un spécialiste de Springsteen plutôt que d'un fan –, il n'y revenait pas moins à un rythme de plus en plus soutenu. Il avait donc posté son premier avis sur l'album *Magic* dont il avait déjà écouté la version pirate des dizaines de fois depuis qu'il l'avait téléchargée, aidé par la traduction « maison » des textes en anglais trouvée sur un site américain. Avis dans lequel il avait essayé de paraître détaché et raisonnable, optimiste voire enthousiaste mais tout à fait capable de critiques à l'encontre de son idole, en un mot « adulte » alors qu'en secret, à quelques jours de la sortie du disque, il trépignait tel un enfant de cinq ans un 24 décembre.

Finalement, pour la première fois depuis quinze ans, Damien n'avait pas effectué la première écoute d'un nouvel album de Springsteen en compagnie de son frère. Guillaume peinait à se remettre de la mort de Kévin Bianchi et de Luc Vienney, à se dépêtrer de son inévitable sentiment de culpabilité, à assumer son rôle d'ami et de collègue tant vis-à-vis des familles des deux policiers décédés que de l'enquête interne qu'avaient générée ces drames. Les deux frères s'étaient téléphoné le lendemain de cette nuit sanglante. Damien s'était contenté de laisser parler son aîné qui, de toute évidence, avait trop bu. Il lui avait envoyé la veille par SMS, au plus mauvais moment, l'annonce de la sortie du nouvel album de leur héros commun, événement qui, dans d'autres circonstances, les aurait déjà réunis dans l'excitation et la fraternité. Damien n'avait pu s'empêcher de se dire que « ça tombait vraiment mal », comme un jeune marié qui apprendrait le décès de son beau-père au moment de partir en voyage de noces. À la toute fin de cet entretien téléphonique, alors que les mots s'essoufflaient et que chacun avait envie de raccrocher, Guillaume avait fait une allusion à Springsteen :

– J'ai eu ton texto. T'as écouté l'album ?

Il avait dit cela du ton faussement intéressé que l'on emprunte pour faire bonne figure.

– Non, avait répondu son frère, j'attendais de savoir si tu voulais qu'on le fasse ensemble.

– Laisse tomber. Écoute-le sans moi. Je m'en fous de ce disque. Encore le E Street Band, encore O'Brien à la production... Je l'sens pas.

Que Guillaume estime qu'un nouvel album avec le E Street Band ne soit pas une bonne idée artistique, Damien n'en doutait pas une seconde tant son frère, depuis le milieu des années 90 et la sortie de l'album *The Ghost Of Tom Joad*, à l'inverse de la plupart des aficionados, préférait les projets solos à tendance plus folk que rock de l'artiste. Depuis 2003 et le *Rising Tour* qu'il avait pourtant beaucoup apprécié sur le moment, Guillaume avait un rapport étrange à leur idole et surtout au E Street Band, le groupe qui accompagnait le chanteur depuis les années 70. Il était devenu soudain très critique, pinailleur, comme s'il cherchait à se convaincre lui-même que le parcours du chanteur n'était plus pour lui.

« Je m'en fous de ce disque », avait déclaré Guillaume. C'était bien sûr un mensonge, Damien le savait. Un nouvel album de Bruce Springsteen, même s'il devait le détester, serait toujours, quelles que soient les circonstances, un événement majeur dans la vie de Guillaume. Mais comment aurait-il pu l'avouer alors qu'il venait d'assister à la mort tragique de deux amis ? Comment aurait-il pu se l'avouer à lui-même ? À moins qu'il y ait autre chose que Damien ignorât ?

Il avait donc écouté l'album tout seul, non sans amertume tant il aurait préféré partager ce moment avec son frère. Mais son cœur n'en avait pas battu moins fort au moment de lancer la lecture et d'entendre les premières notes. Et il n'avait pu s'empêcher d'envoyer aussitôt des mails à Guillaume pour lui faire part, à chaud, de ses premières impressions chanson par chanson. Aux réponses de moins en moins laconiques qu'il recevait, il comprenait que l'excitation gagnait son frère en même temps qu'il essayait de prendre de la distance avec les drames dont il avait été le spectateur et l'acteur. Guillaume avait fini par lui écrire que finalement, il achèterait sans doute le disque en magasin à sa sortie officielle, ajoutant qu'en tant que flic, il se refusait à le télécharger illégalement, ce à quoi Damien avait répliqué que venant de quelqu'un qui avait plus de trois cents enregistrements pirates de concerts de Springsteen sur ses étagères, l'argument lui semblait léger.

Damien sourit à ce souvenir. Guillaume avait finalement craqué et téléchargé l'album puisqu'il avait posté un commentaire sur le forum sous son pseudo habituel : Sinaloa Cowboy. Ne restait plus qu'à le convaincre de l'accompagner aux concerts, ce qu'il refusait pour le moment avec une obstination déroutante. Damien, après une première étude du parcours de la tournée 2007, avait eu envie d'assister aux concerts de Madrid, le premier, à celui de Milan, au show de Paris et, peut-être, bien qu'il ne se tienne que deux jours après Bercy, à celui de Londres. La réaction de Guillaume avait été une douche froide : rien, aucune date, aucun concert, même pas celui de Paris, ce qui était impensable, qu'il ait subi ou non un choc profond. Il ne voulait plus voir l'E Street Band. Quand Damien lui avait demandé pourquoi, il avait répondu, peu convaincant, qu'il en avait marre, que Bruce se répétait et qu'il lui avait assez consacré de temps et d'argent comme ça.

– Tu ne vas quand même pas laisser passer Bercy ? Tu ne vas pas ne pas aller à la date française ! Et Milan ?

– Je n'irai plus jamais voir Bruce en Italie, avait répondu Guillaume avec une brusquerie qui avait frappé Damien.

– Mais pourquoi ? C'est toujours la folie avec les fans italiens !

Damien était encore malade d'avoir manqué le dernier concert de la tournée européenne du *Rising Tour*, réputé chez les fans comme l'un des meilleurs de ces dix dernières années. À l'époque, bien qu'ayant prévu de s'y rendre, il n'avait pu se libérer au dernier moment. C'était le premier et seul concert auquel il n'assistait pas en même temps que son frère depuis 1999. Guillaume lui avait envoyé au fur et à mesure, par SMS, la liste des chansons interprétées à Milan par leur idole, cette *setlist* dont l'observation et l'analyse étaient le sport favori des fans. Springsteen avait la réputation de ne jamais avoir fait deux fois le même show et, d'un jour à l'autre dans une même tournée, allait jusqu'à changer douze voire quinze titres. La découverte des titres interprétés ce 28 juin 2003 n'avait fait que renforcer sa déception.

Il étudia de nouveau la liste des concerts annoncés pour l'hiver. Il reprenait espoir de convaincre Guillaume d'assister à au moins un ou deux shows maintenant qu'il savait qu'il avait écouté l'album, que sa première ligne de défense était tombée. Bercy, bien sûr. Pour Milan, cela semblait compromis, même s'il ne comprenait pas pourquoi. Londres était trop proche de Paris. Alors Madrid ? De toute façon, ses finances n'étaient guère brillantes ces temps-ci et la frilosité de Guillaume pourrait peut-être l'aider à être raisonnable.

Damien regarda les dates, cocha celle qui tombait un week-end… C'est toujours la même angoisse qui étreint un fan quand se répand la rumeur d'une nouvelle tournée de son idole : quelles seront les dates des concerts ? Seront-elles compatibles avec mon emploi du temps ? Pourrais-je prendre un ou plusieurs jours de congé ? La date française ne risque-t-elle pas de tomber le jour de l'anniversaire de mes enfants, de celui de mon mariage ou pendant les vacances familiales prévues depuis longtemps ?

Damien s'amusa à réfléchir à ce qui pouvait empêcher un adulateur tel que son frère ou que lui d'assister à un concert dont il avait le billet en poche. Peu de chose, voire rien. L'amour ? Damien avait si peu d'expérience heureuse en ce domaine qu'il en doutait fort. Le travail ? Sans doute, cela lui était arrivé... Mais pas mal de fidèles seraient capables de quitter leur emploi plutôt que de manquer un concert et beaucoup d'entre eux posaient leurs congés le plus tard possible au cas où une tournée viendrait à être annoncée. Deux sœurs australiennes étaient connues dans le monde des passionnées de Springsteen pour suivre quasiment chaque date de chaque tournée. En 1999, elles avaient démissionné pour traverser l'Europe de long en large selon l'itinéraire du chanteur durant plusieurs mois. Le deuil pourrait-il faire reculer un fan ? Damien essaya d'y réfléchir honnêtement. Quel décès survenant dans son proche entourage la veille d'un concert ? Même pas celui de sa mère. Il la pleurerait le plus sincèrement du monde, mais il irait au concert, se disant sans doute que cela ne changerait rien pour la pauvre femme là où elle se trouvait désormais. En vérité, seule la mort de son frère lui ferait manquer un concert, parce qu'il était la personne qu'il aimait le plus au monde, mais surtout parce que sans Guillaume, Damien ne se serait jamais intéressé à ce chanteur, parce que cette passion était intimement liée à leur fraternité et qu'elle n'aurait plus de sens s'ils ne la partageaient pas.

Il se remémora alors son premier concert, le 19 juin 1988, à l'hippodrome de Vincennes. Il n'avait que 13 ans à l'époque, et son frère 21. Il avait fallu mentir à Nancy, leur mère, pour qu'il puisse prendre le train jusqu'à Paris. Si elle avait su que c'était pour assister à un concert de rock sous un soleil de plomb au milieu de quelque soixante mille fans déchaînés, elle l'aurait enfermé à double tour dans sa chambre. Sans jamais le montrer, elle était en permanence inquiète pour ses enfants depuis la mort brutale de son mari, quelques mois seulement après la naissance de Damien. Une cassure s'était faite ce jour-là dans la confiance qu'elle portait à la vie qu'elle regardait depuis de travers, à l'affût d'un autre mauvais tour.

Damien avait un souvenir confus de cette première expérience. Il se rappelait surtout de son excitation. En trois heures de show, ce qui n'était encore qu'un intérêt pour l'artiste préféré de son frère – et au fond une preuve d'amour pour son aîné – était devenu une réelle passion. À partir de 1993, il s'était mis à suivre les tournées, à ne plus se contenter des dates françaises mais à voyager en Europe, puis aux États-Unis. À ce jour, Damien Le Guen avait vu Bruce Springsteen sur scène à quarante-neuf reprises, soit quatorze de moins que son frère.

Il ouvrit sa boîte de messagerie et envoya un courriel à Guillaume :

Alors, Sinaloa Cowboy, on télécharge illégalement de la musique sur le Net ? C'est pas beau, ça ! Quand est-ce qu'on se voit pour en parler, de cet album ?

Il était plus de 22 heures et la nuit profonde suggérait un avant-goût d'automne malgré des températures toujours douces. Damien, bien qu'ayant eu une rude journée, n'avait pas envie de se coucher tôt. Les fenêtres de son petit appartement de fonction étaient ouvertes et lui parvenaient les bruits de l'extérieur : éclats de voix, sons des téléviseurs, voitures passant avenue de Lodève… Le maréchal des logis-chef se sentit seul et eut un instant la tentation de se connecter au site de rencontres qu'il fréquentait de moins en moins régulièrement. Il y renonça finalement et, fermant les yeux, fut assailli par l'image de la jeune femme retrouvée morte la veille au soir dans un village au nord-ouest de Montpellier. Elle ne devait pas avoir 30 ans, toute menue, très blonde, portant une robe à fleurs si courte qu'on lui voyait la culotte alors qu'elle était pendue à une poutre du préau jouxtant la classe de CM1 où elle enseignait depuis deux ans.

Un cas d'école, c'était le mot, pour un TIC comme Damien ; un suicide sans aucun doute possible. Quelque chose dans le visage congestionné de la jeune femme l'avait profondément remué, qu'il n'avait réussi à évacuer qu'en allant prier à l'église Notre-Dame-d'Espérance, à deux pas de la caserne Celleneuve.

Finalement, le gendarme relança *Magic* sur son ordinateur. L'œuvre de Bruce Springsteen était une si fidèle compagne depuis son adolescence, dans les moments difficiles comme dans les phases heureuses… Aux premiers accords tonitruants de *Radio Nowhere*, il se reconnecta au forum mais, cette fois, changea de *topic*. Il ouvrit la discussion intitulée « Où et quand ? », initiée par un certain Something In The Night.

SOMETHING IN THE NIGHT 16/09/07 – 14:05:22
Alors, ce *Magic Tour*, vous allez où et quand ?

WILD BILLY 16/09/07 – 19:20:47
Madrid, obligé la première date ! En plus en Espagne, comme en 99 ! Ensuite Paris et Londres, je pense.

JOE ROBERT 16/09/07 – 19:20:52
Madrid et Paris, c'est tout. Sûr qu'ils vont revenir en stade au printemps.

FANDEBRUCE 17/09/07 – 02:55:41
Pour moi, ce sera Bilbao, Milan, Anvers, Cologne et Paris.

JULIE 75 22/09/07 – 12:06:41
Madrid, Arnheim, Mannheim, Copenhague, Stockholm et Paris où j'emmènerai Nathan, mon fils de 10 ans, pour la première fois ! Trop impatiente !

Damien ajouta un *post* à cette discussion, tout en se demandant pourquoi. Pourquoi ce besoin de partager ces informations ?

Et d'ailleurs, était-ce du partage ou encore cette nécessité d'exister au regard des autres ? Mais exister sous pseudonyme, était-ce réellement exister ? Il y avait des centaines de pages sur ce forum, des milliers de messages, de discussions. À quoi bon ? Était-ce pour la rassurante sensation d'être membre d'une communauté ? Membre mais chacun seul chez soi ? N'était-ce pas, comme ce site de rencontres auquel il était inscrit et qui n'avait jamais donné qu'une poignée de tristes parties de jambes en l'air sans lendemain, la preuve accablante de la viduité de son existence ?

JACKSON 30/09/07 – 22:09:37

Ce sera sobre cette année, because beaucoup de boulot et le compte en banque en berne. Et puis je pense aussi qu'on aura des stades l'année prochaine... Donc, pour moi en 2007 : Madrid et Paris.

4

Le chariot de la vieille Remington repartit avec un bruit sec. Nancy Le Guen se redressa, essoufflée, le rythme cardiaque emballé. Les mots dansaient devant ses yeux. Elle n'aurait jamais pensé que l'écriture fût une activité si physique, que l'auteur ressentît aussi intensément les émotions de ses personnages. Le premier mort. Son premier mort. Elle qui aimait tant les romans policiers, qui, dès l'âge de 10 ans, avait lu tout Agatha Christie et tout Conan Doyle, avait enfin décidé d'écrire son polar... À 73 ans, après avoir suivi et collecté des milliers de coupures de presse sur les crimes célèbres et moins célèbres, après s'être passionnée pour des auteurs tels que Mankell, James, Steeman, Ellroy, Highsmith, Izzo ou Rendell, elle venait de terminer le deuxième chapitre du roman dont elle rêvait sans y croire depuis tant d'années. C'est en frôlant la mort, l'été passé, lors d'un malaise cardiaque, qu'elle avait décidé de s'y consacrer enfin.

De retour de l'hôpital, très affaiblie bien que cherchant à ne pas le montrer, elle avait de mauvaise grâce laissé son amant André Herman s'occuper d'elle. André, ancien clerc de notaire qu'elle ne s'était pas autorisée à aimer pleinement par fidélité à son époux décédé en 1975, et surtout pour ne pas perturber ses deux garçons, de peur de leur donner l'impression de trahir la mémoire de leur père. Des foutaises, elle ne le comprenait que maintenant. Mais elle avait aimé André, à sa façon, en secret, chaque lundi après-midi sans faute depuis leur rencontre fortuite, leur coup de foudre. Nancy peinait désormais à bien saisir pourquoi elle s'était interdit de vivre cette liaison au grand jour. Elle se souvenait de ses motivations de l'époque, de son obstination, mais ne les ressentait plus. Elle s'était arrangée pour que Véronique, l'une de ses rares amies, décédée aujourd'hui, qui habitait Mas-de-Londres, à quelques kilomètres de Biranques, aille chercher Guillaume et Damien à l'école le lundi, les fasse goûter et surveille leurs devoirs. André, par amour, avait su se contenter de ces rares moments d'intimité, pendant vingt-six ans, soit – il avait fait le calcul – mille trois cent cinquante-deux après-midi, ou cinq mille quatre cent trois heures, puisque le rituel avait continué une fois que les enfants avaient quitté la maison.

Nancy avait tout d'abord été furieuse d'apprendre qu'André avait profité de son séjour à l'hôpital pour rencontrer les garçons et raconter leur histoire. Elle lui avait fait une véritable scène, qui lui avait permis de comprendre que son obstination à vouloir garder leur liaison secrète plus de trente ans après la mort de Paul était infondée. Surtout maintenant qu'elle était une vieille femme plus très vaillante. Convalescente durant tout le mois d'août, se sentant affaiblie et fragile, Nancy avait fini par découvrir avec délices combien il était bon de se laisser soigner, choyer, aimer, elle qui avait toujours dû se débrouiller seule et tenir sa vie et celle de ses fils à bout de bras. Ne plus être seule avec le fantôme de Paul, son époux, dans cette maison devenue trop grande, avait aussi été un soulagement. Pour la première fois de sa vie, elle avait appris à lâcher prise. Il était temps ! s'était-elle dit le jour où elle avait décidé d'accepter qu'André s'installe à la maison comme ses deux « flics » de rejetons la poussaient à le faire. Subitement, ce matin-là, en sortant de son lit, percluse de douleurs, elle avait compris qu'elle en avait envie, depuis si longtemps qu'elle ne pouvait s'en souvenir, et son entêtement à refuser de partager sa vie depuis tant d'années lui avait semblé ridicule. André n'était-il pas son amant depuis vingt-six ans, soit plus du double du temps qu'elle avait pu passer avec Paul, son époux ? Lequel des deux avait été l'homme de sa vie ? Paul ? Parce qu'elle portait son nom, parce qu'il était le père de Guillaume et de Damien ? Elle n'en était plus si sûre…

Veuve. Elle avait été veuve. Désignée par le destin qui lui avait attribué ce rôle qu'elle avait endossé sans rechigner.

Après dîner, ce même jour, alors qu'André s'apprêtait à rentrer chez lui une fois assuré qu'elle prenait ses médicaments (en réalité, elle les recrachait dès qu'il avait le dos tourné) et l'embrassait en lui souhaitant bonne nuit, Nancy lui avait dit qu'il devrait amener quelques affaires le lendemain, que ce serait plus pratique, pour lui. « Et puis ça te fait de la route… Des frais… Il y a de la place, ici. » André la regardait, n'osant comprendre. « Ben quoi ? lui avait alors lancé Nancy, ne pouvant s'empêcher de le brusquer, gênée par ce qu'elle sentait poindre de sa propre émotion. Ça fait des années que tu me tannes pour qu'on vive ensemble, t'as plus envie, ou quoi ? Je suis trop vieille, c'est ça ? Trop moche ? Y avait donc que le cul qui t'intéressait, et maintenant que le mien ne ressemble plus à rien, tu… » Des larmes étaient montées aux yeux d'André, bouleversé par ce qu'il savait prendre pour une déclaration d'amour. « Tu vas pas te mettre à chialer, quand même ! avait ajouté Nancy. Les vieux qui pleurnichent, ça me dégoûte ! Beurk ! » André n'avait pas répondu et s'était avancé pour la prendre dans ses bras. Elle avait bien essayé de lui résister, de le repousser, mais elle avait senti qu'elle commençait à pleurer à son tour et s'était laissé gagner par un doux soulagement, un délicieux moment de faiblesse et d'abandon. « Je t'aime, Nancy ! » lui avait murmuré André. « Oui, bon, ben on va pas en faire un fromage ! lui avait-elle répondu, retrouvant ses esprits. File donc, il est tard, et ramène des affaires demain, je vais te dégager la moitié de la penderie… »

Dès qu'il était monté dans sa Peugeot bleue, André, les mains tremblantes, avait envoyé un SMS à Damien et Guillaume pour leur annoncer la nouvelle.

Enfin ! avait aussitôt répondu le cadet.

Pas trop tôt ! Félicitations ! Et bon courage !!! avait écrit l'aîné.

Chaque jour, Nancy Le Guen, penchée sur sa Remington – elle avait refusé de se laisser initier par André à l'utilisation de son ordinateur portable –, tentait de s'immerger un peu plus dans l'histoire qu'elle bâtissait, et chaque jour elle savait un peu moins où elle allait. L'idée qu'elle portait depuis toujours, lui semblait-il, ne résistait pas à l'écriture, à la vie propre que prenaient péniblement les personnages de page en page, aux volumes qui naissaient petit à petit, décors, ombres et lumières, espaces temporels et sensoriels. Elle n'avançait pas, avait l'impression d'être d'une grande maladresse, d'une confusion profonde, se demandant si d'autres écrivains avaient déjà ressenti cela ou si ces sensations lui étaient propres, justement parce qu'elle n'était pas un écrivain ? Nancy avait très vite compris qu'elle avait trop lu, qu'elle avait une admiration bien trop grande pour les auteurs qu'elle aimait, qu'elle avait une culture du roman policier encombrante. Il allait lui falloir apprendre à se libérer de son amour des livres sans quoi elle ne parviendrait jamais à écrire le sien. D'ailleurs, depuis trois semaines, elle n'arrivait plus à lire. Ou mal, ne pouvant s'empêcher de s'étonner d'une tournure de phrase, d'admirer la virtuosité d'une description, de jalouser le rebondissement imprévisible d'une fin de chapitre. Les bons livres la décourageaient, tout comme les mauvais, d'ailleurs. La magie semblait avoir quitté les romans des autres maintenant qu'elle se mêlait d'en écrire un elle-même. À tel point qu'elle avait peur, soudain, de ne plus jamais pouvoir lire comme avant, elle la dévoreuse de polars, dont l'impressionnante collection couvrait les murs de sa maison, des premiers numéros de la collection « Le Masque » au tome 2 de *Millenium* qu'elle venait d'acquérir, en passant par l'intégralité des « Spécial Police » des éditions Fleuve Noir et de milliers d'autres volumes amassés en une cinquantaine d'années de lecture acharnée. Peu à peu, elle comprenait que la littérature avait été un refuge et une manière détournée de vivre intensément alors que son existence avait réduit son rôle à celui d'une mère et d'une veuve. En se mettant à écrire, elle aspirait à gagner en liberté et à échapper à sa bibliothèque chérie. Mais en était-elle capable ?

Elle relut sa fin de chapitre, se demandant si elle ne devrait pas corser la description du cadavre de l'homme dans la cave. Elle n'aimait pas la violence gratuite et encore moins cette tendance actuelle à la surenchère dans l'horreur. C'était frappant dans les films policiers, dont elle était aussi très amatrice et qui, de nos jours, usaient de codes qui, vingt ans auparavant, étaient réservés au cinéma d'horreur. En même temps, Nancy ne voulait pas écrire un roman vieillot, un polar de vieille dame. Son intrigue se voulait contemporaine, elle rêvait d'un polar qui soit aussi une étude sociologique, irréprochable tant dans l'analyse de l'époque que dans le traitement de l'enquête policière. Nancy comprenait chaque jour un peu mieux que ce que l'on appelait l'inspiration n'était en fait que de la confiance en soi, voire de l'arrogance – celle de penser que l'on avait quelque chose à dire qui pourrait intéresser les autres –, qui ne tenait qu'à un fil.

Une odeur de blanquette de veau s'échappait de la cuisine. André, quand il daignait quitter l'écran de son ordinateur grâce auquel il assouvissait sa passion pour la généalogie sur Internet, était un fin cuisinier. Nancy regarda l'heure au réveil qu'elle avait posé près de sa Remington. Midi passé. Déjà. Et elle n'avait presque rien écrit. Elle termina le verre de porto qu'elle avait à portée de main et s'alluma une cigarette en trinquant mentalement à la santé de « ce connard de Docteur Bosq », son généraliste. André, lui, avait compris qu'il ne servait à rien de seriner à Nancy qu'elle jouait avec la mort en ne changeant pas sa façon de vivre. Il la prenait comme elle était, il l'aimait comme elle était. Nancy se laissa aller sur le dossier de son fauteuil et fut traversée par une bouffée d'affection pour ce petit homme qui, chaque jour, comme un jeune prétendant, multipliait les attentions délicates. Gestes doux, caresses, baisers, fleurs sur la table du petit-déjeuner... Elle avait 73 ans, se trouvait repoussante, avait un épouvantable caractère et se demandait bien en quoi elle méritait à ses côtés un homme aussi aimant.

Elle se concentra de nouveau, tira une longue bouffée de tabac et nota le numéro du chapitre suivant. Elle voulait encore écrire quelques lignes, juste une entame, de quoi se rassurer, se raccrocher lors de sa prochaine séance de travail qui verrait l'entrée en scène de l'un de ses enquêteurs, un flic d'une quarantaine d'années, solitaire, taciturne, un peu trop gros, ayant tendance à lever le coude trop fréquemment. Quelqu'un qui chaque jour, dans la tête de Nancy, ressemblait davantage à son commissaire de fils.

Elle lui avait parlé la veille au téléphone, et avait aussitôt eu la certitude qu'il avait bu. Guillaume allait mal depuis la mort de ses deux collègues ; s'il n'avait jamais été un joyeux luron, il devenait franchement sinistre. Il semblait ne même pas parvenir à se réjouir de s'envoler bientôt pour l'Espagne en compagnie de son frère, pour l'une de leurs virées rock qui avaient toujours laissé leur mère perplexe. Nancy tenait ses deux fils pour des hommes intelligents et aussi équilibrés que pouvaient l'être un flic et un gendarme en contact quotidien avec la violence et la mort. Elle était fière d'eux, même si elle ne l'avouerait pas sous la torture, et se demandait ce qui les poussait à parcourir le monde pour écouter ce chanteur au nom imprononçable. S'ils avaient eu 15 ans, elle aurait pu comprendre ! Mais que des adultes responsables se comportent ainsi la laissait rêveuse. Il ne pouvait s'agir que d'une passion en creux, venant combler un manque. Celui du père ? De Paul, décédé quand Guillaume avait 8 ans, quand Damien n'en avait même pas encore 1 ?

D'ici quelques jours, elle recevrait une carte postale de Madrid, signée de ses deux fils qui avaient pris l'habitude, à laquelle elle tenait maintenant beaucoup, de lui en envoyer une de chaque ville où ils voyaient leur idole en concert. Elle en avait une boîte à chaussures pleine, images de toute l'Europe et des États-Unis, classées par année, par « tournées », comme ils disaient.

– À table ! lança André depuis la cuisine.

Nancy soupira. Elle n'avait pas faim. Depuis qu'elle essayait d'écrire, elle perdait l'appétit. Tout ce qui la détournait de son roman lui semblait une menace. En même temps que son inévitable égocentrisme, elle découvrait l'autosuffisance de l'auteur qui portait en lui l'essentiel dont il avait besoin. Elle se leva, prit ses deux cannes et eut une pensée pour ses fils qui, à l'heure qu'il était, devaient filer à une vitesse inhumaine dans le ciel en direction de Madrid.

Le souffle lui manque, ses inspirations sont tronquées, un sanglot obstrue ses poumons. Tout reste de rire a disparu.

Elle court dans la nuit, s'ordonne de ne plus se retourner. Elle entend leurs pas, devine leurs respirations. Ils s'interpellent, s'encouragent, organisent la chasse. Ils doivent se dire qu'elle ne leur échappera pas. C'est ce qu'elle ne peut s'empêcher de penser. Elle voudrait ne plus penser, ne rien percevoir d'autre que le bruit de sa course toujours plus rapide, régulière et assurée. Mais sa fuite est chaotique, désordonnée, affolée. Elle court depuis bien trop longtemps. Elle n'a pas l'habitude. Elle retient ses larmes, renifle, s'étouffe soudain, comme si elle avait bu la tasse. Ce qui broie sa poitrine est plus que la peur. Elle n'a jamais connu cela. Pas elle, pas dans sa petite vie paisible. Ce n'est pas possible. Pas elle. Cela n'est pas en train de lui arriver.

Son pied droit bute. Elle se sent tomber. Le choc contre le macadam mouillé lui coupe la respiration. Elle étouffe. Elle se redresse, glisse, se rattrape sur les mains, une vive douleur traverse son poignet gauche. Son genou la brûle. Elle se relève, lâche son sac à main, a le réflexe de vouloir le ramasser mais sent qu'ils sont tout proches. Elle hurle comme une possédée. Seule la panique lui donne l'énergie de fuir encore.

II

MADRID
PALACIO DE DEPORTES DE LA COMUNIDAD

5

Dimanche 25 novembre 2007. Il régnait à Madrid une douceur quasi printanière pour cette première date européenne du *Magic Tour* pour laquelle de nombreux étrangers se retrouveraient dans le *pit*, cette fosse au plus près de la scène, enclos VIP sans confort ni champagne, réservé aux premiers arrivés ayant fait la queue des heures entières pour pouvoir s'entasser contre la scène. Ce soir, on y parlerait toutes les langues. L'espagnol, bien sûr, mais aussi beaucoup l'italien, le français, le suédois, l'allemand, le norvégien et l'anglais, le fan-club britannique *Badlands*, l'un des plus actifs en Europe, ayant organisé le voyage pour une bonne centaine de ses membres.

Christophe Richard, 26 ans, maître nageur dans le Nord de la France, portait son T-shirt fétiche, acheté à l'issue de son premier concert de Bruce Springsteen, époque *The Rising*. Il regardait Julie Martin, la quarantaine, qui avait enfilé celui de *Born To Run* sur lequel, comme sur la pochette de l'album de 1975, était représenté en noir et blanc le jeune Bruce, en blouson de cuir, souriant et appuyé sur l'épaule de Clarence « Big Man » Clemons, son saxophoniste. Christophe se souvint de la nuit calamiteuse qu'il avait passée avec Julie, et des photos de ses fils qu'elle lui avait fourrées sous le nez juste après l'amour. Il ne supportait pas cette femme, son grand corps un peu mou, ses cheveux roux, ses taches de soleil sur la peau, sa façon d'être toujours d'accord avec tout le monde, de ne jamais émettre d'opinion ni d'envie. Il avait détesté son abandon tragique au lit, sa manière presque désespérée de se laisser prendre et d'être au bord des larmes quand montait le plaisir. *Roussasse.* Pourquoi disait-on « blondasse » ou « brunasse » et jamais « roussasse » ? Pourquoi jamais de ces terminaisons péjoratives pour les rousses ? Qu'est-ce qu'elle avait pu l'emmerder avec ses gamins ! Et ses messages, ensuite… Elle s'était accrochée, passivement mais avec ténacité, sans jamais un mouvement d'humeur ni un reproche, mais avec une insupportable force d'inertie. Cela avait été un bon enseignement : se méfier des divorcées, leur préférer les « encore mariées » dont les enfants devenus grands leur laissaient enfin le loisir de se demander pourquoi leur mari ne les faisait plus jouir. Cette Soazig, la femme de l'écrivain breton, semblait d'ailleurs parfaitement répondre à ces critères. Sans doute pas loin de 55 ans, de toute évidence plus jolie qu'à 20 – comme le sont les femmes qui n'ont jamais été belles –, au corps dynamique et au regard vert intelligent, elle lui plaisait beaucoup. Et puis comme Grégory s'envoyait Isabelle « Miss Peugeot » Guérin depuis des années, il avait toutes ses chances, ou en tout cas le droit de ne pas avoir de scrupules.

Grégory Morinet marchait au bras de son épouse. Fidèle à son tailleur irlandais de Paris, il achetait au moins un T-shirt par tournée pour sa collection, mais ne les portait jamais tant il les trouvait laids et criards. En tête du groupe, Pierre Da Costa, propriétaire de deux boutiques dans le Sentier, à Paris, 57 ans, petit et nerveux, trapu, des mains larges, le cheveu brun et dru, portait un T-shirt non officiel, fabriqué en nombre limité par ses amis du fan-club anglais à l'occasion d'un voyage à New York en 2003 pour assister à trois concerts au Shea Stadium. Comme toujours, il avait un téléphone à l'oreille et au bras une femme plus jeune que lui et aux seins avantageux. Rarement les mêmes d'une tournée à l'autre, ni le modèle de portable ni la bimbo. Pierre avait souvent visité l'Espagne à l'occasion des concerts de Bruce Springsteen, mais jamais encore Madrid. Grâce à sa passion pour ce chanteur, il connaissait les grandes villes européennes comme sa poche et était allé une quinzaine de fois aux États-Unis, le plus souvent sur la côte Est, le fief de la star. Armand Matignon, professeur de philosophie, 45 ans, avait été de nombre de ces voyages. En ce début du *Magic Tour*, souhaitant se démarquer de la masse des fans du E Street Band, il avait choisi un T-shirt de l'époque *Tom Joad*, acoustique, solo et austère. En retrait, il suivait du regard Damien Le Guen qui, gendarme de métier, évitait les uniformes quand il n'était pas de service et fuyait donc les stands de produits dérivés. À la traîne du groupe, Damien observait Jean-Marc Devilleneuve qui marchait devant Pierre et sa spectaculaire petite amie. Le gendarme avait toujours bien aimé ce drôle de type un peu effacé, courtois, très vieille France mais qui, l'air de rien, était, avec Pierre, le plus accro du groupe. Un petit bonhomme à l'allure de comptable, que l'on aurait mieux vu amateur de musique de chambre que de rock, et pourtant... Non seulement il avait assisté à bien plus d'une centaine de concerts, mais il en avait enregistré illégalement presque autant, les gravant ensuite sous le label *Freehold Records*, très apprécié des spécialistes. Il avait un moment disparu de la circulation – la communauté des fans évoluait ainsi au gré de la vie de ses membres, certains quittant le train en cours de route suite à un mariage avec une compagne ou un compagnon qui n'acceptait pas de partager leur vie avec Bruce Springsteen, la naissance d'un enfant, un divorce, une mutation professionnelle, la maladie –, et Damien avait été content d'apprendre qu'il serait de nouveau des leurs. À leur arrivée en Espagne, il avait été le saluer chaleureusement, étonné de voir qu'il restait à l'écart, comme si avoir manqué deux tournées avait suffi pour altérer son appartenance à cette petite « famille » springsteenienne.

Le gendarme pensa alors à son frère. Guillaume n'avait pas voulu se balader dans la ville ce matin, préférant rester dans sa chambre du Gran Hotel Velázquez, à quinze minutes à pied du Palacio de Deportes où aurait lieu le concert. Ils s'étaient couchés tard, Guillaume avait beaucoup trop bu – ce qu'il faisait depuis des semaines –, parlant peu, tendu et acariâtre. Au réveil, il était d'humeur encore plus sombre et Damien, se demandant s'il n'était pas en train de glisser dans la dépression, n'avait pas réussi à lui soutirer plus de trois mots. La morosité de son frère lui gâchait en partie le plaisir de ce début de tournée. Là encore, le temps avait fait des ravages et Damien se souvenait que, jusqu'au début du *Reunion Tour*, Guillaume et lui ne tenaient plus en place un bon mois avant un concert, se mettant à compter les jours, s'appelant quotidiennement pour entretenir la flamme l'un de l'autre. Désormais, il fallait attendre le jour du concert, voire d'être devant la salle pour que le cœur se mette à battre plus vite. Était-ce cela devenir adulte ? Renoncer à la passion, à l'excès, au déraisonnable ? Dix ans plus tôt, les deux frères, à l'heure qu'il était, auraient déjà été aux alentours du Palacio de Deportes pour repérer la porte qui leur ouvrirait le chemin le plus court jusqu'à la scène, partageant un sandwich dans l'interminable file d'attente et buvant à peine pour ne pas avoir envie de pisser, qu'il pleuve, qu'il vente ou que sévisse la canicule, prêts à courir et à pousser du coude pour s'assurer une place dans les tout premiers rangs… Les années qui s'accumulent, les épreuves qui les accompagnent et rognent le tempérament, le fait aussi que Springsteen enchaînait désormais les tournées alors que par le passé, il fallait attendre quatre ans au bas mot pour le revoir… Mais autre chose aussi d'indéfinissable semblait angoisser son frère et ternir cette journée qui aurait dû être une fête. Damien savait qu'il n'aurait pas dû y avoir de quoi gâcher la sienne, de fête, mais ne parvenait pas à prendre sur lui. Le lien qu'il entretenait avec la musique de Springsteen était indissociable de celui qui l'unissait à son frère. N'ayant jamais connu son père, Guillaume avait toujours été plus qu'un grand frère, presque un père, même si cela n'avait pas été sans douleur comme l'après-midi, dans les ruines du château de Viviourès, leur terrain de jeux à quelques kilomètres de la maison familiale de Biranques, où Guillaume lui avait annoncé qu'il quittait la maison pour se marier avec Nadège, ce qui lui avait donné l'impression d'être orphelin une seconde fois.

Damien n'était pas le seul à se tenir à l'écart dans l'antichambre de ses pensées. Tel un pointillé fragile entre lui et le reste du groupe, Isabelle Guérin – T-shirt classique et indémodable *Born In The USA* – marchait en regardant ses pieds, se mordillant nerveusement la lèvre inférieure, bras croisés sur la poitrine, ressassant le SMS reçu à 23 h 12, deux jours plus tôt, la veille du départ pour l'Espagne :

> Ma femme m'accompagne à Madrid. Elle vient juste de me l'annoncer.

Cette décision avait été une surprise totale pour Grégory, Soazig, absolument hermétique à tout type de musique, ne l'ayant jamais accompagné à un seul concert par le passé. Il avait paniqué sur le moment, n'en avait pas dormi de la nuit, puis était parvenu à se convaincre qu'après tout, cela lui éviterait un douloureux face à face avec Isabelle. Un instant plus tard, il se disait que ce n'était que reculer pour mieux sauter, que de toute façon, si ce n'était à Madrid ce serait ailleurs, il allait devoir rompre une fois pour toutes avec sa maîtresse. Mais pourquoi, soudain, Soazig avait-elle décidé de venir ? L'incident de la séance de dédicaces quelques mois plus tôt lui était apparu comme la seule réponse possible à cette question. Soazig savait.

Isabelle, le premier choc passé, avait pensé à une manœuvre de Grégory. Puis elle avait abandonné cette idée trop douloureuse, surtout depuis leur dernier rendez-vous clandestin à Dinard. Sa femme devait soupçonner quelque chose. Après tout, ne l'avait-elle pas cherché en se rendant à la signature, en juin dernier ? Mais savait-elle seulement pourquoi elle s'y était rendue ? Parce qu'elle ne tenait plus en place ce jour-là, qu'elle avait eu la main trop lourde sur la cocaïne ? Parce qu'elle ne voulait plus être la maîtresse, parce qu'elle voulait Grégory pour elle seule, parce que aimer un homme marié était insupportable ? N'être jamais celle que l'on présente aux amis, à la famille, être à la disposition de l'autre, ne pas se tenir par la main dans la rue, dépendre de l'emploi du temps de l'épouse pour recevoir un mail, un SMS, entendre à la voix de celui que l'on aime qu'il guette le retour de sa femme par la fenêtre, redouter qu'il ne raccroche en catastrophe, être seule alors qu'il est en famille... Mais alors pourquoi, ensuite, n'avait-elle rien tenté de l'été ? Pourquoi n'avait-elle pas fait monter la pression autour de Grégory, s'arrangeant pour provoquer une nouvelle rencontre « fortuite » ? Pourquoi n'avait-elle pas contacté directement Soazig pour lui déballer la vérité ? Pourquoi repousser à plus tard ? Par espoir, comme à Dinard fin août, de retrouver la légèreté des débuts de leur liaison grâce à cette nouvelle tournée ?

C'est réussi ! se dit Isabelle en levant un instant les yeux pour regarder Grégory, quelques pas devant elle, bras dessus bras dessous avec son épouse.

Elle avait passé une nuit épouvantable, seule dans sa chambre d'hôtel, imaginant Grégory au lit avec Soazig. Avaient-ils fait l'amour ? Sans doute. N'étaient-ils pas mari et femme, en week-end à l'étranger ? Et pourtant, sans même tenir compte de la douleur que cette idée éveillait en elle, elle lui avait paru saugrenue, ou plutôt déplacée, comme celle, pour un enfant, d'un père et d'une mère faisant l'amour. Une idée embarrassante mais aussi vaguement ridicule et dégoûtante. Ce qui permit à Isabelle de comprendre qu'elle ne pouvait envisager que Grégory éprouve encore des sentiments pour sa femme. De l'amour, du désir. Pour elle, l'épouse, c'était la famille, une habitude, un refuge, et elle se rendit alors compte qu'elle considérait Soazig comme une mère pour Grégory. Cela venait peut-être du fait qu'elle était plus âgée que lui, que c'était elle qui tenait les rênes du couple, mais pas seulement. Après tout, n'était-ce pas parce que les hommes finissaient par voir leurs épouses comme des mères qu'ils prenaient des amantes ? Mais alors pourquoi désirait-elle tant bouleverser l'ordre des choses et se faire épouser par Grégory ? Pourquoi ne parvenait-elle plus à se satisfaire d'être celle qui lui faisait perdre la tête, qu'il retrouvait en cachette et avec qui il baisait jusqu'à l'épuisement ? Parce qu'elle l'aimait ? L'amour était-il si peu fait pour cohabiter durablement avec la passion ?… Isabelle soupira. De toute façon, c'était trop tard, il n'était plus temps de se torturer l'esprit. Plus rien n'était pareil depuis qu'ils s'étaient revus à Dinard. Plus rien ne serait jamais pareil. Ce week-end à Madrid en était l'implacable confirmation. Cette fois, Soazig Morinet-Couédic venait sur ses terres. En tournée. Cette fois, elle n'était plus l'image lointaine de l'épouse, mais bel et bien une rivale. Isabelle se redressa et décroisa les bras. Ils étaient là tous les trois, dans la même ville, le même hôtel. Elle l'aurait voulu. C'était elle qui avait décidé de venir à Madrid, elle qui précipitait le dénouement. Isabelle passa sa main sur son ventre, soudain très sûre d'elle. Le bon moment se présenterait, peut-être ce soir, après le concert, ou demain matin, au petit-déjeuner. Elle savait que leur vie à tous les trois ne serait plus la même quand ils reprendraient l'avion pour la France.

Damien l'observait toujours, quelques pas en arrière. Il ne lui avait pas fallu longtemps, à l'aéroport, pour reconnaître en elle les symptômes de la cocaïnomane. Elle avait encore maigri, il ne l'avait jamais vue si nerveuse. Grégory et Isabelle n'avaient jamais dit à personne qu'ils étaient amants et continuaient à se réserver chacun une chambre depuis la tournée de 2002, à se faire la bise matin et soir, mais personne n'était dupe. Quel drame shakespearien était-il en train de se nouer, avec la présence inopinée de la femme de Grégory ? se demanda le gendarme au moment où le groupe arrivait à un large carrefour de l'autre côté duquel une centaine de personnes était massée devant la porte d'un palace.

– À tous les coups c'est l'hôtel de Bruce ! lança Pierre en montrant la foule du doigt.

Aussitôt, les Français forcèrent le pas et tous, sans même se concerter, Soazig suivant le mouvement au bras de Grégory, traversèrent l'avenue.

Rapidement, des visages connus se dévoilèrent. Il y avait là des Italiens rencontrés à travers l'Europe à chaque tournée, d'autres Français, les deux sœurs australiennes que chacun embrassa avec ferveur. Un clan se reformait, une famille, un microcosme itinérant. Lennart, un Suédois d'une cinquantaine d'années à la longue tignasse blanche était là, lui aussi.

– Bruce vient d'arriver ! annonça-t-il en anglais à Armand en lui serrant la main.

– Il a signé des autographes ? demanda Julie.

– Non. Il a juste fait un signe de la main avant de rentrer dans l'hôtel.

Sue et David, un couple d'Anglais d'une soixantaine d'années, tombèrent dans les bras de Pierre ; ils se connaissaient depuis le *River Tour* en 1981. Grégory présenta tout le monde à Soazig, seule novice de la bande, et lui précisa en lui désignant les deux Anglais qu'ils faisaient partie des quelques rares privilégiés à avoir vu Bruce sur scène dès 1975 et son premier concert en Europe à l'Hammersmith Odeon de Londres. Soazig, bien que n'ayant pas les clés pour saisir la portée de cette information, serra la main des deux Anglais avec le même respect qu'elle aurait réservé à d'anciens combattants de la Grande Guerre.

Estefan, un Espagnol bien connu des Français, vint les saluer et Armand en profita pour lui demander s'il avait des détails sur l'organisation du concert de ce soir.

– Normalement, répondit-il dans un français chantant, en roulant les *r*, ils vont distribuer les bracelets pour le *pit* entre 15 et 16 heures, porte G.

– Il y a déjà du monde, là-bas ?

– Ouais, pas mal. Il y en a qui ont dormi sur place. Mais bon, je crois que le *pit* est grand, ce soir…

Il y eut alors des exclamations dans la foule et chacun s'approcha pour voir ce qui se passait.

– C'est Steve ! cria Christophe en courant vers la porte de l'hôtel.

Steve Van Zandt, l'un des guitaristes du groupe et le plus ancien complice de Bruce Springsteen, sortait de l'hôtel et s'arrêta pour signer des autographes et poser pour des photos.

Christophe parvint à se glisser jusqu'au premier rang et le musicien, amusé, lui signa le plâtre de son bras gauche en écharpe.

Damien resta à l'écart, glissa une main dans la poche de son jean à la recherche de son portable et sentit la carte postale pour Nancy qu'il avait oublié de poster en sortant de l'hôtel. Guillaume avait soupiré en la signant, mais Damien savait que leur mère tenait à cette petite coutume. Il sortit enfin son téléphone et composa le numéro de son frère. Guillaume répondit à la quatrième sonnerie.

– On est à l'hôtel de Bruce ! annonça le cadet. Il y a Steve qui est en train de signer. Il paraît que Bruce n'est arrivé que ce matin des États-Unis...

Guillaume ne fit aucun commentaire. Damien lui demanda comment il se sentait.

– Ça va, répondit Guillaume d'une voix qui suggérait l'inverse.

– Tu nous rejoins pour manger un morceau ?

– Non, je crois pas.

– Le concert va finir tard, tout sera fermé !

– J'ai pas faim, je suis barbouillé. J'ai dû bouffer un truc pas bon, hier soir...

– T'as surtout bu comme un trou !

– Rappelle-moi quand vous savez à quelle heure vous partez pour la salle.

– De toute façon, je repasse à la chambre...

Guillaume Le Guen raccrocha. Il était allongé sur son lit, les doubles rideaux tirés, écoutant son cœur qui martelait sa poitrine. La sonnerie du téléphone l'avait brusquement tiré d'un somme et du rêve pénible de l'accouchement de Mimi, sa fille, une sage-femme lui mettant le bébé dans les bras, un nourrisson sanguinolent dont les traits étaient ceux de Kévin Bianchi, le lieutenant de police assassiné au mois d'août dernier.

Guillaume ferma les yeux, expira longuement. La nuit précédente, il avait fait une nouvelle fois son cauchemar récurrent, la femme l'avait encore appelé au secours, en vain... Il n'aurait jamais dû venir, céder à l'insistance de Damien. Il songea à Bruce Springsteen, sans doute dans sa chambre d'hôtel à ce moment précis. Aux membres du groupe, aux *roadies* qui devaient être en train de finir de monter la scène, aux fans qui devaient commencer à s'amasser devant la salle… Malgré lui, il repensa à la dernière fois qu'il avait vu le E Street Band, quatre ans plus tôt, en Italie. Son expiration trembla. Il se redressa d'un coup, s'assit au bord du lit et se passa les mains sur le visage. Il n'était pas loin de la crise de panique et, d'un geste brusque, ouvrit le minibar. Il en sortit une mignonnette de whisky dont il dévissa le bouchon et qu'il vida d'un trait.

Ils n'arrivèrent devant le Palacio de Deportes qu'à 16 h 15, en grande partie à cause de Guillaume qui avait été malade, obligé de se précipiter pour vomir au moment de quitter l'hôtel. Fébrilement, minuscules face au grand édifice de métal et de verre à l'architecture anachronique dans ce quartier de Madrid, ils se dirigèrent vers la file d'attente de la porte G pour constater que la distribution des bracelets ouvrant l'accès au *pit* était terminée. Ils prirent place dans la queue, dépités. Armand, Julie et Isabelle décidèrent d'aller vérifier aux autres portes s'il n'y avait pas d'accès plus direct, de files d'attentes moins longues. Julie tenta sa chance auprès d'un agent du service de sécurité, un malabar en blouson rouge vif, lui demandant, son plus beau sourire aux lèvres, s'il y avait encore une distribution de bracelets. La réponse fut négative. Enjôleuse, Julie expliqua qu'elle venait de France pour l'occasion, que c'était son anniversaire – ce qui était faux –, qu'elle était avec sa sœur. Deux autres balèzes de la sécurité rejoignirent leur collègue et après dix minutes de badinage, le premier promit d'en parler à son chef et d'essayer de dégotter une paire de bracelets. Julie lui désigna sa file d'attente et lui dit, avec une œillade enflammée, qu'elle comptait sur lui. Les deux jeunes femmes rejoignirent le groupe, hilares, Isabelle en rajoutant dans le récit de leur tentative de séduction à l'intention de Grégory qui revenait juste du *box-office* où il avait fait la queue pour acheter un billet supplémentaire pour Soazig, les organisateurs gardant toujours une poignée de places à vendre le jour du concert pour court-circuiter le marché noir.

À 17 h 30, il y eut un mouvement de foule. Trois monospaces aux vitres teintées s'engouffraient dans les sous-sols de la salle. Rapidement, une centaine de fans fut collée au grillage derrière lequel s'arrêtèrent les véhicules. Des gardes du corps s'extirpèrent des voitures, puis Jon Landau, le manager de Springsteen, salua les fans qui l'avaient reconnu. Enfin le chanteur apparut. Il y eut des cris, nombre de ces « Brouuuuce » devenus traditionnels. L'artiste leva la tête, sourit derrière ses lunettes de soleil et fit un signe de la main. *"We love you!"* hurla une Anglaise, déclaration à laquelle firent écho une dizaine d'autres. Les appareils photos crépitaient. L'instant d'après, la star avait disparu et chacun reprenait sa place dans les queues.

Les portes ouvrirent à 18 h 30, quelques minutes après la fin du *soundcheck*, cette courte répétition qui permettait de régler le son et de tester l'acoustique de la salle. À touche-touche, chacun marcha vers l'entonnoir des barrières de sécurité pour la fouille et le contrôle des billets. Comme toujours, personne ne pensa à vérifier le sac plastique de Jean-Marc dans lequel, sous un pull, un magazine et un livre de poche, se trouvait son matériel d'enregistrement. Personne ne remarqua non plus deux micros boules de petite taille accrochés à ses lunettes comme de simples attaches de cordon de sécurité. Petit et menu, avec ses éternels pantalons de velours et ses pulls à col rond, il avait l'air de tout sauf d'un *bootlegger*. Le balèze de la sécurité, en le laissant passer, fit un petit signe désolé à Julie pour lui signifier qu'il ne lui avait pas trouvé de bracelet. Puis ce fut chacun pour soi, et le personnel du Palacio eut beau crier de ne pas courir, chacun sprinta jusqu'à la salle, s'engouffrant entre les tribunes gris et argent, pour traverser la fosse encore vide vers les barrières du *pit*. Le groupe de Français y alla au culot, se glissant dans la bousculade de ceux qui portaient le bracelet jaune fluo, levant le bras en arrivant devant le contrôle. Pierre Da Costa et sa fiancée passèrent sans problème, ainsi que Julie, Christophe, Isabelle et Armand. Mais Grégory et Soazig se firent refouler, et à leur suite Damien, Guillaume et Jean-Marc.

– Putain ! râla le gendarme. Vite, la barrière !

Ils s'installèrent au premier rang de la deuxième barrière.

– Fait chier, ajouta Damien.

– On est pas mal, là ! dit Jean-Marc. C'est confort, contre la barrière, on est même un peu surélevés.

Mais Damien n'était pas convaincu, furieux, en vérité, d'avoir traîné à l'hôtel plutôt que d'arriver à l'heure pour avoir un bracelet. Son portable vibra. C'était Pierre, une quinzaine de mètres devant lui, dans le *pit*.

– T'as vu comment on les a grillés ! lança-t-il, ravi d'être entré sans bracelet. Vous êtes où ? Julie me dit que vous vous êtes fait refouler.

– On est juste contre la barrière, derrière le *pit*.

– T'en fais pas, on va vous faire entrer.

Et effectivement, Pierre trouva rapidement un couple de Belges de sa connaissance, ainsi que les deux sœurs australiennes, qui acceptèrent de se séparer momentanément de leurs bracelets. Les femmes réussirent à enlever le précieux sésame de leurs fins poignets sans le casser, le Belge dut le déchirer avec les dents. Isabelle en enfila un, puis glissa les autres dans sa poche. Julie lui donna le rouleau de scotch qu'elle emportait toujours aux concerts, au cas où. Isabelle sortit de l'enclos et retrouva le reste du groupe, distribuant les trois bracelets dont s'équipèrent aussitôt Grégory, Soazig et Damien qui scotcha le sien autour de son poignet, veillant à ne pas être vu par la sécurité. Ils entrèrent sans problème dans la première fosse, dont Damien ressortit quelques minutes plus tard, deux bracelets dans sa poche, pour Jean-Marc et Guillaume.

L'attente pouvait commencer. La dernière ligne droite.

Elle fut longue. Petit à petit, après la première et la seconde fosse, les gradins se remplirent à leur tour, puis commença le ballet des techniciens sur la scène sombre et surélevée, l'installation des saxophones de Clarence Clemons, des violons de Soozie Tyrell… Les éclairagistes montèrent par des échelles de corde vers les complexes grilles de projecteurs qui surplombaient la scène en se faisant applaudir par le public qui cherchait la moindre occasion de se distraire de son attente. Déjà très serrés, les spectateurs de la fosse se compressèrent de quelques mètres encore vers l'avant quand Kevin Buell s'avança jusqu'au micro du leader du groupe pour tester ses guitares, jouant toujours les premières notes de la chanson *Downbound Train*. Vers 20 h 30, une chaleur moite pesait sur les quelque dix-huit mille spectateurs qui commençaient à s'agiter, à taper dans les mains en cadence, à réclamer « Brouuuuce » à grands cris.

Les indispensables *setlists* photocopiées d'après l'original de Springsteen furent installées à 21 heures sous les clameurs de la foule. Une *ola* déferla impeccablement de la gauche tout au long des gradins. Le public était chauffé à blanc. À 21 h 30, plus rien ne bougeait sur la scène depuis longtemps. Damien se contorsionna pour pouvoir consulter sa montre. Il soupira. Il n'en pouvait plus. Il calcula qu'il ne s'était pas assis depuis cinq heures, depuis qu'il avait commencé à faire la queue, ce qui n'était rien comparé à ceux qui étaient appuyés à la barrière juste devant la scène et dont l'attente avait dû commencer dès le matin, voire la veille pour les plus courageux ayant dormi devant la salle. À côté de lui, Guillaume, en sueur, se cambra, souffrant du dos, et jeta un regard vers le plafond de l'immense cathédrale postmoderne dédiée aux messes païennes de ce début de troisième millénaire. Il avait déjà les mollets douloureux et l'arrière des genoux qui tirait.

– Quand on pense qu'on paye pour ça ! dit-il à son frère en souriant.

– Il n'y a qu'en rock qu'on écoute de la musique dans des conditions aussi merdiques. Tu imagines l'émeute salle Pleyel si on en faisait subir le quart aux spectateurs !

Guillaume glissa dans ses oreilles des bouchons en mousse car depuis quelques mois, il souffrait d'acouphènes qui le gênaient de plus en plus. Il avait consulté plusieurs spécialistes, tous impuissants à l'aider, mais qui lui avaient conseillé d'éviter les sons trop forts. Il avait lu quelque part que des soucis conjugués d'audition et de vue tels que son héméralopie pouvaient être liés à des problèmes de diabète. Des analyses l'avaient rassuré sur ce point ; il ne ferait pas ce plaisir à sa mère, outre son embonpoint et sa tendance à la mélancolie, de partager en plus le diabète avec le commissaire Wallander, son idole romanesque.

Tout à coup, les têtes autour de lui se tournèrent vers la droite, vers les tribunes VIP. Il interrogea Damien du regard qui lui fit une moue d'ignorance. Une partie du public applaudit, un couple salua la foule avant de s'asseoir. La rumeur passa de bouche à oreille jusqu'aux deux frères : le prince Felipe et Letizia, son épouse, venaient de prendre place.

– Eh ben voilà pourquoi ça commence en retard, commenta Christophe Richard, il fallait attendre que sa majesté arrive et…

Soudain les lumières s'éteignirent et une formidable clameur l'interrompit. Christophe hurla le prénom du chanteur, Damien dressa le poing dans la pénombre, Grégory leva les bras en l'air, mains ouvertes, hurlant sous le regard stupéfait de Soazig qui ne l'avait jamais connu si démonstratif. Guillaume ne put se retenir de sourire, la poitrine gonflée.

L'attente était déjà oubliée.

6

Jean-Marc Devilleneuve était ému. Bruce et le E Street Band lui avaient manqué depuis le printemps 2003. Roy Bittan au piano, Max Weinberg à la batterie, Steve Van Zandt à la guitare, tout comme Nils Lofgren, Clarence Clemons au saxophone, Soozie Tyrell au violon. Ils étaient tous vêtus de noir à l'image de leur leader qui, après avoir fait monter d'un cran encore l'excitation de la foule en l'invectivant de la voix, attaqua furieusement les cordes de sa guitare. Patti Scialfa, la choriste du groupe depuis plus de vingt ans et l'épouse du chanteur, n'était pas là ce soir. Jean-Marc observa un moment Charles Giordano, qui, aux claviers et à l'orgue, remplaçait Danny Federici resté aux États-Unis pour y subir une cure de chimiothérapie. Il baissa un instant le regard sur son magnétophone numérique pour vérifier que l'enregistrement se déroulait sans incident. C'était la cent trente-deuxième fois qu'il voyait Springsteen sur scène.

À quelques mètres de lui, dans le *pit*, près d'une Julie Martin extatique, yeux rivés sur le chanteur, Armand était parfaitement immobile. Il ne bougeait jamais durant un concert et détestait l'agitation du public de rock. Il souffrait de ce qu'étaient devenus les concerts de son idole : des événements extramusicaux. Une curiosité pour la bête de scène, celui qui jouait plus longtemps et plus fort que les autres. Tout ce qui avait amené ici les trois quarts du public était réducteur aux yeux d'Armand qui savait que la plupart de ces hommes et de ces femmes qui dansaient et criaient dans le noir ne comprenaient rien aux chansons interprétées. Armand était né trop tard et aurait voulu découvrir Springsteen au tout début des années 70, avant même la formation du E Street Band, avant le phénomène *Born To Run* et surtout la sortie de l'album *Born In The USA* en 1984. Avant le triomphe planétaire, ce que les médias avaient aussitôt baptisé la *Bossmania* en référence au surnom du chanteur, *The Boss*, le Patron : succession des *singles* à la radio, des clips à la télé, les albums qui se vendaient par millions et soudain les stades de foot pleins à craquer d'ignorants. Armand détestait partager avec eux son amour pour la musique de Springsteen et son seul refuge était de se dire qu'il la comprenait mieux que les autres, plus intimement.

Damien était à ses côtés, attentif à l'interprétation des nouvelles chansons qu'il entendait pour la première fois puisqu'il était parvenu à se retenir de télécharger sur le Net les extraits pirates des premiers concerts américains. Il se sentait bien, plein de son admiration pour Springsteen, de ce sentiment si fort pour lui qu'il s'était souvent demandé s'il n'était pas tout simplement de l'amour. Damien se souvenait d'une conversation lors d'un dîner, hors tournée, avec Grégory, Isabelle, Armand et trois autres personnes qui ne connaissaient rien à Springsteen et n'avaient cessé de les asticoter sur leur passion, le nombre impressionnant de concerts qu'ils avaient vus, l'argent dépensé à ces occasions, les voyages, les heures d'attentes… Grégory et Armand avaient tenté, en vain, de convaincre ces curieux irritants que Springsteen était l'un des artistes majeurs, tous genres confondus – musique, littérature, peinture… – de la seconde moitié du XXe siècle. Lui n'avait pas su quoi répondre, s'embrouillant, bafouillant, se sentant pris au piège et finissant par incarner l'archétype qu'il détestait pourtant du fan aveuglé. Seule Isabelle s'en était bien sortie, expliquant avec simplicité que chacun avait son hobby, sa passion, que pour certains c'était le golf, d'autres le cinéma ou le poker, le bateau, et que pour elle, c'était Bruce Springsteen.

Ce soir, à ses côtés, Isabelle était déchaînée. Elle dansait avec une lascivité excessive, frottant ses hanches à celles de Damien sur sa gauche et de Grégory sur sa droite. Soazig comprenait pourquoi son époux avait une liaison avec cette fille à la sensualité brute, instinctive, presque animale. Tant son contraire que c'en aurait été risible si ce n'était pathétique. Soazig sentait son cœur lui cogner jusque dans le ventre. Elle regarda Grégory qui tentait de s'immerger dans le concert, d'oublier que son épouse et sa maîtresse étaient avec lui, dans un rayon de moins d'un mètre cinquante. Il prenait chaque nouvelle chanson comme l'on ingurgite cul sec un nouveau verre pour chercher l'ivresse au plus vite. Elle l'aimait. Il était son époux. Un bon époux, un bon père, un bon écrivain. Elle avait eu raison de venir. Il fallait assainir la situation, mettre fin au mensonge, à la duplicité avant qu'il ne soit trop tard. Dans les écoles catholiques qu'elle avait fréquentées tout au long de son enfance, elle avait appris qu'il fallait du courage et de la volonté pour combattre le mal.

Soudain, quelques notes à l'harmonica attirèrent son attention vers la scène. Elle connaissait cette introduction. C'était un classique, même pour elle. *The Promised Land*, la Terre promise. Elle manqua se faire assommer par le plâtre du jeune maître nageur de la bande, Christophe, qui bondissait de joie. Il demanda pardon à Soazig qui lui sourit pour lui signifier qu'elle n'avait rien. Un vrai gamin, pensa-t-elle. Puis elle se dit qu'ils étaient tous des enfants qui, par la musique de ce chanteur américain, couraient après un rêve qu'elle-même n'avait jamais fait, bien trop précoce durant l'enfance, lucide et déjà résignée. Celui d'un monde auquel elle n'avait jamais cru, aussi loin qu'elle avait des souvenirs, fait de sentiments primaires, au sens des couleurs primaires, sans compromission, intense, une vie d'éternelle adolescence.

Guillaume Le Guen avait beau avoir entendu cette chanson des dizaines de fois en concert, il l'écoutait ce soir d'une façon inédite. Était-ce l'excès de boisson ? Il se sentait hors du concert, en retrait bien qu'au cœur de la foule. Cette année, il avait été étonné de lire dans presque chaque article consacré à la sortie du nouvel album ou à la tournée qui commençait une allusion à l'âge de Springsteen : 58 ans depuis le 23 septembre. Cela avait été un choc de lire sur Internet et dans la presse que son héros était le « vétéran du rock'n'roll ». Soudain, son idole n'était plus hors du temps, n'était plus invincible. Et lui-même prenait un coup de vieux.

Pourtant, quand avait explosé le riff de *Radio Nowhere* au tout début du concert, tout le monde avait eu le même âge dans le Palacio de Deportes, puis brusquement l'histoire n'avait plus été la même pour Guillaume quand, sans prendre le temps de respirer, Bruce s'était jeté dans *No Surrender.* Une chanson qui parle de garder la foi, de ne jamais se résigner, de ne jamais capituler. Et ce soir, il n'avait pu s'empêcher de se demander ce qu'elle signifiait encore en 2007 alors qu'elle avait été écrite au début des années 80, quand le chanteur, trentenaire, allait devenir l'une des trois plus grosses rock stars mondiales et que lui avait encore l'âge de penser que jamais il ne renoncerait, que jamais il ne capitulerait. Que signifiait cette chanson quand on avait vingt-cinq ans de plus, qu'on était devenu père, qu'on avait divorcé, qu'on était commissaire de police et qu'il avait bien fallu faire quelques arrangements avec la vie ?

The Promised Land, Darkness On the Edge Of Town, Badlands, Thunder Road... Qu'étaient devenus les grands classiques de Springsteen en 2007 ? Des hymnes désormais, passages obligés, toutes lumières allumées pour favoriser la communion des spectateurs. Mais qui en écoutait encore les textes ? Qui en ressentait encore la portée, l'impulsion, l'énergie ? Il y avait vingt-cinq ans, Guillaume écoutait *Born To Run* pour sortir de lui-même, transporté, avec l'envie de courir, de fuir la maison de Biranques et l'emprise de Nancy, sa mère, pour mordre la vie à pleines dents et devenir un autre. C'était exactement dans cet esprit que cette chanson avait été écrite en 1974 par un jeune fils de chômeur qui comptait conquérir le monde avec sa guitare. Aujourd'hui, il l'écoutait *avec* lui-même, comme Springsteen l'interprétait du haut de son rêve accompli, et pensait au chemin parcouru, à qui il était devenu. Mais n'était-ce pas là qu'il lui fallait chercher la signification et la force de cette chanson en 2007 alors que son idole avait 58 ans ? Et quand, après *American Land*, la star salua avant de quitter la scène, le commissaire se fit la réflexion qu'il avait fait un sacré bout de chemin avec les chansons de cet artiste. Elles l'avaient guidé, elles lui avaient donné des ailes, mais l'avaient aussi aidé à s'accepter tel qu'il était.

7

Par grappes, les fans se dispersaient dans la ville. On entendait des clameurs, des rires, des voix qui s'élevaient dans la nuit en reprenant le refrain d'une chanson vissée dans les mémoires... Des canettes par centaines, des gobelets en plastique et des tracts publicitaires jonchaient le sol. Des vendeurs à la sauvette haranguaient le public en débâcle pour écouler leur stock pirate non loin des stands officiels devant lesquels les Français s'étaient attardés pour acquérir T-shirts et programmes de la tournée.

Armand Matignon était dubitatif. Il avait trouvé Springsteen en rodage, court en voix, s'économisant tout en donnant très professionnellement l'impression de se donner à fond ; un concert sans surprise.

– Syndical, dit-il pour préciser sa pensée.

– Syndical ! répéta Pierre. T'as vu cette ambiance de folie !

– Le public espagnol était génial, ça c'est sûr, répliqua le prof de philo, mais Bruce, lui, a fait dans le service minimum. Il n'y a eu aucune surprise dans la *setlist* !

– Comment tu peux dire ça, intervint Damien, alors que c'est notre premier concert de la tournée !

Armand se tourna vers le jeune Montpelliérain et le regarda avec une étonnante intensité.

– Je t'envie. Quoi que fasse Bruce, tu es heureux. J'envie ton aptitude à l'émerveillement.

– Toutes les nouvelles chansons étaient des surprises pour

moi ! plaida le gendarme, troublé par la soudaine gravité de son ami.

Christophe, le maître nageur, acquiesça, de toute évidence enchanté par sa soirée. Pourtant, à part lui qui revendiquait haut et fort de ne pas aller aux concerts pour « se prendre la tête », les autres comprenaient ce qu'Armand voulait exprimer et, au fond d'eux-mêmes, savaient qu'il avait raison : le concert qui venait de s'achever avait été très bon, mais pas de ceux qui avaient fait d'eux des « *travelling fans* » capables de suivre leur idole à travers le monde. Mais il était trop tôt pour se l'avouer, et il faudrait attendre quelques semaines, qu'ils aient vu d'autres shows bien supérieurs à celui-ci pour que tout naturellement, l'air de rien, ils se rallient à l'opinion d'Armand et estiment que Madrid avait été la date la plus faible de la tournée.

Isabelle, livide et tremblante, signala qu'elle commençait à avoir froid, qu'il se faisait tard et qu'ils feraient bien de rentrer s'ils ne voulaient pas trouver le bar de l'hôtel fermé. Julie Martin était partie précipitamment pour aller se poster devant l'hôtel de Springsteen en espérant y décrocher un autographe ou une photo.

Lennart rejoignit le groupe au moment où il se mettait en route, accompagné de deux autres Suédois, son fils d'une trentaine d'années et une jeune femme qu'il présenta comme la fille d'un ami. Damien la reconnut aussitôt pour l'avoir aperçue plusieurs fois au cours de la soirée sur les écrans géants qui entouraient la scène ; au premier rang, juste en face du micro de Springsteen, elle s'était souvent retrouvée dans le champ des caméras. Elle se prénommait Annelie, était petite, menue, brune, avait de grands yeux gris perle et un doux sourire sur les lèvres.

Pierre invita les Suédois à se joindre à eux pour prendre un verre. Lennart accepta aussitôt ; végétalien, il avait l'habitude de faire la part belle au houblon dans son régime alimentaire.

En chemin, la jeune femme se rapprocha de Damien, Armand s'écartant pour les laisser seuls, non sans jeter un regard en coin à cette « étrangère » qui s'immisçait dans leur groupe et venait d'interrompre sa conversation. Ne remarquant pas la contrariété de son ami, le gendarme demanda à Annelie, en anglais, à quelle heure elle avait commencé à faire la queue pour se retrouver à la meilleure place de la soirée.

– La veille, répondit-elle. Tu sais, on organise nous-mêmes la queue. On met des numéros au feutre sur les mains de ceux qui arrivent, au fur et à mesure, et ensuite, on fait l'appel, à 22 heures, à minuit, puis à 7 heures du matin. Si tu manques un appel, tu es rayé de la liste. Le staff de la salle tient compte de notre numérotation, comme ça, quand le reste du public arrive, on est les premiers dans la file et les premiers à avoir un bracelet.

– Et tu dors sur place, avec une tente et tout ?

– Ça dépend. Parfois oui, d'autres fois je partage la chambre de quelqu'un à l'hôtel et je ressors pour les appels.

Damien était impressionné que quelqu'un d'aussi jeune soit une si fervente admiratrice d'un chanteur bientôt sexagénaire.

– Et Bruce, tu l'as découvert comment ?

– C'était l'idole de mon père, j'ai grandi avec sa musique. Il m'a emmenée le voir pour mes 20 ans, à Stockholm, en 2002, et j'ai attrapé le virus.

Damien calcula qu'elle n'avait que 25 ans.

– Et tu fais plusieurs concerts, cette année ?

– Tous.

– Tous !

Elle lui sourit pour confirmer sa réponse.

– Tu vas demain à Bilbao ?

– Oui. On part à 6 heures du matin, avec Lennart et Halsten, en voiture…

À l'hôtel, ils investirent le bar sous le regard réprobateur de quelques clients déjà installés sous les lumières tamisées. Jean-Marc Devilleneuve, qui n'aimait pas veiller tard, monta se coucher comme à son habitude alors que Soazig, suivie du regard par Isabelle, dit à l'oreille de Grégory qu'elle était fatiguée. L'écrivain lui répondit qu'il buvait une bière et la rejoignait ensuite. Isabelle fit un détour par les toilettes avant de rejoindre le groupe.

Ayant pris de l'âge et assis leurs situations professionnelles, la plupart des fans de Springsteen ne réservaient plus que des hôtels de standing, rarement en dessous de quatre étoiles pour éviter les mauvaises surprises, mais leur apparence tranchait sur celle des hommes d'affaires qui fréquentaient ces établissements. T-shirts bariolés, jeans délavés, parlant fort et ayant toujours très soif après les concerts, ils se vautraient sur les sofas et fauteuils et, le temps d'une soirée, ébranlaient d'une fruste « rock'n'roll attitude » les boiseries et les dorures, rendant aussitôt inopérante l'insipide musique d'ambiance.

Guillaume se sentait détendu. Plus que depuis l'annonce de la tournée. Était-ce l'alcool, la musique ou la combinaison des deux ? Il n'avait pas pensé à Kévin Bianchi et Luc Vienney depuis plusieurs heures. Ni à son envie devenue récurrente de quitter la police. Il avait toujours aimé ces moments d'après-concert pendant lesquels chacun donnait son avis, où les souvenirs de tournée refaisaient surface, illustrés par le récit rassurant d'anecdotes que tous connaissaient par cœur mais que l'on ne se lassait pas de réentendre, où la conversation, animée et désordonnée au départ devenait, la fatigue aidant, plus intime au fil des heures, les uns et les autres se laissant aller à l'introspection et à une rare sincérité. En tournée, on n'était plus flic ou comptable, père ou mère, divorcé ou marié, parent d'élève ou chômeur. On s'oubliait, on changeait de peau comme l'on changeait de vêtements, laissant derrière soi costume, tailleur, soucis et contraintes le temps d'une parenthèse amicale et musicale durant laquelle l'on s'évertuait à courir après celui ou celle que l'on avait toujours rêvé d'être. « Quand je me regarde, je ne vois pas l'homme que j'aurais voulu être », chantait Springsteen en 1988. Phrase que Guillaume s'était souvent remise en mémoire en rentrant de concert, au moment de redevenir flic, quand il se rasait de nouveau alors qu'il se refusait à le faire en tournée.

Soulagé d'avoir passé ce premier concert tant redouté, Guillaume offrit la première bière alors que la petite amie de Pierre, dans un laborieux mélange d'anglais, d'espagnol et de français, parvenait à convaincre le barman, le room service étant fermé à cette heure tardive, de leur faire livrer des pizzas de l'extérieur. Pierre regarda Isabelle qui, revenant des toilettes, s'installait face à Grégory.

– Est-ce qu'il y a déjà de bons pirates du début de la tournée en Amérique ? demanda Damien.

– Le meilleur, c'est la dernière date à Boston, répondit Armand en vidant sa bière, le concert pour Danny, juste avant qu'il quitte la tournée. Ça c'est sûr, ça va sortir sur plusieurs labels.

– À propos de labels, vous croyez que Jean-Marc a fait une bande ? demanda le gendarme.

Il y eut un moment de silence, puis les bières arrivèrent, avortant cette conversation, tous trinquant à la tournée qui débutait.

– À Bruce ! lança Christophe.

– À nous ! préféra Guillaume.

– À nous ! répéta Isabelle en regardant Grégory qui baissa les yeux.

– À nous ! enchaîna Armand qui, malgré ses efforts pour s'intégrer au groupe, paraissait ailleurs.

– Au *Magic Tour* ! annonça Pierre.

– Au meilleur des concerts, qui est toujours…

– *Le prochain !* dirent-ils en chœur, amusés par cette déclaration de Damien devenue traditionnelle.

Il y eut ensuite un instant de silence – chacun savourant la première gorgée – qui mit en valeur la toux de Damien qui manqua de s'étrangler.

– Qu'est-ce qui t'arrive ? lui demanda son frère.

Damien, écarlate, ne répondit pas et termina de tousser. La conversation générale reprit. Le gendarme se tourna vers sa voisine, Annelie, dont le sourire lui confirma qu'il n'avait pas rêvé, qu'elle venait bien de lui glisser à l'oreille, de son anglais aux accents nordiques, qu'après un concert de Bruce, elle avait toujours un besoin impératif de faire l'amour.

Armand commanda une nouvelle tournée et revint alors à la charge. Un vif débat sur les mérites du E Street Band démarra de nouveau, ce qui n'empêcha pas le professeur de philosophie de remarquer que Damien s'éclipsait avec Annelie.

Plus tard, à bout d'arguments, gagné par la fatigue et l'ivresse, le professeur de philo décida d'aller se coucher sans attendre plus longtemps les pizzas qui se faisaient désirer. Il était plus de 2 heures du matin, trois tournées de bières avaient défilé et il faudrait quitter l'hôtel vers 9 heures pour gagner l'aéroport. La fiancée de Pierre se leva pour faire de même mais ce dernier la fit rasseoir avec autorité et proposa une dernière tournée, souhaitant repousser le moment de se mettre au lit, ultime étape vers le retour à la « vie civile ». Grégory hésita. Il avait promis à Soazig de ne pas tarder mais appréhendait de se retrouver face à elle et d'entamer la séance d'explications qu'il redoutait depuis leur départ. Il espérait qu'elle serait endormie quand il la rejoindrait. Isabelle, assise juste en face dans un fauteuil profond, ne le quittait pas des yeux. Elle était nerveuse, pleine de tics et la paupière droite si agitée de spasmes qu'il se demanda pour la première fois si elle ne prenait pas de la drogue. C'était déplacé et hors de propos, pourtant il avait envie d'elle.

Guillaume, dont la voix devenait pâteuse, prit alors la parole :

– Est-ce que vous vous êtes déjà demandé, vraiment demandé, pourquoi vous aimez tant Bruce ?

Il y eut quelques secondes de silence, puis Pierre répondit en premier :

– J'adore le rock, le rock US exclusivement, et Bruce est le meilleur.

– Ouais, il est le meilleur ! confirma Christophe Richard.

– OK, OK, mais ça ne suffit pas ! répliqua Guillaume. N'importe quel fan de n'importe quel chanteur te dirait la même chose, c'est entièrement subjectif.

– Sauf que Bruce, c'est vraiment le meilleur ! l'interrompit Christophe. Y a pas photo !

– Si c'était juste parce qu'il est bon, continua Guillaume, on irait le voir quand il passe en France, on achèterait tous ses disques et basta ! Et puis il n'est quand même pas le seul à être bon. Prends, toi, Pierre, tu vas voir plein de concerts autres que ceux de Bruce ! Dylan est bon, on est tous d'accord, et tu l'as vu combien de fois sur scène ?

– Une quinzaine.

– Et Bruce ?

– À peu près deux cents fois.

– Tu vois ? Pareil pour Neil Young, Fogerty et les autres ! Et regarde-moi ! Je n'écoute jamais de rock, que du classique, sauf Bruce ! Alors quoi ?... Je veux dire, on n'a pas un comportement très normal, quand même ! Y a un truc !

– Je pense que c'est lié aux messages de Bruce plus qu'à sa musique. À la complexité de ses textes, leurs multiples lectures possibles... Prenez *Born In The USA*, c'est pas un hasard si c'est devenu un tel *hit* !

– Sauf qu'au départ, répondit Pierre, personne n'a rien compris au texte ! Tout le monde a pris ça pour une chanson patriotique alors que c'est l'inverse !

– Justement ! C'est cette double lecture qui est fascinante et qui a fait de cette chanson un véritable mythe. Vous avez lu le bouquin de Barrière, là-dessus : *Born In The USA, anatomie d'un mythe*, aux *Cahiers du rock* ?

Tous acquiescèrent, même Christophe Richard qui, s'il avait effectivement acheté l'ouvrage, n'était pas parvenu à le terminer, la lecture n'ayant jamais été son fort, et encore moins celle d'un essai décortiquant une chanson.

Isabelle prit alors la parole, revenant à la question de Guillaume.

– C'est Bruce mais c'est le rock, quand même, affirma-t-elle avec vivacité. C'est l'osmose des deux qui nous rend accros. C'est l'image du rock que donne Bruce. Le rock est né de quoi ? De la rébellion, du refus du monde des parents, des adultes, du poids du passé, d'un besoin d'autre chose… On a tous ça en nous, et c'est le message de Bruce, mais accessible, parce qu'il nous donne l'impression d'être l'un des nôtres. Il représente notre idéal : un type en apparence normal, mais qui n'a pas renoncé à ses rêves, qui les a réalisés. Et pendant les concerts, il nous donne l'illusion que tout n'est pas perdu. Je sais pas vous, mais depuis toujours, j'ai l'impression d'attendre quelque chose, comme si ma vie n'avait pas encore vraiment démarré. Quand on est gosse, on se dit que c'est l'âge adulte qu'on attend, de tenir enfin les rênes, et puis ensuite, rien ne change vraiment, en vérité, et on attend toujours que quelque chose se passe. Mais il n'y a que la vie qui passe…

Guillaume comprenait parfaitement ce qu'Isabelle voulait exprimer.

– Bruce en parle, dans *Badlands* !

Et il cita : *"You spend your life waiting for a moment that just don't come."* « Tu passes ta vie à attendre après un moment qui ne vient pas. »

– Exactement ! poursuivit Isabelle. Pour moi, il n'y a que pendant un concert de Bruce que je cesse d'attendre. Quand il est sur scène et qu'il chante, je vis, au présent, sans penser à rien d'autre.

– Comme quand on fait l'amour ! ajouta Christophe.

– Sauf que quand je fais l'amour, répliqua aussitôt Isabelle, je pense à mon plaisir, à celui de l'autre, à la peur de ne pas jouir, à l'amour que j'éprouve pour mon partenaire, aux sentiments qu'il éprouve pour moi.

Elle planta son regard fiévreux dans celui de Grégory avant de poursuivre :

– Je me demande s'il m'aime encore… S'il va enfin quitter sa femme.

Les larmes la prirent par surprise en montant d'un coup à ses yeux. Le silence s'abattit aussitôt sur la tablée. Isabelle termina sa bière cul sec et se leva, s'éclipsant de peur d'éclater en sanglots devant tous.

Grégory fixa ses chaussures. Tous faisaient de leur mieux pour ne pas le dévisager, excepté Pierre Da Costa qui le regardait d'un air sombre. L'écrivain releva la tête, soupira, termina sa bière puis se leva.

– Allez, bonne nuit ! dit-il avant de sortir du bar à son tour.

Les autres sirotèrent un moment leur verre en silence, puis Christophe détendit l'atmosphère en disant que lui allait à un concert pour s'amuser, pour s'éclater, pas pour faire une psychothérapie.

Les pizzas arrivèrent alors qu'ils parlaient du bonheur, tentant d'en donner chacun une définition. Ils avaient trop bu et après une si longue attente, la fatigue avait fini par prendre le pas sur la faim. Ils mangèrent sans enthousiasme, soudain pressés d'aller se coucher.

Dans le couloir du huitième étage de l'hôtel, Grégory avait rattrapé Isabelle avant qu'elle n'entre dans sa chambre. Ses yeux rougis et sa peine, si visiblement profonde, agaçaient son amant tant ils aiguillonnaient sa culpabilité.

– J'ai toujours été clair, Isa. C'est toi qui as changé, toi ! Alors ne viens pas jouer les victimes, ne viens pas me balancer des vacheries à la gueule devant tout le monde.

– T'es bien comme tous les mecs.

– Je n'ai jamais affirmé le contraire. Tu connaissais les règles.

– Les règles ! Quelles règles ? Depuis quand il y a des règles en amour ? Et c'est dans les règles, que ta femme soit ici, que tu couches avec elle plutôt qu'avec moi ? C'était prévu dans les règles, ça aussi ?

– Tu sais très bien que je n'y peux rien. Et puis ça ne serait jamais arrivé si tu n'avais pas déconné en juin, à la librairie.

Isabelle renifla.

– Mais je t'aime, moi ! Je t'aime, Grégory !

– Arrête. Arrête ça tout de suite. C'est impossible.

– Que j'arrête quoi, de t'aimer ?

Elle se sentit soudain épuisée et toute sa combativité naturelle la quitta. En temps normal, elle aurait pris l'offensive, aurait peut-être giflé Grégory alors que cette nuit, elle se sentait prête à le supplier. Elle avait envie de s'allonger, qu'il la prenne dans ses bras et qu'il la rassure, même par des mensonges. Elle se mit à pleurer pour de bon, voulut l'enlacer.

– *Arrête !* cria Grégory en se dégageant. Qu'est-ce que tu as ce soir, qu'est-ce qui t'arrive ? Qu'est-ce que tu as pris ?

Isabelle se colla à lui.

– Tu te drogues ? Isabelle, réponds-moi, tu as pris quelque chose ?

Elle renifla, sanglota.

– C'est fini, Isabelle, affirma Grégory en la repoussant une nouvelle fois, plus brusquement qu'il l'aurait voulu. Terminé. On arrête.

Elle le regarda, elle semblait saoule. Lui aussi avait trop bu sans avoir dîné. Elle lança son bras pour le frapper, le manqua, en fut déséquilibrée. Grégory la rattrapa. Une soudaine bouffée de colère s'empara de lui quand il sentit qu'il bandait. Ce désir, à ce moment précis, était insupportable. Il saisit Isabelle par les poignets et la plaqua dos au mur.

– J'en peux plus, Isa. Tu m'entends ?

Il serra les dents.

– *Tu m'entends ?*

– Tu me fais mal ! gémit-elle.

Grégory serra encore sa prise sur les fins poignets. Le visage d'Isabelle était déformé par le chagrin, ravagé de larmes, ses cheveux en désordre. Grégory avait tout autant envie de la frapper à tour de bras que de lui faire l'amour.

– Je suis enceinte, dit-elle alors.

Grégory mit un moment à comprendre.

– J'attends un enfant de toi. Ça fait trois mois, depuis Dinard.

Elle ne le regardait pas, le visage baissé, la tête pendante, comme crucifiée, ses bras toujours retenus contre le mur par les mains de Grégory.

Il se mit à trembler. Serra encore, l'entendit gémir. En un flash, il se vit la rouant de coups de poing et de pied, puis lui serrant la gorge entre ses mains. Il bandait toujours. Il la haïssait. Il se haïssait.

Ils n'avaient plus bougé ni rien dit depuis l'évocation de Dinard. Isabelle, toujours dos au mur, releva le visage. Leurs regards se croisèrent. Grégory la lâcha, s'éloigna à grands pas puis se mit à courir, évitant l'ascenseur pour s'engouffrer dans la cage de l'escalier de secours.

8

Le chagrin lui faisait tourner la tête. Elle ne s'était même pas vue entrer dans la chambre et refermer la porte. Il faisait sombre, seule la lueur bleutée de la nuit s'insinuait dans la pièce. Isabelle se laissa tomber sur le lit. Elle ne pleurait même plus, au-delà de son propre chagrin. Elle ne pouvait pas le perdre. Et cet enfant ! À son âge, élever seule un enfant. Un bébé. Son fils qui était déjà presque un adulte. Recommencer, seule. Elle ne pouvait pas perdre Grégory. Il lui reviendrait. Il lui faudrait un peu de temps mais il lui reviendrait. Ils s'étaient trop aimés. Tous ces concerts, toutes ces nuits d'amour, les deux étant devenus presque indissociables pour elle, comme certains goûts qui se lient à force d'habitude.

Elle avait la nausée et se tourna sur le dos. Sa bouche était sèche, son rythme cardiaque emballé. Elle avait besoin de cocaïne mais n'avait pas la force de se relever. Elle se dégoûtait d'avoir repris la drogue qu'elle était pourtant parvenue à arrêter net en apprenant qu'elle attendait un enfant. Elle avait mal, elle n'aurait jamais pensé que l'on pouvait autant souffrir. Elle avait pourtant beaucoup pleuré au moment de son divorce, mais ce n'était rien en regard du malaise qui venait de s'emparer d'elle.

Elle pensa de nouveau à l'enfant qu'elle portait. Grégory ne pourrait l'ignorer, il n'était pas de ces hommes-là. La paternité comptait pour lui, plus que tout, plus même que ses livres. Il adorait ses filles, il avait toujours été un père attentif et dévoué, aimant, elle le savait. Il ne pourrait pas ne pas se soucier d'un autre enfant de lui. Il lui reviendrait, d'une façon ou d'une autre.

Elle entendit alors une musique au loin. Familière. Elle se redressa sur le lit, parvint à s'asseoir. Ces cris, cette batterie qui roule… Cette voix. *Something In The Night.* C'était Bruce. Elle adorait cette chanson. Comme il était étrange de l'entendre ainsi au cœur de la nuit, à Madrid, depuis cette chambre d'hôtel dans laquelle elle consumait toute sa détresse. Le son était lointain, confus.

Isabelle se leva et se dirigea en vacillant vers la porte-fenêtre qu'elle ouvrit en grand. La fraîcheur de la nuit lui fit du bien. Sur ce balcon du huitième étage du Gran Hotel Velázquez, elle dominait une partie des toits de Madrid et les lampadaires qui déversaient leur lumière soufrée sur la rue déserte. La musique n'était pas plus claire depuis qu'elle avait ouvert. La chanson se poursuivait au loin.

Trois coups à la porte. Isabelle s'immobilisa. Son cœur se mit à cogner dans sa poitrine. Grégory. Grégory lui revenait. C'était lui, ce ne pouvait être que lui. Des larmes affluèrent aussitôt à ses yeux. D'espoir, de possible joie.

Deux nouveaux coups à la porte. Isabelle se retint de crier et se précipita. Maladroite tant elle s'empressait, elle dut s'y reprendre à deux fois et ouvrit enfin.

Julie Martin revenait bredouille. Elle avait attendu un peu plus de deux heures, en vain. Bruce Springsteen n'était pas apparu à l'entrée de son hôtel. Une petite trentaine de fans avaient fait le guet avec elle, dont les deux sœurs australiennes qu'elle connaissait bien, Sue et David, les « vétérans » anglais, Benoist, un Belge qu'elle croisait dans les salles de concerts depuis plus de dix ans… Ils avaient vu apparaître et disparaître plusieurs fois l'un des membres de l'équipe de sécurité du chanteur, avaient essayé en vain d'interpréter le va-et-vient des véhicules aux vitres teintées. Springsteen dînait-il à l'extérieur ? Était-il déjà rentré à l'hôtel ? Y avait-il une issue dérobée ? Le groom, près de la porte à tambour, avait pour consigne de ne rien dire. Il était tard, il y avait peu d'espoir, mais on ne savait jamais avec Bruce. Chacun avait au moins un souvenir d'un moment qui avait récompensé des heures d'attente, une poignée de main, un sourire rien que pour soi, une photo où l'on posait avec lui, un autographe personnalisé, minutes ou secondes de partage hors de la scène, moments volés de la vraie vie de la star, quand elle n'était pas en représentation, et qui faisait de vous un élu dans la foule anonyme des admirateurs, sans même parler de ces instants entrés dans la légende, comme à Naples en 1997, où soudain il était apparu au balcon de sa suite et s'était mis à jouer *Thunder Road*, guitare sèche à la main, pour la centaine de fans massée au pied de l'hôtel. Ou bien encore le jour où il avait interprété *The River* avec un musicien de rue à Copenhague. Il y avait aussi cette histoire – vraie ou fausse ? – du type assis seul devant une bière, une nuit, dans un bar de Londres, en 1993, qui ressemblait tant à Bruce Springsteen que tout le monde le regardait sans oser l'aborder jusqu'à ce qu'un homme lui tape sur l'épaule et lui demande : « Est-ce que c'est toi le Boss ? – Ouais, avait répondu l'autre d'une voix fatiguée. – Alors prouve-le ! » Et Springsteen de se mettre à chanter… On ne savait jamais. Julie connaissait comme sa poche un nombre impressionnant de façades de palaces à travers l'Europe pour y avoir passé des heures à attendre, à tendre le cou dès que la porte s'anime, le cœur s'emballant dès qu'un type à lunettes de soleil montre le bout de son nez. À attendre son apparition, comme devant autant d'églises.

Cette nuit, avec le couple d'Anglais, ils avaient évoqué le souvenir de leur virée commune sur les terres du chanteur, dans le New Jersey. C'était en 2000, pour la fin du *Reunion Tour*. Julie avait assisté aux six derniers concerts de la tournée au Madison Square Garden de New York. Les jours sans concert étaient dédiés au tourisme et l'un d'eux à un tour en bus des lieux historiques de la vie de Springsteen, organisé pour une cinquantaine d'Européens accompagnés d'un guide, animateur du fan-club américain *Backstreets*. Il les avait aiguillés dans les rues de Freehold, sa ville d'enfance, devant ses maisons successives, avec à chaque fois un arrêt photos – les nouveaux habitants des lieux tellement habitués qu'ils continuaient leurs activités sans prendre garde à ces hommes et ces femmes en T-shirts bariolés qui les photographiaient en train de tondre leur pelouse ou d'étendre leur linge ; il leur avait montré le panneau de la rue E – la *E Street* qui avait donné son nom au groupe – puis la propriété actuelle de la star, à Rumson, avant de se rendre à Asbury Park, station balnéaire souvent évoquée dans ses premières chansons.

Tout compte fait, malgré la fatigue et l'attente, Julie avait passé un bon moment à évoquer ces souvenirs. Quand elle repensait à ces deux semaines à New York, elle se disait souvent qu'elles étaient ses derniers instants de bonheur et d'insouciance.

Elle arrivait devant l'hôtel, pas mécontente d'aller se coucher, et commençant à avoir froid malgré la douceur de la nuit espagnole.

Ce fut d'abord un son furtif, comme une lame qui coupe l'air, puis un choc terrible, accompagné d'un bruit qui la hanterait jusqu'à la fin de ses jours. Julie hurla. Elle était couverte de sang et de viscères. Isabelle Guérin venait de s'écraser à ses pieds. Son corps éclaté sur le sol n'avait plus rien d'humain.

Elle n'en peut plus de courir, moralement plus que physiquement. Elle ne croit plus à sa fuite. Un soudain abattement lui ramollit les jambes. Aussitôt, une main l'effleure, une autre se saisit de la manche de son gilet. Elle hurle, s'agite, rue, se dégage. Des pas la dépassent. Elle repart de plus belle mais s'immobilise soudain. Un homme se tient debout devant elle. Il est essoufflé, sa poitrine soulevée par une forte respiration, une batte de base-ball à la main. Il est jeune, très jeune. Même pas 20 ans, peut-être pas 18. Ses yeux sont grands ouverts et rendus brillants par l'excitation de la chasse. Il esquisse un sourire qui déclenche chez elle un tremblement de tout son corps.

Elle pivote, les autres sont là. Ils se déploient en cercle. Ils sont tous très jeunes. L'un d'eux lui parle. Elle ne comprend pas ce qu'il dit, ne connaît pas leur langue. Ils s'interpellent maintenant. Ils rient. Elle tend son regard au-delà. Ses compagnons ne sont plus que de lointaines silhouettes. Personne, que la nuit tiède, humide et vide.

Ils se rapprochent, elle recule, le cercle se resserre. Elle tente une percée mais on la saisit. Elle se débat furieusement, crie, griffe, se dégage. Un autre la rattrape. Ils tombent. Elle donne des coups au hasard, des bras, des pieds. L'homme jeune l'insulte. Elle ne connaît pas le mot mais reconnaît le ton. Il s'accroche à ses vêtements, pèse de tout son poids sur son corps. Elle crie comme une possédée. Un poing s'abat sur son nez.

III

ANVERS
SPORTPALEIS

9

Jean-Marc Devilleneuve décida de rentrer à pied. Il faisait doux pour un mois de décembre et marcher dans les rues de Versailles l'apaisait. Il connaissait si intimement cette ville dans laquelle il était né cinquante-sept ans plus tôt et qu'il n'avait jamais quittée. Elle avait peu changé. C'est ce qu'il aimait ici, ce temps qui s'écoulait si différemment, cette force d'inertie sereine et rassurante, résistance naturelle à la nouveauté, à la mode, à l'accélération de la vie moderne. La ville et ses habitants évoluaient, mais à leur propre rythme, sans subir les diktats de la société. Avec prudence et la conviction d'être au plus près de la vérité.

Quittant le quartier Saint-Louis, Jean-Marc traversa la place d'Armes, les grilles du château à sa gauche, et rejoignit la rue Hoche. Là commençait son territoire, le quartier Notre-Dame, qui jouxtait celui qu'il avait toujours habité, rive droite. Le marché, la rue de la Paroisse et tout au bout à gauche, derrière le vélum doré des guirlandes lumineuses de Noël, les grilles du bassin de Neptune, son terrain de jeux quand il était enfant. Le parc du château n'était plus le même depuis la grande tempête de 1999 et nombre des recoins, haies de charmilles ou bosquets de buis ayant abrité ses jeux d'enfant avaient disparu au profit d'allées mieux dessinées sans doute, de perspectives plus fidèles à l'esprit de Le Nôtre mais où il peinait à retrouver les odeurs et les sensations de ses souvenirs. Jean-Marc avait été un enfant puis un adolescent solitaire et personne autant que lui n'avait arpenté les jardins royaux, pénétré, dès le plus jeune âge, par le poids de l'Histoire et par une confortable mélancolie. Il contourna l'église Notre-Dame par la rue Sainte-Geneviève, passa devant son ancienne école maternelle, au coin de la rue Baillet-Reviron, puis traversa le boulevard de la Reine pour remonter la rue Sainte-Adélaïde jusqu'au cimetière des Missionnaires où reposait son père depuis dix-sept ans déjà.

Jean-Marc marchait d'un pas régulier, ni lent ni rapide, n'étant jamais en retard ni en avance. La ponctualité était l'une de ses marottes. Il entendit la voix de sa mère au moment de retirer la clé de la serrure.

– C'est moi, maman ! cria-t-il depuis le vestibule.

En ôtant son Loden, comme de plus en plus souvent, l'idée que la maison ne serait bientôt qu'à lui seul lui traversa l'esprit. Une idée dont il ne se sentait pas coupable mais qui était néanmoins embarrassante.

Il ne se souvenait pas avoir jamais vraiment aimé sa mère. Du plus loin que le ramenait sa mémoire, il avait toujours été mal à l'aise avec elle, la réciproque sautant aux yeux. Des images lui revenaient, qu'il ne parvenait pas à dater avec précision mais qui remontaient avant l'école, à un temps où il ne parlait pas encore, ou très peu. C'était toujours sa mère en train de fumer en le regardant. Très belle, assise jambes croisées, un coude sur les genoux, la cigarette entre deux doigts, les yeux braqués sur lui, durs et pleins de reproches. Elle recrachait la fumée nerveusement, soupirant souvent, se rongeant les ongles entre deux bouffées. C'était l'image même de l'ennui. De l'ennui exaspéré, fébrile, douloureux, déçu. Sa vie n'était pas comme elle l'avait rêvée. Tout ce que Jean-Marc savait de sa mère avait été volé à ses échanges avec sa sœur Agathe. Conversations, lettres, coups de téléphone… Jean-Marc était un enfant silencieux qui savait se glisser discrètement dans les pièces. Il épiait, écoutait aux portes, ouvrait le courrier de sa mère, les tiroirs de sa commode. Il croyait alors que les parents cachaient un fabuleux mystère aux enfants, les clés même de la vie qu'il espérait palpitante dès que les moins de 10 ans étaient au lit. Mais au fil des années, le seul secret qu'il avait découvert était l'ampleur du désamour que lui portait sa mère. Confirmé des décennies plus tard par la lecture de l'intégralité des lettres récupérées chez sa tante et dont certains extraits ne devaient jamais quitter son esprit.

Quand Jean-Marc était petit, il m'arrivait de laisser passer l'heure de son repas. Exprès. Ou alors je ne le changeais pas, je le laissais dans ses langes sales. Je lui faisais couler des bains trop froids. Jamais il ne se plaignait. Il me fixait juste de ses yeux clairs.

Si tu savais combien je m'ennuie, ma sœur chérie ! J'ai l'impression d'avoir mille ans. Ne fais jamais d'enfant, Agathe. Jamais !

La nuit dernière, j'ai rêvé que Jean-Marc était mort à la naissance, que j'avais accouché d'un cadavre.

Il avait fallu des années à Jean-Marc pour qu'il parvienne à se faire une idée précise de qui était sa mère : petite dernière d'une famille modeste de la région de Clermont-Ferrand qui s'était juré très jeune de mener la grande vie à Paris. Jolie, elle n'avait que 17 ans quand le hasard lui avait fait croiser le chemin de Maurice Devilleneuve, 33 ans, notaire célibataire, pas trop laid et de toute évidence argenté. Cerise sur le gâteau, il habitait Versailles, soit presque Paris vu de Chavaroux ! Quelques minutes avaient suffi à la jeune femme pour lui tourner la tête et moins d'une année pour s'en faire épouser et dire adieu non sans une pointe d'arrogance à son Auvergne natale. Mais elle n'avait pas tardé à comprendre qu'aussi proche de la capitale fût-elle, Versailles était une ville de province à part entière, qui plus est hors du temps et de la géographie. Une ville qui se suffisait à elle-même et dont les habitants revendiquaient cette indépendance d'esprit et de comportement. C'étaient les années 50, et le travail ne manquant pas, un Versaillais n'allait pas plus à Paris qu'un Nantais ou un Clermontois. Voire moins, justement parce que ça aurait été plus facile, par une sorte de fierté à vivre replié sur soi-même en tournant ostensiblement le dos aux fastes jugés vulgaires de la capitale. Maurice était très amoureux de sa jeune épousée et la couvrait de somptueux bijoux anciens alors qu'elle n'aspirait qu'au clinquant des boutiques du 8e arrondissement. Il l'emmenait déjeuner au Chapeau gris ou au Potager du Roy alors qu'elle rêvait des bruyantes brasseries parisiennes. Il lui offrait des fauteuils d'orchestre au théâtre Montansier, en matinée, quand elle aurait voulu passer la nuit au Lido ou au Moulin-Rouge. Maurice aimait la lecture, la musique classique, se coucher tôt et marcher dans le parc du château dont il connaissait très bien l'histoire. Sa femme aimait le cinéma, danser jusqu'à pas d'heure et les grasses matinées. Puis Jean-Marc était arrivé, comblant son père de bonheur, symbolisant pour sa mère l'enlisement de ses ambitions.

Cinquante et quelques années plus tard, et dix-sept après la mort de Maurice, elle lui en voulait encore.

– Tu es en retard ! lui cria-t-elle depuis le salon où, incapable de se mouvoir seule, elle passait ses journées devant la télévision à attendre le retour de son fils.

– Non, maman, répliqua Jean-Marc d'une voix calme, la même chaque soir. Comment te sens-tu ?

– Mal.

Ensuite, il n'écoutait plus ce que lui racontait sa mère, connaissant par cœur ses reproches, ses jérémiades. Avec des gestes automatiques et lents, il s'occupait d'elle pendant l'heure qui suivait, lui préparant son dîner, vidant son fauteuil percé, la portant jusqu'à la salle de bain, lui faisant sa toilette au gant, massant ses jambes déformées, la torchant puis la mettant au lit sans jamais relever une seule de ses remarques, sans hausser le ton, sans un geste d'impatience. Rien ne le rebutait. Il aurait pu faire un très bon infirmier, d'ailleurs, cette profession lui aurait plu tant il aimait l'hygiène et l'odeur aseptisée des hôpitaux. Il faisait son devoir parce que son père, qu'il vénérait, le lui avait fait promettre sur son lit de mort.

Le matin, il partait au travail avant son réveil et c'était une aide ménagère de la ville qui venait s'occuper d'elle. Jean-Marc s'arrangeait presque toujours pour rentrer déjeuner entre deux rendez-vous, et c'était chaque fois pour s'entendre reprocher de ne jamais être là et que les « bonnes femmes de la mairie » étaient toutes idiotes, fainéantes et voleuses.

Une fois sa mère au lit, ses magazines et la télécommande à portée de main, Jean-Marc se dirigea vers sa chambre, enleva son pull à col rond, déboutonna celui de sa chemise blanche, enfila la veste d'intérieur en velours qu'il avait héritée de son père et se regarda dans un miroir. Depuis un moment déjà, tout le monde lui disait qu'il avait les traits de Ben Kingsley, cet acteur qui avait interprété le rôle de Gandhi au cinéma. Était-ce pour cela qu'il avait décidé de raser complètement le peu de cheveux qui lui restait ? Par coquetterie ? Pour cultiver cette illustre ressemblance ?... Après s'être lavé les mains, il se rendit à la cuisine et se prépara le bol de céréales qui composait chaque soir son dîner. Il entendait à l'étage le son trop fort de la télévision de sa mère. Lui, ne la regardait jamais, préférant de loin la radio, le matin, puis la musique.

La maison était grande et datait du XVIIe siècle. Élégante bâtisse en L à un étage, elle donnait sur un vaste espace qui débutait par une cour pavée menant à une fontaine cernée de deux escaliers montant au jardin. Deux allées bordaient une pelouse terminée par un tilleul centenaire, un énorme bosquet de rhododendrons et une glaciaire en forme d'obus datant de l'époque de Louis XIV qui servait maintenant de réserve à outils. Derrière encore, plus touffus mais d'un désordre maîtrisé, se trouvaient un potager et un verger, cernés d'allées de graviers, l'ensemble se terminant par une deuxième maison, plus petite, d'un style très différent du bâtiment principal, fenêtres entourées de briquettes, manière de maison de campagne en ville, qui était le domaine réservé de Jean-Marc bien qu'il n'y dormît pas, estimant plus prudent d'occuper sa chambre dans la maison principale au cas où sa mère serait prise d'un nouveau malaise comme celui de juin 2003, qui l'avait rendue impotente.

En traversant le jardin, il pensa à son prochain voyage dont il n'avait pas encore parlé à sa mère. Ce serait une inévitable dispute, de nouveaux reproches, des pleurs, même s'il ne faisait qu'un aller-retour, rentrant dans la nuit, en voiture, après le concert… Pour la seconde fois de la soirée, il ne put s'empêcher de pencher vers l'idée de la mort de sa mère. Que ferait-il quand la maison ne serait plus qu'à lui ? Aurait-il le courage de la vendre et de changer de vie ? De ville ? Jean-Marc savait que Versailles et la maison étaient une douce prison.

Son pavillon, comme il appelait la maison du fond, était composé de deux pièces et de vastes combles aménagés. Jean-Marc s'y rendit en premier car il avait envie de réécouter le dernier des cinq états des lieux qu'il avait effectués aujourd'hui.

Il enregistrait tout, tel un journal sonore, depuis plus de trente ans. Constatant que son fils était passionné par ce qui avait trait aux sons, Maurice Devilleneuve lui avait offert son premier magnétophone pour ses 20 ans. Jean-Marc conservait des kilomètres de bandes dans son grenier, classées par années, par mois et par jours. Les années les plus reculées, à l'exception de quelques événements particulièrement marquants, comme l'enterrement de son père, étaient mises en carton, le reste sur des étagères spécialement aménagées. L'avènement du numérique avait simplifié sa vie et, non sans regret, il avait fini par abandonner son vieux et fidèle Nagra SNST au profit d'engins plus petits et plus performants. Il avait récemment investi dans un nouvel ARES PII + auquel il ajoutait pour les prises de son les plus précises une paire de DPA 4060, micros omnidirectionnels d'origine danoise dont il était très satisfait.

Jean-Marc déverrouilla la porte qu'il referma derrière lui avec satisfaction, aimant se plonger dans le silence épais de la vaste pièce. L'insonorisation des combles, selon l'idée de la boîte dans la boîte, lui avait coûté une petite fortune. Mais aucun son extérieur ne venait troubler son repaire, son « studio », comme il aimait à l'appeler. Il alluma l'ordinateur et s'assit le temps du protocole d'ouverture. Il regarda le cadre posé sur son bureau, souvenir d'un bonheur envolé, puis la seule décoration au mur, poster sous verre de Bruce Springsteen en 1978, sur scène lors du *Darkness Tour.* Il relut comme toujours la dédicace : *"To Jean-Marc, a fellow fan. Be true, my friend"*, suivie de l'ample signature de l'artiste. Il avait attendu le chanteur neuf heures devant son hôtel, à Bâle, le 15 juillet 1988, s'y rendant après le concert au stade Saint-Jakob. Au moment du départ de l'artiste pour l'aéroport, ils étaient une petite centaine à espérer un mot, une signature ou une photo. Tout le monde n'avait pas été servi mais Bruce, Jean-Marc s'en souvenait intensément, s'était aussitôt dirigé vers lui, flanqué de Terry Magovern, son imposant garde du corps. Bruce l'avait reconnu, il en était certain. À l'époque, il avait assisté à vingt-sept concerts à travers l'Europe, dont neuf sur la tournée en cours, presque toujours au premier rang, accroché à la barrière. Jean-Marc se repassait souvent l'enregistrement qu'il avait fait de cette rencontre, déclenchant son Nagra au moment où les premiers cris s'étaient élevés de la foule quand le garde du corps avait passé la porte tournante en premier. Jean-Marc avait réécouté cette bande seulement quelques semaines plus tôt, quand il avait appris la mort de Magovern, le 30 juillet 2007. Entre les cris des fans, on entendait la voix du garde du corps qui demandait calme et discipline, puis celle de Bruce lui-même qui disait : *"Oh! Nice pic!"* en allusion au poster que lui tendait Jean-Marc ; puis : *"I'm fucking young on this!"*, avant de rire à sa façon éraillée si caractéristique. Jean-Marc avait senti une boule se serrer dans son ventre en réécoutant cette bande après l'annonce de la mort de Magovern. Ce qu'il ressentait allait au-delà de la perte de l'ami de Springsteen, de cet homme qu'il avait lui-même connu, si souvent vu devant les hôtels ou à la sortie des artistes. C'était une prémonition, une entaille dans un monde qui n'était pas censé subir les lois naturelles du commun des mortels. C'était un gouffre qui menaçait de s'ouvrir.

L'ordinateur était enfin prêt. Jean-Marc téléchargea les enregistrements du jour et réécouta la fin du dernier état des lieux de la journée, rue du Vieux-Versailles.

« C'est un gag ? Elles sont où les caméras cachées ? C'est pour quelle chaîne ? Vous vous foutez de ma gueule, vous n'allez quand même pas compter les trous de punaises sur les murs de la chambre des enfants !... Casse-couilles à un tel niveau, c'est du grand art ! »

Jean-Marc sourit. Il aimait son métier et le faisait avec le plus grand sérieux. Il se savait un très bon huissier de justice. Il stoppa la lecture de l'enregistrement et classa le document sur son disque dur. Puis il se leva et se dirigea vers un mur de plusieurs mètres couvert de portes de penderies qu'il fit coulisser. Rangés chronologiquement sur des étagères se trouvaient plus d'un millier d'enregistrements pirates de concerts de Springsteen, vinyles, cassettes, CD et DVD allant de 1970 à juin 2003.

C'était à sa mère qu'il devait son goût pour le rock. Quand il était adolescent, elle écoutait la radio dès que son époux s'absentait, dansant seule et chantant sur la variété française dont elle raffolait. Jean-Marc l'observait en cachette, stupéfait de découvrir qu'elle pouvait être joyeuse et insouciante. Il avait tout de suite préféré les titres de rock'n'roll qui passaient de temps en temps entre les tubes francophones. Dès les années 70, il avait abandonné la pop anglaise qu'il s'était mis à écouter lui aussi à l'insu de son père pour le rock américain. Le véritable choc, dont il ne se remettrait jamais, fut l'écoute de *Born To Run*, de 1975. Il était là le fabuleux mystère qu'il avait cherché enfant, cette promesse d'un ailleurs et d'une vie intense, là, dans la voix exaltée de ce jeune chanteur du New Jersey : Bruce Springsteen.

Jean-Marc se dirigea vers les étagères les plus basses de sa discothèque, celles où étaient classées les captures de concerts qu'il avait lui-même effectuées, soit quelque cent quatorze bandes sur les cent trente-deux shows de Springsteen auxquels il avait assisté depuis 1981. Son jardin secret, sa part de folie, lui si raisonnable, si sage, si docile. Lui, élevé, ou plutôt protégé, à Versailles, dans le cocon de cette ville hors du temps, confortablement repliée sur elle-même. Cette ville qui « produisait » des hommes à part, anachroniques, au renoncement sédimenté, et finalement si peu armés pour la vie. Bruce Springsteen avait été son pont vers l'extérieur, fenêtre ouverte qu'il avait enjambée comme en cachette de lui-même chaque fois qu'il l'avait pu. Il détestait voyager mais avait parcouru le globe pour voir le chanteur sur scène. Il ne se sentait à l'abri qu'à Versailles mais avait visité toutes les métropoles d'Europe et des États-Unis où la star se produisait. Il détestait la nuit mais avait mené une vie de noctambule à l'occasion de chacun de ces concerts. Il était bien élevé, discret, honnête mais avait vécu comme un faussaire enregistrant illégalement les performances de son idole.

La plupart des bandes face auxquelles il se trouvait avaient fait l'objet d'un triple CD sous son label pirate *Freehold Records*. Sans surprise, il choisit le tout dernier : Göteborg, 22 juin 2003. Le dernier concert auquel il ait assisté cette année-là, celui qu'il avait le plus écouté, dont il connaissait chaque seconde, chaque respiration, chaque note, chaque écho. Le dernier puisqu'il n'avait pu se rendre à celui de Milan, quelques jours plus tard, à cause du malaise de sa mère.

Bruce attaquait avec *The Promised Land*, la Terre promise. Suivait *The Rising*, la résurrection, ou l'élévation. Cette nuit-là, en Suède, la première surprise avait été l'interprétation de *Jackson Cage* en quatrième place dans la *setlist*. Puis était venu *My Love Will Not Let You Down*, « Mon amour ne t'abandonnera pas ». Jean-Marc regarda le cadre sur son bureau. « Mon amour ne t'abandonnera pas », répétaient Bruce Springsteen et des dizaines de milliers de fans suédois.

Bientôt Anvers. Le cœur de Jean-Marc cognait d'impatience.

10

Le vent froid agitait les peupliers nus. Grégory remonta le col de sa veste en velours. Il se sentait en creux, nauséeux, fiévreux et épuisé. Combien d'heures avait-il dormi depuis Madrid ? Une poignée, en pointillés, se réveillant chaque fois plus fatigué encore. Plus accablé.

Brice, le fils d'Isabelle, avait grandi. Grégory ne l'avait jamais rencontré mais son amante lui avait souvent montré des photographies. Il était un homme, maintenant, que le chagrin rendait solennellement beau. Son père se tenait à ses côtés, accompagné d'une jeune femme enceinte. Grégory pensa que les grands moments d'une vie – mariages, enterrements… – devenaient complexes à l'heure des familles déchirées et recomposées. Il se tenait à l'écart, dissimulé par un mausolée à l'entrée du cimetière. Assister à cette cérémonie était une torture qu'il s'était imposée, un défi lancé à lui-même et une pénitence. Comme pour chercher à tester son endurance, sa capacité à continuer de vivre. La mort d'Isabelle l'avait plongé dans une telle bourrasque d'émotions qu'il ne savait plus ce qu'il ressentait sinon un mal-être insupportable. La mise en terre est un événement concret qui aurait dû faire émerger enfin de sa souffrance des sensations sur lesquelles il serait capable de mettre un nom. Culpabilité ? Soulagement ? En vérité, Grégory avait peur. Peur de ne pas être capable de s'en remettre. Il s'était surestimé en imaginant, quelques mois plus tôt à Dinard, que la mort d'Isabelle serait une libération. Il n'était pas de cette catégorie d'hommes capables de détourner à leur profit le flot du mal, puis de vivre en paix avec leurs fautes. Il ferma les yeux et soupira. Il se trouvait infréquentable pour lui-même.

Grégory revécut en pensée le cauchemar de ce lundi au Gran Hotel Velázquez, quand la police avait voulu interroger chaque membre du groupe de Français et qu'il avait dû attendre dans le bar avec les autres qui n'osaient le regarder en face. Quelqu'un allait-il parler de leur liaison, de leur algarade quelques heures plus tôt dans ce même bar ? Quelqu'un les avait-il vus se disputer dans le couloir du huitième étage, un client les avait-il entendus ? Et ce va-et-vient de la police scientifique entre la chambre d'Isabelle et le macadam encore souillé de son sang. Les curieux dans la rue, derrière les cordons de sécurité. Jean-Marc et Christophe qui fixaient leurs chaussures, Pierre qui faisait les cent pas, mâchoires serrées, front perlé de sueur, écrivant SMS sur SMS alors que sa petite amie était endormie sur un canapé près d'Armand qui observait Damien tentant de calmer Julie en la serrant dans ses bras. Et Soazig, immobile, froide et silencieuse.

Un sanglot, des pas sur le gravier. Grégory revint au présent. La cérémonie était terminée, tout était dit. Isabelle Guérin, 42 ans, n'était officiellement plus. Avait-il seulement jamais aimé cette femme ? Était-il possible d'être amoureux sans aimer ? Le désir n'est-il pas que de la poudre aux yeux ? Que restait-il quand il était assouvi ? Il avait joui, un temps, d'avoir une liaison avec Isabelle, de lui faire l'amour déraisonnablement, de se sentir encore jeune, désiré et puissant, mais il doutait de l'avoir jamais aimée comme il aimait son épouse. Bien sûr, il avait été amoureux de Soazig, ils avaient eu leurs semaines d'exaltation, mais il avait ensuite éprouvé pour elle des sentiments faits pour durer, pour bâtir. Sentiments qui méritaient bien plus le droit d'être appelés amour que la frénésie gourmande et insatiable des premiers temps.

Grégory, sans s'en rendre compte, était en train de formuler mentalement des phrases qui pourraient un jour devenir celles d'un livre dont l'idée était en train de germer. Quelque chose à propos d'un amour platonique et vrai dont le héros séparerait les sentiments du sexe, aimant une épouse qu'il ne toucherait pas alors qu'il assouvirait ses pulsions, s'en débarrasserait presque, auprès de prostituées.

Le bruit d'une portière de voiture claquée ramena Grégory à la surface de ses pensées. Il comprit aussitôt qu'il était en train de rêver à un livre et se trouva monstrueux, ayant toujours trouvé perverse cette tendance, pourtant souvent confortable et consolante, à transformer le présent en matière littéraire à venir. L'instant d'après, il se dit que depuis la mort d'Isabelle, cet embryon d'idée littéraire était son premier signe d'un désir de vie, de futur.

En Espagne, les flics lui avaient rapidement accordé une attention particulière. Quelqu'un avait donc parlé. Lequel ou laquelle de ses amis n'avait pu se retenir de révéler qu'il était l'amant de celle qui, quelques minutes plus tôt, s'était écrasée sur la chaussée ? Lequel de ses « *blood brothers* », ses « frères de sang », comme le chantait Springsteen en hommage aux musiciens de son groupe ? Étant passé dans les derniers, il n'avait que l'embarras du choix et cette question l'avait obsédé durant son propre interrogatoire. Qui l'avait balancé ? Les flics lui avaient fait passer un mauvais quart d'heure, comme il aurait pu l'écrire s'il s'était spécialisé dans la littérature policière. Ils étaient deux, un homme et une femme, qui lui avaient fait répéter plusieurs fois le déroulé de la soirée dans l'espoir qu'il se contredise. L'entretien s'effectuait en anglais, Grégory en était ressorti éreinté.

Le lendemain de son retour en France il avait appris que les enquêteurs avaient fini par conclure à un suicide. Il avait attendu, le combiné téléphonique à l'oreille, l'Espagne ayant raccroché depuis longtemps, mais le soulagement espéré ne s'était pas montré. Isabelle était sortie de sa vie, lui-même était tiré d'affaire et pourtant, ce fut à cet instant précis que son enfer avait débuté.

Il avait fallu plusieurs jours encore pour que les restes d'Isabelle soient rapatriés en France.

À Dinan, désormais seul dans le cimetière, Grégory se sentait perdu. Que faire maintenant ? Rentrer chez lui au volant de la voiture sans laquelle il n'aurait jamais rencontré Isabelle, sans laquelle elle serait encore de ce monde sans qu'il n'en sache rien ? Écrire ? (Mais sur quoi d'autre pourrait-il écrire désormais sinon sur la mort, la culpabilité et l'impossibilité de vivre ?) Faire des courses pour le dîner ? Tout était à la fois au-dessus de ses forces et dérisoire, comme l'avait été la double vie qu'il avait menée ces dernières années.

Plus personne ne risquait de le voir et il se dirigea à pas lents vers la tombe d'Isabelle. Il se concentra mais ne parvint pas à ressentir la présence de son ancienne maîtresse ni de l'enfant qu'elle avait porté. Il comprit alors qu'il était venu dans l'espoir de parvenir à pleurer, à faire son deuil, selon l'expression si galvaudée. Mais tout soulagement lui fut refusé. Le cérémonial de la mise en terre ne semblait avoir aucune efficacité sur ceux qui étaient responsables de la mort à laquelle ils cherchaient à survivre.

Une demi-heure plus tard, Grégory garait sa voiture face à la mer grise et tourmentée. La plage de l'Écluse était déserte, la marée descendante, le ciel passant. Il avait plu, les dalles de la digue luisaient. Isabelle aimait à dire que Dinard était leur ville d'amour. Elle serait désormais celle de sa mort. Grégory avait besoin d'un verre. Il était venu avec le projet de marcher sur leurs pas mais n'en avait pas la force. Une femme très mince et belle d'une soixantaine d'années passa en petites foulées, son chien courant à ses côtés, langue pendante. La femme sourit à Grégory qui baissa aussitôt les yeux, ne se sentant plus digne de regarder quiconque en face. Il ne se dirigea pas vers la pointe du Moulinet, tourna le dos à la piscine extérieure et prit la direction du centre-ville, son incandescente culpabilité chevillée au corps. Soudain, il se précipita vers la paroi rocheuse sur laquelle étaient perchées les grandes demeures qui faisaient tant rêver Isabelle. Il avait le ventre vide et ne cracha que de la bile en toussant, une main appuyée sur le granit. Une pensée venait de le ramener à Madrid, celle de Soazig le sortant d'affaire en mentant aux flics. Elle leur avait affirmé qu'à l'heure où Isabelle Guérin tombait du huitième étage, il l'avait déjà rejointe dans leur chambre.

11

Guillaume Le Guen coupa le contact et la voix d'Andreas Scholl s'évanouit, laissant un silence vibrant dans l'habitacle de la voiture.

– Sublime, non ? demanda le commissaire à ses deux fils.

Les jumeaux de 17 ans firent la moue, la plus audacieuse marque d'enthousiasme que leur père leur avait vu exprimer depuis des années. Il sourit, heureux de leur présence. Ils avaient perdu tant d'années à ne plus se parler depuis son divorce avec Nadège, une incompréhension qui n'avait pris fin que l'été passé, grâce au malaise de Nancy et à leur peur à tous de la perdre. Il les avait ensuite contraints à passer quelques jours avec lui dans le « cabanon », bicoque de pêcheur achetée par son père quarante ans plus tôt, entre le canal du Rhône à Sète et l'étang de l'Arnel. Là, tout en retrouvant des gestes simples qui dataient de l'enfance des jumeaux – montage des lignes, préparation des appâts, de l'épuisette… – il leur avait parlé du couple qu'il avait formé avec leur mère, de leur séparation, d'amour, de sexe, du droit à l'erreur, du devoir de vérité, du vieillissement et de l'amour indéfectible qu'il leur portait à tous deux. Ils s'étaient retrouvés, et Guillaume avait, à l'instant, pris la mesure de la douleur que cette brouille de plusieurs années avec ses fils avait fait peser sur sa vie. Ce matin, en passant les prendre chez leur mère, il leur avait proposé de l'accompagner à Bercy, le 17 du mois, pour le concert de Bruce Springsteen et de son E Street Band. Ils avaient accepté – comme s'il s'agissait d'aller au musée, le rock étant pour eux à ranger sur la même étagère que les antiquités égyptiennes – avec une grimace désabusée qui avait enchanté leur père.

Guillaume s'étira en sortant de sa voiture. Son dos le faisait souffrir, comme de plus en plus souvent. Il faisait frais, presque froid. L'air était pur et la vue qu'il connaissait si bien de toute beauté. Il regarda un instant au loin, à l'est, vers le bois du Pâtus et la montagne d'Hortus, vers les ruines du château de Viviourès qui avaient été son terrain de jeux d'enfance et, en juillet dernier, le théâtre d'un drame qui aurait pu coûter la vie à Damien, son jeune gendarme de frère[1]. Une telle part de sa vie s'était déroulée ici, dans ce jardin où son père avait trouvé la mort, son potager, la garrigue environnante...

André Herman apparut sur le seuil de la maison, tout sourire. Guillaume avait de l'affection pour ce petit homme de 68 ans qui montrait tant d'amour envers sa mère. Rapidement, il avait admis que sa première mauvaise impression avait été irrationnelle, seulement liée au choc de découvrir que Nancy avait mené une sorte de double vie, ayant un amant alors que ses deux enfants la pensaient inconsolable de la mort de leur père. C'était Mimi qui avait eu raison, bien sûr, de se réjouir sans réserve de cette révélation, de ce souffle de vie dans l'existence de Nancy. André l'embrassa, puis prit les jumeaux dans ses bras. Cet homme était simple et reposant. Reposant pour un Le Guen, pour le fils de Nancy devenu un flic tourmenté.

– Votre mère est encore en train d'écrire, dit André à Guillaume. Elle travaille dur, chaque jour.

Cela avait l'air de le réjouir, alors que Guillaume ne savait que penser de cette nouvelle marotte. Les livres policiers avaient eu une telle importance dans la vie de la vieille dame, et donc dans celle de ses enfants. Un décor, déjà, sur tous les murs de la maison, mais bien plus que cela, presque un mode de vie. Ils avaient

1. Voir *La Promesse du feu.*

été nourris au polar, en lecture, à la télévision, au cinéma. Ils avaient fait leurs devoirs entre des piles de romans aux couvertures sombres et sanglantes et des coupures de presse aux titres tonitruants, Nancy collectionnant tout ce qui avait trait aux faits divers et aux enquêtes en cours. Damien et lui avaient appris l'orthographe sous la dictée de leur mère qui tirait ses exercices de ses lectures, les mots cadavre, sang, calibre, assassin, investigation, victime, procureur, autopsie n'ayant plus aucun secret pour eux dès le CE1... Guillaume, sans connaître la réponse à cette question (mais voulait-il seulement la connaître ?), s'était souvent demandé s'il serait devenu flic avec une autre mère que la sienne, une femme qui aurait aimé le tennis, la musique, le théâtre ou le point de croix ! Il baignait dans une telle ambiance de polar depuis sa tendre enfance que la mort subite de son père, l'année de ses 8 ans, lui avait presque semblé naturelle, dans l'ordre des choses forcément tragiques. Les romans et les films qu'aimait sa mère et qui, par imprégnation, étaient une composante importante de la vie de ses enfants, n'étaient-ils pas pleins de morts subites, de deuils fulgurants et d'orphelins en déroute ? Du drame toujours, de la tragédie et de la violence en toile de fond de son enfance. Il y avait donc une dimension quasi incestueuse dans le fait de voir Nancy se lancer dans la rédaction d'un polar, et Guillaume n'arrivait pas à y voir un simple passe-temps.

Il entra dans la maison, qui avait été *sa* maison mais avait continué de vieillir sans lui, devenant petit à petit presque étrangère. Comme Nancy, au fil des ans, était devenue une vieille femme et de moins en moins sa mère. Il l'aperçut par la porte entrebâillée du bureau de son père et repensa au nombre de fois, durant son adolescence, où il l'avait surprise, la nuit, en train de lire et de fumer cigarette sur cigarette dans la cuisine. Assise devant une table en bois devant sa machine à écrire sortie tout droit d'un polar des années 50, la lumière du jour filtrait les volutes de fumée au-dessus de son chignon blanc. Elle ne s'était jamais coupé les cheveux courts, par principe, estimant que c'était une capitulation pour une femme. Vêtue de noir, comme toujours, Guillaume la trouva amaigrie et pourtant, elle occupait encore autant l'espace. Il comprit alors que sa mère l'avait toujours impressionné, que c'était le sentiment le plus fort qu'elle lui avait jamais inspiré. Plus que l'amour, que le respect, que la crainte, parfois, ou même l'irritation. Cette femme l'impressionnait. Nancy était une présence, un caractère, une forte femme, même à 73 ans après avoir failli partir d'une attaque cardio-vasculaire six mois plus tôt. Il comprit aussi qu'il avait envie de lui confier ses doutes sur sa carrière, cette idée qui lui venait de plus en plus souvent de quitter la police, de démissionner, d'orienter la seconde partie de sa vie vers la lumière, de quitter la fréquentation quotidienne des bas-fonds de l'humanité. Il ne doutait pas un instant de la réaction de la vieille dame qui, ne mâchant pas ses mots, lui dirait qu'il n'avait pas le droit de baisser les bras, qu'il fallait bien que quelqu'un fasse le sale boulot, qu'il perdrait tout s'il n'était plus flic. Il pouvait imaginer ses mots, les entendait déjà et se demanda si ce n'était pas ce besoin de les entendre qui le poussait à se confier à elle. S'il lui arrivait de détester son métier, il ne doutait pas non plus qu'il était devenu bien plus qu'un gagne-pain : un mode de vie. Qu'il l'aimait, à sa façon. Et que savait-il faire d'autre ?

Comme si elle avait senti son regard sur ses épaules, elle tourna la tête vers son fils qui lui sourit aussitôt, gêné, se sentant pris en faute. Elle rejeta sa fumée par le nez et ne répondit pas à son sourire. Guillaume se fit la réflexion que bien qu'ayant braqué ses yeux clairs sur lui, elle ne le regardait pas. Elle était ailleurs et retourna à son texte, tapa quelques mots, une phrase, puis écrasa son mégot sans filtre de ses mains tachées et déformées par l'arthrose dans un cendrier déjà plein.

L'esprit de Guillaume bifurqua et le ramena une journée en arrière. Lors de son entretien avec le président du conseil général de l'Hérault à propos d'une affaire de lettres de menaces qui commençait à prendre de l'ampleur, ou plutôt quelques minutes avant cet entretien, quand, dans un couloir du bâtiment, il avait croisé le regard d'une femme qu'il ne cessait de revoir mentalement depuis. Il était certain de la connaître mais incapable de savoir où et quand il l'avait rencontrée. Incapable aussi de cesser d'y penser.

Le crissement de pneus sur le gravier dans le chemin devant la maison le détourna de ses pensées et du bureau de son père. Émilie extirpait de sa vieille Ford Fiesta d'occasion un ventre énorme qui ne cessait d'étonner son père. La grossesse lui allait bien, mais alors même qu'elle était presque à terme, Guillaume n'était toujours pas habitué à l'idée que sa fille soit sur le point de donner la vie. Sa fille, qu'il avait tenue dans ses bras à sa naissance, à qui il avait appris à marcher, à faire du vélo, à multiplier et à diviser. À qui il avait tout appris... sauf à se faire mettre enceinte ! Jonas, le futur père, fit le tour de la voiture pour l'aider. Guillaume ne pouvait pas nier qu'il était un gentil garçon et qu'il semblait aimer Mimi. Il ne pouvait pas nier non plus qu'il aurait adoré qu'il soit un con qu'il aurait pu détester sans se sentir coupable. L'idée d'avoir un gendre le déprimait, comme celle d'être beau-père. Ça sentait le déjeuner en famille, le gigot du dimanche, l'affection courtoise, convenue et contrainte. Ça sentait le sapin. Guillaume n'en alla pas moins accueillir sa fille et son compagnon qui, comme toujours, lui broya la main, ce qui remit au policier en mémoire leur première rencontre, dans un bar de Montpellier où Émilie, honteuse depuis l'adolescence du métier de son père, avait raconté à Jonas qu'il était prothésiste dentaire. Depuis, le jeune homme avait appris la vérité, et montrait pour les rouages de la police judiciaire un enthousiasme égal à celui qu'il avait affiché pour les arcanes de la prothèse dentaire... Il n'était pas contrariant. Il agaçait Guillaume.

Nancy Le Guen sortit de son antre, la mine soucieuse. Elle fut stupéfaite de trouver Émilie si grosse et se retint *in extremis* de faire un bon mot à propos de la baleine de Jonas. D'ailleurs, pensa-t-elle en se refrénant, il ne s'agissait pas d'une baleine, mais d'un cachalot, d'un Léviathan.

– On sait toujours pas ce que c'est ? demanda-t-elle en désignant le ventre rond.

– Un bébé ! répliqua Émilie.

– Ça, je sais… malheureusement ! répliqua la vieille dame. Ça n'a jamais été mon truc, les bébés…

– Le suspense ne devrait plus durer trop longtemps, ajouta Jonas en embrassant la joue d'Émilie dont le visage gonflé se fendit d'un sourire que sa grand-mère jugea parfaitement niais.

Les amoureux n'étaient pas son truc non plus.

– Les enfants, toi, tu les aimes adultes et flics ! lança Guillaume en s'approchant pour embrasser sa mère.

Elle marchait désormais avec deux cannes et, debout, avait l'air fragile.

– À propos de flics, tu en es enfin sorti, de tes histoires du mois d'août ?

Elle faisait allusion à la mort du lieutenant Bianchi et au suicide de son assassin, sujet qui la passionnait, tout comme l'enquête interne que ce drame lié aux travailleurs immigrés clandestins avait entraînée et dont Guillaume n'avait aucune envie de parler.

– Ouais, répondit-il d'une voix terne.

Sa mère enchaîna aussitôt :

– Et à propos de suicide, j'ai eu ton frère, hier, qui m'a dit pour la fille, à Madrid.

Elle vit son fils blanchir et se raidir.

– C'est Damien qui t'en a parlé ?

– Tu as un autre frère ? Oui, Damien, lui, au moins, il me parle ! Il m'a appelée pour me dire qu'il ne pourrait pas venir ce midi, et il m'a raconté…

– Il n'y a rien à raconter.

Et Guillaume fit volte-face, sortant dans le jardin.

– Qu'est-ce que j'ai dit ? s'étonna Nancy. J'ai dit quelque chose de mal ? répéta-t-elle en prenant Émilie à témoin. Qu'est-ce qu'il devient chiant, en vieillissant, ton père…

– C'est quoi, cette histoire de suicide ? demanda Émilie en se dirigeant vers la salle à manger, n'en pouvant plus de se tenir debout.

– L'une des filles de leur bande, tu sais, les fous du Boss !

– Ah !

– Apparemment, le soir d'un concert en Espagne, elle s'est foutue par la fenêtre, du huitième étage. Ça ne devait pas être joli à voir, précisa Nancy avec une pointe de gourmandise.

– C'était une amie de papa, c'est pour ça qu'il ne veut pas en parler. Il doit être encore sous le choc.

– Mouais…

– Ça va être prêt ! lança André en sortant de la cuisine.

Il embrassa Émilie et Jonas puis demanda où était passé Guillaume.

– Il boude ! répondit Nancy.

– Je trouve ça fascinant, moi, cette passion pour ce chanteur.

– Mais qu'est-ce que vous ne trouvez pas fascinant, mon petit Jonas ? ne put s'empêcher de demander Nancy qui avait peu de sympathie pour ce beau jeune homme qui était en train de faire d'elle une arrière-grand-mère, distinction dont elle se serait volontiers passé.

Il ne releva pas l'ironie et continua son idée :

– Tous ces gens, de milieux sociaux et d'âges différents, qui traversent l'Europe pour assister à des concerts, c'est…

– Puéril, lui souffla Nancy. J'ai, dans une boîte à chaussures, une cinquantaine de cartes postales envoyées par mes deux garçons, chaque fois qu'ils sont dans une ville pour un concert. C'est charmant, mais c'est puéril, à 40 ans, de se comporter comme des groupies prépubères !

– Je ne trouve pas, c'est…

– Tous ces types et ces femmes n'ont rien d'autre dans leur vie, c'est surtout ça que ça veut dire ! Ils s'emmerdent au boulot, en famille et ils courent après leur jeunesse !

– Pour certains, c'est le rock, intervint Émilie, pour d'autres, les bouquins… policiers, par exemple !

Il y eut un silence, chacun attendant la riposte de Nancy qui regarda sa petite-fille et finit par lui sourire.

– Touché ! Bien dit ! Tu ne serais pas enceinte, je t'en retournerais une pour ton insolence, mais je dois avouer que tu m'as bien renvoyée dans mes buts, ma petite Mimi. Allez ! À table, j'ai faim, moi. Il a fini de faire son boudin, mon rocker de fils ?

Guillaume resta mutique tout au long du déjeuner, mangeant et buvant beaucoup, écoutant à peine la conversation qui roulait principalement entre Jonas et André, les deux « pièces rapportées » de la famille, comme aimait à le dire sa mère. Nicolas et Mathieu, les jumeaux, affichaient ostensiblement leur ennui. Émilie, fatiguée, n'avait aucun appétit. Nancy faisait semblant de s'intéresser à ce qui se disait, mais ne pensait qu'à son roman qui n'avançait pas comme elle le souhaitait, à ce sentiment d'échec qui la gagnait un peu plus chaque jour, à la description qu'elle avait faite de son flic, qu'elle ne pouvait s'empêcher de retoucher mentalement. Des phrases lui venant telles des mélodies entêtantes. Plus elle regardait son fils se resservir de vin et plus Nicolas Le Goff, son héros, avait soif.

Le portable de Guillaume vibra dans sa poche. C'était un SMS de Damien qui lui annonçait de nouvelles dates européennes pour la suite du *Magic Tour* au printemps, en stade. Fin novembre, deux concerts au RDS Stadium de Dublin avaient été fixés pour mai, complets en quelques minutes. Les dates de Düsseldorf, Hambourg, Milan et Barcelone étaient ensuite tombées, ainsi que celle de Paris, au Parc des Princes, le 27 juin 2008. S'y ajoutaient maintenant Londres, Manchester, Cardiff, Helsinki, Göteborg et une seconde date au gigantesque Camp Nou Stadium de Barcelone. Damien ne tenait plus en place et harcelait son frère pour savoir quels concerts ils feraient ensemble. Guillaume soupira. Il avait trop mangé, trop vite. Il avait surtout trop bu, se sentait ballonné et sortit de table au moment où André apportait le fromage. Nancy le suivit du regard, lui trouvant une mine épouvantable. Quelque chose n'allait pas, elle l'avait rarement vu aussi sombre.

Guillaume, sans préméditation, se retrouva dans le bureau

de son père qui empestait le tabac. Il entrouvrit la fenêtre et ne put s'empêcher de se pencher sur la feuille glissée dans la Remington. Il ne savait rien de ce que sa mère était en train d'écrire, sinon qu'il s'agissait d'un roman policier. Elle en était au début d'un chapitre, dont un seul paragraphe était rédigé. Une description, lui semblait-il.

Le commissaire Nicolas Le Goff venait de franchir le cap de la quarantaine, seul et franchement éméché. Il ne lui restait qu'une poignée d'heures avant que ne sonne son réveil et il doutait de parvenir à trouver le sommeil. Il se sentait crasseux, poisseux et, dans la salle de bain, jeta ses vêtements en vrac au pied du bac de la douche. Il croisa alors son reflet dans le miroir qu'il avait fixé derrière la porte des années plus tôt, quand il s'était installé dans cet appartement du quartier Antigone à la suite de son divorce. Il peina à s'y reconnaître. Il avait encore grossi, son ventre formait un large pli qui couvrait en partie sa toison pubienne, ses pectoraux commençaient à ressembler à des seins de vieille femme. Il avait le corps d'un homme d'une bonne dizaine d'années de plus que lui, son visage s'affaissait alors que l'implantation de ses cheveux battait en retraite. 40 ans depuis… deux heures. Il souffrait d'acouphènes, avait besoin de lunettes pour voir de près. Depuis combien de temps n'avait-il pas fait l'amour ? À quand remontait son dernier footing ? Il soupira et s'engouffra dans la cabine de douche trop étroite, les parois glacées frôlant ses chairs frémissantes. Il allait actionner l'eau chaude quand son téléphone sonna dans la poche de son jean en boule sur le carrelage.

Une bouffée de chaleur monta au visage de Guillaume. Nicolas Le Goff, mon cul ! pensa-t-il. C'était lui ! C'était lui que sa mère avait décrit de manière si peu flatteuse !

Un soudain remue-ménage le tira de sa stupeur. Il retourna dans le couloir et découvrit André et Jonas penchés sur Émilie qui se tenait le ventre.

– Qu'est-ce qui se passe ? demanda Guillaume, paniqué.

– Ça commence, lui répondit Nancy.

– Qu'est-ce qui commence ?

– Ben le travail ! Elle va accoucher !

– Oh putain ! Vite ! Il faut appeler une ambulance.

– Mais non ! lança Émilie en faisant la grimace.

– Du calme, ajouta Nancy. C'est juste un bébé, ni le premier ni le dernier de l'histoire de l'humanité !

– On va y aller en voiture, dit Jonas. Le sac est prêt dans le coffre, les affaires du bébé, de la maman…

– D'accord, dit Guillaume. En voiture ! Oh putain…

Il s'approcha d'Émilie en poussant Jonas sur le côté.

– Tu as mal, ma chérie. Ça va Mimi ?

Il l'aida à se lever.

– Oui, oui, ça va aller…

Elle grimaça encore.

– OK, je t'emmène, dit Guillaume en cherchant où il avait bien pu mettre ses clés de voiture.

Sa mère lui attrapa le bras.

– Il y a un père, tu sais ?

– Oui, oui, je suis là, tout va bien se passer, lui répondit son fils.

– Un père, j'ai dit. Toi, tu es le grand-père. Le bébé a un père et il s'appelle Jonas.

Guillaume s'immobilisa et regarda sa mère. Puis Jonas qui lui sourit alors qu'Émilie passait son bras sous le sien.

– Oh, putain… murmura Guillaume.

12

Damien Le Guen arriva à la maternité dans la matinée, une fois sa garde terminée. Les dernières vingt-quatre heures avaient été calmes à la caserne Celleneuve, sans intervention extérieure, et le maréchal des logis-chef les avait occupées par la lecture de la Bible qui le passionnait autant qu'elle l'aidait à vivre depuis ses 14 ans. Son premier volume, il l'avait découvert dans un carton rangé dans un coin du bureau de la maison de Biranques.

– C'était à mon père ? avait-il demandé à Nancy, n'appelant jamais son père « papa » car il ne l'avait pas connu.

– Oui, avait répondu sa mère.

– Il était croyant ?

– Oui.

– Et nous ?

– Toi, je ne sais pas, mais moi, non. Et ton frère non plus.

– Je peux la garder ?

– Bien sûr.

Il avait commencé par le début, la Genèse, et, au bout de quelques pages, avait découvert, le cœur battant, des annotations griffonnées dans la marge d'une écriture penchée et précise. Il avait poursuivi l'exploration du livre à la recherche de son père et avait ainsi découvert Dieu. N'osant profaner la Bible paternelle, ce volume doublement sacré à ses yeux, il s'en était acheté une nouvelle, qu'il s'était aussitôt mis à annoter à sa manière, se l'appropriant de lecture en lecture jusqu'à ce que, usée, froissée, assouplie par ses manipulations et imprégnée de son odeur, elle lui soit d'une intimité quasi physique.

Guillaume l'avait tenu au courant, la veille, des alertes et des fausses alertes qui avaient obligé Émilie et Jonas à faire de nombreux allers-retours entre leur appartement et la maternité. À 3 heures du matin, enfin, le travail avait commencé.

Damien trouva son frère dans la salle d'attente.

– Alors ?

– Alors j'attends.

– Ça se passe bien ?

– J'en sais rien. Jonas est à l'intérieur avec Mimi.

Une porte s'ouvrit, sans doute celle des toilettes, et Nadège, l'ex de Guillaume, apparut. Ils ne s'étaient pas revus depuis le divorce et ils s'embrassèrent maladroitement, aussi mal à l'aise l'un que l'autre.

– Ça fait quoi de devenir tonton ? lui demanda-t-elle.

– Drôle.

– Alors t'imagines pour papi ! commenta Guillaume.

Damien sourit et regarda Nadège. Son ex-belle-sœur changeait peu et il la trouvait aussi fade que quand son frère, vingt ans plus tôt, l'avait amenée à la maison pour la première fois. À l'époque, il l'avait détestée. Puis il avait compris que Guillaume, à l'évidence peu amoureux, allait se servir d'elle pour échapper à l'emprise de leur mère.

Un silence chargé d'électricité avait suivi la réponse de son frère. Damien, gêné, le rompit :

– On ne sait toujours pas si c'est un garçon ou une fille ?

– Non, répondit Nadège, ils font ça à l'ancienne.

– Et les prénoms, on sait ce qu'ils ont choisi ?

– Capucine, si c'est une fille, répondit Guillaume. J'aime beaucoup.

– Et Camille, si c'est un garçon.

– Camille ? C'est joli pour un garçon, c'est doux.

– Je suis sûr que c'est Mimi qui a fait ce choix, dit alors

Guillaume non sans fierté, je lui ai beaucoup fait écouter Camille Saint-Saëns quand elle était petite.

– On a échappé de peu à Bruce ! ne put s'empêcher d'ironiser Nadège.

– Tu m'accompagnes pour un café, Domino ? lança Guillaume à son frère.

Damien acquiesça, comprenant à l'emploi si rare de ce surnom depuis qu'ils étaient adultes que Guillaume était ému et tendu.

– C'est la merde, les couples divorcés ! commenta-t-il une fois devant la machine à café. On est comme deux cons, Nadège et moi, assis dans la salle d'attente, incapables de seulement nous réjouir que notre fille devienne mère. Ça devrait être une fête et c'est un paquet de nœuds, de non-dits, d'aigreurs.

Le café était tombé dans le gobelet qu'il tendit à son frère avant de glisser de nouvelles pièces dans la machine.

– Je te préviens, il est dégueu. Mais bon, ça occupe. Ça a été, ta garde ?

– Ouais. Rien à signaler. C'est calme, en ce moment.

– On se la coule toujours douce chez les gendarmes, plaisanta Guillaume. Nous, on est débordés. T'as entendu parler de cette histoire de lettres de menaces ?

– Non.

– Tu gardes ça pour toi, surtout. Le maire et le président du conseil général ont reçu une lettre, avec une douille dedans.

– Une douille !

– Oui. De la chevrotine. Nos techniciens sont sur le coup mais ils n'ont encore rien trouvé.

– Un plaisantin ?

– C'est ce qu'on espérait, mais une semaine après l'arrivée de la lettre, le chat du mec du conseil général a été retrouvé éventré.

– Éventré ? Et vous êtes sûrs que les deux événements sont liés ?

– Sûrs, oui, puisque dans la pauvre bestiole, on a retrouvé une autre douille.

– C'est dégueulasse !

– Tu imagines la psychose à la mairie ! J'ai dû faire surveiller le chien de la fille du maire ! Putain, j'aurais jamais pensé devoir un jour mettre un foutu clebs sous protection policière…

Guillaume prit son café et les deux frères s'assirent sur une banquette inconfortable du hall d'accueil.

– Tu n'as jamais eu envie de tout plaquer ? demanda Guillaume.

– Le boulot ? La gendarmerie ?

– Oui.

– Non, je ne crois pas. Et toi ?

– J'y pense. Parfois. Je me sens fatigué.

– Et tu ferais quoi ?

– Aucune idée. Mais j'en ai marre. C'est pas une vie, c'est…

– Faut bien que quelqu'un le fasse, ce job, non ?

– On croirait entendre maman !

– Tu es un bon flic, Guillaume.

Le commissaire ne répondit pas.

– Tu n'as jamais pensé à passer divisionnaire ?

– Non. Si je dois rester flic, commissaire principal, même si ce grade n'existe plus, me va très bien. De ça je suis sûr. J'ai déjà assez de paperasserie comme ça, il m'arrive de regretter le temps où j'étais lieutenant de police. Je laisse ça à Valdeyron, il est parfait, ça lui va comme un gant.

Damien songea un moment à sa propre carrière, son désir, parfois, d'être autre chose qu'un technicien d'identification criminelle, sa frustration de n'être qu'un maillon dans les enquêtes. Mais en même temps il aimait le terrain, les scènes de crime, la recherche du détail, de l'indice, ce travail méticuleux, souvent rébarbatif et répétitif, cette quête laborieuse du petit rien décisif qu'il serait le seul à percevoir. Il aimait aussi son excitation contenue quand il trouvait quelque chose. Confusément, il appréciait l'idée d'être dans l'ombre, si souvent au départ de la solution, de savoir que sans son travail, les enquêteurs, bien qu'ayant un poste plus gratifiant, seraient souvent impuissants.

Il aimait l'idée qu'il jugeait un rien masochiste de n'avoir à attendre aucune reconnaissance des autres. Était-ce de l'humilité ou un manque d'assurance ? Il n'en savait rien.

Les deux frères se turent un moment, puis le gendarme changea de conversation.

– T'as reçu mon texto, hier ?

– Oui, oui…

– Grosse tournée, finalement. C'est décidé, je fais les deux dernières dates à Barcelone. Et puis Londres. Pour le reste, j'hésite encore. Et toi ?

– J'en sais rien.

– Et l'Italie, tu…

– Non. Pas l'Italie.

Damien n'insista pas.

– Je suis impatient d'être à Bercy. Tu as vu sur le Net comme les concerts ont progressé depuis Madrid : c'est le jour et la nuit…

Guillaume ne répondit rien. Évoquer Madrid venait de provoquer en lui un frisson de malaise comme si parler de ce concert en occultant le drame qui l'avait suivi était sacrilège. Damien se rattrapa aussitôt :

– J'ai eu Armand au téléphone, hier. Il a eu des nouvelles de Grégory. Ça va pas fort. Moi j'ai parlé à Julie. Elle est encore sous le choc, mais elle s'est reprise en main. En fait, sa cure, c'est de retourner aux concerts, et je la comprends.

– Tu la comprends ou ça t'arrange qu'elle réagisse comme ça ? lui demanda son frère.

– Qu'est-ce que tu veux dire ?

– Tu sais très bien ce que je veux dire.

– Non ! mentit Damien qui, comme chacun des membres du groupe français s'était demandé s'il était décent, après le suicide d'Isabelle, de continuer à suivre la tournée comme si de rien n'était.

Guillaume, soudain très sombre, ne poursuivit pas plus avant, alors que Damien pensait à Isabelle et se demandait ce que sa mort lui faisait réellement. Il avait été, comme tous, horrifié sur le moment. Horrifié, choqué et triste. Puis ennuyé ? Ennuyé par les conséquences de ce suicide spectaculaire ? Sur ce qu'il allait impliquer pour le reste de la tournée, le risque qu'il ne gâche la fête et qu'il teinte de culpabilité leur plaisir de revoir Springsteen et son groupe ? Ennuyé par ce que ces sentiments confus révélaient de son lien avec Isabelle et donc avec tous les autres membres de la bande ? Si elle avait été une véritable amie, la question ne se serait même pas posée. Tous auraient arrêté la tournée… Or chacun avait cherché, et trouvé de « bonnes » raisons de la continuer.

Il y avait une autre chose, aussi, mais à laquelle il n'osait même plus penser : l'idée furtive qui l'avait traversé à Madrid, alors que les policiers interrogeaient Grégory, que la chute d'Isabelle ne soit pas un suicide.

– Julie m'a dit que pendant quelques jours, elle avait pensé qu'elle n'aurait plus jamais la force d'aller voir Bruce, ajouta Damien pour diluer son malaise, qu'elle aurait trop peur que ça lui rappelle les images d'Isabelle… enfin tu vois. Mais là, c'est reparti, elle me dit qu'au contraire, elle va y aller pour Isabelle, pour sa mémoire. Elle veut essayer d'écrire à Bruce pour qu'à Paris, il joue *Jungleland*. C'était la chanson préférée d'Isabelle.

Guillaume ne disait rien et Damien se tut. Étaient-ils en train de perdre leur dernier véritable sujet de complicité ? La mort d'Isabelle allait-elle encore aggraver la distance que Guillaume était en train de prendre avec sa passion pour Springsteen ? Damien se décida à mettre les pieds dans le plat en demandant à son frère ce qui se passait en ce moment – et depuis bien avant le drame de Madrid – dans son rapport à Bruce quand soudain, son aîné se figea. Il suivit la direction de son regard et aperçut une femme d'environ 45 ans à l'élégante silhouette occupée à punaiser une feuille sur un panneau d'informations en liège. Il la reconnut aussitôt pour l'avoir vue aux infos quelques mois plus tôt.

La femme du conseil général, pensa aussitôt Guillaume.

Celle dont le regard ne le quittait plus depuis qu'il l'avait croisée deux jours plus tôt. Il sentait son cœur cogner à ses tempes et une tempête sur le point de se lever en lui. Cette femme lui sembla encore plus belle que lorsqu'il l'avait vue la première fois. Pas une beauté spectaculaire, mais elle rayonnait, par sa distinction, son regard, son allure.

– Tu la connais ? lui demanda Damien.

– Qui ça ? répondit le commissaire en se sentant aussitôt stupide étant donné qu'il avait toujours le regard vissé sur la silhouette qui sortait maintenant de la clinique.

– Patricia Vilquin !

Patricia Vilquin, c'était ça, bien sûr, se dit Guillaume, se demandant pourquoi ce visage et cette silhouette lui étaient si familiers. L'épouse du grand Jean-Claude Vilquin, chef d'orchestre de renommée internationale, mais surtout militante altermondialiste qui avait tant fait parler d'elle en début d'année au moment de la publication du manifeste d'ATTAC et de sa centaine de propositions pour « scier les piliers du néolibéralisme ». Ils formaient un couple très médiatique, jusqu'à la mort subite de son mari, en juin dernier, d'une attaque cérébrale foudroyante alors qu'il dirigeait la cinquième symphonie de Mahler à New York. Guillaume possédait de nombreux disques dirigés par Vilquin pour lequel il avait une grande admiration.

– J'ai rencontré quelqu'un, dit alors Damien que le trouble et le silence de son frère mettaient mal à l'aise.

Guillaume le regarda, s'obligeant à faire un effort de concentration.

– Tu sais, la jeune Suédoise qui était avec Lennart, à Madrid. Annelie. Tu vois qui c'est ?

– Vaguement, j'ai pas fait gaffe.

– Après le concert, elle m'a… Comment dire, elle m'a fait des avances.

– Ah oui ?

– Oh oui…

– Et ?

– Et… j'ai passé une nuit de folie.

– C'est pas à moi que ça arriverait !

– J'ai jamais connu ça. Incroyable. C'est une fille un peu bizarre mais… Enfin je n'ai jamais connu de femmes comme ça ! J'ai dû m'endormir, quand même, parce qu'elle n'était plus là quand j'ai rouvert les yeux. Elle partait de bonne heure à Bilbao, pour le deuxième concert. Et puis il y a eu tout ce merdier à cause de la mort d'Isabelle, les flics, tout ça…

Guillaume acquiesça.

– Tu l'as revue ?

– Non.

– Tu l'as rappelée ?

– Non. Mais j'ai eu son numéro par Lennart.

– Et tu attends quoi ?

Damien hésita. Pas longtemps. Il regarda son frère puis extirpa son téléphone de sa poche en se dirigeant vers la sortie du bâtiment.

Guillaume l'observa composer un numéro, de l'autre côté de la porte vitrée. Il se souvint alors qu'il avait coupé son portable dans la salle d'attente et le ralluma. Il avait sept messages et il soupira. Il commença à les écouter, tous du bureau, tous annonçant une somme potentielle d'emmerdements à régler. Son téléphone à l'oreille, il se dirigea vers le panneau d'affichage sur lequel Patricia Vilquin avait accroché une annonce. Guillaume découvrit qu'elle proposait des cours particuliers de piano. Le bas de la feuille donnait la possibilité de décrocher des languettes sur lesquelles était inscrit un numéro de téléphone. Alors que l'un de ses adjoints, dans un ultime message, lui annonçait que l'autopsie du chat du président du conseil général n'avait rien donné, il découpa le numéro et le glissa dans son portefeuille.

– Annelie ? demanda Damien quand enfin on décrocha.

La jeune femme dit quelque chose en Suédois.

– C'est Damien, précisa le gendarme en anglais. Damien,

de France.

– Damien ?

– Tu sais, à Madrid.

– Ah oui, Damien.

Il y eut un silence.

– Ça va ?

– Oui, répondit la jeune femme.

– Je… Je voulais prendre de tes nouvelles. Le temps passe vite, depuis Madrid, on…

La jeune femme resta silencieuse à l'autre bout de la ligne. Trop de temps passa, Damien se trouvait lamentable. Il prit sur lui.

– Je me disais… Ça serait bien qu'on se revoie, non ?

– Tu fais quoi, comme concert ?

– Le prochain, c'est Paris.

– Eh bien à Paris, alors…

– Super, je…

Elle avait déjà raccroché.

Damien expira, essoufflé comme s'il avait couru un sprint. Il remit son téléphone dans sa poche, ne sachant trop ce que cette conversation téléphonique lui inspirait. Il n'avait cessé de penser à la jeune femme depuis Madrid, à sa stupéfiante fougue amoureuse si éloignée de la froideur qu'elle venait de montrer au téléphone.

Quand il revint dans le hall, Guillaume n'y était plus. Damien se dirigea vers la maternité et on lui annonça que sa nièce était née. Damien demanda à la voir et on lui fit enfiler une tenue qui lui rappela celle, tout aussi blanche, dont il devait s'équiper sur les scènes de crime.

Il franchit ensuite deux portes, traversa un couloir et vit son frère Guillaume, derrière une vitre, en larmes, sa petite-fille Capucine dans les bras.

13

12 décembre 2007. Aux côtés de Pierre et de sa énième petite amie, de Julie, de Jean-Marc et d'Armand, Christophe ne se détendit vraiment que lorsque les lumières s'éteignirent dans le palais des sports d'Anvers. Il avait trop bu, n'en avait pas l'habitude et, durant l'attente du début du concert, s'était senti nauséeux. Il n'en leva pas moins le poing quand le noir se fit. Il décida de tout oublier pour les trois heures à venir. Bruce Springsteen monta le dernier sur scène et Christophe eut des larmes de joie et de reconnaissance en le voyant apparaître sous les rugissements de la foule. Avant de s'oublier, il pensa à une chanson qu'il aimait beaucoup, intitulée *Open All Night*, et qui se terminait par : « Hey Ho, Rock'n'roll, délivre-moi du néant. » Ce serait sa prière pour ce soir.

Trois jours plus tôt, d'instinct, il avait senti la peur descendre dans son ventre comme une coulée de plomb fondu. Ce n'était pas tant parce que les deux types qui venaient de s'approcher – l'un de face, l'autre par le côté – alors qu'il fermait la piscine avaient des têtes de tueurs, ni le fait qu'ils logeaient avec peine leurs muscles et leurs cous de taureaux dans leurs costumes à fines rayures, ni que l'un deux, de toute évidence, portait une arme glissée dans sa ceinture, que parce que depuis quelque temps, il accumulait tellement d'ennuis qu'il était sans cesse sur le qui-vive.

Le jeune maître nageur avait trois passions qui lui coûtaient une fortune dont il n'avait pas le premier euro : les femmes mûres, le poker et Springsteen.

Les femmes, suite à son dépucelage à l'âge de 13 ans par une voisine de ses parents, une veuve quadragénaire qui, à raison de trois rendez-vous clandestins par semaine pendant trois ans (Christophe profitant de la distraction de ses parents les soirs où ils recevaient des amis pour jouer au bridge, s'éclipsait par la fenêtre pour rejoindre l'appartement voisin), avait fait de lui un amant d'exception. Depuis, il vouait une passion dévorante aux femmes de 40 ans et plus qui la lui rendaient bien.

Le goût du jeu lui était venu de ses parents. Loto sportif, PMU, jeux de société… Tout était bon à prendre chez les Richard (qui portaient mal leur nom) mais les cartes, et en particulier le bridge, y étaient pratiqués avec art et sérieux. À 7 ans, Christophe maîtrisait les règles et à 10, il rendait des points à son père et à sa mère. Ce fut à l'âge de 16 ans, en même temps qu'il quittait l'école, qu'il découvrit le poker dans les bras d'une plantureuse quinqua qui, faute de coucher encore avec son époux, faisait équipe avec lui dans des tournois régionaux. Christophe se révéla aussi bon élève au poker qu'il l'avait été au lit avec sa première maîtresse. Reconnaissante pour le spectaculaire réveil de sa vie sexuelle, sa nouvelle amante, qui avait des relations au conseil général, le fit entrer à la piscine municipale où, la natation étant la seule discipline scolaire qui lui avait valu la moyenne, il n'avait pas tardé à faire sa place.

Sa troisième passion, la plus récente, ne remontait qu'à 2002. Comme tout le monde, Christophe, le 11 septembre 2001, avait été bouleversé par les images de la chute des deux tours jumelles de Manhattan. Moins d'un an après, à la radio, il avait entendu une chanson écrite par un certain Bruce Springsteen, dont, trop jeune pour connaître quoi que ce soit au rock'n'roll, il n'avait jamais entendu parler. La chanson était tirée d'un album qui, d'après le chroniqueur, avait pour thématique le traumatisme des attentats new-yorkais. Christophe ne parlait pas un mot d'anglais mais le morceau l'avait touché. C'était la voix, le rythme lancinant, la douleur qui affleurait derrière chaque note. *You're missing*, « Tu es manquant ». Était-ce parce que Springsteen avait choisi pour narratrice une veuve d'un pompier du 11 Septembre et que Christophe, depuis ses 13 ans, était particulièrement sensible au sort des veuves ? Il avait acheté l'album, *The Rising*, l'avait aimé de bout en bout dès la première écoute et s'en était fait traduire les textes par une prof d'anglais de 48 ans qu'il fréquentait à l'époque. Pris de court pour le concert parisien du chanteur en 2002, aussitôt complet, il s'était rabattu sur la deuxième partie de la tournée en prenant une place pour celui du 12 mai 2003 au stade Roi-Baudouin de Bruxelles. Il ne s'était pas remis de la performance de la rock star et de son groupe même si, à l'époque, il ne connaissait pas les trois quarts des chansons qui avaient été interprétées. Durant les quatre heures d'attente, debout à dix mètres de la scène, il avait sympathisé avec un groupe de Français. Un monde s'était alors ouvert à lui, celui des fans, hommes et femmes de tous âges et conditions sociales qui suivaient Springsteen à travers le monde. Ils parlaient un langage bien à eux, difficile à suivre pour un non-initié, faisant sans cesse référence à des souvenirs de tournées passées, à des anecdotes propres à l'univers de l'artiste, à des titres de chansons ou d'albums qu'ils citaient souvent en les abrégeant. Par exemple, *Born* faisait référence à la chanson ou à l'album *Born In The USA* et non à *Born To Run*. *Rosie* était la chanson *Rosalita*, et « la chaise » évoquait un moment controversé des concerts solo acoustiques de la tournée *Tom Joad* (pour *The Ghost Of Tom Joad*) durant lequel Bruce (tout le monde l'appelait par son prénom) s'asseyait sur un tabouret pour chanter trois titres lents et intimistes introduits par de longs monologues. Certains avaient adoré, estimant que ces vingt minutes étaient parmi les plus intenses de toute la carrière du chanteur, d'autres détesté tant ils les avaient trouvées soporifiques. Christophe s'était juré d'être prêt pour le prochain concert, de savoir reprendre les refrains en chœur, quand lever les mains, quand crier en même temps que le reste du public et de pouvoir discuter avec ses nouveaux amis sans avoir l'impression d'être en pays étranger. À la fin du concert, les Français s'étaient réunis près du stade sous une gigantesque affiche de la tournée pour faire une photo souvenir. Christophe s'était proposé pour prendre le cliché mais on lui avait demandé de figurer dessus, pour fêter son baptême du feu, son dépucelage springsteenien. Un fan suédois ami de la bande (il apprendrait plus tard qu'il s'appelait Lennart) s'était chargé de l'appareil photo et Christophe, offrant un large sourire à l'objectif, s'était senti ému d'être si vite intégré à la bande, à ce monde à part, enthousiaste, fervent et excessif qui ressemblait à celui, rêvé, qu'il essayait d'atteindre par son goût pour les femmes et le jeu. Un monde intense si loin de celui, sentant le chlore et les pieds, de la piscine, de son planning de leçons de natation, des conversations avec ses collègues maîtres nageurs ou le personnel d'entretien. Dans l'instant où le flash avait figé son entrée dans l'univers des fans de Bruce Springsteen, il avait compris que le concert auquel il venait d'assister était une parfaite illustration de la vie à laquelle il aspirait depuis toujours sans même le savoir. Une vie elliptique, qui ne garderait que le meilleur, que le fort, les rires et les larmes, la générosité, l'abandon, le plaisir, l'euphorie, la communion, la passion. En trois heures, le chanteur et son public étaient passés par toute la gamme des émotions comme dans un rêve suspendu, une parenthèse temporelle durant laquelle chacun avait pu être au meilleur de lui-même, libéré de toutes les contraintes et inhibitions qui font la vie quotidienne. Exalté, se sentant à la fois léger et enrichi, Christophe avait entendu Pierre lui demander où il allait après. Le jeune maître nageur n'avait pas saisi le sens de la question et Jean-Marc, l'huissier de justice qui ressemblait au Gandhi du cinéma et dont la fiancée, pendue à son bras, avait un faux air de Sandrine Bonnaire, avait précisé qu'il lui demandait à quels autres concerts il avait prévu de se rendre. « Aucun » avait été sa réponse penaude. Armand Matignon ne pouvant finalement assister à celui de Milan le 28 juin prochain, le dernier concert de la tournée, lui avait proposé son billet. Tous lui avaient alors assuré qu'il fallait absolument voir Bruce au moins une fois en Italie où se trouvait son public le plus fervent, sans doute à cause des origines italiennes de sa mère. Christophe s'était efforcé de ne pas entendre la petite voix qui lui disait qu'il n'avait absolument pas les moyens d'aller à Milan dans un mois et avait accepté l'offre sans hésiter.

Si, après ces deux premières expériences euphorisantes, Christophe avait suivi les deux tournées suivantes, sans le E Street Band, avec passion et avait découvert les centaines de *bootlegs* remontant aux tout débuts de la carrière de l'artiste, l'annonce, en août dernier, de son retour avec son groupe légendaire, l'avait plongé dans un état d'excitation fébrile que le début de la tournée européenne était loin d'avoir calmé.

Malheureusement, ce n'était pas de Bruce Springsteen qu'étaient venus lui parler les deux gorilles, mais de :

– Monsieur Batthieuw…

Oh putain ! avait pensé Christophe.

– … perd patience, monsieur Richard.

– Je sais, avait balbutié Christophe. Je comprends, j'ai… J'ai eu un contretemps.

– Trois semaines, c'est un gros contretemps, Christophe. Vous permettez que je vous appelle Christophe ?

– Bien sûr…

– Luc, avait précisé le plus âgé des deux molosses.

– J'ai besoin de quelques jours encore, Luc, jusqu'à la fin du mois, juré, je…

– Ça va pas être possible. Hein, Bruno, que ça va pas être possible. Dis-lui, toi.

– Ça va pas être possible, avait confirmé Bruno d'une voix terne.

Putain ! avait pensé Christophe. Putain, putain, putain…

Il devait 11 000 euros à Charles Batthieuw, antiquaire bruxellois et remarquable joueur de poker. 11 000 euros. Et l'autre qui lui envoyait ses bulldogs. Antiquaire, mes couilles ! avait encore pensé Christophe que la peur n'aidait pas à réfléchir de façon constructive.

– Je vais payer ! avait-il affirmé en avalant sa salive.

– Ce soir ?

– Non, j'peux pas, là…

– Christophe… avait dit Luc, d'un air à la fois déçu et désolé.

– Une semaine, donnez-moi une semaine.

Le plus vieux des barbares avait soupiré puis regardé son jeune acolyte. Leur petit numéro était bien rodé et Christophe n'avait pas été loin de se pisser dessus.

– Rappelle-moi ce qu'il a dit, Bruno, monsieur Batthieuw, au cas où monsieur Richard ne payait pas ce soir ?

Et Bruno, la jeune brute, de réciter :

– Si ce petit branleur de maître nageur ne paye pas ce qu'il me doit ce soir, vous lui pétez un genou, qu'il a dit.

Christophe avait aussitôt émis un gloussement involontaire, presque un sanglot.

– Non, pas un genou ! avait-il dit par réflexe. Pas un genou !

Il s'était mis à pleurer pour de bon tant il avait peur, tant il savait n'avoir aucune chance de se sortir indemne de ce pétrin. Il s'était juré de ne plus jamais toucher une carte, de ne plus jamais, non plus, toucher une femme mariée (il avait quelques souvenirs cuisants dans le domaine des maris jaloux, le plus récent étant un bras cassé trois semaines avant le concert de Madrid), de continuer bien sagement les trente-cinq années à venir à apprendre la brasse à des milliers d'enfants, d'épouser une femme de son âge, de lui faire des gosses et de se mettre aux mots fléchés.

Il avait jeté un rapide coup d'œil alentour : pas âme qui vive à cette heure dans cette ruelle qui longeait l'arrière de la piscine. Il avait pensé un instant à se mettre à hurler quand le prénommé Bruno avait lancé :

– C'est vrai que le genou, c'est le plus long à se remettre et c'est fort handicapant pour un maître nageur…

– C'est les ordres ! avait objecté Luc. Tu sais bien que quand monsieur Batthieuw donne un ordre...

– Je sais mais... un bras ferait peut-être l'affaire ?

– Non, pas un bras ! avait aussitôt gémi Christophe.

– Ben oui mais bon, on veut bien faire un effort, mais faudrait tout de même pas faire trop le difficile, avait répliqué Luc de la voix du bon sens.

– Je vais payer... Dites à monsieur Batthieuw que c'est une question de jours !

– Tss tss... S'il apprend qu'on lui a désobéi, qu'on vous a rien cassé, c'est notre job qu'on risque de perdre, nous ! Et par les temps qui courent, c'est pas les patrons sérieux qui se bousculent !... Bruno, que vous voyez là, est chargé de famille, sa petite fille a... combien elle a déjà, ta puce ?

– 13 mois.

– 13 mois ! Vous vous rendez compte ! Alors non, faut tout de même être sérieux, il faut qu'on vous casse quelque chose, monsieur Richard. On veut bien faire un effort pour le genou, rapport à votre emploi qui nécessite une bonne condition physique, mais bon, il y a des limites à notre...

– Un doigt ?

Christophe avait avalé sa salive et reniflé. Le gros Luc avait fait une moue dubitative, pas convaincu.

– Et le nez ? avait proposé Bruno d'un air enthousiaste.

– Ah non, pas le...

La douleur avait empêché Christophe de terminer sa phrase. Le nez irradiant d'une suffocante douleur, tombé sur ses fesses, il avait juste eu le temps de s'entendre dire qu'il avait trois jours pour payer sa dette, pas un de plus, avant de s'évanouir.

– T'inquiète, avait dit Anne à Christophe d'un ton rassurant, même avec le nez comme une patate douce, t'es toujours aussi craquant.

Brun aux yeux noisette, un menton bien dessiné, un corps mince et ferme, une peau de bébé, Christophe était effectivement beau garçon. Anne, infirmière depuis vingt-deux ans, actuellement en poste au centre hospitalier de Roubaix, était devenue son amante après ce premier séjour à l'hôpital, quelques semaines plus tôt, quand il s'était fait démolir le portrait et casser un bras par un mari bafoué.

Par chance, elle était aussi de garde cette nuit quand il était arrivé aux urgences et avait fait en sorte que l'on s'occupe de lui avec le plus grand soin. Piqûre d'antibiotiques, d'anti-inflammatoires, opération du nez sur-le-champ et pose immédiate d'un plâtre. Christophe, le lendemain matin, s'était réveillé dans une chambre individuelle avec la rassurante vision d'un visage familier. Anne avait dû être très jolie à 20 ans et à 47, femme dont les fruits étaient à cueillir, Christophe la trouvait magnifique.

– Encore un mari trompé ? lui avait-elle demandé non sans ironie.

– Pas cette fois, avait répondu Christophe d'une voix qu'il ne reconnaissait pas.

Anne lui avait assuré que tout irait bien, que le plâtre n'était là que pour l'empêcher de se faire mal et qu'il ne garderait aucune séquelle de sa mésaventure.

Après cet instant de réconfort, les soucis de Christophe l'avaient de nouveau assailli. 11 000 euros dans trois jours. Il avait feuilleté mentalement la liste de ses relations et en était arrivé à la conclusion qu'il connaissait déjà : personne ne serait prêt à lui prêter une telle somme.

– Tu peux me passer ta voiture ? avait-il demandé à Anne.

– Pour aller où ?

– À Bruxelles.

– La dernière fois, ça m'a coûté deux points sur mon permis. Qu'est-ce que tu veux faire à Bruxelles ?

– Un rendez-vous…

– Pas encore une bêtise, j'espère…

– Non, tu sais bien que je ne joue plus.

– Une femme, alors ?

Elle s'était penchée vers lui et dans l'entrebâillement de sa blouse, Christophe avait aperçu le rebondi de ses seins serrés par un soutien-gorge blanc, les deux globes l'un contre l'autre et en leur centre ce vallon si émouvant chez les femmes d'âge mur dont la peau, moins élastique que dans leurs jeunes années, laissait paraître un début de fripement telle l'étoffe délicate d'un vêtement si confortable qu'il aurait été beaucoup porté. Christophe appelait cette partie du corps féminin, qu'il aimait tout particulièrement, le triangle de vérité. Aussi bien conservée pouvait être une femme, qu'elle soit passée ou non dans les mains d'un chirurgien plastique, la peau, à cet endroit stratégique, ne mentait jamais. Anne avait suivi son regard et lui avait fait la remarque qu'il semblait se remettre bien vite. Puis elle était allée verrouiller la porte de la chambre, avait déboutonné sa blouse et chevauché Christophe en se tenant aux montants de fer du lit médicalisé. Elle en avait oublié ses réticences et lui avait donné les clés de sa Clio.

En trois coups de téléphone, Christophe avait su se placer dans une partie où l'on jouait gros. Il était connu et apprécié dans le milieu des joueurs parce qu'il était jeune, ce qui était rare, talentueux et, surtout, imprévisible. Tête brûlée, mais avec panache, d'une façon qui tirait toujours une partie de poker vers le haut et assurait à ses adversaires de passer une bonne soirée.

Arrivé à Bruxelles, il était parvenu à se faire prêter de quoi s'asseoir à la table d'un homme qu'il avait toujours rêvé d'affronter. Un Belge d'une cinquantaine d'années, très bel homme, cheveux argent, costume à l'élégance discrète. Une légende chez les amateurs de poker. Une légende bien réelle, pourtant, et à qui, au petit matin, Christophe devait 9000 euros non moins réels. Il avait pourtant bien joué et avait été correctement servi par le sort. Il avait vraiment cru pouvoir se refaire, ça n'avait tenu à rien. Il sanglotait alors que la Clio d'Anne repassait la frontière française.

Il s'était couché tout habillé dans le lit de son studio, la poitrine serrée par un étau, la respiration courte, la bouche sèche.

Il était foutu. Cette fois, il était foutu pour de bon. Dans deux jours, Batthieuw lui renverrait ses tueurs, et s'il en ressortait entier, ce serait pour tomber dans les pattes de ceux de son nouveau créancier.

La sonnerie de son portable le réveilla.

– Salut Christophe ! lui avait dit Armand.

– Salut.

– T'as une drôle de voix.

– Mal dormi, répondit le maître nageur en ôtant le plâtre amovible de son nez.

– Je t'appelle pour la tournée en stade. C'est chaud. Ils vont sûrement rajouter une troisième date à Dublin. J'ai eu Pat, il a des places réservées pour nous pour les trois soirs, mais faut se décider aujourd'hui. Pareil pour Hambourg et Barcelone. Pour Londres, pas de problème, mais il ne faut pas traîner non plus ; il y a beaucoup de monde qui veut y aller.

Si seulement Bruce n'avait pas sorti d'album, avait pensé Christophe, s'il n'était pas en pleine tournée européenne, s'il n'avait pas annoncé une prolongation au printemps et en été… Il n'avait pas les moyens de voir un seul des concerts annoncés pour la belle saison, ni même ceux de cet hiver. Il n'avait plus les moyens de rien sinon de se faire casser chacun de ses os par des gros bras.

Christophe en avait eu mal au ventre. Il ne pouvait pas manquer ça. Il ne pouvait pas manquer le retour de Springsteen et de son E Street Band en stade. Et pourtant, il ne pouvait pas non plus y assister. C'était impossible. Les deux options étaient impossibles. Y aller et ne pas y aller. L'idée que Springsteen puisse se produire près de chez lui d'ici quelques mois sans qu'il soit devant la scène était insupportable. Une tournée, peut-être la dernière avec le groupe dont les membres, à commencer par leur leader, ne rajeunissaient pas. Si Bruce s'était contenté de jouer aux États-Unis, il aurait été facile de renoncer. La distance, la mer entre lui et les concerts… Mais Paris, Londres, Barcelone, Hambourg, Dublin… Il devait dire à Armand qu'il laissait tomber, qu'il ne ferait pas cette seconde partie de la tournée européenne, qu'il passait la main, au lieu de quoi il lui demanda où lui allait.

– Dublin parce que c'est trois concerts de suite. Les deux soirs à Londres. Cardiff ensuite. Hambourg. Le Parc des Princes évidemment. Les deux dates à Göteborg, c'est tellement bien là-bas. Barcelone, bien sûr, les deux derniers concerts de la tournée.

Christophe avait dégluti. Il avait de nouveau envie de pleurer. Il s'y voyait déjà, le groupe qui monte sur scène alors que le jour décline à peine, la foule qui hurle et lui avec elle, en elle. L'arrivée des musiciens un à un par le fond de la scène et enfin Bruce lui-même. Il ne serait plus maître nageur, il n'aurait plus de dettes, il serait celui qu'il rêvait d'être et se laisserait porter par la musique, élevé par elle, n'ayant d'yeux que pour Springsteen, criant, chantant, sautant, ayant à plusieurs reprises les larmes aux yeux d'être là, simplement là, dans l'instant présent, le temps et le monde en lévitation. Il ne pouvait pas manquer ça. C'était son *shoot*, il en avait besoin, son corps même le réclamait. Sa vie merdique le réclamait.

– C'est l'argent qui te pose problème ? avait demandé Armand après un moment de silence.

Christophe devait déjà tout le voyage de Madrid à leur ami Pierre Da Costa – ticket de concert, hôtel, avion – plus 5 000 euros prêtés avant l'été. Pouvait-il encore lui demander une avance ?

– Je vais me débrouiller, répondit-il en retenant un sanglot.

– Tu voudrais aller où ?

– Dublin. Londres et Hambourg, aussi. Je ferai la Belgique, c'est à côté de chez moi, et Paris. J'adorerais aller à Barcelone, aussi. Je laisse tomber pour la Suède, avait-il ajouté pour se donner l'illusion qu'il était raisonnable.

C'était décidé, il appellerait Pierre. Il ne pouvait pas rater ça.

Et tout lui revenait maintenant que le concert d'Anvers était terminé.

La foule se dispersait, mélange de fatigue et d'euphorie, les agents de la sécurité invitaient les traînards à regagner les sorties et Christophe redevenait lui-même, à contrecœur. Son nez encore traumatisé, dont il n'avait pas souffert un seul instant tant que Springsteen était sur scène, se rappela soudain à son bon souvenir.

– Une bière ? proposa Jean-Marc Devilleneuve en lui passant un bras sur les épaules.

Christophe regardait Pierre qui se tenait à l'écart, son portable à l'oreille, de toute évidence furieux, parlant en faisant de grands gestes menaçants, évoquant au maître nageur, qui aimait trouver des ressemblances, les plus grandes scènes d'un Joe Pesci. Da Costa raccrocha rageusement et Christophe répondit au Versaillais.

– J'ai déjà beaucoup trop bu, j'ai de la route à faire !

– Allez, juste une ! Pierre ? invita encore Jean-Marc.

– Non, non, je file, répondit Da Costa d'une voix nerveuse qu'il fit l'effort d'adoucir avant de poursuivre. Les concerts en Belgique, ça fait des économies d'hôtel mais il faut rouler une partie de la nuit ensuite.

Jean-Marc fit la même proposition à Armand qui déclina d'un geste de la main. Il était étonnamment silencieux, lui qui trouvait d'habitude toujours à redire sur le concert auquel il venait d'assister. Aurait-il aimé, ce soir ? Était-ce pour cela que les mots lui manquaient ?

Pierre se dirigea vers le parking, suivi de sa fiancée et de Julie qui n'avait pas dit un mot non plus, pas encore revenue à la réalité après ce concert qu'elle avait vécu avec une intensité toute particulière, comme si la musique de son idole avait pris un sens nouveau depuis la mort d'Isabelle et la vision atroce de son corps éclaté au sol.

Christophe termina son gobelet à contrecœur, serra la main de Jean-Marc et d'Armand avant de prendre la direction de sa voiture garée loin du palais des sports pour éviter les inévitables embouteillages de sortie de parkings.

La nuit était froide et l'air vif lui faisait du bien. Il était fatigué et avait vraiment trop bu ; il redoutait la route à venir. Petit à petit, les rues se clairsemaient et le brouhaha de la foule finit par s'estomper. Christophe hésita entre deux ruelles mais se décida finalement, pas bien sûr de lui. Il longea un hangar, seul désormais, et atteignit un escalier qui le mena sur une esplanade d'où, soulagé, il aperçut la Clio qu'Anne lui avait prêtée une nouvelle fois.

Un bruit. Celui d'un morceau de verre ou de plastique qui craque sous la semelle d'une chaussure. Christophe se figea. Son cœur cognait douloureusement. Il pensa aussitôt aux types qui lui avaient cassé le nez mais se dit qu'il n'y avait aucune raison pour qu'ils le traquent jusqu'à Anvers. Et d'ailleurs, comment auraient-ils pu savoir qu'il s'y rendait ce soir ? Le silence était revenu. Christophe prit sur lui, se dit qu'il se faisait des idées et se remit en marche vers la voiture, sortant les clés de la poche de son jean.

Il s'arrêta de nouveau. Était-ce bien du piano qu'il entendait ? Trois accords en boucle, puis cette voix, ce cri et la guitare qui s'ajoute. *Something In The Night.* Il semblait irréel d'entendre cette chanson de Springsteen, ainsi, dans ce lieu désert alors que justement, Christophe avait cru l'instant d'avant percevoir « quelque chose dans la nuit ». C'était irréel et inquiétant. Christophe pensa néanmoins qu'il s'agissait d'un fan qui, comme lui, s'était garé à l'écart pour quitter plus facilement le quartier du palais des sports et venait d'allumer le lecteur de CD de sa voiture. La chanson se poursuivait, dans la version studio de 1978, avec cette voix forcée que Christophe n'aimait pas trop et qui lui gâchait un peu ce disque qui était pourtant un chef-d'œuvre. Il s'apprêtait à se remettre en marche vers la voiture quand, il en était sûr cette fois, il entendit des pas qui approchaient. Il vit alors une silhouette dans l'ombre, avec quelque chose à la main ressemblant à un bâton, qui approchait rapidement puis se mit à courir vers lui. Alors que Springsteen clamait que « rien n'est oublié ni pardonné », Christophe réprima un cri de panique, lâcha les clés de voiture et détala dans la nuit.

14

La peur courait à ses côtés, hurlait à ses oreilles. Christophe fonçait droit devant lui, tirant sur ses bras, poings serrés, poitrine en avant, allongeant ses foulées mais ayant l'impression de ne pas avancer tant son corps peinait à répondre à ses ordres confus. Il respirait mal, s'essoufflait trop vite. Il ne pensait à rien, assourdi par une panique stridente, aveuglé par les larmes que le froid chassait de ses yeux. Une peur brute, sèche, glaciale. L'autre était-il même à ses trousses ? Il n'osait se retourner pour le vérifier, se l'interdisait. Il revoyait cette silhouette fondant sur lui. Il voulait courir. Seulement courir. Ne jamais s'arrêter, sortir de lui-même, de sa peau, de sa vie. Il avait trop bu, s'en voulait, enrageait. Sa poitrine le brûlait déjà. Il devait se calmer, changer de rythme de course, trouver sa foulée, son souffle. La voix de Springsteen accompagnait sa fuite, tournait en lui, se mêlait aux battements affolés de son cœur.

Un escalier devant lui, qu'il dévala, manquant tomber. Il repartit tout droit, traversa une rue déserte et s'engouffra dans la seconde nuit qui régnait sous les tabliers des ponts dessinant les boucles monstrueuses d'un échangeur. Son pied accrocha un obstacle. Il se sentit partir en avant et tomba de tout son long sur le béton jonché de détritus. Il se fit mal, eut le réflexe, comme enfant, de vérifier si la paume de ses mains était écorchée, si des graviers s'étaient glissés sous sa peau. Il jura et allait se relever quand une douleur foudroyante explosa à sa cheville gauche. Il hurla. L'autre était debout près de lui, masse sombre,

ombre dans l'ombre. Christophe vit ce qu'il avait pris pour un bâton s'élever dans le ciel. C'était un pied-de-biche, qui s'abattit et que, d'instinct, il para d'un bras. Il entendit les os craquer et la douleur fut si fulgurante qu'elle lui coupa le souffle. Il ravala son hurlement et se laissa tomber sur le dos. Un instant, le sol tangua. Il vit ce qu'il apercevait des ponts routiers tourner. Il eut à peine la force de se pencher de côté pour vomir. Paralysé par la souffrance, il attendit le coup de grâce. Il ne vint pas. L'autre avait disparu.

Le temps se suspendit, les secondes planèrent au-dessus du jeune homme à terre, se télescopèrent telles des lucioles aveuglées. Loin au-dessus de lui, des voitures roulaient à vive allure, le passage de leurs roues à la jonction de deux tronçons de route rythmant la nuit d'un son creux et répétitif qui rappelait celui des bogies d'un train. Une nouvelle nausée montait, Christophe voulut cracher, faillit s'étouffer. Il tremblait. De froid, d'épuisement, de panique, de souffrance. Pourquoi son agresseur avait-il disparu, n'allait-il pas achever sa besogne ? C'était tout ? Un nouvel avertissement ? Après un nez cassé, une cheville et un poignet explosés ? Allait-on le laisser là, au milieu de nulle part, jusqu'à ce qu'un vagabond le dépouille de ses habits et qu'on le retrouve nu, bleu et meurtri dans le petit jour glacé ?

Christophe tenta de prendre une longue inspiration, souffla. Il lui fallait oublier la douleur qui palpitait au rythme de son cœur et lui soulevait l'estomac. Il lui fallait se relever, trouver de l'aide. Il s'appuya sur sa main valide, pivota sur le ventre, cria quand sa cheville racla le sol. Il ferma un instant les yeux, tenta de réunir ce qui lui restait de force. Il s'appuya sur sa main et se mit à genoux. Il compta jusqu'à trois et se dressa d'un coup sur sa jambe intacte. Il essaya de poser son autre pied mais manqua aussitôt de s'évanouir tant la douleur était vive. Il se reprit, s'encouragea de la voix. Il avança, à cloche-pied, la douleur, les douleurs, se répercutant dans son crâne. Dans la pénombre, il distinguait une énorme pile de pont à quelques mètres devant lui. Il se fixa pour premier objectif de l'atteindre. Il pensa à son agresseur et le traita d'enculé à voix haute. Cela lui fit du bien et, avançant par bonds maladroits et approximatifs, il répéta ce mot, le cria, sa voix se répercutant dans les hauteurs de cette cathédrale autoroutière. Il serra les dents en arrivant enfin à la hauteur de la colonne de béton. Il ne vit rien venir. Le pied-de-biche le frappa de plein fouet à la poitrine, lui coupant le souffle. Il suffoqua et s'écroula.

Avait-il perdu connaissance ? Combien de temps ? Il cligna des yeux, perçut une silhouette entre ses larmes. La peur réapparut d'une traite, il voulut crier mais n'en eut pas la force. L'air parvenait difficilement à ses poumons. Il ferma les paupières, serra les dents, un spasme le traversa. Quand il rouvrit les yeux, il était seul de nouveau et sentit qu'il se faisait dessus.

– Enculé ! répéta-t-il avant qu'un sanglot ne le secoue.

Il pleura pour de bon et cela lui fit du bien. L'air revenait mais chaque respiration éveillait une douleur transversale. Avait-il une côte cassée, la cage thoracique enfoncée ?

Il ne sut combien de temps il resta au sol, agité de sanglots, avant d'avoir le courage de se redresser. L'autre se cachait-il encore dans la nuit pour le frapper ? Pourquoi ? Pourquoi ce jeu ? Il tenta de percer l'obscurité autour de lui mais ne vit rien que le reflet de sa peur. Remis debout, bien qu'immobile, il avait la sensation de tourner sur lui-même. Il se concentra pour tenter de retrouver son équilibre. Soudain un souffle sur sa nuque. Il cria de surprise plus que de douleur quand une vive brûlure traversa l'arrière de la cuisse. Il y porta sa main, sentit le contact chaud de son sang. Un autre mouvement près de lui, de l'air déplacé et cette fois la peau d'un bras entaillée.

Christophe n'osa bouger ni respirer. Il sentait son sang couler. Des pas soudain, de course, le bruit froissé d'une masse qui fend l'air et plus rien que la douleur. Immense, fulgurante. Christophe tomba à terre, le genou gauche brisé. Il gémit d'une voix de tête qui lui était inconnue, longue plainte aiguë et animale. Il était au-delà de la douleur, ne ressentait plus que l'impuissance et un désespoir de tout son être, son âme et son corps ne faisant plus qu'un, tragique et perdu. Une image enfouie de son enfance lui revint, celle de son chat, chez sa grand-mère, qui jouait longtemps avec les souris avant de les achever, finissant, après avoir distillé de subtiles souffrances, par les laisser éventrées, les viscères séchant au soleil.

Il allait mourir. Il l'espérait, du moins.

Plus rien ne se passa pendant de longues minutes. Mais aucun soulagement ne vint, bien au contraire. Chaque seconde qui passait était une torture par l'anticipation fébrile du prochain coup possible. Quand ? Par quel côté ? Couteau ou pied-de-biche ?… Christophe sentit un nouveau sanglot monter mais parvint à le contenir. Lentement, péniblement, il se releva. La douleur était telle qu'elle n'était plus une barrière, hors de l'étendue du spectre de ses sensations. Il tremblait de tous ses membres, sa jambe valide peinait à le soutenir, il n'avait plus de force, de la morve coulait de son nez jusque dans sa bouche, il puait la merde et la mort. Se dédoublant un instant, il vit sa silhouette tragique se tordre dans la nuit. Il resta ainsi, tête en arrière, visage vers le ciel occulté par les six voies de circulation du *ring*, bras ballants. Il se sentit défaillir, vaciller, mais une main le retint alors qu'il allait basculer. Une main qui s'était saisie de sa nuque, des doigts fermes, ni chauds ni froids. Une main gantée de latex. Il n'eut même pas la force de sursauter et ne cria pas quand il sentit la lame pénétrer ses chairs. Le couteau ressortit de son ventre aussi fermement qu'il y était entré. Christophe pivota sur lui-même. Il gémissait, un râle montant du fond de sa gorge. Il ne parvint pas à voir le visage de son bourreau qui planta son arme une deuxième fois puis la retira. Christophe bascula, tomba lourdement au sol.

La mort le tenait par la main alors qu'il se vidait de son sang dont le goût montait déjà à sa bouche. Il entendit le Klaxon d'un camion sur la voie express. La douleur le quittait, il n'était plus assez vivant pour la ressentir. Il déglutit, toussa, cracha du sang. Son tueur se tenait debout devant lui, calme en apparence. Christophe essaya de le regarder, capta le tracé de sa silhouette, liseré argenté dans la nuit. Il se sentit partir et cela fut presque doux mais l'instant d'après, il revint à lui. La vie était tenace, obstinée. Christophe laissa tomber sa tête sur le côté mais sentit aussitôt une poigne le saisir par les cheveux.

Combien de temps encore allait durer son calvaire ? N'avaient-ils pas assez joué ? L'autre lui redressa le buste de force, jusqu'à ce que leurs deux visages se touchent presque. Christophe cligna des yeux. Il y voyait flou. Il avait froid, très froid. Une faible lueur dessinait à peine les traits de son bourreau, seul le blanc des yeux captait assez de lumière. Ce regard… Il hésita. Il n'avait plus la force de penser, le souffle de vie qui lui restait était trop ténu. Il ferma les paupières. Une faiblesse infinie s'empara de lui, presque un soulagement.

Il sut soudain. Il comprit en un éclair, le dernier, qui était en train de le mettre à mort. La surprise lui donna la force de regarder une dernière fois. La reconnaissance passa d'un regard à l'autre. Le tueur, satisfait, le lâcha. Sa nuque cogna le sol.

Un bras se leva, armé du pied-de-biche. Christophe Richard, avec en tête les derniers mots entendus de Bruce Springsteen, mourut un bref instant avant que la barre de métal ne lui défonce le visage.

« Rien n'est oublié ni pardonné… »

Son propre sang laisse sur la langue un goût métallique proche de celui des piles électriques dont, enfant, elle aimait lécher les pôles. La douleur pulse au rythme des battements de son cœur. Son nez est cassé. Elle revient à elle quand elle comprend qu'on essaye de lui arracher son pantalon. Elle se débat, redresse le buste. Le jeune type la repousse. Un autre se saisit de ses bras, puis un troisième. Elle rue, se cabre, se sent soulevée du sol. Le bouton de son pantalon cède. Elle hurle quand on le tire d'un coup vers le bas. Les jeunes hommes s'encouragent mutuellement, s'excitent. Elle donne un coup de pied, se sent lâchée, retouche le sol. Une gifle s'abat sur sa tempe. Des mains la saisissent aux chevilles, lui font mal, la griffent. Elle est de nouveau soulevée. Des doigts sur sa culotte. Sa gorge la brûle tant elle crie. Elle perçoit le crissement du tissu qui se déchire, l'élastique qui la blesse tant qu'il résiste. Qui rompt enfin. L'air s'infiltre dans son entrejambe. Un rire. Elle pleure, elle crie, elle s'entend supplier. On la plaque au sol. Ils sont au moins quatre à la tenir. Son regard affolé passe d'un visage à l'autre. Le plus jeune, le premier, se débraguette. Elle n'a plus de voix, ne peut y croire, sent la terreur se muer en abattement. On lui écarte les jambes. Elle sent le macadam grumeleux et humide sous ses fesses. Elle gémit, voudrait hurler, mordre, tuer mais n'a plus la force que de pleurer. Il se couche sur elle, elle sent son souffle, l'alcool dans son haleine. Il la force d'un coup en râlant. Elle hoquette. Elle a mal, voudrait cacher son visage dans ses bras. Voudrait mourir.

IV

PARIS
PALAIS OMNISPORTS DE BERCY

15

Cambronne, La Motte-Picquet-Grenelle, Dupleix. Ils descendaient dans trois stations.

Éric Sangaré regarda son fils. Nathan ne disait jamais un mot durant les douze stations du trajet. Place d'Italie-Dupleix. Il avait 10 ans depuis trois semaines et parfois, déjà, le regard d'un homme. Il était beau. Ça, au moins, ils ne l'avaient pas raté. Café au lait, les cheveux de son père mais châtain clair, les membres longs et fins, les yeux verts de sa mère ; un superbe métissage, seule réussite d'un mariage calamiteux. Nathan était plus beau encore que Gaëtan, son frère aîné.

Éric consulta sa montre. 17 h 43. Ils seraient à l'heure. Il se voulait irréprochable. Il croisa le regard de son fils, lui sourit, mais les traits de l'enfant gardèrent tout leur sérieux.

Ce trajet était chaque fois un moment étrange pour Éric, aigre-doux, mélange d'amertume et d'une tristesse presque agréable, suave. Il y avait, et il en avait conscience, une forme de masochisme dans sa manière d'appréhender ce retour de son fils chez sa mère. C'était devenu, au fil des ans, une corvée ritualisée. Au rythme des stations de métro qui défilaient, il s'appliquait, non sans une certaine complaisance, à se remémorer les étapes les plus douloureuses de son divorce. La plus marquante, dont il n'oublierait jamais le moindre détail, était le jour où les déménageurs avaient emporté les affaires de Nathan, son lit étroit, son coffre à jouets, son mobile musical, l'étagère Ikea qu'il avait lui-même montée avec tant de difficultés. Quand le camion était parti, Éric s'était assis sur la moquette décolorée à l'emplacement des meubles enlevés et avait pleuré de longues minutes en les imaginant livrés dans cette autre chambre de cet autre appartement de cet autre arrondissement. La nouvelle chambre de son fils, chez sa mère qui serait désormais sa maison. Il dirait « à la maison » alors que chez lui ne serait plus que « chez papa ». Il avait autant pleuré sur le départ de Nathan que sur la mort de Gaëtan.

À mi-parcours, vers la station Raspail, il aimait à se souvenir combien fébrilement il avait aménagé la chambre du cadet dans son nouvel appartement de la rue Abel-Hovelacque, à deux pas de la place d'Italie. Saurait-il être un père célibataire ? Le petit n'allait-il pas s'ennuyer avec lui lors de ces foutus week-ends sur deux ? Il n'avait jamais rien fait avec son fils sans sa mère. Ni promenade, ni dîner, ni petit-déjeuner. Il ne connaissait pas encore le nom de sa nouvelle maîtresse ni celui de ses camarades de classe. Vendredi prochain, il irait le chercher à la sortie de l'école et serait un étranger au milieu des parents d'élèves de ce quartier qui n'était pas le sien.

Chaque dimanche sur deux, Éric avait pleuré en redescendant les escaliers de l'immeuble de Julie et, rentré chez lui, quand il passait devant la chambre de son fils dont la porte était entrouverte sur le lit défait et vide.

Puis il avait pris le rythme, compris qu'il ne disparaîtrait pas de la vie de Nathan, que la durée du temps passé ensemble n'avait pas d'importance, que seule comptait sa qualité. Compris qu'ils avaient pris la bonne décision, Julie et lui. Séparés en 2001, le divorce par consentement mutuel avait été prononcé en 2002. À la sortie du tribunal, Éric s'était dit : « Voilà, moi aussi, comme tout le monde. Comme tout le monde je suis divorcé. » Leur avocate s'appelait Nathalie Fauquemberg. Elle était de leur génération, entre 35 et 40 ans, assez petite, très brune, très dynamique, parlant vite, toujours sur la brèche. Le contraire de Julie qui était grande et rousse, un peu trop grosse et manquant de ressort. Ils avaient attendu que le divorce soit prononcé pour devenir amants. Nathalie s'était installée chez Éric dix mois plus tard et ils envisageaient aujourd'hui de se marier. Éric, quand il ne s'appliquait pas à ressasser les épreuves qui avaient jalonné son triste mariage avec Julie, n'avait de cesse de s'émerveiller de la capacité de rebond qu'offrait l'existence. Qu'il ait rencontré le véritable amour grâce à son divorce lui faisait penser à cette végétation luxuriante qui finissait par repousser sur les pentes des volcans couvertes d'une croûte de lave. Sept ans plus tôt, à la mort de Gaëtan, il n'aurait jamais cru pouvoir être de nouveau heureux un jour.

– Dupleix, papa !

La voix de Nathan le tira de ses pensées. Ils quittèrent le wagon, sortirent à l'air libre. Il pleuvait, déjà le 16 décembre, bientôt Noël. Éric n'aimait plus Noël depuis qu'il ne le fêtait avec son fils qu'une année sur deux.

Rue Violet, Éric commença sa liste de recommandations, un rituel de plus. Nathan répondait chaque fois : « Oui, papa. » Éric savait qu'il était inutile de lui dire d'obéir à sa mère, de bien travailler en classe, de lui téléphoner au moindre problème, mais c'était l'une des étapes de la séparation, à laquelle ils tenaient tous les deux, manière de nouer des liens qui tiendraient, bien que distendus, jusqu'à leur week-end commun suivant.

– Je passe te prendre vendredi, pour aller chez monsieur Cortes.

– D'accord.

Monsieur Cortes était le psychothérapeute de Nathan, qui habitait dans le 15e arrondissement, tout près de chez Julie, mais où Éric accompagnait son fils lui-même pour être sûr qu'il s'y rende.

Arrivé au 27 de la rue Violet, Nathan composa le code qui actionna la gâche électrique de la porte.

– Tu n'es pas obligé de monter, papa, on peut se dire au revoir ici.

Ces tentatives d'empêcher son père de monter étaient récentes, ne datant que du printemps dernier, des tensions qui s'étaient exacerbées entre Éric et Julie et que, malgré leurs efforts pour les dissimuler, leur fils avait ressenties.

– Non non, je t'accompagne, je vais dire bonjour à ta maman.

Nathan n'insista pas. La résignation était l'un des enseignements pervers qu'un divorce apportait aux enfants. Éric n'avait aucune envie de voir Julie, mais il savait ces courtes entrevues nécessaires parce que c'était le seul regard extérieur qui restait sur la vie de son ex-épouse.

Comme chaque fois qu'il gravissait cet escalier dont il redescendait sans son fils, Éric fut pris d'un trouble qu'il peinait à bien saisir. Il était triste et en même temps excité. En sortant, il appellerait Nathalie sur son portable et, comprenant à sa voix qu'il avait le cafard, elle lui proposerait qu'ils sortent ce soir, un resto, peut-être un ciné, et sans doute feraient-ils l'amour en rentrant. Inconsciemment, Éric se réjouissait-il, derrière la tristesse sincère de la séparation, d'être allégé du quotidien avec son fils ? D'être père tout en menant une vie de jeune homme ?... Il était père, un père moderne qui plus est, aimant, dévoué et attentif (un week-end sur deux et la moitié des vacances), blessé aussi (il pouvait sincèrement dire qu'il souffrait de ne pas assez voir son garçon), mais il jouissait également d'une liberté qui, sans le divorce, lui serait interdite... Le statut de père, sa position sociale, mais sans ses contraintes ? N'était-ce pas un grand luxe ? Au début, peut-être, mais plus maintenant, plus depuis qu'Éric avait décidé de récupérer coûte que coûte la garde de Nathan...

Les choses n'avaient tenu qu'un an, deux si l'on comptait l'année de séparation qui avait précédé le divorce en lui-même. Sans qu'il sache pourquoi, Julie, qui avait montré beaucoup de courage à la mort de leur premier-né, avait changé durant l'été 2003, son comportement, son regard, son physique même, puisqu'elle avait beaucoup grossi. Dès la rentrée scolaire suivante, Nathan avait commencé à manquer l'école. Éric le découvrait dans le cahier de liaison, déchiffrant les mots d'excuse de Julie à la maîtresse : fièvre, vomissements, mal au ventre... Bientôt, plus une semaine ne passait sans que le garçon ne rate une journée ou deux, et les leçons n'étaient jamais rattrapées. Quand ils se voyaient les dimanches soirs, ou au téléphone, Julie avait toujours des explications : une épidémie de gastro, d'otites, Nathan qui s'était fait mal à la gym… Et quand Éric répliquait que leur fils n'était jamais malade chez lui, Julie, d'un air pincé, lui disait qu'il avait de la chance, la voix pleine d'ironiques guillemets, le renvoyant au beau rôle qu'il tenait, n'ayant à s'occuper de Nathan que deux week-ends par mois alors qu'elle-même se coltinait le quotidien, les bobos, la mauvaise humeur, les réveils difficiles, les devoirs… Puis Julie avait perdu son travail et n'en avait jamais vraiment cherché un autre.

Les dimanches où il ramenait Nathan chez elle, Éric constatait que l'état de l'appartement se dégradait. Julie ne faisait plus le ménage, ne rangeait rien, n'aérait pas ; son courrier s'empilait, non ouvert sur le plan de travail de la cuisine, près de la vaisselle en attente. Il y avait aussi un tas de petites choses qu'elle ne faisait plus tout en le niant. Comme prendre rendez-vous chez le médecin, s'occuper des allocations familiales, de ses indemnités chômage, acheter les fournitures scolaires…

En CE2, les résultats de l'enfant s'étaient soudain dégradés et sa maîtresse avait conseillé de consulter un pédopsychiatre car Nathan devenait silencieux et renfermé, se tenant à l'écart de ses camarades. Julie était contre, mais Éric avait tenu bon.

Aymeric Cortes, la cinquantaine, avait immédiatement plu à l'enfant. Éric l'avait vu seul tout d'abord (se bornant à parler des problèmes scolaires de Nathan, sans aucune allusion au comportement de plus en plus étrange de sa mère), puis avec Julie, puis avec Julie et Nathan avant que ne commencent les séances solitaires du garçon. Un trimestre plus tard, monsieur Cortes avait voulu revoir Éric, et lui avait dit que l'attitude de Nathan à l'école était un appel au secours, que le garçon était dans un état proche de la dépression tant il était angoissé par la vie recluse qu'il menait chez sa mère et par les discours que cette dernière lui tenait à propos de tout, évidemment de sa séparation avec son père et sa nouvelle compagne, mais aussi du décès de son grand frère Gaëtan, de l'école, de la maladie, de l'insécurité dans la ville et surtout d'un certain Bruce Springsteen… Avait suivi une séance avec les deux parents durant laquelle Julie avait beaucoup pleuré et promis de se reprendre. Mais elle en avait été incapable, jusqu'au printemps dernier, où monsieur Cortes, ayant revu Nathan ainsi que sa mère, avait, l'air de rien, glissé à Éric l'idée d'une garde alternée ou même d'un changement complet de résidence. Ils avaient organisé une nouvelle séance en commun, sans Nathan, et étaient remontés jusqu'au souvenir de la mort de Gaëtan puis de leur divorce. Julie niait aller mal. La vie de mère célibataire n'était pas facile, elle ne disait pas le contraire, mais elle pensait s'en sortir et en voulait pour preuve le fait qu'elle ne vive que pour son fils. Le psy avait suggéré que c'était justement peut-être trop, que cela faisait peser un bien gros poids sur les épaules du garçon, mais Julie estimait que l'on ne pouvait trop aimer ses enfants. Monsieur Cortes avait alors tendu une perche à Éric en rebondissant sur ce qu'avait bien voulu concéder son ex-épouse sur la difficulté de s'occuper seule d'un enfant. Éric, prenant des gants, avait alors dit qu'il trouverait normal qu'après toutes ces années durant lesquelles Julie avait dû gérer le quotidien de Nathan, il prenne le relais.

Malgré les efforts de monsieur Cortes, il avait été impossible de poursuivre une discussion raisonnable sur le sujet et la séance s'était terminée en psychodrame, Éric, bien contraint de constater, avec le psychothérapeute au téléphone le soir même, qu'il serait impossible de prendre son fils chez lui en septembre prochain sans risquer d'aller à la catastrophe.

– J'ai un sentiment de gâchis immense… Nathan va mal parce que sa mère va mal et refuse de l'admettre. Mon fils n'aura qu'une enfance, je ne peux pas la laisser se perdre comme ça !

– Bien sûr. Mais ce ne sera pas simple… La vie de votre ex-épouse se rétrécit. Hormis ce chanteur américain, comment s'appelle-t-il, déjà ?…

– Springsteen, avait précisé Éric d'un ton las.

– Springsteen, c'est ça… Hormis ce chanteur qui prend une place déraisonnable dans sa vie, elle n'a que son fils !

– Je sais. Et cette fixette ne fait que s'aggraver sans compter qu'elle dépense de véritables fortunes pour lui.

– Ça revient beaucoup chez Nathan, dans son discours, dans ses dessins. Les problèmes d'argent de sa mère, mais surtout ce Springsteen : il en rêve la nuit, il connaît les prénoms et l'âge de ses enfants, sa mère regarde des concerts en DVD avec lui, elle lui fait apprendre les chansons par cœur, en phonétique puisqu'il ne comprend pas les textes, elle écoute ses disques en boucle. Il semblerait aussi qu'il y ait des posters partout auxquels elle s'adresse à voix haute.

Éric était de plus en plus crispé.

– La maman de Nathan va mal, monsieur Sangaré. Très mal. Certainement depuis la mort de votre premier enfant.

– Non, plus tard, avait répondu Éric. Bien sûr, la mort de Gaëtan a été un choc épouvantable pour nous deux, mais elle a fait face, mieux que moi-même.

– Ce qui ne veut pas dire qu'elle allait bien. Prendre sur soi est souvent la pire des choses à faire. Est-ce que cette passion pour ce chanteur est apparue à la mort de votre fils ?

– Non, bien avant, avant même que je la fréquente. Je l'ai toujours connue comme ça, mais ça a pris des proportions inquiétantes récemment, pas à la mort de Gaëtan, mais en 2003. Précisément en juin, je m'en souviens. Elle a fait un voyage en Italie pour un foutu concert. Depuis, c'est la déconfiture.

– Il faudrait travailler là-dessus avec elle, mais elle semble très réticente à envisager une thérapie.

Éric ne put que confirmer.

– En l'état actuel des choses, monsieur Sangaré, vous n'arriverez sans doute pas à la convaincre de se séparer de Nathan la semaine. Pourtant, c'est ce qu'il faudrait à votre fils. Je crains que vous ne soyez obligé d'en passer un jour par la justice.

Après cette conversation téléphonique, Nathalie, en bonne avocate, avait expliqué à Éric qu'elle était d'accord avec le psy et que dorénavant, il fallait se préparer à la bataille. Forte de son expérience lors d'affaires similaires, elle avait fait la liste des procédures d'urgence possibles pour mettre le garçon à l'abri de toutes réactions dangereuses de sa mère quand elle recevrait la convocation du juge des affaires familiales.

Sentant sa vie basculer dans la rubrique « faits divers », Éric s'était donné jusqu'au mois de janvier. Il savait devoir agir pour son fils, mais agir risquait de le mettre en danger. L'avenir lui faisait froid dans le dos.

Julie avait dû entendre leurs pas dans l'escalier. La porte s'ouvrit sans qu'ils aient à sonner. La mère prit son fils dans ses bras et le serra en le berçant comme si elle ne l'avait pas vu depuis six mois, ce qui, chaque fois, exaspérait Éric. Il n'aurait jamais pensé ressentir un jour tant d'animosité envers celle qui avait été son épouse, son amante, celle avec qui il avait eu deux enfants, avec qui il avait dû affronter la mort de l'un d'eux. Au moment de leur divorce, il avait même dit à Nathalie que Julie était une bonne personne et qu'il était content qu'elle soit la mère de son fils. Nathalie lui avait demandé, avec le recul, s'il comprenait pourquoi ils en étaient venus à se séparer, et Éric n'avait pas hésité une seule seconde pour lui répondre :

– C'est à cause de la mort de Gaëtan. La souffrance de l'autre nous était à chacun insupportable. Comme un double deuil.

Depuis, il avait révisé son jugement, et compris que leur couple avait aussi, depuis le début, souffert d'un manque d'amour véritable, sans quoi ils auraient affronté le deuil à deux, ensemble, chacun soulageant l'autre d'une part de sa peine.

Et voilà que cinq ans plus tard, il regardait Julie enlacer Nathan, lui servir du « mon bichou, mon bébé, mon cœur », et avait envie de l'attraper et de la secouer en lui criant d'arrêter son cinéma, que son « bébé d'amour » avait 10 ans, de ranger son appartement, de se mettre au régime et de se trouver un boulot. Il n'en pouvait plus de la voir ainsi toutes les deux semaines, de lui parler au téléphone tous les deux jours. Elle faisait partie de son passé d'homme, mais toujours de son présent de père. Éric pensait parfois que la nature était mal faite, et que l'on ne devrait pouvoir faire des enfants que lorsque l'on trouvait l'amour véritable.

Ils échangèrent des banalités, feignant une amabilité dont Nathan n'était pas dupe. Éric déposa le sac à dos de son fils dans le vestibule, jetant un rapide coup d'œil au séjour, aux piles de DVD qui grossissaient de semaine en semaine, aux posters de Bruce Springsteen qui envahissaient les murs, au *mug* sale à l'effigie du E Street Band qui traînait sur la table. D'ailleurs, elle était en train d'écouter l'un de ses disques, Éric reconnaissait la voix du chanteur américain. Il l'avait vu deux fois en concert, avait trouvé ça bien mais sans plus, ce que ne parvenait pas à comprendre Julie qui était prête à aller au bout du monde pour l'écouter. Éric avait toujours trouvé cela puéril, mais estimait alors qu'il était bon pour un couple que chacun garde sa part de liberté, son jardin secret.

– Je voulais qu'on regarde ensemble les week-ends, déclara Julie en décrochant son planning mural.

– On l'a déjà fait, non ? Jusqu'à l'été !

Éric vit Nathan partir dans sa chambre et pensa qu'il devait très mal supporter ces conciliabules entre parents qui décidaient à sa place du rythme de sa vie, le trimbalant tel un paquet le 13 et 14 chez l'un, le 25 et 26 chez l'autre, Noël chez papa, le jour de l'an chez maman…

– J'aurais besoin que tu prennes Nathan un week-end ou deux en plus.

Springsteen ! pensa aussitôt Éric. Il devait y avoir une nouvelle tournée. N'avait-il pas lu quelque part qu'il avait sorti un nouvel album ? Qu'il jouait à Bercy avant Noël ?

– Tu pars en tournée ? lui demanda-t-il non sans ironie.

– Oui.

Elle savait très bien qu'Éric accepterait ces changements de planning, trop heureux d'avoir son fils plus souvent avec lui.

– Ce serait pour le printemps.

Éric, s'efforçant de contenir la colère qui montait en lui, sortit son BlackBerry de la poche de sa veste et y nota les dates indiquées par Julie. Pour un week-end de la mi-juin, elle expliqua qu'elle ne pourrait rentrer avant le mardi.

– Il faudrait que tu le ramènes chez ma mère le dimanche soir. (Éric se raidit aussitôt.) Elle l'emmènera à l'école, il dormira deux nuits chez elle.

Éric déglutit. Il hésitait sur la réaction à avoir. S'il disait le fond de sa pensée, à savoir qu'il ne voulait pas que la mère de Julie garde Nathan, la conversation finirait en dispute, et pour quel résultat, au final ? Il ne pourrait pas empêcher que cela se fasse et s'il se braquait, il n'aurait pas Nathan ce week-end-là du tout, l'enfant le passant dans son intégralité chez sa grand-mère.

– Bon… finit-il par dire sans la moindre réflexion sur sa belle-mère, sachant très bien au fond de lui qu'il était injuste avec la vieille dame.

– Il y a aussi…

Julie hésitait. Éric la regarda et la trouva changée. Elle était presque une étrangère désormais, il ne reconnaissait plus en elle celle qu'il avait épousée, avec qui il avait fondé une famille.

– Le 21.

– Le 21 juin ? répéta Éric, stupéfait. Tu ne seras pas là le 21 juin !

C'était la date de l'anniversaire de Gaëtan, et ils avaient gardé l'habitude de se rendre ensemble sur sa tombe ce jour-là, se refusant à commémorer celle de sa mort. Leur aîné était décédé le 3 août 2000, après avoir passé un mois dans le coma. Il avait 5 ans.

– Non, je ne serai pas là. J'en ai marre de ce rituel. Vous voulez que j'aille mieux, toi et ce psy ? Eh bien voilà, j'ai décidé d'aller mieux.

– Aller mieux ne veut pas dire soudain refuser d'aller sur la tombe de Gaëtan.

– J'irai un autre jour, seule, c'est tout. Pas le jour de son anniversaire, et plus avec toi. Je n'en peux plus de fêter la naissance de mon fils qui est mort.

– Dis plutôt que tu ne peux pas résister à l'envie d'aller voir un concert ! C'est où, cette fois ? Barcelone ? Stockholm ? Tu vas en voir combien, cette année ? Et avec quel argent, puisque tu ne travailles plus ?

– Qu'est-ce que ça peut te foutre ? Je m'occupe de ta vie, à toi ? De ton emploi du temps, de tes vacances, de qui tu baises ?

Julie se mettait rarement en colère, et la montée dans les aiguës de sa voix calma aussitôt Éric. Il regretta ce qu'il avait dit, le ton qu'il avait employé. Julie n'était plus sa femme, et il n'avait pas à commenter ses choix de vie. D'ailleurs, il ne l'aurait jamais fait si elle n'allait pas si mal et si cela ne retombait pas sur leur fils. C'était toute la perversité de la situation, qui obligeait Éric à se mêler de choses qui n'étaient pas censées le regarder et dont il aurait aimé ne rien savoir. Et puis après tout, ne serait-il pas mieux, seul avec ses deux fils, le 21 juin ? Soudain, l'absurdité de ce rituel qu'ils s'imposaient depuis six ans lui parut évidente. Lui qui se plaignait de trop voir Julie, qui aurait adoré qu'elle disparaisse du champ de son existence… Il comprit alors qu'il aurait mieux réagi si Julie avait manqué l'anniversaire de Gaëtan pour une autre raison que la tournée de Springsteen, voire sans aucune raison sinon par lassitude. Il en était venu à détester ce chanteur, la passion de Julie et de sa bande d'amis fous furieux qui parcouraient l'Europe et le monde dans le sillage de leur dieu telles des mouettes après un bateau de pêche revenant au port.

En 2000, Éric avait accepté d'effectuer un séjour à New York avec Julie. Gaëtan avait tout juste 5 ans, Nathan 2. Éric estimait qu'ils étaient trop jeunes pour qu'on les laisse dix jours chez leurs grands-parents maternels. Mais ils n'avaient jamais fait leur voyage de noces – qui était pourtant le cadeau de mariage pour lequel avaient cotisé parents et amis – et Julie, en congé parental depuis la naissance de leur cadet, avait besoin d'une coupure dans sa vie monotone et fatigante de mère au foyer. Éric avait fini par accepter, ne découvrant qu'ensuite que la période choisie par son épouse correspondait comme par hasard à la fin de la tournée de Bruce Springsteen. La ficelle était grosse, mais il décida de ne pas en faire un drame et déposa ses dates de vacances. Julie comptait assister à six concerts au Madison Square Garden, et il accepta de l'accompagner au dernier, le 1er juillet, l'ultime show de la tournée mondiale, archicomplet depuis des semaines, pour lequel Julie avait obtenu des places (à un prix exorbitant) grâce à son réseau de fans. Sept Français étaient du voyage, ce qui ne réjouissait pas du tout Éric qui avait peu d'atomes crochus avec les amis de Julie qu'il prenait pour des adolescents attardés, bien que les connaissant peu. Il n'y avait guère que ces deux flics de Montpellier qu'il supportait. Heureusement, tout ce petit monde irait presque chaque soir au concert pendant que lui, seul, pourrait explorer Manhattan en paix.

Le séjour s'était parfaitement déroulé, New York fascinant Éric, même s'il avait eu l'impression de visiter le décor de tant de films américains vus depuis son enfance. Le 1er juillet, il avait bien dû admettre que le concert de Springsteen et de son groupe avait été très bon. Il était allé souper avec toute la bande surexcitée dans le restaurant de leur hôtel, le *Tick-Tock Diner*, à deux pas de la salle mythique, l'un des rares établissements de « la ville qui ne dormait jamais » à ouvrir vingt-quatre heures sur vingt-quatre, et qui proposait une cuisine typique et très roborative. Les fans n'en finissaient pas de se raconter et reraconter le concert, une longue série de bières aidant. À 2 heures du matin, Éric, ne tenant plus de fatigue, les oreilles encore bourdonnantes à cause de la puissance du son pendant le show, et rêvant d'une douche tant la chaleur écrasait Manhattan jour et nuit, avait glissé à l'oreille de Julie qu'il montait se coucher. Elle l'avait embrassé et lui avait dit qu'elle n'allait pas tarder non plus. Ils reprenaient l'avion pour Paris le lendemain.

Éric avait pris l'ascenseur. Leur chambre était au cinquante-sixième étage et chaque fois, la vitesse de l'engin lui soulevait les tripes. La nuit coûtait une petite fortune mais la vue depuis la chambre était à couper le souffle et le *king size bed* effectivement digne d'un roi. Il avait vu la lumière rouge qui clignotait sur le téléphone dès qu'il avait pénétré dans la pièce. Un message. On lui demandait de rappeler Paris de toute urgence, le numéro indiqué était celui de ses beaux-parents. La panique l'avait paralysé quelques secondes. Éric, quand il repensait à ce moment, croyait même se souvenir que son cœur s'était arrêté de battre. Sa belle-mère avait décroché à la première sonnerie. Elle était en larmes. Gaëtan avait échappé un instant à sa surveillance et avait été percuté de plein fouet par une voiture rue de Lourmel. Il était à l'hôpital. Dans le coma.

Si. Éric vivait depuis avec des *si.* S'il n'avait pas été à New York pour écouter ces foutus concerts. S'ils n'avaient pas confié les enfants à leurs grands-parents. *Si. Si. Si.* Éric avait d'abord tenu ses beaux-parents pour responsables, mais le pauvre couple n'avait pas besoin de leur gendre pour toucher les tréfonds du malheur. Il avait ensuite reproché secrètement à Julie de l'avoir forcé à faire ce voyage. Il en était même venu à estimer que tout était de la faute de Bruce Springsteen. Si Julie n'était pas devenue fan de ce chanteur, ou mieux, si ce fils de prolo avait fini garagiste ou chauffeur de taxi plutôt que rock star, Gaëtan serait encore de ce monde. Il serait dans sa douzième année le 21 juin 2008, sans doute en 6e, ceinture verte de judo, voire bleue.

Éric nota la nouvelle date sur son agenda, soudain pressé de partir, craignant d'exploser, de ne savoir se contenir plus longtemps.

– C'est d'accord, dit-il. Nathan ! J'y vais !

Le garçon sortit de sa chambre et embrassa son père.

– À vendredi. Je t'appelle d'ici là.

– D'accord.

– Tu es bien sage avec maman.

– D'accord.

– Je t'aime.

– D'accord.

Éric soupira, sourit à Nathan, dit au revoir à Julie et sortit, tirant la porte derrière lui, une boule familière dans la gorge.

Il ferma les yeux un instant, serra les poings, frissonna en se disant, avec plus d'intensité que jamais, que tout cela ne pouvait plus durer.

Julie Martin ébouriffa son fils, le reprit dans ses bras, lui plaquant la joue contre son énorme poitrine.

– Tu sais que tu m'as manqué, mon fils ? Est-ce que maman t'a manqué aussi ?

– Oui.

– Je m'ennuie, sans toi, mon bichou d'amour. C'est long, un week-end sans mon cœur. Hier soir, j'ai pleuré en me couchant, tu sais ? Je pensais à toi… là-bas… Tiens, regarde, je t'ai fait des gâteaux. Au chocolat, comme tu aimes. Prends…

– Pas tout de suite…

– Prends, je te dis. Prends mon bébé…

– D'accord.

– Ils sont bons, hein ? C'est pas cette avocate qui te fait des gâteaux comme ça !

– Non, mentit Nathan pour faire plaisir à sa mère. Elle fait pas de gâteaux. Elle fait pas la cuisine.

– Prends, il y en a d'autres…

Après son bain, Nathan voulut montrer les devoirs qu'il avait faits chez son père (avec Nathalie, ce qu'il cachait à sa mère), mais Julie était en cuisine, préparant les frites et le poulet, comme chaque fois qu'il revenait du 13ᵉ arrondissement. Il n'avait pas faim, à cause des gâteaux au chocolat, mais mangea pour faire plaisir à sa mère. Au moment du dessert (les gâteaux restants), Julie sortit une enveloppe d'un tiroir. Une enveloppe entourée d'un bolduc doré.

– C'est pour toi.

– Pour moi ? Je peux ouvrir ?

– Bien sûr, mon cœur… Mais fais doucement, il ne faut pas déchirer ce qu'il y a dedans.

Nathan ouvrit précautionneusement l'enveloppe, se demandant bien quel type de cadeau pouvait tenir dans une enveloppe si fine. C'était un morceau rectangulaire de papier cartonné. Nathan ne comprit pas de quoi il s'agissait.

– Lis ce qu'il y a écrit dessus ! lui conseilla sa mère.

Le garçon commença à déchiffrer.

– Gérard Drouot Production présente…

– Plus bas. Là. Lis là…

– Palais omnisports de Paris Bercy… Bruce Springsteen… Heu…

– *And.* Ça veut dire « et », c'est de l'anglais.

– *And* the… E…

– On dit « I », tu sais bien, les « e », en anglais, ça se prononce comme les « i »…

Nathan avait compris, il connaissait bien sûr le nom du groupe du chanteur préféré de sa maman.

– E Street Band. Le 17 décembre 2007, termina-t-il de lire.

Le garçon regarda sa mère qui lui faisait un grand sourire. Il ne comprenait pas.

– T'es content ?… Ton premier concert ! Je m'étais toujours dit que je t'emmènerai voir Bruce pour tes 10 ans.

Nathan pensa aussitôt que son père ne serait pas d'accord. Comme si elle avait lu dans sa tête, Julie lui dit :

– Pas un mot à ton père. C'est notre secret. Tu le connais, rabat-joie comme il est ! Tu ne lui en parles pas, et à Nathalie non plus, surtout pas à Nathalie ! Tu es content, mon bichou ?

– Oui, maman…

Elle le serra dans ses bras.

– Comme je suis contente, mon bébé d'amour. C'est demain, demain… Tu vas voir, tu vas adorer. En plus, tu connais déjà bien les chansons du nouvel album, hein ?

– Oui, maman.

Nathan avait mal au cœur et au ventre.

Une heure plus tard, il était dans le lit de sa mère, une bouillotte chaude sur l'abdomen.

– Qu'est-ce que tu as encore mangé chez ton père ? dit Julie d'un ton de reproche qui ne lui était pas adressé.

Elle était assise à côté de lui, sur le lit double. Cela faisait deux ans qu'il ne dormait plus dans sa chambre qui lui servait de salle de jeux.

– Ça te fait du bien ?

– Oui. Ça va mieux.

– Tu n'iras pas à l'école demain, je préfère te laisser dormir. Il faut que tu sois en forme pour le concert !

Nathan acquiesça, ne sachant que penser. Était-il content de manquer l'école demain, ou non ? Il n'en savait rien. La douleur au ventre revint plus forte.

– Allez, lui dit sa mère. Il faut dormir maintenant.

Comme tous les soirs, il répéta les mots de la prière après elle. Comme tous les soirs, il recommanda son grand frère décédé à Dieu, ce qui fit monter des larmes à ses yeux. Il n'avait aucun souvenir de Gaëtan, sinon les innombrables histoires qu'aimait lui raconter Julie. Ça lui faisait drôle d'être plus âgé que son grand frère. Drôle aussi qu'une personne dont il ne se souvenait pas lui manque et le fasse pleurer. Depuis quelques semaines, il y avait une nouvelle personne dans les prières, Isabelle, une amie de sa mère qu'il ne connaissait pas.

Julie lui fit ensuite un long câlin – fredonnant *Pony Boy*, une comptine américaine que Springsteen avait enregistrée pour ses enfants, sur un album de 1992 –, le tenant contre elle comme s'ils risquaient de ne jamais se revoir, si bien que Nathan, il ne l'avait jamais dit à personne, même pas à monsieur Cortes, était terrorisé à l'idée de mourir dans son sommeil. Derrière sa mère dont la tête était dans son cou, il regardait le carré de liège autocollant sur lequel Julie affichait ses photos souvenirs : Nathan à tous les âges, Gaëtan de 0 à 5 ans, Bruce Springsteen de 25 à 57 ans et au centre du panneau, une photo de Julie posant à côté de son idole, à la sortie d'un hôtel, en 1999.

Julie se redressa enfin.

– Dors bien, mon chou. À demain. Je te rejoins bientôt, je ne vais pas me coucher tard.

Nathan ferma les yeux. Il mettait toujours longtemps à

s'endormir, et il était rare qu'il ne sente pas sa mère quand elle le rejoignait au lit.

Julie laissa la porte de sa chambre entrebâillée. Elle débarrassa la table mais décida de remettre la corvée de vaisselle au lendemain. Elle s'assit devant son ordinateur et se connecta au forum *Land Of Hope And Dreams*. Elle y écrivait sous le pseudonyme Julie 75. Elle ouvrit la discussion :

Quels concerts au printemps ?

Julie s'en remettait toujours aux autres pour l'organisation des voyages, le choix des hôtels, l'achat des billets de concerts pour l'étranger. Armand, l'éternel bougon, l'intello de la bande, mais qui connaissait des fans dans tous les pays et se débrouillait toujours pour trouver des billets. Pierre qu'elle voyait même en dehors des tournées car il habitait en région parisienne, qui lui avait souvent avancé le prix de places ou de nuits d'hôtel. Guillaume et Damien, les frères montpelliérains. Christophe, le beau et jeune maître nageur avec qui elle avait eu une aventure d'une nuit, en 2005, son dernier amant en date, le seul depuis sa séparation avec Éric en 2001 – les hommes ne l'intéressaient plus, ni le sexe ; son fils, Dieu et Bruce Springsteen suffisaient à son bonheur. Grégory, l'écrivain. Isabelle… Sur le forum, après Madrid, Julie avait initié un *topic* à sa mémoire dans lequel chacun pouvait laisser un message, un témoignage, un souvenir. À Anvers, elle avait réussi à glisser une enveloppe à l'un des gardes du corps de Bruce qui lui avait promis qu'il la lui remettrait en main propre. Comment en être certaine ? Comment savoir si sa prière de l'entendre jouer *Jungleland*, la chanson préférée d'Isabelle, à Paris, arriverait jusqu'à lui ? Julie dirigea son regard vers la petite vitrine dans laquelle elle gardait ses trésors sous clé. Tous ses billets de concerts passés, soit quatre-vingt-douze, tous les bracelets fluo qui, ces dernières années, lui avaient ouvert l'accès au *pit*, trois médiators donnés par Springsteen pendant des concerts et une casquette jetée sur la scène en 1993, portée par le chanteur durant une chanson entière et imprégnée de sa sueur. Julie ferma les yeux et, marmonnant, réitéra sa prière d'entendre *Jungleland* à Paris en mémoire d'Isabelle.

Elle se concentra de nouveau sur le forum. Elle connaissait le pseudonyme de presque tous ses amis, soit parce qu'ils ne s'en cachaient pas, soit par déduction. Julie regarda la photographie qui était punaisée au-dessus de l'écran de son PC. Un cliché pris en 2003, à la fin du concert de Bruxelles. Toute la bande y figurait. Ses amis. Ses « *blood brothers* ». Elle regarda chaque visage. Elle se souvenait de l'instant où la photo avait été prise par Lennart. Elle eut chaud soudain et détourna son regard. Elle aurait dû s'en débarrasser depuis longtemps mais ne s'y était jamais résolue, comme une superstition. Dans sa vitrine à trésors, elle aperçut le papier à lettres bleu et ferma les yeux. Elle connaissait par cœur chaque mot de la missive dont la dernière phrase la hantait toujours : « Rien n'est oublié ni pardonné. » Elle s'obligea à penser au futur, plus au passé. Demain, Paris. Bercy. Avec Nathan.

À douze stations de métro de là, rue Abel-Hovelacque, Éric Sangaré rêvait. Ce n'était pas un doux songe, ni un cauchemar. Un rêve agité et tendu dans lequel Julie, son ex-épouse était morte. Et dans lequel il trouvait les mots pour consoler Nathan.

Éric se réveilla, la bouche sèche et la poitrine oppressée. Il se leva, s'efforçant de ne faire aucun bruit pour ne pas déranger Nathalie dont il percevait la respiration régulière. Elle plaidait demain, et lui aussi, une affaire compliquée dans laquelle il représentait un groupe pharmaceutique attaqué par un concurrent britannique.

Il se servit un verre d'eau à la cuisine et alla s'asseoir au salon, regardant le ciel gris orangé de l'autre côté de la baie vitrée. Il repensa au rêve qui venait de le tirer du sommeil et s'étonna de ne pas être horrifié par ce qu'il signifiait. Il était fatigué. Pas parce que c'était le milieu de la nuit mais par sa vie en général, le souci permanent de son fils, l'impression, comme dans des sables mouvants, de s'enfoncer toujours plus à chaque mouvement. Presque malgré lui, il se fit la réflexion que ce rêve n'avait rien d'absurde, et que Nathan serait mieux armé pour la vie en s'appuyant sur le deuil d'une mère décédée quand il avait 10 ans et dont il garderait une image positive plutôt que de grandir en découvrant et en portant sa folie.

16

Capucine. Un nom de fleur. Nancy Le Guen se souvint alors combien son époux aimait les capucines et en plantait partout dans le jardin, surtout des grimpantes, sur les murets du potager. Elle avait oublié ce détail. Elle était veuve depuis si longtemps. Lui revint aussi en mémoire que les pucerons adoraient se fourrer dans ces fleurs et à la base de leurs feuilles, et qu'il était impossible de s'en débarrasser.

Elle tenait en main le portrait officiel de Capucine, sa petite-fille. Arrière-grand-mère. Elle était arrière-grand-mère. Lèvres pincées, elle recracha la fumée de sa cigarette en plissant les yeux. Tout était allé si vite. L'histoire était déjà presque achevée. Elle ne serait rien dans la vie de cette Capucine. Quelques photos, quelques récits, sans doute même pas un souvenir. Elle faisait déjà partie du passé.

Elle n'aimait pas les bébés mais devait bien avouer que sa petite-fille, pour un nouveau-né de quelques heures, était plutôt présentable. Nancy avait toujours trouvé Mimi jolie, et s'était souvent demandé comment son fils, qu'elle ne tenait pas pour un Apollon, avait réussi cet exploit avec sa si terne épouse. Soudain, l'idée lui vint que le flic de son roman pourrait bien devenir grand-père, lui aussi… Pensive, essayant, comme aux échecs, de voir avec plusieurs coups d'avance ce que cette piste pourrait lui apporter, elle écrasa sa cigarette dans le cendrier et s'en alluma aussitôt une autre dont elle tira une longue bouffée. Oui, elle aimait bien cette idée. Sauf que pour le moment, son flic n'avait pas d'enfants ! Serait-il compliqué d'intégrer ce nouveau personnage ? Est-ce que ça en valait la peine ?

Nancy soupira. Il n'était que 10 heures du matin et elle savait déjà qu'elle n'écrirait rien de bon aujourd'hui. Elle pensa avec nostalgie à ce temps où lire suffisait à combler ses jours. Elle avait envie d'un remontant. Normalement, elle ne s'accordait son premier verre qu'à 11 heures, quand elle pouvait décemment estimer qu'il s'agissait d'un apéritif.

Elle se leva pourtant, prit ses cannes et se dirigea à pas traînants vers la cuisine. Comme elle détestait son corps qui la lâchait petit à petit alors que son esprit était intact. Elle se trouvait empêchée par la vieillesse.

Elle était en train de se servir un porto quand André fit irruption dans la pièce. Elle se sentit prise en faute, et s'en voulut aussitôt. N'avait-elle pas passé l'âge de culpabiliser pour quoi que ce soit ?

– Tu m'en sers un, mon amour ?

Nancy se sentit désarçonnée, comme chaque fois qu'André l'appelait « mon amour ». Ces mots creusaient un trou en elle, à la fois doux et vertigineux. Les mots d'amour n'avaient jamais été son fort et elle s'en était toujours défiée, leur préférant les preuves d'amour, au quotidien, dont elle avait tant manqué tout au long de son veuvage. Du temps de la clandestinité de leur liaison, André ne s'était jamais autorisé à en user, se bornant à l'appeler Nancy, ce prénom qu'elle n'avait jamais aimé, « ma Nancy » dans les moments les plus intimes de leur relation. Il lui aurait fallu attendre d'être septuagénaire pour découvrir combien il était doux d'entendre que l'on était l'amour de quelqu'un. Elle comprenait aussi qu'André n'avait pas envie d'un porto si tôt dans la journée, mais qu'il allait le boire pour la déculpabiliser, parce qu'il savait qu'elle en avait besoin pour écrire. De plus en plus, elle regrettait de ne pas avoir ouvert sa vie plus tôt à cet homme si attentionné. Il aurait été le parfait compagnon, pour elle comme pour ses fils du temps où ils vivaient encore à la maison et qu'il avait été si difficile de les élever seule.

Elle eut alors envie de dire à André qu'elle l'aimait mais en fut incapable. L'impulsion s'éteignit d'elle-même avant qu'elle ait eu le temps de la saisir. S'en voulant, elle sentit monter en elle une bouffée de mauvaise humeur et se connaissant, préféra retourner dans son bureau.

De nouveau à son pupitre, elle nota sur un Post-it : « Nicolas Le Goff grand-père ? Un petit-fils ou une petite-fille ? » Elle raya « petit-fils ». Ce ne pourrait être qu'une fille tant les traits du héros de son roman ressemblaient à ceux de son fils aîné.

Elle pensa alors à Guillaume, à son comportement étrange ces derniers temps, à ses mouvements d'humeur, ses excès de boisson. Elle avait tout d'abord cru qu'il avait du mal à se remettre de la mort tragique de ses deux collègues, qu'il faisait une dépression, mais n'en était plus si sûre. Il y avait de ça, mais autre chose aussi, qui tournait autour du suicide de cette fille à Madrid. Sa réaction quand elle avait abordé le sujet n'était pas normale. Elle en était certaine, elle l'avait senti, son instinct de mère l'avait senti. Son instinct de mère de flic.

Elle ferma les yeux un instant, termina d'un trait son porto. Elle sentit l'alcool descendre en elle, chaud et épais. Il l'apaisa instantanément. Sa dernière cigarette s'était presque consumée dans le cendrier. Elle s'en alluma une autre. La fumée lui piqua les yeux. Elle s'était mise à fumer le jour où elle avait trouvé son époux inanimé dans le potager et que mains tremblantes, elle avait sorti le paquet de brunes de la poche de son veston. Cette odeur de tabac, celui qu'avait toujours fumé Paul, était un lien préservé depuis sa mort. Depuis quelques semaines, elle devenait celle de l'écriture.

Nicolas Le Guen dormait, les écouteurs de son iPod enfoncés dans les oreilles, la tête posée sur son blouson en boule contre la vitre. Son frère jumeau, Mathieu, jouait avec une Game Boy. Damien, entre deux wagons, s'escrimait sur son téléphone. Deux adolescentes, de l'autre côté du couloir, partageaient les oreillettes d'un lecteur portatif de DVD. Un homme ayant étalé sa veste de costume avec soin au-dessus de lui rédigeait des mails sur son *lap top*. Chacun était ailleurs.

Il était 10 h 35, le TGV n'arriverait gare de Lyon qu'à 12 h 41. Guillaume soupira et détourna son regard vers la campagne qui défilait à une vitesse inhumaine.

Le commissaire avait coupé son portable, ayant décidé de s'octroyer une journée sans mauvaises nouvelles. Au bureau, ils devraient bien se débrouiller sans lui pour une fois ; pour vingt-quatre heures au moins, il ne voulait plus entendre parler de ces foutues lettres de menaces dont une nouvelle venait d'arriver, chez l'adjoint au maire cette fois. Bien que vierge de tout engin électronique, Guillaume n'était pas plus présent dans le wagon que les autres voyageurs. En pensée, il revivait chaque instant de sa première leçon de piano, deux jours plus tôt, le samedi 15 décembre 2007, à 11 heures du matin.

Patricia Vilquin avait ouvert la porte de son appartement de la rue Boussairolles en souriant. Guillaume l'avait trouvée magnifique, comme la première fois qu'il l'avait croisée dans les couloirs du conseil général. Sophistiquée mais sans ostentation. Naturellement élégante, et raffinée, effectuant chaque geste avec grâce et douceur. Ses cheveux châtains aux reflets roux étaient noués sur sa nuque, retenus par un ruban de velours gris moiré. Ses yeux étaient verts et noisette, ses pommettes hautes, parsemées de quelques taches de rousseur, son nez très fin, sa bouche large, ses lèvres sans fard.

– Votre appel m'a étonné, commissaire.

– Vous savez qui je suis ? demanda Guillaume, étonné.

– Et je pense que vous savez qui je suis également !

Guillaume ne sut que répondre. La femme poursuivit :

– Nous nous sommes croisés il y a quelques jours dans les locaux du conseil général.

– Je ne savais pas que vous m'aviez remarqué.

– Le commissaire Le Guen est une personnalité, à Montpellier !

Il lui sourit.

– Vous en êtes une autre, fit-il en se souvenant de ses interventions sur les plateaux télé.

Il ne savait plus si, à l'époque, c'était sa présence et sa distinction qui lui avait plu ou la teneur de son discours. Quoi qu'il en soit son visage était resté gravé dans sa mémoire.

– Non, c'était mon mari, la personnalité.

– J'avais beaucoup d'admiration pour lui.

– Moi aussi. Tout le monde. C'était un être à part.

Guillaume fut étonné de ressentir un léger pincement qui ressemblait à de la jalousie et qu'il jugea parfaitement incongru.

– Mais vous, vos engagements…

Il avait trouvé sur Internet de nombreuses pages consacrées aux actions militantes de la femme qui fit un geste vif, comme pour disperser toute idée se rapportant à ses mérites.

– Je ne suis qu'un petit professeur de piano qui ne sait pas se taire quand elle devrait le faire. J'ai toujours été comme ça, depuis l'enfance, une grande gueule, comme on dit vulgairement. Je n'arrive pas à me résigner à ce que le monde soit tel qu'il est.

– Vous auriez dû faire flic !

– Ça aide à se résigner ?

– Non, répondit Guillaume en souriant, mais ça donne l'illusion qu'on fait quelque chose. Ça donne bonne conscience.

Ils se turent un instant, puis la femme revint à l'objet de l'entretien.

– Donc, vous voulez vous mettre au piano. Vous en avez déjà fait quand vous étiez enfant ?

– Non. Je chante. Au conservatoire. Je fais partie d'une chorale.

– Quelle tessiture ?

– Alto. Le chant me passionne, mais je ne joue d'aucun instrument.

– Et pourquoi le piano ?

– J'en sais rien, en fait…

Ce que Guillaume Le Guen ne disait pas, c'est qu'en vérité,

il n'aimait pas du tout le piano, le piano classique. C'était sans doute l'instrument qu'il aimait le moins, le trouvant rigide et scolaire. Pour tenter de jouer et de chanter des titres de Bruce Springsteen, il s'était essayé quelque temps à la guitare, mais sans grand résultat. Si sur l'annonce qu'elle avait affichée à la maternité, Patricia Vilquin avait proposé des leçons d'hélicon, Guillaume n'aurait pas hésité longtemps avant de se découvrir une passion pour cet instrument.

Une forte odeur un peu fauve mêlée d'un capiteux parfum avait alors fait irruption dans le salon. L'instant d'après, Guillaume avait sursauté en sentant quelque chose lui caresser le mollet.

Patricia s'était aussitôt levée.

– Qu'est-ce que tu fais là, Tom ? avait-elle lancé à un mince animal au pelage brun que le commissaire ne parvenait pas à identifier.

Elle avait pris la bête dans ses bras et disparu dans une autre pièce. Elle était revenue, désolée de cette interruption.

– C'était quoi ? avait demandé Guillaume.

– Tom ? Un furet domestique que m'a offert une amie américaine. Il est très affectueux... avec moi. Il faut rester méfiant, c'est toujours plus ou moins un animal sauvage, il mord s'il a peur, s'il se sent agressé, et ses griffes sont de vrais rasoirs. Et puis ça sent un peu fort, j'ai beau le parfumer, rien n'y fait...

Ils s'étaient ensuite mis au travail. Patricia avait expliqué sa méthode, montré les partitions que Guillaume devrait acheter s'il comptait persévérer ; dans un premier temps, elle les lui prêterait.

– Non, non, avait-il répondu. Je suis sûr de moi. J'ai acheté un piano, déjà ! On me le livre la semaine prochaine.

Elle l'avait regardé, surprise, et Guillaume avait senti son cœur se dilater quand leurs yeux s'étaient croisés. Il avait frissonné un instant plus tard quand elle avait pris sa main dans la sienne pour lui indiquer la bonne position par rapport au clavier du quart-de-queue acajou qui trônait dans son salon. Ses doigts étaient fins, minces et étonnement froids. Guillaume avait vu sur le dos de sa main de nombreuses petites taches rousses qu'il aima aussitôt.

Le souffle court, tout en écoutant les conseils de son professeur, il s'était dit qu'il était amoureux, que cette fois, plus aucun doute n'était possible.

Deux jours plus tard dans le TGV, alors que les champs fuyaient derrière les vitres, il prenait conscience qu'il aimait pour la première fois. Son cœur avait battu pour d'autres femmes, il avait cru être amoureux à plusieurs reprises, mais rien à voir avec ce qu'il ressentait aujourd'hui, ce creux en lui, cette manne sensitive nouvelle. Sa prochaine leçon avait été fixée au samedi suivant et déjà, il n'en pouvait plus d'attendre. Le temps ne passait plus de la même façon, il se traînait alors qu'il filait si vite depuis deux décennies, depuis la naissance d'Émilie. Il n'arrivait même pas à penser au concert de Bruce Springsteen vers lequel il roulait à grande vitesse avec son frère et ses deux fils.

– Putain ! lâcha Damien.

Le réseau venait une fois de plus de disparaître, et le gendarme se demanda comment faisaient tous ces gens qu'il voyait sans cesse pendus à leur portable dans le train. Pourquoi avec lui, ça ne passait jamais ? C'était comme les files d'attente aux caisses de supermarchés, la sienne était toujours la plus lente et, quand enfin il ne restait plus qu'un client ou deux devant lui, le code-barres d'un produit ne passait pas.

Deux barrettes revinrent sur l'écran de son portable et il renouvela aussitôt son appel. Ça décrocha au bout de trois sonneries.

– C'est encore moi ! dit Damien en anglais. Damien... Damien, de France ! On a été coupés, je suis dans le train... Annelie ? Ah, j'ai cru que ça avait encore coupé. Tu es où ? Dans la queue. Il y a du monde, déjà ? Il fait froid ? Je me demandais... Après le concert, est-ce qu'on pourrait se voir ? Non, j'ai des places en tribune, pas dans la fosse. À Bercy, je préfère les tribunes, et puis je connais quelqu'un chez Drouot, le tourneur, il me garde toujours quelques très bons tickets… Qu'est-ce que tu dis ? J'entends pas, je… *Putain!*

Il capitula et vint se rasseoir près de son frère et de ses neveux, accablé.

– Alors ? lui dit Guillaume.

– Impossible de…

Son téléphone vibra. Un SMS :

Gate F, after the show. A.

Il sourit à son frère.

– C'est bon. Tout va bien.

17

Un avion. Une voiture aux vitres teintées. Un hôtel. Un hôtel de plus. Cette fois, il avait réussi à faire un peu de tourisme, à marcher dans les rues, à visiter Notre-Dame. Paris à Noël… L'air piquant de froid. Une courte sieste et au réveil, un moment d'égarement. L'impression d'être au bout du monde, mais sans savoir où. Paris, le 17 décembre 2007. C'était quand, la première fois, à Paris ? Il avait réfléchi quelques secondes. 1981 ? Oui, c'était ça, 1981. Tout était passé si vite. Il s'était senti vieux, un court instant. On avait frappé à la porte, doucement. La voix de Barbara. Il était temps d'y aller.

Une nouvelle voiture aux vitres teintées. Un pont. Il était parvenu à se souvenir du nom du fleuve : la Seine. Un jour, on lui avait dit qu'en français, ça se prononçait de la même façon que la scène, *the stage*, sur laquelle on jouait. Il avait reconnu la structure étonnante de la salle, avec ses pelouses verticales qui l'avaient toujours amusé. Il se demandait chaque fois comment on faisait pour les tondre. Il s'était retourné pour demander à Jon combien de fois ils avaient joué dans cette salle. Jon n'en savait rien, il s'était retourné vers Barbara.

– C'est la dixième fois, Bruce. La dixième au Palais omnisports de Paris Bercy. La vingt-neuvième en France.

Barbara avait toujours réponse à tout. Elle lui avait ensuite énuméré la liste de ses obligations. Les journalistes de la presse écrite, télé, radio, une séance photo. Le *soundcheck*, la collation rapide, les invités dans la loge. Le concert était prévu à

20 heures. Elliot arriverait vers 17 heures. Sur quoi voulait-il qu'il joue avec lui ? *Born To Run*, comme d'habitude ? Une autre chanson des bis ? Barbara avait cru comprendre qu'Elliot voudrait bien changer, ce soir... Il n'avait pas vraiment écouté. Une fois dans les coulisses, il se laisserait porter. Il s'était senti fatigué. Plus que deux shows et il rentrait à la maison.

La porte de sa loge venait de se refermer. Il était 20 h 20. On lui annonçait encore un invité. Il n'avait aucune idée de qui il pouvait s'agir. C'est Barbara qui gérait aussi les invités.

Il repensa à la *setlist* qu'il avait donnée à l'équipe vingt minutes plus tôt. Il regrettait de ne pas y avoir mis *Night*. Il verrait bien, il la rajouterait au feeling, s'il sentait que le public avait besoin d'être ferré un peu plus dès le début. Il se souvenait que le public français mettait toujours un peu de temps à démarrer.

Enfin il s'avança de la porte de sa loge et l'ouvrit brusquement.

– *Welcome, my guest!*

En fond, il vit l'agitation habituelle, Jon, Barbara, les roadies, Steve qui sortait de sa loge, les gardes du corps... Un type entre 40 et 50 ans entra. Bruce Springsteen était sûr de ne l'avoir jamais vu ; au moins, il ne risquait pas de gaffer en ne se souvenant plus de leur précédente rencontre. Il croisait tellement de monde, dans tant de villes, dans tant de pays.

La poigne du type était ferme et il se mit aussitôt à parler dans un anglais impeccable. Le chanteur se détendit. Il n'aurait pas à faire la conversation. L'autre se présenta : Hugues Barrière. Écrivain, ou éditeur, il ne comprit pas très bien. En tout cas, il avait publié, ou écrit, des livres sur lui. Pas tant sur lui que sur son travail.

– Bien, répondit Bruce. Il n'y a que mon boulot qui compte. Ma vie, on s'en fout !

Le type était à l'aise, pas le journaliste blasé ni le fan transi. Entre les deux, plutôt agréable. Est-ce qu'il ne lui ressemblait pas un peu ? Cette barbiche comme il en portait une il y a quelques années, ce menton un peu prognathe ? Il disait qu'il avait vu plus de soixante de ses concerts et qu'il avait écrit un livre entièrement consacré à la chanson *Born In The USA*.

Putain ! pensa le chanteur, je ne voudrais pas avoir à lire ça !

Il avait aussi publié un livre sur le rock et la religion. Bonne idée. Ça, ça lui plaisait. Le rock comme une religion, le concert comme une messe, et lui en prêcheur.

Bruce avait perdu le fil de la conversation, une phrase venait de le frapper, il ne savait même pas à propos de quoi son invité français l'avait prononcée, mais elle l'avait frappé. Sans doute un autre projet de livre... L'écrivain avait dit qu'il avait un rêve, qu'il travaillait à un rêve. *"I'm working on a dream."* C'était mot à mot ce qu'il avait dit en anglais. *I'm Working On A Dream... Working On A Dream...* Ça sonnait bien.

Il était temps de conclure. L'heure officielle du concert était passée depuis une demi-heure, comme d'habitude. Bruce retomba sur ses pieds en annonçant à son invité qu'ils allaient jouer *Jungleland* ce soir, l'une des chansons favorites des fans depuis toujours, son opéra rock, dans lequel Clarence pourrait briller au saxophone.

L'instant d'après, il arpentait les couloirs gris des coulisses et le groupe se réunissait à sa suite. Tapes dans le dos, encouragements, regards croisés, gestes et mots rituels. L'énergie montait à chaque pas qui le rapprochait de l'arrière de la scène. Dans la salle, la foule grondait, l'impatience gagnait ; il distinguait son prénom crié de cette manière si familière, qui ressemblait à des huées : « Brouuuuuuce ». Son cœur se mit à battre plus vite. Combien de fois avait-il vécu pareil moment ? Combien de fois avec ses vieux compagnons de route ? Terry manquait à l'appel. Danny avait dû rester aux États-Unis. Bruce espérait qu'il serait de la tournée de printemps, voulait le croire et refusait les pensées qui, parfois, lui murmuraient l'inverse.

Ils firent un cercle en se tenant par la main, chaque membre du groupe ainsi que Jon, le manager. L'équipe technique, autour, fit silence.

– Un de plus, les gars ! dit-il à l'intention de ses musiciens. Mais pour ceux qui attendent de l'autre côté du rideau, c'est le grand soir… Allez ! On a un boulot à faire !

Le cercle se rompit. L'orgue de barbarie dans la salle. *The Daring Young Man On The Flying Trapeze.* Le cirque, la vie de nomade, sur la route, la vie d'artiste, sur le fil. Sa vie. Le noir devait être fait dans la salle. Le public hurlait. Bruce s'était arrêté derrière le grand rideau noir. Il serait le dernier à monter sur scène, avec Clarence. La clameur enflait. Il se tourna vers Jon Landau et lui dit :

– *Working On A Dream.*

– Quoi ? demanda le manager en forçant la voix.

– Rien. Une idée…

Plus que quelques secondes.

Une accolade à chacun avant qu'il entre dans l'arène.

Allait-il trouver l'énergie une fois de plus ? Il était fatigué.

Enfin, on lui fit signe. C'était à lui. Il monta les marches. Souffla. Bon Dieu, cette clameur, ces cris, cette force toute dirigée vers lui. Cette attente. Son rythme cardiaque s'accéléra encore. La messe, comme avait dit l'écrivain cinq minutes plus tôt. Il enfila la courroie de sa guitare et plongea dans le noir palpitant, s'avançant vers le milieu de la scène, vers une foule qu'il voyait à peine mais lui faisait l'effet d'un océan vivant. Les cris de ses fans l'enveloppaient, l'enivraient, l'électrisaient. Combien de fois avait-il ressenti cette énergie pure ? Il se souvint alors d'une phrase qu'on lui avait dite, il ne savait plus qui… Si : Peter Wolf. C'était Peter Wolf qui lui avait dit que la chose la plus étrange qui pourrait lui arriver sur scène serait de penser à ce qu'il était en train de faire.

Il n'avait plus que quelques secondes pour être « dedans ».

– *Bonsoir Paris!*

À peu près tout ce qu'il savait dire en français. Les hurlements en retour.

Un visage au premier rang, dans le *pit.* Cette jeune femme, la même chaque soir. Quel âge pouvait-elle avoir ? 25 ans ? La même chaque soir, au premier rang, pile au milieu, depuis le début de la tournée européenne.

– *Is there anybody alive out there!* cria le chanteur.

« Est-ce qu'il y a quelqu'un de vivant par ici ? » L'une des strophes de *Radio Nowhere*, la chanson avec laquelle il allait entamer la soirée.

L'impulsion était là, elle vibrait en lui, elle dilatait sa poitrine, courait sur sa peau. Ce soir, il chanterait pour cette jolie femme qui le suivait partout, qui devait faire des heures et des heures de queue dans le froid chaque soir de concert, qui traversait l'Europe avec lui. Il chanterait pour elle et, à travers elle, pour les dix-sept mille personnes qui répondaient unanimement à son cri dans un tumulte qui lui donna la chair de poule.

– *Is there anybody alive out there!* hurla-t-il de nouveau.

Voilà. Il était hors de lui, et tout à la fois en lui. Il était prêt, dans le show, et attaqua en serrant les dents le riff de la première chanson.

– Quel bond en avant depuis Madrid, déclara Armand Matignon.

– Non, ne me dis pas que tu as aimé ? plaisanta Pierre qui caressait le genou de Tania, sa nouvelle compagne, dont c'était le premier concert de Springsteen.

– Quand un concert est bon, je le dis, quand il est moyen, je le dis aussi. C'est pas parce que c'est Bruce que tout est bon... Mais là, ce soir, c'était vraiment du bon Bruce, du bon E Street Band.

– Amen ! ajouta Jean-Marc Devilleneuve.

Non loin du POPB, ils s'étaient tous retrouvés dans un restaurant oriental après le concert, et chacun attendait sa commande. Les jumeaux de Guillaume étaient conquis par Springsteen, par le E Street Band, par le rock. Leur père, heureux de ce nouveau lien entre eux, avait également trouvé le concert excellent, resserré, rapide et sans temps morts ; il en avait aimé le propos, mélange si springsteenien de réflexion, d'engagement politique et de pur divertissement.

Nathan, le fils de Julie Martin, s'était endormi sur son siège, ne se réveillant que pour les bis. Sa mère n'avait cessé de penser à Isabelle tout au long du concert et avait fondu en larmes quand, en premier rappel, le groupe avait entamé l'introduction de *Jungleland*. Bruce avait donc entendu sa prière.

En bout de table, Grégory Morinet ne disait rien. Il était ivre, depuis bien avant le concert, depuis des jours, en fait. Après Madrid et la mort d'Isabelle, il avait laissé pousser une barbe désordonnée et avait beaucoup grossi, étonnamment en si peu de temps. Bouffi, le teint rougeâtre, les yeux cernés, il n'avait pas écrit une ligne depuis son retour d'Espagne, n'avait plus fait l'amour avec Soazig. Il ne partageait même plus son lit depuis une dizaine de jours. Il terminait sa deuxième bière quand un serveur amena le vin, dont il se servit aussitôt un verre qu'il avala d'un trait. Il n'avait revu personne depuis la mort d'Isabelle et, bien que gris, avait aussitôt senti la gêne de ses amis de tournée. Qu'avaient-ils pensé en le voyant dans un si piètre état ? Qu'il ne se remettait pas du suicide de sa maîtresse ou qu'il ne supportait pas la culpabilité de l'avoir poussée par la fenêtre ?

C'était en fait bien pire que tout ce que ceux-là pouvaient imaginer. Il ne se supportait plus lui-même, pas plus qu'il ne pouvait soutenir le regard de sa femme ou celui de ses filles. Il était venu au concert par désespoir, parce qu'il ne savait plus que faire ni où aller, qu'aucun refuge ne lui permettait d'échapper à son tourment, même plus le sommeil qui se dérobait à lui. Il s'était alors tourné vers Springsteen, espérant trouver l'oubli, au moins pendant trois heures.

– Il est où, Damien ? demanda Armand à Guillaume en lui servant un verre de gris de Boulaouane.

– Il avait un rendez-vous, répondit le commissaire sans plus de précision.

Armand n'insista pas, son regard s'était assombri. Il se servit un nouveau verre de vin puis tendit la bouteille à Pierre.

– Et Christophe ? intervint Julie.

– Ben oui, c'est vrai, on ne l'a pas encore vu, ce soir, s'étonna Jean-Marc.

– Je lui ai laissé plusieurs messages ce week-end, mais il n'a pas rappelé.

– C'est bizarre qu'on ne l'ait pas vu, dit Guillaume. Quelqu'un a eu des nouvelles depuis… C'était quand le dernier concert où il est allé ?

– À Anvers, précisa Pierre. Il devait venir à Belfast aussi, mais je ne l'ai pas vu là-bas.

Son téléphone sonna, il consulta son écran, se leva et alla décrocher à l'écart.

Jean-Marc essaya d'appeler Christophe mais tomba sur sa messagerie.

– Et alors, le maître nageur, qu'est-ce que tu fous ? Tu fais le pied de grue devant l'hôtel de Bruce, ou quoi ? On est tous au resto… Le couscous juste en face de la salle. À plus.

Soudain un bris de verre. Grégory jura, il venait de faire tomber la bouteille de vin qui s'était fracassée au sol. Le vacarme avait réveillé Nathan en sursaut. Il cligna des yeux, se demanda où il était.

– Papa ! dit-il d'une voix ensommeillée.

– Non. C'est maman. Tout va bien, mon cœur. Tu as faim ? Regarde, tu veux du couscous ?

Dans la rue, de l'autre côté de la chaussée, Éric Sangaré avait juste eu le temps de se cacher derrière une camionnette. Un instant, il avait cru que son fils, qui dormait sur les genoux de sa mère, l'avait vu. L'esplanade du Palais omnisports de Bercy se vidait de ses derniers fans. Il faisait froid, mais une ardente colère bouillait en lui. Elle l'avait emmené au concert. À 10 ans, un concert de rock, un déluge de décibels, un soir de semaine alors qu'il y avait école le lendemain ! Il ferma les yeux, serra les dents. Son poing partit d'une traite et fit un bruit creux contre la tôle de la camionnette.

Damien n'osait faire un geste, retenait sa respiration. Il soupira, gémit entre ses dents.

Il avait retrouvé Annelie porte F, comme convenu. Toute la soirée, il l'avait vue sur les écrans géants, à sa place habituelle dans le *pit*, au premier rang, tout au milieu de la scène. Bruce avait beaucoup joué avec elle, ce soir, pour elle, la désignant plusieurs fois, lui souriant, lui donnant son médiator. Son désir d'elle n'avait cessé de monter au même rythme que l'intensité du show et chaque fois qu'il avait vu son visage radieux sur l'écran, son cœur avait cogné à sa poitrine.

Elle n'était pas seule quand il l'avait rejointe. Lennart était là, ainsi que deux autres Suédois qu'il n'avait jamais rencontrés et des fans espagnols. Tous l'avaient regardé d'un air entendu qu'il n'avait pas aimé et qui lui avait remis en mémoire la phrase que la jeune femme lui avait glissée à l'oreille à Madrid, quand elle lui avait confié qu'après un concert de Springsteen, elle avait toujours besoin de faire l'amour. À combien d'hommes différents avait-elle susurré ces mots ?

Il avait une chambre au Novotel situé à une centaine de mètres et avait voulu lui offrir un verre au bar. Mais elle avait refusé, préférant monter directement. Là, elle s'était déshabillée sans façon, bien trop rapidement au goût de Damien qui aurait aimé avoir le temps de tamiser les lumières, de créer une ambiance propice à la séduction. Elle lui avait aussitôt dénoué sa ceinture, lui disant en anglais, un sourire au coin des lèvres, qu'un homme n'était jamais un bon amant s'il désirait trop une femme. Puis elle avait ajouté :

– Laisse-moi te débarrasser de ton désir, ensuite, tu me feras l'amour.

En vérité, elle n'avait pas dit « faire l'amour », avait été beaucoup plus crue, mais Damien, déjà très remué par la tournure que prenait la soirée, avait préféré la traduire ainsi.

Deux minutes plus tard, sous la lumière trop blanche du plafonnier de la chambre, il s'abandonna enfin dans la bouche d'Annelie.

Terrassé, tremblant, il se laissa tomber sur le dos, bras en croix sur le lit, et sentit la jeune femme remonter le long de son corps. Elle lui plaqua un fougueux baiser sur les lèvres, il sentit la langue s'immiscer dans sa bouche et soudain, avec elle, la tiédeur de sa propre semence. Il se redressa d'un bond, subjugué, affolé, et courut aux toilettes cracher dans le lavabo. Il se rinça la bouche comme s'il avait ingurgité du poison.

– Mais ça va pas !

Il cracha encore.

– Qu'est-ce qui te prends ?

Il revint dans la chambre. Annelie était allongée sur le dos, nue, son corps menu et magnifique. Elle souriait, de toute évidence contente d'elle.

– Il fallait que tu saches.

– Que je sache ?

– Ce que ça fait de boire le foutre d'un homme.

Cette fois, en colère, Damien n'avait rien fait pour édulcorer sa traduction simultanée.

– C'est dégueul…

Il s'interrompit. Annelie s'était redressée sur ses bras, superbe.

– J'aime boire les hommes, mais quand j'ai décidé de le faire.

Damien fronça les sourcils. Y avait-il un reproche dans cette affirmation ?

– Je ne t'ai pas forcée, c'est toi qui… J'ai à peine eu le temps de refermer la porte.

– Tu es sûr que tu ne m'as pas forcée ?

Que cherchait-elle ? Pourquoi ce comportement incompréhensible ? Était-il tombé sur une folle ? Elle poursuivit :

– Au moment de jouir, tu n'as pas pris ma tête entre tes mains pour être sûr que je ne m'écarte pas, peut-être ?

Damien mit quelques secondes à comprendre. Pas à traduire mais à comprendre, à accepter, surtout, qu'Annelie disait vrai. Il se revit alors, un moment plus tôt, tendant les bras, par réflexe, sans même y penser, et posant les mains sur les cheveux de la jeune femme au moment de jouir dans sa bouche. Il dut rougir. Annelie sourit.

– Viens ! lui dit-elle.

Damien ne bougea pas, entre la honte et la vexation.

– Viens, je te dis. Il faut que tu me fasses l'amour, maintenant…

Elle lui attrapa le bras, le fit basculer sur le lit. Elle rit. Le poussa sur le dos, le chevaucha. Bien qu'ayant envie de bouder, il ne tarda pas à la désirer de nouveau et la jeune femme le guida en elle. Son regard s'enflamma aussitôt, ses pupilles semblèrent se dilater et elle émit un sourd grognement. Un instant, elle fit peur à Damien et l'idée que son amante puisse être folle l'effleura de nouveau. Mais il n'eut pas la force de s'y attarder et préféra fermer les yeux pour s'abandonner à l'étreinte de la Suédoise.

18

Grégory battit des paupières. Où était-il ? Une lumière orangée accrochait les excroissances d'un mur crépi. Une chambre d'hôtel. Il ouvrit les yeux pour de bon. Il faisait nuit, les doubles rideaux de la fenêtre n'étaient pas tirés, il pouvait voir le ciel dehors, les nuages éclaboussés par les feux urbains couleur de soufre, lourd vélum mouvant au-dessus de la capitale. L'écrivain avait la nausée et le crâne dans un étau. Ses oreilles bourdonnaient encore du son du concert. Comment était-il arrivé dans sa chambre ? Son dernier souvenir était à table, au restaurant. À la fin du repas, il avait tenu à payer l'addition, s'était emporté quand les autres avaient refusé, s'était ridiculisé, avait mis tout le monde mal à l'aise et avait fini par payer quand même en titubant. Plus rien ensuite. Il doutait d'avoir eu la force de rentrer seul à l'hôtel. Lequel de ses « amis » s'était-il dévoué ? Pierre ? Armand ? Jean-Marc ? Plutôt Guillaume, le flic. Il avait l'impression de s'en souvenir. En même temps, il avait de vagues réminiscences d'un tête-à-tête avec Pierre, d'une dispute. À quel propos ? D'Isabelle ? Grégory se rendit compte qu'il était en chemise, qu'on lui avait ôté son pantalon, ses chaussures. Il avait envie de pisser, mais pas le courage de se lever.

Il soupira, se passa la main sur le visage. Il devait se lever, avait besoin d'une douche. Il se redressa mais aussitôt, sa nausée empira. Il laissa retomber sa tête sur la couette, ferma les yeux, épuisé, se trouvant lamentable. Il avait envie d'appeler Soazig, de la surprendre en pleine nuit pour lui demander pardon et lui dire qu'il l'aimait. Il l'avait perdue, il le savait. Il avait tout perdu.

Un son. Une musique. On sifflait. On sifflait quelque part. Un air répétitif. Trois notes en boucle. Des notes familières. Grégory rouvrit les yeux, comme pour mieux entendre. L'air changea, laissa la place à une mélodie, lente, dépouillée, grave. C'était du Springsteen, il en était certain. Une chanson qui datait… La fin des années 70. Grégory se mit à fredonner. Ça lui revenait. Pas le titre, mais l'air, quelques paroles. C'était un titre de *Darkness*, de l'album *Darkness On The Edge Of Town*. Mais qui sifflait ? Et comment pouvait-il l'entendre aussi clairement ? Il se redressa malgré le vertige.

Quelqu'un dans la chambre. Une silhouette dans la pénombre.

Grégory voulut se lever d'un coup mais n'en eut pas la force. Le lit tanguait, il avait peur de vomir.

– Qui est là ? fit-il d'une voix pâteuse. Guillaume ?

L'autre sifflait toujours. Quand il s'arrêta, la peur se saisit de l'écrivain à bras-le-corps. Est-ce que celui qui l'avait raccompagné dans sa chambre était resté tout ce temps dans la pénombre ?

– Pierre ? appela-t-il. Armand ?

La silhouette fondit sur lui. Il n'eut pas le temps d'émettre le moindre cri qu'une lanière lui serrait le cou. Une ceinture. Sa ceinture. Il se sentit tomber du lit, tiré avec violence. Il toussa, eut un haut-le-cœur. Le cuir blessait sa peau, compressait sa glotte. Il râla. Au sol, il chercha à se saisir de son agresseur mais ne fit que battre l'air de ses bras. On le traînait sur la moquette. L'air lui manquait déjà. Il tenta d'attraper la ceinture mais ne put glisser ses doigts entre le cuir et sa peau tant son cou était compressé. La tête lui tournait, il avait chaud soudain, une vague ardente venait de déferler sur son visage. Ses yeux pleuraient, donnaient l'impression de vouloir sortir de leurs orbites. Il suffoquait. Il se sentit soulevé. Un bruit entre le cri et le gargouillement s'échappa de sa gorge. L'autre le lâcha, mais la pression sur son cou ne diminua pas. Il sentait du froid sur son dos, le froid du mur. Il était à moitié pendu, chercha à se redresser mais la plante de ses pieds glissait sur la moquette. Dans la pénombre, il aperçut son assassin qui se tenait debout devant lui, le regardait. De nouveau le sifflement. Les notes répétitives. Grégory retrouva le titre de la chanson : *Something In The Night.* « Quelque chose dans la nuit ». Ce furent les derniers mots qui traversèrent son esprit. À peine furent-ils pensés que Grégory n'était plus. Plus rien dans la nuit.

Elle est ailleurs, yeux fermés, hors de son corps que les jeunes hommes profanent un à un. Elle les sent en elle, chacun leur tour, comme l'on sent le scalpel du chirurgien qui taille la peau sous anesthésie locale. Elle pleure mais ne s'en rend plus compte. C'est son corps qui pleure. Elle est ailleurs. Elle a 7 ans. Il fait beau et froid, des mouettes jouent dans le vent sur la plage. Le cerf-volant touche le ciel. Il est rouge, jaune et vert. Son père sourit, lui passe la poignée. Elle a peur de ne pas y arriver. Elle sent les vibrations dans ses bras, le vent entre en elle, sa folle liberté. Elle sourit. Elle rit l'instant d'après. Son père rit à son tour. Une bourrasque plus forte l'oblige à faire un pas en avant et elle rit de plus belle. Son père est beau quand il rit dans le vent.

Elle revient à la réalité. Le septième type est entre ses jambes mais n'arrive pas à la pénétrer. Elle relève la tête et le regarde. Il la traite de putain, le mot est presque le même en italien. Il la gifle. Les autres se moquent. Il essaye encore mais ne bande toujours pas. Elle le regarde encore. Cette fois, c'est son poing qui s'abat. Elle revoit le cerf-volant et le rire si beau de son père. Elle sourit, du sang au coin des lèvres. Le jeune homme la frappe pour effacer ce sourire qu'il prend pour lui, pour une raillerie. Il se relève, se rebraguette, lui crache dessus, lui donne un coup de pied dans les côtes. Encore le mot « putain ». Un autre coup de pied, cette fois d'un autre de la bande. Un coup entraîne le suivant et bientôt tous s'y mettent. Ils frappent. Elle se recroqueville. L'un des types filme la scène avec son téléphone, la pluie de coups de pied, de talon, de batte de base-ball dans le dos, le ventre, les jambes, la tête.

V

LONDRES
EMIRATES STADIUM

19

– Allô ! lança Nancy Le Guen d'une voix agacée.

Elle avait failli ne pas répondre, contrariée qu'André ne soit pas là pour prendre le téléphone mais s'adoucit en reconnaissant la voix de son fils cadet.

– Bonne année, maman.

– Bonne année, mon fils.

Totalement obnubilée par l'enlisement de son roman, de son rêve de toute une vie, elle avait oublié que c'était le 1er janvier. Pourtant, le matin même, sur la table du petit-déjeuner, André avait déposé un bouquet de trente roses rouges et l'avait enlacée pour lui présenter ses vœux.

Le jour déclinait déjà.

– Je t'appelle de mon portable, je suis de garde aujourd'hui.

– Tu as réveillonné à la caserne ?

– Tu sais, moi, les réveillons…

Comme souvent, Nancy se demanda pourquoi Damien était si solitaire alors qu'il avait tout pour rendre une femme heureuse. Il était doux, attentionné, d'humeur égale et plaisante (ce qui n'était pas le cas de Guillaume qui avait tendance à la morosité), plutôt joli garçon, mince, sportif… Elle ne lui avait jamais connu d'amoureuse sérieuse, il ne lui avait jamais présenté personne, ce qui ne voulait pas dire qu'il n'avait pas de liaisons, elle était suffisamment lucide pour savoir qu'il faudrait que son fils soit sacrément amoureux pour qu'il ose présenter une femme à une mère aussi difficile ! Damien aimait les femmes, elle le savait, elle le voyait à son regard… Avant de poursuivre la conversation, Nancy fut traversée par l'idée qu'elle aimerait savoir son fils heureux avant qu'elle ne meure.

– Et ton frère, tu as des nouvelles ? Il ne m'a pas encore appelée ! D'habitude, le premier de l'an, il m'appelle toujours le matin avant 9 heures.

– Je ne l'ai pas vu depuis…

Il s'arrêta à l'idée de cette nuit, juste après le concert au POPB, durant laquelle il avait vu Guillaume pour la dernière fois, questionné par ses collègues parisiens.

Damien eut envie de parler de la mort de Grégory à sa mère et, un instant, se demanda pourquoi. Au fil des ans, il avait pris l'habitude de céder à la curiosité de la vieille dame si gourmande d'intrigues policières tant romanesques que réelles, et n'hésitait plus à évoquer avec elle ses affaires en cours, ayant même fini par admettre que bien souvent, cela l'aidait à réfléchir. Mais pourquoi évoquer la pendaison de Grégory ? Sinon parce que, inconsciemment, il se posait des questions à son propos ?

– À la poignée de la fenêtre, tu dis ? demanda Nancy.

– Oui, avec sa ceinture.

– Comment peut-on se pendre à une poignée de fenêtre ?

– Il y a mille façons de se pendre, tu peux me croire : les pendus, j'en ai vu plus que je ne l'aurais voulu depuis que je suis gendarme. Je pourrais écrire un guide pratique ! Il était complètement bourré, il tenait à peine debout.

Il y eut un silence. Puis Nancy demanda :

– Et pourquoi il se serait pendu, ce type ? Il avait une bonne raison ? C'est une épidémie, ou quoi, chez les groupies de votre chanteur américain !

– Ben justement… Grégory était l'amant de celle qui s'est défenestrée à Madrid. On n'en sait rien, mais il n'est pas impossible qu'elle se soit suicidée à cause de lui, parce qu'il voulait rompre. C'était une liaison adultère.

– Mouais…

– Quoi, mouais ? demanda le gendarme.

– Je sais pas, mais les suicides à répétition, j'ai toujours eu du mal à y croire. Et puis en général, il y a plus de tentatives que de réussites. Là, deux sur deux, carton plein, et chacun après un concert… C'est un peu shakespearien, non ? Et s'il l'avait poussée un peu, sa maîtresse, à Madrid ! S'il l'avait aidée à enjamber la fenêtre, ton Grégory ?

Un autre silence.

– Et ne me dis pas que je lis trop de polars ! ajouta la vieille dame.

Damien sourit.

– Non. J'y ai pensé aussi, mais il y a eu une enquête en Espagne, et Grégory n'a pas été inquiété.

– Si les flics espagnols sont aussi bons que les Français… Ton frère mis à part !

Damien sourit de nouveau.

– La fille se droguait, aussi. Enfin, je crois. J'en suis presque sûr. C'était nouveau.

– Si tous les drogués se fichaient par la fenêtre, ça en ferait du monde sur le macadam ! répliqua sa mère avant de poursuivre son idée. S'il s'est vraiment suicidé, ton type, là, je dis bien si, parce qu'un type qui tient à peine debout et qui se pend à la poignée d'une fenêtre, ça me laisse rêveuse… Ça peut être soit par chagrin, mais j'y crois assez peu, soit par culpabilité. Mais quelle culpabilité ? Celle de se sentir responsable de la mort de sa maîtresse ou bien carrément de l'avoir poussée par la fenêtre ?… Qu'est-ce qu'ils en pensent, les autres, les autres de votre bande ?

– Je n'en sais rien. On n'en a pas parlé, et puis on ne s'est pas revus, depuis.

– Et ton frère ?

– On n'en a pas parlé non plus. En ce moment, il n'est pas facile, Guillaume, il est…

– Bizarre.

– Oui, enfin… distant.

– Je trouve aussi. À cran, sur les nerfs. Et puis il s'est mis à picoler, il a toujours bien levé le coude, mais par gourmandise, pas par dépit.

– Il s'est un peu calmé, ces dernières semaines. Il s'est même mis au régime.

– Au régime ! Guillaume ! Il est amoureux ou quoi ?

– Je n'en sais rien, répondit Damien en souriant. Je le lui souhaite.

– Moi aussi, pour nous. Parce que qu'est-ce qu'il est chiant depuis septembre, ou même fin août !

– Depuis cette histoire tragique avec ses collègues.

– Pas seulement, répliqua la mère. J'ai l'intuition qu'il nous cache quelque chose.

Damien avait le même sentiment, mais se garda bien de l'avouer. Comme chaque fois qu'il évoquait une « affaire » avec sa mère, les idées s'emboîtaient les unes aux autres et le poussaient plus avant dans ses réflexions.

– Il y a autre chose, dit le gendarme. L'un de nous, enfin l'un de la bande, comme tu dis, dont on n'a pas de nouvelles depuis un moment…

– Comment ça, pas de nouvelles ?

– C'est un type qui vit dans le Nord, un maître nageur. Il n'était pas au concert de Paris, avant Noël, alors qu'il avait une place. Pareil quelques jours plus tôt, pour un concert en Irlande. Personne n'arrive à le joindre au téléphone, c'est comme s'il avait disparu. Aucune nouvelle depuis le 12 décembre dernier.

Cette histoire commençait à beaucoup plaire à Nancy Le Guen qui s'alluma une cigarette. Elle savoura la première bouffée, la mâchonna avec délectation, rejeta la fumée par le nez et se lança dans une réplique qui aurait pu être celle de l'un des personnages de son roman si ce dernier n'était pas encalminé au beau milieu du troisième chapitre :

– Moi, dit-elle, j'aurais 32 ans, je serais technicien d'identification criminelle et j'aurais des amis qui disparaissent ou se suicident en série pendant une tournée de rock, je ne resterais pas à me gratter la tête entre les murs de mon petit appartement de fonction. Je foncerais dans le Nord fouiller la vie du maître nageur, voir si des fois il ne serait pas en train de pourrir la tête dans le four ou pendu au lustre. Crois-en ta vieille mère paranoïaque : il y a quelque chose qui ne tourne pas rond au pays merveilleux des fans du *Boss*… C'est bien comme ça qu'on l'appelle, votre gourou ?

Éric Sangaré s'était inscrit au forum français des fans de Bruce Springsteen quelques jours après le concert parisien de décembre. Il n'avait pas tardé à y repérer le pseudonyme de son ex-épouse : Julie 75. Elle écrivait chaque jour sur le forum, en était sans aucun doute l'un des membres les plus actifs ; une véritable addiction, vu de l'extérieur. Elle y parlait en long et en large des concerts auxquels elle avait assisté et de ceux qu'elle prévoyait de voir, des chansons qu'elle rêvait d'y entendre. Mais où allait-elle puiser l'argent nécessaire à ces périples à travers l'Europe ? Éric passait en quelques instants de la colère à l'abattement, et se sentait de plus en plus submergé par ses angoisses. Il avait la certitude qu'il devait récupérer la garde de son fils mais redoutait qu'une action en justice n'aggrave les troubles psychiques de sa mère. Il avait en tête ces faits divers qui relatent l'extermination brutale d'une famille par un homme ou une femme à bout de forces qui noie, étouffe ou abat ses enfants avant de se donner la mort. Éric savait devoir agir pour le bien de son fils mais en même temps redoutait de le mettre en danger en le faisant.

– Qu'est-ce que tu fais ?

La voix de Nathalie qui sortait de la salle de bain. Éric ferma aussitôt la fenêtre informatique.

– Rien, rien…

Il ne voulait surtout pas qu'elle découvre qu'il espionnait Julie *via* le forum. Des tensions étaient nées entre eux ces dernières semaines, Nathalie n'en pouvant plus de l'entendre ressasser ses craintes, relever tout ce qui l'énervait ou l'inquiétait dans le comportement de son ex. Elle l'encourageait à agir plutôt que de ruminer et lui reprochait de porter son énergie au mauvais endroit, d'en faire trop avec Nathan, d'être en train de se transformer en père hyperactif pour tenter de pallier, en vain, les manquements de Julie. « C'est pas à moi qu'il faut dire tout ça, répliquait-elle souvent, c'est à la mère de Nathan ! Tu as raison sur tous les points, mais dis-le lui, Bon Dieu ! Tu ne t'opposes jamais à elle, jamais vraiment ! Mets-lui le nez dans son caca et exige que ça change ! »

Il se retourna. Nathalie portait un peignoir blanc, ses cheveux étaient maintenus par une serviette. Elle lui sourit.

– Nathan dort ?

– Oui, je crois.

– Tant mieux…

D'un geste rapide, elle dénoua la ceinture de son peignoir qui s'ouvrit sur son corps nu. Elle s'approcha. Éric fit pivoter le fauteuil du bureau pour lui faire face et passa ses mains sous le tissu éponge, sur sa peau tiède et encore humide. Il posa sa joue contre les seins de son amante. Il ferma les yeux, se sentit soudain fragile, eut la tentation de lui avouer qu'à trois reprises encore il avait rêvé de la mort de Julie. Il avait envie de pleurer, d'être consolé, materné.

– Viens ! lui dit Nathalie.

Il retrouva confiance quand il fut en elle. Avec le désir revint sa détermination. Il allait saisir le juge des affaires familiales. Il serra les dents, sentit monter le plaisir. Il allait libérer Nathan de sa mère. Nathalie gémissait, Éric se cabra. Les doutes l'assaillirent de nouveau dès qu'il eut joui.

20

Guillaume Le Guen n'aimait pas ses mains. Les avait-il seulement déjà regardées ? Jamais autant que depuis qu'il apprenait le piano, qu'il devait couper ses ongles ras, ne pas « casser » ses doigts sur les touches, former un petit pont entre son poignet et le clavier. Patricia Vilquin avait glissé un stylo sous le petit pont en question, pour l'obliger à garder la bonne position. Le commissaire se sentait gauche et ridicule à déchiffrer les mélodies bêtifiantes de sa méthode de débutant. Il détestait le piano et se disait qu'on ne devrait pas avoir à apprendre à jouer de cet instrument après la puberté.

Il soupira, sans même s'en rendre compte.

– Vous trouvez ça difficile, Guillaume ?

– Laborieux. Je dirais plutôt laborieux. C'est… scolaire.

– Comme tout apprentissage. Comme tous les instruments. Le violon, c'est bien pire, vous savez ? Au moins, là, quand vous enfoncez une touche, la note est juste.

– Encore faudrait-il que je n'enfonce qu'une touche à la fois !

Patricia sourit. Ce commissaire Le Guen ne saurait jamais jouer correctement du piano, c'était une évidence. Surtout, il n'aimait pas ça du tout. Elle se demandait quand il se déciderait à lui faire une avance, puisqu'elle avait compris dès le premier jour que sa seule motivation trouvait sa source dans le regard qu'elle avait surpris au conseil général, quelques semaines plus tôt.

Elle ne savait qu'en penser. À la mort de Jean-Claude, son époux qu'elle avait tant aimé, tant admiré, c'était aussi sa vie de femme qui s'était éteinte. Elle n'avait même pas eu à formuler cette pensée, elle allait de soi. Jean-Claude mort faisait d'elle une veuve à vie, une femme à la vie derrière elle. Et voilà qu'elle plaisait à un homme, un homme jeune qui plus est, de plus de dix ans le cadet de celui dont elle portait le nom.

Elle n'arrivait pas à savoir ce qu'elle ressentait. C'était un tel mélange de sensations que finalement il n'aboutissait à rien. Elle était surprise, de cela elle était sûre. Choquée aussi, comme s'il était incongru qu'un homme puisse s'intéresser à elle si peu de temps après le drame qui l'avait frappée, surtout un homme qui en connaissait les circonstances. Un flic, de surcroît, personne que ni son époux, ni elle, ni leurs amis militants de gauche n'étaient censés aimer. Triste parce que l'irruption de cet homme dans sa vie la renvoyait à la perte de celui dont l'absence lui était si cruelle. En colère à cause du trouble que ce commissaire glissait dans sa nouvelle vie de veuve. Parce qu'elle ne pouvait nier qu'elle se sentait troublée justement, flattée, voire excitée, non sexuellement mais émotionnellement. La sensation suivante, découlant des précédentes, étant bien sûr la culpabilité. Ce cocktail complexe l'anesthésiait et elle ne savait quoi penser ni faire. Elle attendait donc de voir venir et se surprit elle-même en demandant à son élève :

– Pourquoi vouloir apprendre le piano alors que, de toute évidence, vous n'aimez pas ça ?

Guillaume la regarda, étonné. Il hésita :

– Le piano… c'est la base, non ?

Elle ne dit rien, attendit. Ils se regardèrent. Guillaume se passa la main sur le visage. Soupira. Son cœur cognait.

– En fait… Je me fous du piano.

Il se tut un instant. Elle ne dit rien. Devait-il interpréter ce silence comme un encouragement ?

– Je n'aime pas ça, vous avez raison, poursuivit-il. J'aime la voix, et la guitare électrique.

Elle continuait de le regarder, il prit sur lui pour ne pas baisser les yeux, sentit une goutte de sueur glisser le long de son flanc. Il eut alors la conviction qu'elle savait ce qu'il s'apprêtait à dire :

– Si je prends des cours, c'est pour vous. Pour être avec vous.

Elle ne cilla pas, ne dit mot, continua de le regarder quelques secondes puis, de sa voix habituelle, dit :

– Reprenons.

Du bout de son crayon, elle indiqua la mesure à laquelle Guillaume s'était arrêté et le commissaire, tremblant, reforma le petit pont avec ses doigts.

Le cours se termina dix minutes plus tard en catastrophe quand Tom, le furet de Patricia, une fois de plus échappé de la cuisine, s'attaqua au sac à dos de Guillaume dont, d'un coup de dents, il rompit net l'une des courroies. Le commissaire fut reconnaissant à l'animal d'avoir involontairement détendu l'atmosphère et assura à son professeur que c'était un vieux sac sans valeur.

L'instant d'après, à la porte de l'appartement, Patricia se fit la réflexion que ce commissaire avait un beau sourire et s'en voulut aussitôt.

Guillaume se maudissait d'avoir ruiné ses chances de la revoir en se déclarant aussi abruptement. Son humeur chuta d'un coup. Il eut envie de manger, n'importe quoi, si possible quelque chose de gras et de sucré, juste de quoi ruiner le régime qu'il venait de commencer. Il eut envie aussi de démissionner de son poste de commissaire de police.

– Samedi prochain, même heure ? demanda la femme.

Damien gara sa voiture de location sur une place pour handicapé. Il était énervé, ces flics l'avaient exaspéré. Il ne lui avait fallu que quelques secondes pour comprendre qu'il n'en obtiendrait rien. Christophe Richard n'avait plus donné signe de vie depuis le 12 décembre, et son dossier était déjà classé.

« Des types qui changent de vie du jour au lendemain, il y en a tous les jours », lui avait répliqué un brigadier alangui. Pas des fans de Bruce en pleine tournée, avait failli répondre Damien. Pas Christophe, alors qu'il avait des places pour d'autres concerts où il ne s'était pas montré. C'était idiot sans doute, en tout cas inexplicable à un non-initié, mais c'était pour Damien une preuve suffisante qu'il était arrivé quelque chose au jeune maître nageur. Mais tout le monde s'en moquait, sauf une personne : Anne Gaillard, qui, le 18 décembre, avait déclaré la disparition de Christophe et de la Clio qu'elle lui avait prêtée.

Elle était encore de garde au centre hospitalier de Roubaix. Elle fronça les sourcils en le rejoignant à l'accueil d'où il l'avait fait appeler.

– Damien Le Guen, se présenta le gendarme. Je suis un ami de Christophe Richard.

Ils allèrent prendre un café, étonnamment bon, à la machine de la cafétéria de l'hôpital et Anne lui raconta les circonstances de sa dernière rencontre avec Christophe, le matin du 12 décembre, quand il lui avait emprunté sa voiture pour se rendre au palais des sports d'Anvers.

– Il avait des ennuis, je ne sais pas vraiment de quel ordre, même si avec Christophe, il n'y a que deux options : les femmes et le jeu. Il s'était fait casser la figure peu de temps avant. Je pense qu'il devait de l'argent, beaucoup d'argent.

– À qui ?

– J'en sais rien. Il jouait au poker, souvent en Belgique. Il allait régulièrement à Bruxelles. Il avait des dettes de jeu, et il m'avait aussi parlé d'un ami qui l'avait dépanné, mais j'ai oublié son nom. Il me l'a dit pourtant. Un Français en tout cas, ça me reviendra… Je… Damien, c'est ça ?

– Oui.

– Damien… Je suis persuadée qu'il lui est arrivé quelque chose. Je ne suis pas proche de Christophe, pas de sa famille, pas même sa… Comment dire ? J'ai passé l'âge d'être une petite amie ! J'ai vingt ans de plus que lui. Je ne suis pas même... Je ne trouve pas les mots. Je ne suis que l'une des nombreuses femmes avec lesquelles il couche, et je ne le connais que depuis le mois d'octobre... Mais je me suis attachée, je crois que je compte quand même un peu pour lui... Et j'ai peur.

Damien acquiesça. Il posa la question suivante pour la forme, convaincu d'en connaître la réponse.

– Est-ce que vous pensez Christophe capable de disparaître ainsi, volontairement ?

– Non.

Elle n'avait pas hésité un quart de seconde.

– Même pour fuir des créanciers disons... peu recommandables ?

– Partir comme ça, organiser sa fuite, demande une force de caractère que n'a pas Christophe.

– Je suis d'accord.

– C'est un enfant, capable de se mettre dans de gros ennuis, mais un enfant. Il n'a pas de famille, personne chez qui aller. Non, je n'y crois pas du tout. J'aimerais y croire, mais non.

– J'ai parlé à ses employeurs, à la piscine...

– Moi aussi, ils ne sont au courant de rien.

– J'imagine que vous avez déjà été à son domicile, que les policiers s'y sont rendus.

– Les flics ? Pensez donc ! Personne ne le réclame, sauf moi, qui ne suis même pas de la famille. Ils s'en foutent complètement. Ils m'ont dit qu'il allait revenir, que je ne devais pas m'inquiéter.

– Est-ce qu'ils ont vérifié ses comptes en banque ? Est-ce qu'il y a eu des mouvements depuis sa disparition ?

– Je n'en sais rien.

Damien eut un geste d'humeur.

– Et votre voiture ?

– Ma voiture ?

– Depuis le 12 décembre, aucune nouvelle ? Les policiers belges ne l'ont pas retrouvée à Anvers ?

– Pas que je sache. Je n'ai eu de contacts qu'avec les flics d'ici.

Damien soupira. Tout cela ne sentait pas bon du tout.

– Je vais aller chez lui.

– C'est fermé.

– J'ouvrirai.

– Il avait beaucoup déménagé les dernières semaines. Problème de loyers impayés, mais aussi la peur de recevoir la visite de ceux à qui il devait de l'argent. Il essayait de brouiller les pistes… Je vous accompagne. Ma garde se termine dans… (elle consulta sa montre). Elle vient de se terminer ! Laissez-moi le temps de me changer et je vous accompagne.

Elle s'éloigna, commençant à déboutonner sa blouse blanche.

Damien n'eut pas à forcer la serrure de la porte d'entrée, elle était déposée au sol, un travail très propre. Anne Gaillard ne put réprimer un petit cri de surprise en découvrant l'appartement sens dessus dessous, les quelques meubles renversés, le lit éventré, les placards et la penderie vidés sur le parquet, le faux plafond démonté.

– De toute évidence, nous ne sommes pas les seuls à chercher après lui.

Il s'agenouilla devant un amoncellement de CD, la collection springsteenienne du maître nageur. Un parfum masculin caressa alors ses narines.

– C'est quand, la dernière fois que vous êtes venue ici, Anne ?

– Ce matin.

– Ce matin ?

– Oui, je passe presque tous les jours, je frappe, j'espère qu'il va m'ouvrir…

– Et la porte…

– Elle était fermée, j'en suis certaine. La serrure était intacte.

– C'est donc très récent, cette visite, et…

Une ombre jaillit de la salle de bain. Anne cria, Damien écarquilla les yeux et se fit bousculer par un homme trapu en costume rayé qui se précipita dans la cage d'escalier, laissant dans son sillage une traînée d'eau de toilette. La même odeur que celle repérée quelques instants plus tôt. Tout en se relevant, Damien se reprocha de n'avoir pas aussitôt compris que le visiteur était encore sur place. Il se lança à sa poursuite.

La nuit était tombée. Damien aperçut le fuyard qui tournait au coin de la première rue et se remit à courir. L'autre était embarrassé par son corps bodybuildé, son costume trop serré, son cou de taureau, ses chaussures tape-à-l'œil. À chaque foulée, Damien gagnait du terrain. Il s'engagea dans la ruelle que l'inconnu venait d'emprunter. C'était une impasse bouchée par une palissade en bois taguée. Elle était défoncée à un endroit, seul passage possible. Damien s'y faufila et déboucha dans un terrain vague au fond duquel se dressait la carcasse d'une usine désaffectée. Le gendarme reprit son souffle et marcha sur l'herbe folle jonchée de détritus. À chaque pas il s'enfonçait un peu plus dans l'obscurité et il faisait un noir d'encre quand il arriva entre les murs de l'ancienne usine. Il s'arrêta, fut parcouru d'un frisson. Un craquement non loin. Damien se précipita derrière un pilier en fer et se fit la réflexion que de chasseur, il venait de devenir gibier. Il retint sa respiration. Son cœur cognait à ses tempes. Il ferma les yeux pour mieux entendre quand soudain, son téléphone portable se mit à sonner. Il jura d'une voix étouffée, sortit l'engin de sa poche, son écran sur lequel était écrit « maman » éclairant la nuit tel un phare. Damien vit une masse fondre sur lui et lâcha son téléphone.

– Tu as mal ?

– J'ai l'impression d'être passé sous une moissonneuse-batteuse, répondit le gendarme au téléphone. Je ne pensais pas qu'on pouvait cogner aussi fort.

Il était chez Anne qui, alors qu'il parlait avec sa mère, pansait ses plaies. Il avait mal au visage, aux côtes, à l'abdomen mais surtout à son amour-propre de s'être fait aussi sévèrement rosser.

– Ce type était une vraie brute.

– Mais qu'est-ce qu'il fichait là ? demanda Nancy.

– Il a retourné l'appartement de Christophe de fond en comble. D'après ce que j'ai appris, il avait des dettes de jeu.

– S'il en avait après ton copain, c'est qu'il n'est pas responsable de sa disparition. Comme toi, il le cherche.

– Sans doute, oui. Mais ça ne m'avance pas à grand-chose. Je n'ai pas vraiment eu le temps de lui demander son nom et son adresse !

– Tu vas faire quoi, maintenant ?

– Je vais aller à Anvers, là où s'est rendu Christophe la dernière fois que quelqu'un l'a vu…

– En vie ? C'est bien ça que tu allais dire ?

Damien ne répondit pas, mais c'était bien le mot qu'il venait de retenir.

– Faut que je te laisse, maman.

– D'accord. En tout cas, j'avais bien raison, il s'en passe de drôles au pays des fans du Boss !

Damien raccrocha. Il se sentait épuisé, laminé, son corps n'était que douleur.

– Vous pouvez dormir ici, Damien, lui proposa Anne.

– Je veux bien, oui. L'idée de faire le moindre pas m'épuise à l'avance. Demain, j'irai à Anvers… Si je suis en état de conduire.

– Vous ne serez pas en état. C'est moi qui conduirai. Je suis de repos… Je vais vous chercher un oreiller et une couverture. Le canapé est très confortable, vous verrez.

Quelques minutes plus tard, allongé sur le canapé, en un éclair de lucidité, Damien se demanda ce qu'il faisait là, à l'autre bout de la France, sur ses jours de congé, à mener une enquête qui n'en était pas une et à se faire casser la gueule par une brute en costume italien. Il sentit que son moral menaçait de s'effondrer comme un château de cartes quand il se rendit compte qu'en cet instant de détresse, il n'avait pas un endroit au monde où il aimerait réellement se trouver. En tout cas pas son terne appartement de fonction dont les murs suaient la solitude. Il pensa à Annelie, son étrange amante de tournée et eut envie de lui téléphoner. Il renonça et ferma les yeux avant que des larmes ne s'en échappent.

Les policiers belges furent à l'inverse des français, aimables et compétents. Il leur suffit de quelques minutes pour guider Damien vers le corps non identifié qui avait été retrouvé le 13 décembre non loin du Sportpaleis.

– On a fait circuler son ADN *via* Europol mais ça n'a rien donné, lui dit le légiste.

Damien avait un nœud dans le ventre, persuadé qu'il touchait au but. Il pensa à Anne qui l'attendait à l'accueil du commissariat et à ce qu'il allait devoir lui annoncer dans quelques minutes.

– Pas de papiers, pas de téléphone...

– Vous n'avez pas retrouvé une voiture dans les parages, une Clio ?

– Ça, je n'en sais rien, je suis médecin légiste, moi, pas garagiste ! Il faudrait voir ça avec les collègues.

Il marqua une pause puis prit une voix plus solennelle :

– Je vous préviens, il n'est pas joli à voir. Mais vous êtes de la partie, si j'ai bien compris.

– Oui. Les cadavres sont mon lot quotidien.

– Et il vous est arrivé quoi, si je puis me permettre ? Vous n'êtes pas très présentable non plus ! Qui c'est qui vous a mis dans cet état ?

– Quelqu'un qui cherchait la même personne que moi.

– Nous y voilà.

Damien frissonna – pas seulement à cause de la basse température de la chambre froide –, prit une bonne inspiration alors que le légiste ouvrait le tiroir coulissant dans lequel se trouvait le cadavre. Il ferma les yeux un bref instant et se demanda comment l'on pouvait infliger de telles souffrances à un être humain.

Il se demanda également s'il s'habituerait un jour et pourquoi il avait choisi ce métier.

– Je vous avais prévenu, dit le légiste. On s'est déchaîné contre ce pauvre type. Est-ce que c'est votre ami ?

– Oui. C'est lui.

– Je suis désolé.

Anne Gaillard n'était pas certaine que les larmes qui la submergeaient soient toutes pour Christophe Richard.

La mort de ce jeune homme qui n'était pour elle qu'un amant occasionnel la poussait à faire un bilan de sa vie sentimentale. Bilan rapide et affligeant. Des passades, deux passions avec des hommes mariés qui n'avaient pas quitté leur épouse et Christophe ces derniers mois. Elle n'avait été la femme de personne, jamais celle avec qui l'on construit. Elle aurait 50 ans bientôt, n'avait pas d'enfant, n'avait jamais rien été d'autre pour un homme qu'une maîtresse. Longtemps, elle s'était consolée en se disant qu'elle avait été follement aimée, que ses liaisons clandestines, par leur intensité, valaient mieux qu'un mariage maussade, mais ça ne prenait plus. Elle était fatiguée de la passion, de la fièvre, du manque, des rendez-vous cachés, du sexe débridé et rêvait d'une soirée à deux devant la télé, de ne plus faire ses courses seule, de nuits de sommeil aux côtés d'un homme.

Christophe était mort, et Anne avait le pressentiment qu'il serait le dernier homme à l'avoir aimée, à sa manière. En le pleurant, c'était de sa vie sentimentale et sexuelle dont elle faisait le deuil. De sa vie de femme.

Damien ne s'attarda pas dans l'église Saint-Charles-Borromée. Anne n'avait pas voulu l'accompagner et elle était sans doute en train de pleurer dans la voiture. Il ne voulait pas la faire attendre trop longtemps.

Le maréchal des logis-chef avait allumé un cierge et prié pour le repos de Christophe dont la vision du corps martyrisé, de sa mâchoire défoncée, de ses membres brisés, allait rejoindre son tragique musée mental. La vie d'un technicien d'identification criminelle était si pleine de fantômes qu'ils formaient dans sa mémoire un cimetière dont il ne cessait jamais de parcourir les allées. Une fois encore, la fraîcheur de l'église, son calme, les bruits de la ville tenus à l'écart et les mots rituels parvinrent à l'apaiser. Mais il repensa à la conversation téléphonique qu'il venait d'avoir avec son frère à qui il avait annoncé la nouvelle. Guillaume avait été brusque, pressé, sec, comme s'il ne voulait rien savoir. Il se refusait obstinément à faire le moindre lien entre les disparitions d'Isabelle, de Grégory et de Christophe. Les deux premiers étaient des suicides passionnels, la mort du maître nageur sans doute liée à ses dettes de jeu. Et non, la coïncidence ne lui paraissait pas étrange. Ce qu'avançait Guillaume se tenait, mais c'est la tonalité de la conversation qui perturbait Damien, et la certitude que son aîné lui cachait quelque chose.

Il repensa aux déclarations de sa mère et, comme elle, il était de plus en plus persuadé que quelque chose se tramait au sein de leur bande d'amis et de fans. Quelque chose qui lui faisait peur.

21

Aux premiers accords de *Downbound Train*, son riff si reconnaissable, Damien composa le numéro de portable de son frère. Avec le son si fort et les cris de la foule, il ne pouvait savoir si Guillaume avait décroché ou s'il était sur répondeur. C'était l'une de ses chansons préférées et Damien regretta une fois encore l'absence de son aîné à ces deux concerts londoniens.

L'Emirates Stadium était plein, quelque soixante mille personnes massées devant la plus grande scène qu'il ait jamais vue pour une tournée de Springsteen. La veille, pour la première des deux dates, Damien avait eu du mal à entrer dans le concert pourtant très bon. Il pensait à son frère, à ses trois amis disparus depuis le début du *Magic Tour*, à Annelie dont il avait vu plusieurs fois le visage radieux sur les écrans géants et à Danny Federici, l'organiste historique du E Street Band qui avait finalement succombé d'un cancer le 17 avril dernier. Damien s'était demandé ce qu'il éprouverait le jour où ce serait son idole elle-même qui mourrait.

Il avait évoqué cette question avec Annelie qu'il avait retrouvée après le premier show. Ils avaient fait trois fois l'amour, puis elle s'était laissée aller à parler d'elle, comment, pour la tournée *Devils & Dust*, elle avait pris quatre mois de congés sans solde, comment cette année, elle avait démissionné de son poste car son patron ne voulait pas lui accorder de vacances.

– Et tu vas faire quoi, après la tournée ? lui avait demandé Damien.

– Chercher du boulot.

– Mais tu te rends compte, tu…

– Bruce n'est pas éternel. Des tournées comme celle-là, il n'y en aura plus des dizaines, surtout pas avec le E Street Band. Je veux en profiter.

– Tu y penses, des fois, au jour où Bruce arrêtera… Ou même quand il mourra ?

– Non. Pas plus que je ne pense à la mort de mon père. Tu y penses tous les jours, toi, à la mort de ton père ?

– Je n'ai pas connu mon père, avait répondu Damien. Mais il m'arrive de penser à la mort de ma mère. Et pour être tout à fait honnête, je crois que je serai plus… désemparé le jour de la mort de Bruce que pour celle de ma mère ! Tu vas trouver ça horrible, ce que je dis, mais ma mère est une vieille femme, dans ma réalité quotidienne, sa mort fait partie de mon avenir. Alors que Bruce… Je ne sais pas, il a un côté irréel, mythique. Un côté faussement éternel !

La jeune femme avait souri en acquiesçant. Puis Damien, sans préméditer sa question, avait demandé :

– Est-ce que tu es amoureuse de Bruce ?

Annelie avait eu l'air étonné. Damien avait ajouté :

– Cet homme pourrait être ton père, il…

– Il est plus vieux que mon père !

Le gendarme avait souri.

– Tu vas à tous les concerts, chaque soir au premier rang, tu fais des heures et des heures de queue, tu quittes ton boulot… Je veux dire c'est… beaucoup. C'est beaucoup, non, il n'y a que l'amour qui peut faire faire tout ça.

– Je ne sais pas. J'aime cet homme, c'est sûr, j'ai le cœur qui bat quand il arrive sur scène, quand il s'approche du bord de la scène, mais… Je ne le désire pas, si c'est ça ta question. C'est autre chose. En fait, je ne voudrais même pas le rencontrer en dehors de la scène, je ne l'attends pas devant les hôtels ni rien, je n'ai pas d'autographes. C'est lui sur scène, en concert que j'aime, lui et sa musique qui comptent, qui font partie de ma vie. Autant que mon travail, mon fils, mon mari.

Damien en était resté bouche bée.

– Ton mari ! Tu es mariée ?

– Oui. Et j'ai un garçon de 2 ans.

Damien était si sonné qu'il n'avait rien trouvé à dire.

– Ça t'étonne ? avait ajouté la jeune femme.

Puis encore, face au silence du gendarme :

– Ça te choque !

– Heu… Non, non, avait menti Damien.

Elle s'était rapprochée de lui, avait cherché ses lèvres, y avait glissé sa langue alors que d'une main, elle s'était mise à caresser le sexe de son amant.

Damien, perdu, éperdu, s'était laissé faire puis s'était endormi pour se retrouver seul dans la chambre au matin, Annelie sans doute partie faire la queue devant le stade pour s'assurer la meilleure place au concert.

Elle y était, exactement face à Bruce Springsteen. Damien l'aperçut sur l'écran géant, à quelques centimètres de la star, et sentit son cœur se gonfler. Il savait très bien qu'il était en train de tomber amoureux et que ce n'était pas du tout une bonne idée.

Le groupe de Français était dans le *pit*, sur le côté gauche, face à Big Man, le saxophoniste. Damien délaissa l'écran et observa un à un ses amis – Armand, Julie, Pierre, Jean-Marc à l'écart, enregistrant le concert. Il repensa aux paroles de sa mère deux jours plus tôt au téléphone quand il lui avait dit qu'il partait à Londres pour deux concerts.

– Comment vous pouvez continuer ?

– Continuer quoi ?

– À aller au concert alors que trois d'entre vous sont morts ?

– Ça changerait quoi ?

– Rien, mais je ne comprends même pas que vous en ayez envie. C'étaient des amis, non ? Ça me paraît surréaliste que vous continuiez la tournée comme si de rien n'était.

Damien n'avait pas su quoi répondre, et la vieille dame avait ajouté :

– Est-ce que tu t'es demandé lequel d'entre vous serait le prochain ? Le prochain à mourir ?

Le concert se termina plus tôt que la veille. La bouche de métro la plus proche du stade était inatteignable tant la foule s'y pressait et les Français bifurquèrent dans une ruelle adjacente.

Armand, qui marchait aux côtés de Damien, lança :

– C'est n'importe quoi cette histoire des *requests* !

Depuis toujours, les fans réclamaient des chansons pendant les concerts, des raretés, leur titre fétiche. Souvent ils en criaient le nom pendant un moment de silence, parfois ils l'écrivaient sur des panneaux qu'ils brandissaient devant la scène. Depuis quelques semaines, depuis la reprise de la tournée aux États-Unis, Springsteen avait officialisé cette manie en récoltant quelques panneaux dans les premiers rangs de la foule pour y choisir certains titres de sa *setlist*. Aussitôt, le *buzz* avait couru sur le Net, et désormais des centaines de panneaux se dressaient dans la foule au moment où le chanteur, accompagné par son groupe se lançant dans un interlude instrumental, parcourait la scène pour faire sa récolte des titres qu'il jouerait ensuite.

– C'est plutôt marrant, non ? dit Damien.

– Ça fait jukebox. C'est dans le choix de ses chansons que Bruce est bon, dans la composition de son concert qui, au final, par l'enchaînement des titres, raconte une seule et même histoire. Alors s'il se met à jouer à la demande les titres qui font plaisir aux fans... Ça fait bête de cirque : regardez, moi et mon groupe on peut tout jouer, quand vous voulez, vous ne pourrez pas nous coller. C'est bon pour un groupe qui joue dans un bar d'hôtel, ou pour un mariage, pas pour le putain de E Street Band !

Damien sourit, comme toujours ravi par la mauvaise humeur d'Armand. C'est alors qu'il croisa le regard d'un homme qu'il connaissait mais sans parvenir à savoir d'où. Sans doute un fan croisé à plusieurs reprises en tournée. Un Français ? Certainement. Il était noir. Son nom ne lui revenait pas, ni le contexte de leurs précédentes rencontres.

Éric Sangaré ferma les yeux un instant et prit une profonde inspiration pour tenter de se calmer. À Londres pour affaires, il avait appris que Springsteen y était en concert en découvrant par hasard des affiches sur des murs et des flancs de bus. Il avait aussitôt été persuadé que Julie y serait alors qu'elle avait Nathan ce week-end-là. Il l'avait appelée sur son portable et au son caractéristique de la sonnerie, avait su qu'il avait raison.

– Tu es où ?

– Je fais des courses.

– À Londres ?

Il y avait eu un silence.

– Est-ce que Nathan est avec toi ?

– Nathan ?

– Il est où ?

– Chez maman.

Éric avait soupiré, persuadé qu'elle mentait.

– Pourquoi tu ne me l'as pas confié ce week-end ? Pourquoi tu ne m'as rien dit ?

– Ça s'est décidé au dernier moment.

L'échange avait ensuite rapidement dégénéré et Julie avait raccroché puis coupé son téléphone.

Toute la journée, Éric avait essayé en vain de la joindre et, sentant monter sa colère, s'était persuadé que son fils était à Londres et que c'était l'occasion de vider son sac, d'avoir enfin avec sa mère la conversation qu'il remettait sans cesse à plus tard. Si Nathan assistait à ce concert sans qu'il en ait été averti, il aurait l'ascendant sur Julie qui se sentirait prise en faute.

Il avait repoussé son retour au lendemain matin, invoquant un dîner d'affaires incontournable pour se justifier auprès de Nathalie. Après sa dernière réunion, il s'était rendu à l'Emirates Stadium où il avait acheté à prix d'or un billet à un vendeur à la sauvette. Puis, à l'intérieur du stade, il avait acheté des bouchons d'oreilles et des jumelles de théâtre en plastique. Il savait qu'il devait chercher Julie dans le *pit* et n'avait eu aucune peine à la repérer sur la gauche de la scène, dans cette zone où deux mille fans pouvaient aller et venir sans peur de se retrouver ensuite au fond du stade. Nathan n'était pas aux côtés de sa mère. Éric n'en aurait pas moins avec elle la conversation sans détour qu'il aurait dû provoquer depuis longtemps.

Il avait suivi le concert depuis les tribunes, ne lâchant pas Julie un seul instant de ses jumelles de théâtre, préparant mentalement les phrases qu'il comptait lui dire et qu'il ressassait en vérité depuis des mois. Il s'était précipité ensuite vers la sortie du *pit* et s'était retrouvé face au gendarme ! Il l'avait immédiatement reconnu. Damien Le Guen qui, lui, ne semblait pas l'avoir remis.

Julie le vit aussitôt et accéléra le pas pour se fondre dans la foule joyeuse que le stade vomissait sans fin. Il se jeta lui-même dans le flux, bouscula ceux qui se trouvaient sur son chemin et déboucha sur la pelouse d'un parc. Essoufflé, il scruta l'obscurité soudaine et aperçut enfin Julie qui marchait en avant. Il se mit à courir sur l'herbe pour la rattraper. Le parc était vaste, sans éclairage urbain, trouée de nuit noire au cœur d'une ville de lumière.

Tout alla si vite ensuite.

– Qu'est-ce que tu fous là !

– Il faut qu'on parle, Julie.

– Mais t'es dingue !

– Où est Nathan ?

– Tu me suis ? Tu m'espionnes ? Qu'est-ce que tu fous à Londres ?

– Où est mon fils ?

– Il est chez sa grand-mère, ton fils ! Je te l'ai déjà dit ! Qu'est-ce que tu me veux ?

Éric sentait que son assurance était en train de se fissurer. Que faisait-il là, à Londres, dans ce parc, à la nuit tombée ? La légitimité de sa démarche lui semblait soudain fragile et il pressentait qu'il n'allait rien pouvoir dire de ce qu'il avait prévu.

– Ça ne peut plus durer, Julie.

– De quoi tu parles ?

Ce n'était pas l'endroit, ce n'était pas le jour ni le lieu. Qu'est-ce qui lui avait pris ? Il se lança pourtant :

– De tout. De toi. De Nathan. Tu vas mal, Julie, tu ne peux plus t'occuper seule de Nathan ! Je vais demander sa garde. Tu vas te faire soigner. Tu verras, tout ira mieux ensuite.

– Jamais.

Elle avait répliqué avec une telle rapidité qu'Éric se dit aussitôt qu'elle s'attendait à cette demande, qu'elle la craignait.

– Jamais. On ne me prendra pas mon deuxième enfant.

Son timbre était rauque et grave.

– Personne ne veut te le prendre. C'est juste un changement de rythme. Il y aurait les week-ends, les…

Il sentit une brûlure sur sa joue. Elle l'avait griffé, voulait maintenant le gifler.

– JAMAIS !

Elle avait hurlé, il voulut la faire taire. Il la saisit par les bras mais elle se débattit en criant.

– Calme-toi. Julie, arrête !

Elle tremblait, criait, râlait. Éric prit peur, tenta de la ceinturer. Elle rua de plus belle.

– Mais arrête ! Tais-toi ! TA GUEULE !

Il criait à son tour. Julie se dégagea, voulut partir en courant. Il la rattrapa, hors de lui, la tira violemment en arrière par un bras et la sentit tomber.

– Tu vas m'écouter maintenant, commença-t-il, mâchoires serrées.

L'obscurité s'était encore épaissie et il s'agenouilla pour empêcher Julie de fuir de nouveau. Mais elle ne bougeait pas. Soudain glacé, Éric s'approcha d'elle, l'appela. Il se pencha sur son visage, passa sa main dans ses cheveux.

– Julie ?… Julie !

Il souleva sa nuque, sentit la chaleur du sang qui coulait, l'arrête de la pierre au sol.

On arrivait. Des voix approchaient. Il se mit à courir, percuta un homme, chuta lourdement. On l'interpella en anglais. Il se releva, sentit une main qui l'agrippait. Il se dégagea, se remit à courir, comprit qu'on se lançait à ses trousses. On criait maintenant.

Il courut dans la nuit, droit devant, la poitrine en feu, des larmes chassées de ses yeux par la vitesse. Les cris le suivaient de près. Il se précipita vers la foule à la sortie du parc, s'y noya.

Il s'accroupit, cherchant l'air. Il sanglotait, sans cesse bousculé par les spectateurs qui, sans un regard pour lui, s'éloignaient du stade en riant, en s'interpellant, en commentant le concert, flot de jambes qui s'écartaient à peine à son écueil.

Éric tomba à genoux et se mit à vomir, ne sachant s'il était ou non un tueur. Si Julie était encore de ce monde.

– Elle respire ! cria Damien Le Guen.

Un policier arrivait en courant sur la pelouse obscure, lampe torche à la main. Déjà, le son d'une sirène approchait.

22

Guillaume Le Guen reposa son portable sur la table de chevet. Il ferma les yeux, soudain noué.

– Un problème ? lui demanda Patricia Vilquin.

Il rouvrit les paupières et tourna son visage vers celui de la femme.

– Non, tout va bien. Pardon. Dans mon métier, je ne peux jamais être injoignable.

Elle lui sourit, le trouvant beau, n'en revenant pas d'être allongée à ses côtés, d'avoir accepté de passer chez lui prendre un verre, de ce souffle de vie qui venait soudain d'entrer en elle si peu de temps après que la mort s'était invitée au cœur de son existence. Se sentait-elle coupable ? Non. Aimait-elle moins le souvenir de Jean-Claude ? Non. Elle se sentait bien. Amoureuse. Elle n'en revenait pas.

Quelle heure pouvait-il être ? Le cœur de la nuit, sans doute.

Guillaume se rapprocha d'elle, posa sa tête sur son épaule. Elle l'enlaça et il se blottit en fermant les yeux, ne pouvant s'empêcher de repenser à ce que venait de lui révéler son frère. Après Isabelle, Grégory, Christophe, Julie était entre la vie et la mort… Il regrettait d'avoir décroché, de ne pas avoir coupé son téléphone. Il ne voulait rien savoir, ni de cette foutue tournée ni de cette affaire de lettres anonymes. Il voulait qu'on le laisse tranquille, qu'on lui foute la paix, pour une fois, pour une fois depuis tant d'années qu'il était policier. Il voulait s'abandonner à l'amour, à la sensation de vivre enfin qui était en train de germer en lui.

Il soupira. Patricia resserra son étreinte.

Elle venait de passer une nuit extraordinaire et se sentait pétrie de tendresse pour l'homme qu'elle tenait dans ses bras.

La veille au soir, ils s'étaient embrassés pour la première fois dans la salle de séjour, sur le canapé peu confortable de Guillaume. Ils s'étaient enlacés, elle avait perçu son désir. Elle avait aussi eu envie de lui. Dans la chambre, elle l'avait trouvé délicieusement maladroit, se cognant dès qu'elle avait recouvert la lampe d'un foulard. Ils avaient mis une bonne heure à se déshabiller, allongés sur le lit, se couvrant de baisers, de caresses, s'immobilisant souvent comme pour prendre le temps de s'assurer qu'ils étaient bien dans les bras l'un de l'autre. Attentif et doux, bien que la désirant, Guillaume n'avait pas réussi à la pénétrer. Il en avait semblé bouleversé et aussitôt, elle lui avait dit que si elle était un homme, jamais elle ne parviendrait à faire l'amour la première nuit, que c'était trop d'émotion, qu'elle prenait son trouble pour un gage de sincérité. Elle avait alors effleuré son sexe, l'avait massé doucement tout en le regardant dans les yeux. Elle avait senti la main de son amant descendre le long de son ventre. Il s'était mis à la caresser et ils avaient ainsi fait l'amour jusqu'à ce que Guillaume jouisse dans un cri presque féminin. Elle lui avait souri quand il avait rouvert les yeux, comme égaré. Il l'avait embrassée, sur les lèvres, dans le cou, sur les seins. Il avait fait peser sa joue sur son ventre et elle avait fermé les yeux. Quand elle avait senti son premier baiser sur son sexe, elle avait voulu le repousser. Mais il avait écarté ses mains et, avec autorité, s'était placé entre ses jambes. Il l'avait aimée avec les lèvres, avec la langue et elle avait fini par se laisser aller à cette étreinte, sentant monter le plaisir et prenant les cheveux de son amant à pleines mains pour l'attirer encore plus en elle. Elle avait joui à son tour, se cambrant contre son visage. Elle n'en revenait pas de s'être abandonnée si vite, d'une façon si intime.

Ils s'étaient enlacés de nouveau ; elle avait été troublée de sentir le goût de son propre sexe sur la langue de son amant. Ils avaient somnolé quelques minutes dans les bras l'un de l'autre. Guillaume avait ensuite essayé de la pénétrer, sans plus de succès, confus, ému. Il l'avait alors caressée, elle avait joui une deuxième fois. Elle avait eu soudain envie de le prendre dans sa bouche, chose qu'elle n'avait jamais aimé faire et l'avait ainsi mené à l'orgasme. Ils s'étaient tous deux endormis en même temps, Patricia avec la pensée ravie que leurs corps s'étaient trouvés si vite, que les barrières étaient si rapidement tombées. Émerveillée que l'émotion de Guillaume leur eût permis de commencer à s'aimer si différemment. Ils avaient dormi l'un contre l'autre jusqu'à ce que la sonnerie du portable du commissaire les réveille.

Guillaume releva le visage et croisa les yeux de son amante. Il passa un bras autour de son buste, déposa un baiser sur son sein. Il repensa à leurs caresses, eut un frisson à l'idée qu'il n'avait pu lui faire l'amour.

Il y eut un silence. Le vacarme d'une moto passa dans la rue.

– Je ne sais pas si j'ai le droit de vous le dire, mais je suis amoureux de vous, Patricia.

– Pourquoi n'auriez-vous pas le droit ? Parce que je suis veuve ? Parce que j'aimais mon mari ?

– Parce que j'ai peur d'aller trop vite… J'ai peur que ça sonne comme un cliché, mais j'ai l'impression d'aimer pour la première fois.

Elle lui sourit, avec ces petits plis qui se formaient à la commissure de ses lèvres qu'il trouvait si jolis.

– Moi aussi j'ai un cliché à dire, quelque chose qui va sonner comme dans un roman de gare… Je suis en train de tomber amoureuse aussi, Guillaume, mais…

Guillaume l'empêcha de terminer sa phrase en déposant un baiser sur sa bouche. Il glissa sur elle.

– Je vous aime, Patricia.

Elle eut un mouvement de stupeur en sentant qu'il était en elle.

Quand Guillaume se réveilla, il faisait jour. Patricia dormait encore. Soudain assailli par les soucis, les dossiers en retard au SRPJ, celui, brûlant, des lettres de menaces qui lui avaient valu des réprimandes après la mort – pouvait-on dire l'assassinat ? – du chien de la fille du maire, les mots prononcés par Damien dans la nuit, le commissaire se leva en prenant garde de ne pas éveiller sa maîtresse.

Il traversa ensuite le séjour, jeta un œil par la fenêtre sur le quartier Antigone. Il se sentait à la fois exalté et fatigué, amoureux et très las de sa vie. Il avait des envies de fuite, d'escapade, d'abandon. Il s'immobilisa. On venait de frapper deux coups légers à la porte d'entrée de son appartement.

Il tendit l'oreille et perçut un mouvement dans le couloir. Précautionneusement, il ôta la chaîne de sécurité, tourna la clé puis ouvrit la porte d'un coup.

Un cri.

– Madame Robert !

La vieille voisine, un cabas à la main, s'était figée devant la vision de Guillaume entièrement nu.

– Bon… Bonjour commissaire…

Guillaume vit aussitôt l'enveloppe kraft sur son paillasson.

– Tout va bien. Vous pouvez sortir faire vos courses, le secteur est sécurisé… Je vais enfiler un pantalon. Bonne journée, madame Robert.

– Bonne journée, commissaire…

Guillaume repoussa la porte sans la fermer, traversa le séjour, trouva son pantalon, revint sans bruit dans sa chambre pour y récupérer son téléphone et composa le numéro du bureau.

La nouvelle standardiste répondit aussitôt.

– C'est Guillaume… Le Guen, précisa-t-il avec humeur. Commissaire Guillaume Le Guen. Passez-moi Ballard, ou Karim.

Téléphone à l'oreille, il revint vers la porte d'entrée. L'adjudant Ballard le salua enfin à l'autre bout du fil.

– Salut Fabrice. Est-ce que tu peux rappliquer fissa chez moi avec ton matériel ?

– Chez toi ?

– Oui. Ça a recommencé.

– Qu'est-ce qui a recommencé ?

– Une lettre.

– Une lettre ? Tu veux dire…

– Oui. Sur mon paillasson, déposée ce matin. Je n'ai touché à rien, je t'attends. Même type d'enveloppe. Tu te doutes de ce qu'elle contient.

– Une douille ?

– Oui, une douille. Et cette fois, c'est à moi qu'elle est adressée.

Julie Martin avait repris connaissance un court instant. Elle dormait pour le moment, en observation. Un médecin, grande femme à l'accent écossais, avait dit à Damien qu'elle allait s'en sortir mais qu'elle l'avait échappé belle.

Deux policiers étaient venus prendre la déposition de Damien, qui avait peu à dire, n'ayant rien vu sinon la silhouette de l'agresseur prendre la fuite dans la nuit. C'était un homme, de cela il était certain. Non, il ne connaissait aucun ennemi à Julie, ne pouvait imaginer la moindre raison d'en vouloir à sa vie. Damien n'avait pas été à l'aise pendant cette courte entrevue, ayant fait le choix de ne pas évoquer les disparitions des concerts précédents. C'était tellement incroyable ! Et pourtant… Que se passait-il ? Quelqu'un était-il vraiment en train de tuer un à un les membres de leur groupe ? C'était si incroyable que Damien en venait à douter. Isabelle et Grégory morts par passion ? Christophe à cause de ses dettes de jeu ? Julie agressée par un malade mental ? Des coïncidences, de tragiques coïncidences ? Une série noire ? Après tout, c'était peut-être plus vraisemblable que la théorie d'un tueur en série s'appliquant à éliminer des fans de Bruce Springsteen…

Damien soupira. Il faisait chaud dans cette chambre et il alla entrouvrir la fenêtre qui donnait sur l'arrière de l'hôpital. Il voulait rester au chevet de Julie pour qu'elle ne soit pas seule à son réveil. Pierre avait téléphoné pour prendre de ses nouvelles. Il avait aussi un message d'Annelie qui, après le concert, aurait bien aimé le retrouver. Il ne l'avait pas rappelée pour le moment, ne sachant quoi penser, sinon qu'elle lui manquait. Mais il était encore sous le choc de sa révélation. Mariée, un enfant. Et combien d'amants puisqu'elle avait affirmé qu'elle devait absolument faire l'amour après un concert de Springsteen et que visiblement, son époux restait à la maison pour garder leur fils ?

Damien tendit l'oreille. Il reconnut aussitôt la chanson : *Something In The Night*. Il fronça les sourcils, s'approcha de nouveau de la fenêtre, l'ouvrit en grand. Le son monta d'un cran, il pouvait distinguer la voix de Springsteen, les paroles qu'il connaissait par cœur. Il se pencha. L'arrière de l'hôpital donnait sur une ruelle étroite et déserte. Une voiture était rangée, d'où s'échappait la chanson. Une alarme interne se déclencha en Damien. Cette fois, ce ne pouvait être une coïncidence.

Il quitta aussitôt la chambre, se précipita vers les ascenseurs. L'un d'eux s'ouvrit, dans lequel il s'engouffra. Il réfléchissait vite, mais la collision de ses idées ne le menait à rien. Il sortit au rez-de-chaussée, croisant un homme pressé. Damien s'immobilisa. C'était le même homme noir qu'à la sortie du concert la nuit précédente, ce type qu'il était certain de connaître sans savoir d'où. Une coïncidence, encore ? La porte de l'ascenseur se referma. Damien hésita un instant : devait-il aller jusqu'à la voiture ou rattraper celui qu'il venait de croiser et dont il ne parvenait toujours pas à se remémorer l'identité ? Il opta pour la voiture, sortit de l'hôpital et en fit le tour en courant.

Éric Sangaré ferma les yeux dans l'ascenseur et tenta de calmer sa respiration. Julie était en vie, il venait de l'apprendre après une nuit de cauchemar. Il n'était pas un assassin, Nathan avait toujours sa mère. Il n'aurait jamais dû fuir, s'en voulait terriblement.

Arrivé au troisième, les portes coulissantes s'ouvrirent en tintant. Éric se précipita, hésita sur la direction à prendre, repéra les numéros de chambre sur le mur. Il marchait si vite qu'il courait presque, sa poitrine était gonflée, il avait envie de pleurer. Il s'arrêta devant la chambre. La porte était entrouverte. Il entra, s'immobilisa.

Un homme portant une blouse de médecin se tenait près du lit, appuyant un oreiller contre le visage de la patiente. Il se retourna brusquement, dévisagea Éric. De surprise, il avait lâché l'oreiller qui glissa au sol. Il portait des gants en latex. Sur le lit, Julie était inerte. Morte.

Le temps sembla se suspendre. Chacun des deux hommes était stupéfait.

Comme des corps sous une lumière stroboscopique, les pensées d'Éric se bousculèrent à un rythme fractal. Il avait déjà vu cet homme. Julie était morte. Comment l'annoncer à Nathan ? Devait-il appeler ? Fuir ? Fuir quoi ? Ou qui ? Le tueur ? Lui-même ?

Brusquement l'homme poussa Éric des deux mains avec une telle violence que sa tête cogna contre le mur. Étourdi, il tomba au sol et vit son agresseur disparaître. Il se releva aussitôt, les jambes molles. Il fit un pas mal assuré dans le couloir, chercha le tueur du regard, l'aperçut qui s'engouffrait dans l'escalier de secours. On venait. Un infirmier, qui fronça les sourcils en le voyant à l'entrée de la chambre. Éric regarda en arrière, le lit, le corps sans vie de Julie. L'infirmier approchait, accélérait le pas.

Éric prit la fuite en courant. L'infirmier l'interpella. Il percuta une patiente en pantoufles qui marchait en traînant un trépied sur lequel était fixé un goutte-à-goutte. La femme manqua de tomber, cria. Éric s'engouffra dans l'escalier de secours. Il dévala les trois étages, se jeta dans les portes battantes, renversa un chariot chargé de matériel médical, tomba de tout son long. Quand il se releva, une vingtaine de personnes le dévisageait. Du coin de l'œil, Éric accrocha l'objectif d'une caméra de surveillance. Il détala en direction de la sortie au moment où l'infirmier du troisième étage arrivait à son tour en bas des marches en hurlant d'arrêter cet homme, qu'il avait tué une femme.

À l'arrière de l'hôpital, la voiture était vide, portes verrouillées, Springsteen à plein régime à l'intérieur. Damien était en train de noter le numéro de la plaque minéralogique et les coordonnées du loueur quand il entendit des cris. Il se retourna, vit un homme de couleur traverser la rue en courant. Il le reconnut aussitôt comme celui qu'il avait croisé deux fois ces dernières heures, à la sortie du concert et quelques minutes plus tôt dans l'hôpital. Et tout lui revint brusquement : New York, l'été 2000, les derniers concerts du *Reunion Tour* au Madison Square Garden. Éric, l'ex de Julie.

Damien ferma les yeux, un pressentiment venant de le frapper au ventre. Julie. Il s'était fait avoir. La voiture n'était qu'un leurre. Julie…

23

Patricia Vilquin fut réveillée par des voix, des pas, des sonneries de téléphone. Elle ouvrit les yeux, fronça les sourcils. Il lui fallut quelques secondes pour reprendre pied dans la réalité : elle était dans le lit du commissaire Le Guen, elle était amoureuse.

Elle s'assit, ramassa ses vêtements. Les volets étaient baissés mais le jour filtrait.

Quand elle passa la tête par la porte de la chambre, elle eut l'impression immédiate d'être plongée dans un film. Des hommes en combinaison blanche agenouillés près de la porte d'entrée, des policiers en uniforme, des talkies-walkies qui crachotent.

Soudain tout se figea. Les policiers l'avaient vue et chacun s'immobilisa. Patricia ne put s'empêcher de penser qu'elle devait être horrible au saut du lit, décoiffée, pas maquillée, les traits tirés par une nuit presque blanche. Elle pensa qu'elle devait avoir l'air de ce qu'elle était : une femme sortant des bras de son amant.

– Bonjour Patricia, lui dit Guillaume alors que ses collègues, fusillés du regard par leur supérieur, reprenaient leurs activités d'un air faussement détaché. Je suis désolé pour tout ça. Venez…

Il la prit par l'épaule, comme pour la protéger, la dissimuler aux regards en coin, et l'entraîna vers la cuisine dont il referma la porte derrière eux.

– Qu'est-ce qui se passe ?

– Je vous expliquerai, ne vous inquiétez pas. Ce n'est pas ainsi que j'avais imaginé les choses. Je comptais descendre acheter des croissants, vous apporter le petit-déjeuner au lit…

Ils se regardèrent, il eut un léger soupir, s'avança, l'enlaça. Un frisson courut de l'un à l'autre.

– Bonjour Patricia…

– Bonjour Guillaume.

Ils se turent un instant, savourant la chaleur qui s'emparait d'eux.

– Je… Je vais aller dans la salle de bain, si c'est possible.

– Oui, bien sûr. Vous ne voulez pas un café, d'abord ?

– Non, je voudrais me rendre présentable…

– Ils vont bientôt partir… Ils ont presque fini. Il va falloir que j'y aille aussi. Une urgence, je…

– Vous m'expliquerez ?

– Oui.

Il lui fit un sourire timide.

– Vous savez, ce n'est pas toujours comme ça !

– Quoi ?

– Le réveil, chez un flic.

Elle sourit à son tour.

– Il y a des jours… normaux ! Enfin parfois…

Elle tendit le cou vers lui qui se pencha pour déposer un baiser sur ses lèvres.

– Je file à la salle de bain…

Guillaume la regarda sortir de la cuisine, eut envie de la suivre, de l'enlacer, de l'entraîner de nouveau vers la chambre. L'adjudant Ballard se planta devant lui.

– Bon. Pas de doute, la lettre, la douille, tout est identique. Ce qui est identique aussi, c'est qu'on ne va rien trouver du tout. Commencent à me courir, les p'tits malins qui font ça !

Guillaume réfléchissait vite. Pourquoi le maire, le président du conseil général et l'adjoint au maire ? Pourquoi ces animaux domestiques massacrés (lui au moins n'en avait pas !) ? Et pourquoi le tout à un rythme si irrégulier, sur tant de semaines et sans revendications ? Il n'y comprenait rien. Les techniciens s'étaient cassé le nez sur les douilles, sur les enveloppes et les autopsies des bestioles n'avaient rien donné… La pression montait, on lui demandait des comptes, on commençait à lui reprocher de ne pas avoir déjà résolu cette affaire. Et pourquoi une nouvelle enveloppe chez lui ce matin ? Une dernière question lui vint : et si tout ce cirque n'avait pour but que de l'atteindre lui ? S'il était la cible depuis le début ?

Comme chaque fois qu'il prenait l'Eurostar et que la rame s'engouffrait dans le tunnel sous la Manche, Damien Le Guen pensa aux milliers de tonnes d'eau de mer, aux poissons et aux bateaux qui se trouvaient au-dessus de sa tête. Il bâilla pour déboucher ses oreilles et revint aux dernières heures qu'il venait de passer à Londres.

Il avait raconté aux policiers anglais ce qu'il savait, qu'un homme avait agressé Julie dans le parc à la sortie du concert et qu'il avait croisé deux fois son ex-époux, Éric Sangaré, en quelques minutes, au stade et dans les couloirs de l'hôpital. Il avait également parlé de la voiture rangée à l'arrière de l'hôpital mais qui n'y était plus quand il y avait accompagné une enquêtrice du nom de Kelly Trattner. Cette dernière n'était pas convaincue qu'il y ait un lien quelconque entre la mort de Julie et ce véhicule et, avant de reprendre le train pour Paris, Damien s'était assuré que cette piste ne serait pas abandonnée trop vite. Bien que ce soit dimanche, en trois coups de téléphone, il était parvenu à joindre le loueur de la voiture qui, de mauvaise grâce, lui avait expliqué que le véhicule avait été rendu à la gare de Saint-Pancras. Il se souvenait de celui qui l'avait loué la veille : pas un Anglais, un type qui avait un drôle d'accent, un peu comme celui de Damien. Non, il ne saurait pas le décrire, il n'avait pas pour habitude de regarder les hommes, en revanche, il était catégorique : ce n'était pas un homme de couleur. Avant d'embarquer, Damien s'était rendu sur le parking réservé aux loueurs de voitures et avait retrouvé le véhicule de l'hôpital. Il avait téléphoné à Kelly Trattner, avait eu la sensation de la déranger, de l'irriter, mais lui avait tout de même donné ces informations et le numéro de la place de parking en espérant que ses collègues de l'identification criminelle britannique feraient leur boulot. Puis il avait passé la douane pour rentrer en France, excité, fébrile, inquiet.

Il ne savait rien d'Éric Sangaré, se souvenait à peine de lui, à New York, en 2000, sinon de son visage incroyablement tragique quand il était redescendu au restaurant de l'hôtel pour annoncer à Julie que leur fils aîné était entre la vie et la mort. Julie n'avait pas pleuré, pas dit un mot, pas bougé. Elle était restée immobile, statufiée alors que Sangaré avait fondu en larmes dans ses mains jointes. Il ne l'avait jamais revu depuis, avait suivi de très loin le récit du divorce car comme tous ceux du groupe de fans français, il avait l'habitude de ne pas vraiment écouter Julie que chacun trouvait gentille mais saoulante.

Elle était morte désormais, comme Isabelle, Grégory, Christophe. Elle avait été assassinée, à Londres. Par son ex-époux ? Pourquoi ? Et que penser de cette voiture louée par un homme blanc à l'accent français ?

Damien soupira. Il était fatigué et décida d'essayer de dormir un peu.

Il n'y parvint pas. Quand le train ressortit de sous la mer, il composa un SMS :

Je n'ai pas pu te répondre plus tôt. Je t'expliquerai. J'aimerais que l'on se revoie. Je serai au concert de Hambourg, le 21 juin. Et toi ? Damien.

Il hésita, puis envoya ces mots à Annelie, le regrettant aussitôt.

Le silence flottait pesamment sur la salle de réunion. Personne n'aimait les lundis matins au SRPJ de Montpellier, mais en ce

2 juin, nul ne les détestait plus que les collaborateurs du commissaire Guillaume Le Guen.

Ce dernier était à cran, impatient et nerveux. Chacun en avait pris pour son grade sans raison valable. Était-ce son régime qui le mettait dans cet état ? Les fluctuations de poids du commissaire faisaient partie de la vie de ses collègues, et tous avaient remarqué qu'après avoir pris des kilos à l'automne (en devenant grand-père ?), il avait beaucoup maigri au premier trimestre de l'année en cours. En général, c'était bon signe, chez lui. Pas cette fois. Depuis des semaines, les plus anciens de ses collaborateurs ne le reconnaissaient pas et aujourd'hui, sa fébrilité, son irritabilité ne faisaient qu'accroître leur désarroi.

Il les regardait, chacun leur tour. L'air vibrait encore après son coup de gueule. Il attendait des suggestions, des idées, des initiatives. Mais personne, pas plus que lui, ne parvenait à comprendre à quoi rimaient ces lettres de menaces, et encore moins la dernière arrivée à son domicile. Qu'il soit la cible de cette machination, comme il venait de le suggérer, n'avait pas convaincu son équipe. Pourquoi s'en prendre d'abord au maire, au président du conseil général, à l'adjoint au maire ? Ça ne tenait pas, et pourtant, Le Guen s'accrochait à cette idée avec une obstination déraisonnable et despotique.

– Annick ? Tu allais dire quelque chose !

La jeune lieutenant, fraîchement arrivée à Montpellier, dodelina de la tête pour infirmer.

Fabrice Ballard, le technicien, décida de formuler l'idée qui lui trottait dans la tête depuis un bon quart d'heure :

– Et Carneiro ?

– Carneiro ? répéta Guillaume.

– Pier Mario Carneiro.

– Oui, j'avais compris. Qu'est-ce que tu veux dire ?

– Il vient de sortir de prison, non ?

– Il y a trois semaines.

– C'est bien toi qui l'y avais mis, après une traque de deux ans qui a fait de vous des ennemis… plus ou moins personnels, non ?

– Les premières lettres datent de bien avant sa sortie, opposa Annick.

– Et alors ? Des types comme Carneiro font ce qu'ils veulent même depuis une cellule.

Guillaume fronça les sourcils. Carneiro, homme de culture, bienfaiteur de nombreuses associations caritatives, *people* incontournable du département, avait le bras long, des amis haut placés qui, des années durant, avaient couvert ses magouilles immobilières et financières. De la merde dans un bas de soie, comme le commissaire, reprenant les mots de Napoléon, l'avait dit au procureur de la République quatre ans plus tôt alors qu'il se battait seul contre sa hiérarchie et le parquet. Sa mise en examen avait été un scandale retentissant qui aurait coûté son poste à Guillaume si elle n'avait abouti à une condamnation. Évidemment, sa peine avait été écourtée, ce qui rendait le commissaire malade. Serait-il possible qu'il cherche à se venger de ces quelques mois à l'ombre ? N'avait-il pas juré à Guillaume qu'il lui ferait la peau ? Mais pourquoi des lettres au maire, au conseil général ? Par ses activités avant sa captivité, il avait été également en contact avec ces hommes. S'était-il senti lâché par eux au moment du procès ? Il l'avait été, bien évidemment...

La théorie lui plaisait, et le commissaire sentait l'excitation monter. C'était une idée, au moins, la première depuis le début de cette affaire. Il sentait le besoin de s'y accrocher, d'y accrocher sa colère et son désarroi.

Il leva la réunion, s'isola dans son bureau. Il avait besoin de réfléchir.

Une heure plus tard, il téléphonait au procureur. Il était absent, on lui passa Martial Jannicot, un substitut que Guillaume connaissait, en qui il avait confiance. La conversation fut courte : le parquet ne voulait plus rien entendre concernant Pier Mario Carneiro. Il avait purgé sa peine, il était un citoyen libre et il était hors de question qu'on l'inquiète sans la moindre preuve, qu'il soit lié de près ou de loin à cette affaire de lettres de menaces.

Guillaume raccrocha et resta quelques secondes immobile. Martial Jannicot n'avait pas hésité une seconde à sortir son discours sur Carneiro, ce qui suggérait qu'il s'agissait de consignes venant d'en haut. Une nouvelle onde de colère traversa le commissaire, qui fit valser son téléphone de la main, l'engin allant se fracasser au sol. Il se leva en renversant sa chaise, si furieux qu'il décida d'aller faire un tour pour ne pas se déchaîner davantage sur le mobilier.

Il faisait doux dehors, presque trop chaud. Le portable du commissaire vibra dans sa poche. Son cœur se gonfla aussitôt. Mais ce n'était pas Patricia, seulement son frère Damien. Il refusa l'appel.

Il avait envie de courir chez Patricia, de la surprendre, de lui faire l'amour. De s'abandonner au présent, sans plus penser à rien qu'à l'instant. Sans plus penser à Julie, Christophe, Grégory, Isabelle. Sans plus penser à Pier Mario Carneiro, ce fils de pute.

Soazig Morinet-Couédic fermait les volets de sa malouinière quand le téléphone sonna. Elle était à l'étage et n'eut pas le courage de dévaler les marches pour prendre l'appel. À quoi bon ? Que pouvait-il y avoir de si urgent, de si important ? Plus rien ne valait la peine de courir. Et puis le répondeur était en marche.

C'était l'heure la plus difficile de ses journées, celle où le manque de Grégory était le plus aigu. Le soir était là, l'agitation reposée, le silence s'installait, la solitude. C'était toujours Grégory qui fermait les volets, ce qui prenait du temps car la maison était grande. Mais il aimait ce rituel, ce sentiment de rentrer dans sa coquille, de refermer les battants de bois sur sa famille, sur son petit monde. Grégory avait toujours été un époux et un père protecteur, même si dans le couple, c'était elle qui prenait les initiatives, qui donnait le ton. Il lui manquait si douloureusement. Le regret de n'avoir su lui pardonner de son vivant la torturait quotidiennement. Ils n'avaient pas refait l'amour après Madrid, elle l'avait battu froid comme s'ils avaient la vie devant eux pour soigner leurs plaies, pour se réconcilier, pour oublier les égarements. Il lui avait demandé pardon, l'avait suppliée à genoux. Elle lui aurait pardonné, elle le savait, mais s'était dit qu'il méritait bien quelques mois de purgatoire. Sans doute, si cette Isabelle n'était pas morte, aurait-elle su pardonner plus facilement, si Grégory avait mis fin à leur relation pour la reconquérir, elle. Curieusement, c'était le décès de la maîtresse de son époux qui avait détruit son couple.

Elle ferma les derniers volets. Un jour de plus qui s'achevait. À quoi bon ? À quoi bon un lendemain ?

Elle redescendit au rez-de-chaussée, se servit un verre de whisky, un « bonnet de nuit », comme disait Grégory. Le voyant rouge du répondeur clignotait. Elle appuya sur « Lecture ».

« Bonsoir. C'est Damien. Damien Le Guen. Je ne sais pas si vous vous souvenez de moi. On s'est vus à Madrid. Je suis, j'étais, un ami de Grégory. Springsteen, vous savez ? J'aurais aimé vous parler, si vous le voulez bien. Voici mon numéro de portable… N'hésitez pas. À n'importe quelle heure. »

Soazig rappela aussitôt, comme si elle avait attendu sans le savoir cet appel pourtant imprévisible.

– Damien Le Guen.

– C'est Soazig Morinet. Vous m'avez laissé un message.

– Oui Soazig, merci de me rappeler si vite.

Il y eut un blanc. De toute évidence, le gendarme cherchait ses mots.

– Je… Ça fait longtemps que je veux vous téléphoner, on ne se connaît pas bien, mais… Je pense souvent à Grégory.

– Il n'est jamais trop tard, Damien. Votre appel me fait plaisir.

– J'aurais voulu être à l'enterrement…

– Il n'y avait personne à l'enterrement. Personne parmi vous, je veux dire, ses amis de tournée, ses amis de rock.

Il y eut un autre silence, que Soazig combla au plus vite :

– Ce n'est pas un reproche, Damien... En plus, vous, vous êtes à l'autre bout de la France.

– J'aurais voulu venir. En fait, je m'en veux de ne pas être venu.

Soazig se dit alors que ce n'était pas pour parler de l'enterrement de Grégory que le gendarme l'appelait, qu'il y avait autre chose. Elle comprit aussi qu'il n'y arriverait pas tout seul.

– Damien, j'ai le sentiment que vous voulez me dire quelque chose. Je me trompe ?

– Non.

– Alors allez-y, n'hésitez pas.

– Je voudrais vous poser une question délicate.

– Je vous écoute.

– Est-ce que vous croyez au suicide de Grégory ?

– Non.

Le pouls de Soazig venait de s'accélérer. Le gendarme se taisait de nouveau. Elle poursuivit :

– Non. Je n'y ai jamais cru. Grégory était un bien trop bon père pour ça. Je veux dire qu'il aimait trop ses filles pour se donner la mort, pour leur faire cette peine. Il n'aurait jamais fait ça... Mais j'imagine que si vous me posez la question, c'est que vous n'y croyez pas non plus !

– Non, je n'y crois pas non plus.

– Et pour cette Isabelle ?

– Non plus.

– Est-ce que vous pensez que Grégory aurait pu tuer Isabelle ?

Le gendarme ne répondit pas tout de suite, étonné que cette femme fût si directe. Soazig ajouta :

– Elle était sa maîtresse, elle attendait un enfant de lui.

– Un enfant ? s'étonna Damien Le Guen. Isabelle était enceinte ?

– Oui, c'est Grégory qui me l'a avoué. Mais je sais qu'il ne l'a pas tuée.

– Je ne pense pas non plus que ce soit lui.

– Mais alors ?

– Alors je ne sais pas !

– Il y a une enquête ?

– Non. C'est juste moi. Je m'interroge. Mais vous, pourquoi n'avez-vous pas cherché à savoir, si depuis le début, vous pensez qu'il ne s'agit pas d'un suicide ?

– À quoi bon ? Grégory est mort, l'homme que j'aimais, le père de mes filles. À quoi bon ?

Soazig réfléchit un instant. Désirait-elle savoir qui était responsable de la pendaison de son époux ? Elle était toujours étonnée par les familles de victimes qui réclamaient justice, qui avaient besoin de savoir pour « faire leur deuil ». Elle non. Sans doute était-ce lié à son éducation religieuse, à l'idée du pardon qu'on lui avait inculquée. Si on lui révélait l'identité de celui qui avait tué Grégory, malgré elle, elle serait tentée de lui pardonner. Alors autant ne pas savoir. Elle préférait abhorrer un inconnu que de pardonner au coupable.

– Non. Je ne veux pas savoir. Mais je me rends compte que c'est un soulagement de penser que je ne suis pas la seule à croire que Grégory ne s'est pas donné la mort.

Guillaume Le Guen parvint à se faufiler avant que la barrière électrique ne se referme. La maison de Pier Mario Carneiro, dans le quartier d'Aiguelongue, était entourée d'un vaste parc planté de bambous géants. Le commissaire s'immobilisa un instant, regardant l'arrière de la Mercedes gris métallisé se diriger vers la maison sur l'allée de graviers.

Il avait eu le temps de voir que Carneiro était seul dans la voiture. Maintenant, il avait peur qu'il y ait des chiens de garde. Il était temps d'y penser ! Cette expédition improvisée n'avait aucun sens, il le savait, mais ne ferait pas marche arrière. Il avait besoin d'être là, en toute illégalité. Ce comportement impulsif ne lui ressemblait pourtant pas. Mais Guillaume avait la sensation de ne plus être lui-même depuis des semaines, de ne plus vouloir être lui-même.

Il se remit en mouvement, se glissa entre les cannes jaunes, vertes et noires des bambous, s'approcha de la maison. Il fut soulagé à l'idée que s'il y avait des chiens de garde, ils l'auraient déjà attaqué. Carneiro était-il seul à la maison ? Sa trop jeune épouse était-elle présente ? Il se posta un moment en lisière du parc et observa la demeure. Par la baie vitrée, il vit Carneiro ôter sa veste, dénouer sa cravate. Il ne semblait y avoir aucun autre mouvement. Mais comment en être certain ? Impossible. Il fallait agir vite ou renoncer. Il n'y avait pas d'entre-deux.

Il courut, cassé en deux, jusqu'aux marches du perron. La porte n'était pas verrouillée. Il entra aussitôt. Il connaissait la maison, avait eu plusieurs fois l'occasion de s'y rendre, la dernière pour passer les menottes au maître des lieux. Il entendit la chasse d'eau. Une seconde plus tard, Carneiro était face à lui, se rebraguettant et ouvrant des yeux ronds.

– Qu'est-ce que vous foutez là ? Putain, qu'est-ce que vous foutez là ?

Guillaume ne lui laissa pas le temps de poser la question une troisième fois et lui fondit dessus. Il le colla au mur, à l'une de ces saletés de colonnes en imitation marbre.

– Des enveloppes krafts, des douilles, ça te dit quelque chose, Carneiro ?

– Qu'est-ce que vous foutez là, putain ?

Le commissaire le gifla.

– À quoi tu joues, connard ? Pourquoi tu m'as envoyé cette douille ?

– Mais de quoi vous parlez ? Je ne sais même pas de quoi vous parlez !

Guillaume leva la main pour le gifler une nouvelle fois mais Carneiro se débattit et se dégagea. Le commissaire le rattrapa aussitôt, les deux hommes tombèrent au sol.

– Bouge pas ! ordonna Guillaume en s'asseyant sur les jambes de son adversaire.

– Mais vous êtes malade !

– Ferme ta gueule !

Il serra le poing et l'abattit sur le nez de Carneiro. Le sang gicla. L'autre gueula de douleur.

– Alors ces douilles, la mémoire te revient ?

Guillaume eut conscience que sa voix était trop aiguë et tremblante. Carneiro réfléchissait vite, oubliant sa douleur, scrutait le regard du commissaire.

– Vous êtes fou, complètement fou !

– Ta gueule !

– Vous n'avez aucune autorisation pour être là, pour être entré chez moi.

Il y eut un silence, un flottement.

– Vous êtes fini, commissaire. Cette fois, vous êtes fini !

Guillaume était hors de lui-même, la colère l'aveuglait, brûlait dans ses veines. Carneiro lui sourit, de sa dentition refaite à neuf et à prix d'or sur laquelle coulait un filet de sang qui lui donnait un air grotesque.

– Vous êtes fini, commissaire…

Au moment où il sortit son arme de son holster, Guillaume Le Guen savait que Pier Mario Carneiro n'était pour rien dans l'affaire des lettres de menaces, qu'il l'avait toujours su, qu'elle n'était qu'un prétexte et qu'il était en train de mettre sa carrière en péril. Volontairement ? Il saisit son semi-automatique par le canon et frappa à deux reprises Carneiro à la mâchoire avec sa crosse, lui brisant net les dents de devant, effaçant ce sourire artificiel et insolent qu'il avait vu à la une de la presse locale le jour de sa libération anticipée.

24

Nathalie Fauquemberg ferma les yeux et prit une profonde inspiration. Ses mains ne cessaient de trembler. On frappa de nouveau, on sonna. Elle expira et ouvrit.

Les flics demandèrent à voir Éric Sangaré.

– Il n'est pas là.

– Et il est où ?

– Je ne sais pas.

Sa voix tremblait. Éric avait filé par la porte de l'arrière-cuisine, traversé les combles et dévalait l'escalier menant à la seconde sortie de l'immeuble. Pourquoi ? Elle n'y comprenait rien, il n'avait pas eu le temps de s'expliquer. Elle avait peur, elle avait la nausée. Elle sentait sa vie se fendiller de toute part.

Le taxi le déposa juste devant l'école. Éric Sangaré n'attendit pas sa monnaie. Il s'était retourné plusieurs fois durant le trajet, avec la sensation très nette d'être suivi. Il était essoufflé. Il entendit la cloche. L'heure de la récréation. Quelques secondes plus tard, les cris des écoliers égayèrent le quartier. Éric s'approcha du grillage et chercha Nathan dans la foule d'enfants qui déferlait dans la cour. Il arrêta un petit Noir, se demandant si c'était un hasard ou bien un choix inconscient, pensant qu'un enfant de couleur serait plus apte à connaître son fils mulâtre.

– Comment tu t'appelles, petit ?

Le gamin, méfiant, ne lui répondit pas.

– Est-ce que tu connais Nathan Sangaré ?

Le garçon ne réagit pas plus.

– Je suis son père, je voudrais lui parler.

L'enfant détala, Éric soupira. Il avait envie de pleurer, pensa à la mort de son aîné, se demanda enfin pourquoi il avait donné l'adresse de l'école de son fils au chauffeur de taxi. Si ce n'est parce qu'il avait la prémonition d'une catastrophe, et qu'il voulait revoir son fils, lui dire qu'il l'aimait. Une dernière fois ? Lui annoncer la mort de sa mère ? Cela reviendrait à avouer qu'il y avait pris part, à Londres. Mais qui allait le lui annoncer ? Les flics ?

Éric s'était appuyé sur le grillage, un lourd découragement pesant sur ses épaules, il se redressa en voyant son fils arriver vers lui aux côtés du petit Noir.

– Papa ?

– Nathan.

– Qu'est-ce qui se passe ?

Éric hésita.

– J'étais dans le quartier, pour le travail, j'ai vu l'heure, j'ai eu envie de passer te faire un petit coucou.

Il ravala un brusque sanglot. Son fils ne s'en rendit pas compte. Il jeta un coup d'œil en arrière, vers ses camarades qui jouaient à la balle et le regardaient de biais. Il avait envie de les rejoindre, ne comprenait pas pourquoi il devait gâcher sa récréation avec son père, chacun d'un côté d'un grillage, avait sans doute un peu honte.

Éric se sentait lamentable, accablé.

– Va jouer, mon fils. Je t'aime.

Nathan fit « oui » de la tête et se retourna.

– Nathan ! appela Éric.

Le garçon s'immobilisa à regret.

– Je t'aime.

Les deux se regardèrent, puis le père sourit au fils pour lui rendre sa liberté. Nathan rejoignit ses camarades.

Éric se retourna, observa la rue. Il n'avait aucune idée de ce qu'il allait faire. Son portable vibra dans sa poche. C'était

Nathalie, il refusa l'appel. Il l'imagina entourée de flics qui passaient l'appartement au peigne fin. Il n'avait pas eu le temps de lui expliquer, n'en avait pas eu le courage. Il fallait qu'il se rende. Après tout, n'était-il pas innocent ? Il n'en savait rien, en fait. Ce type à l'hôpital aurait-il tué Julie si lui-même ne l'avait pas jetée à terre dans le parc à la sortie du stade ? Si lui-même n'avait pas plusieurs fois rêvé de sa mort ?

Il fallait faire confiance à la justice. Il ne put retenir un sourire amer. La justice. Il en connaissait un rayon. Il repensa à sa fuite de l'hôpital, à Londres, à la vingtaine de personnes, au bas mot, qui pourrait témoigner contre lui.

Il avait besoin de temps pour réfléchir, d'un abri pour faire le tri entre ses pensées et ses émotions. Il eut une idée. Il fit brusquement volte-face. Une nouvelle fois, il avait la sensation d'être épié, suivi.

Le pavillon, qui avait appartenu à ses parents, était minable et sentait le renfermé. Éric tenta de faire le tri dans ses idées et finit par s'endormir sur le canapé recouvert d'un grand drap blanc.

Son portable vibra de nouveau, le tirant du sommeil. Encore Nathalie. Cette fois, il décrocha. Il devait absolument lui parler, l'heure tournait.

– Éric, qu'est-ce qui se passe ? La po…

– Je sais. Je n'ai pas le temps de t'expliquer, mais tu ne dois pas croire ce qu'ils vont te raconter. Ce n'est pas moi.

– Ils disent que Julie a été assassinée.

– Oui. Mais ce n'est pas moi.

Il sentit un pincement au cœur en prononçant cette phrase.

– Tu étais à ce concert !

– Oui. Je te raconterai. Mais attends, il y a une chose importante.

– Éric, je…

– Attends ! l'interrompit-il avec autorité. Il faut que tu ailles chercher Nathan à l'école, ce soir.

Il y eut un silence.

– C'est… Julie n'ira pas, ce soir ! Je ne sais pas si ses grands-parents ont été mis au courant ! Je t'en prie, promets-moi de t'occuper de lui.

– Oui. Bien sûr, je vais y aller, répondit Nathalie d'une voix décontenancée.

– Nathalie ?

– Oui.

– Je ne sais pas ce qui va se passer.

– Tu es où ?

– Peu importe.

– Mais si, ça importe ! Qu'est-ce que tu vas faire ?

– Je ne sais pas encore. Il faut que je réfléchisse.

– Éric. Tu sais bien qu'il n'y a pas d'autre solution que de te rendre.

Sa voix trembla, elle avala ses larmes.

– Mais comment as-tu pu faire…

– Je ne l'ai pas tuée. Ce n'est pas moi.

– Alors rends-toi. Éric, je t'en supplie.

Éric ne répondit pas.

– Et les flics ? demanda-t-il. Tu es où, là ?

Nathalie ne dit rien. Il entendait sa respiration.

– Nathalie ?

– Je ne comprends pas, Éric. Je ne comprends rien. Qu'est-ce qui nous arrive ?

– Nathalie ?

– Oui.

– Je t'aime.

Elle ne répondit pas. Il attendit un instant, puis répéta :

– Je t'aime.

Il avait besoin qu'elle lui dise qu'elle l'aimait, qu'elle l'aimait toujours.

Il attendit. N'entendit que le silence.

Il ferma les yeux, déclara son amour une dernière fois, murmurant, et raccrocha.

Le brigadier Lagarde leva le pouce à l'intention du lieutenant de police Masure. Le portable de Sangaré était localisé.

Éric marchait vite, le cœur au bord des lèvres. Était-il suivi ? Il avait entendu des pas. La nuit était en train de tomber, le quartier était désert et mal éclairé. Il entendit un bruit, se figea, se retourna. La ruelle était vide. Il se remit en mouvement et s'arrêta de nouveau. À quoi bon fuir ? Combien de temps ? Pour aller où ? Il lui fut soudain évident que sa seule issue était de se rendre et d'aider à l'identification du véritable meurtrier de Julie. Il n'aurait jamais dû fuir, il aurait dû se constituer prisonnier dès son retour en France. Même avant, il n'aurait jamais dû quitter l'hôpital, la chambre de la mère de son enfant.

Sa décision était prise. Il fit de nouveau volte-face. Une brûlure au ventre lui coupa le souffle alors qu'il se cognait contre un homme. Il le reconnut aussitôt. Le faux médecin de Londres, l'assassin de Julie. Il venait de s'empaler sur le poignard qu'il tenait à la main. Les deux hommes se regardèrent, Éric sentit la lame remonter d'un coup dans son ventre. Avant d'expirer, percevant au loin la sirène d'une voiture de police qui approchait, il eut le temps de se demander si Nathalie avait bien pu aller chercher Nathan à l'école.

Elle n'a plus mal, a dépassé la sensation de douleur. Elle est la douleur. Elle ne distingue plus un coup d'un autre. Son corps n'est qu'une masse blessée, jambes, bras, ventre, dos, tête, tout se confond. Elle entend un craquement. Un poignet brisé ? Une cheville ? Une épaule ? Les jeunes hommes échangent quelques mots ; l'italien est une langue si proche du français… Elle s'étonne d'être capable d'émettre cette pensée. D'être encore capable d'émettre la moindre pensée.

Des bruits de pas. Ils détalent, l'abandonnent sur le macadam. Elle ne sait plus où est le sol, ni le ciel, le haut et le bas. Tout danse autour et en elle. Elle voudrait ouvrir les yeux mais n'en a pas la force. Elle sent que la vie s'échappe d'elle au rythme de son sang et du foutre entre ses jambes.

Le cerf-volant est rouge, jaune et vert. Son père rit dans le vent froid.

VI

HAMBOURG
HSH NORDBANK ARENA

25

Même maintenant qu'elle s'était tue, Jean-Marc Devilleneuve entendait les réprimandes de sa mère. Il repensa à la promesse qu'il avait faite à son père de toujours s'occuper d'elle et une aigreur se répandit dans son estomac. La vieille femme était allongée sur le dos, draps et couvertures remontés jusqu'au menton. Jean-Marc tira la porte de sa chambre et redescendit au rez-de-chaussée. Il s'assit un moment, appelant le silence. Il ferma les yeux, sentit la paix revenir en lui, la voix maternelle s'éteindre enfin. Il sursauta quand son portable se mit à sonner.

Armand Matignon. Armand, le prof de philo. Qu'est-ce qu'il lui voulait celui-là ?

Il décrocha.

– Jean-Marc ?

– Oui.

– C'est Armand. Je viens d'apprendre un truc incroyable !

Jean-Marc attendit la suite.

– Sue et David sont morts !

– Quoi ?

– Sue et David, tu sais bien ! Le couple d'Anglais qui suit Bruce depuis 1975, les...

– Je sais qui sont Sue et David ! Ils sont morts ! Mais comment ?

– On les a retrouvés dans leur chambre après le concert de Cardiff, le 14 juin.

– Tous les deux ?

– Oui, c'est Pat qui m'a appelé. D'après lui, enfin d'après les flics, ils se seraient suicidés.

Pat, le créateur du plus vieux fan-club européen de Bruce Springsteen, était l'un des plus proches amis du couple.

– Ensemble ?

Armand donna des détails que Jean-Marc n'écouta pas. Sue et David, un couple qu'il connaissait depuis plus de vingt ans. Ils avaient la soixantaine, aussi amoureux qu'au premier jour, ne cessant jamais de sourire. Morts ? Par suicide ? C'était impensable, impossible. Il perçut de nouveau le sens des paroles d'Armand qui disait ne pouvoir croire à cette loi des séries : Isabelle qui se serait donné la mort, Grégory, Sue et David maintenant ? Sans compter le lynchage de Christophe en Belgique et l'assassinat de Julie par son ex !

Jean-Marc réfléchissait vite. Qu'était-il en train de se passer, qu'avait-il bien pu arriver à Sue et David ? Ça ne pouvait être une coïncidence.

Armand Matignon composa ensuite le numéro de Damien Le Guen.

– Salut Armand, répondit le gendarme. J'ai pas trop le temps de te parler, là, est-ce que je peux te rappeler un peu plus tard ?

– Heu… J'en ai pas pour longtemps, je voulais juste t'annoncer une sale nouvelle. J'ai eu Pat, à Londres, qui m'a dit que Sue et David étaient morts.

– Morts ?

– Ils se seraient suicidés tous les deux, après le concert de Cardiff.

Il y eut un silence à l'autre bout du fil.

– Je te rappelle. Je te rappelle plus tard, lui dit finalement le gendarme d'une voix blanche.

Armand raccrocha, le cœur battant. Il était oppressé, une barre en travers de la poitrine. Il se sentait si seul dans son trop grand appartement parisien. Il aurait voulu que Damien prenne le temps de l'écouter, que cet événement – la mort de Sue et David – les rapproche, comble le vide de son existence. Mais au contraire, c'était comme si cette série de morts au sein de leur groupe en éloignait un peu plus chaque fois les membres. Un frisson le parcourut, mélange d'exaspération, de colère et d'abattement. Il fit défiler les noms sur le répertoire de son téléphone et s'arrêta sur celui de Pierre Da Costa. Pierre, le marchand de fripes, qui connaissait Sue et David depuis tant de tournées, depuis 1981.

Damien Le Guen fixait son téléphone sans bouger depuis qu'Armand avait raccroché. Ça avait recommencé. La mort avait encore frappé le *Magic Tour*. Deux fois d'un coup. Encore des suicides ?

Il leva les yeux. Le propriétaire du chai le regardait sévèrement. Ce type s'était fait voler pour quelques milliers d'euros de bouteilles, ses chiens de garde avaient été tués par des boulettes empoisonnées. Il y avait des traces de bottes, la porte de la réserve avait été grossièrement fracturée. Un travail facile et ennuyeux pour un technicien d'identification criminelle. Damien chercha le numéro de son frère sur le répertoire et appuya sur appel. Après sept sonneries, il tomba sur la messagerie de Guillaume.

Guillaume Le Guen n'écoutait plus le commissaire divisionnaire Alexis Valdeyron depuis un moment, il en savait assez. Carneiro ne porterait pas plainte, le procureur de la République l'en avait personnellement dissuadé, les dossiers embarrassants à portée de main ne manquant pas, ce qui confirmait au commissaire que la libération anticipée était un arrangement entre pourris qui se renvoyaient l'ascenseur.

Il faisait chaud dans le bureau du divisionnaire dont la climatisation était en panne. Guillaume se fit la réflexion qu'il supportait de moins en moins bien la chaleur et qu'il redoutait l'arrivée de l'été à Montpellier. Il s'en tirerait avec un blâme, et une période de congés forcés. Après avoir eu envie de démissionner, de balancer, à l'américaine, son insigne et son arme sur le bureau de Valdeyron, il s'y était résigné, presque soulagé, en fait. Il était à bout. Il pensa à Patricia, au temps qu'il allait pouvoir passer avec elle. Pourquoi ne partiraient-ils pas un peu ensemble ? C'était la mi-juin, les journées les plus longues de l'année, la période idéale pour être amoureux. Il avait des envies de bord de mer, d'Italie, de marcher dans la rue sans but, en tenant la main de la femme qu'il aimait. D'oublier qu'il était flic, que le monde n'était que violence, corruption et mort, qu'il avait sans doute vécu plus longtemps qu'il ne lui restait à vivre.

Il quitta le SRPJ sans un mot pour ses collègues. Une fois dehors, il sortit son téléphone. Son frère lui avait laissé un message qu'il n'écouta pas. Il appela Patricia, qui était sur répondeur, puis Émilie. Il avait envie de voir sa fille et sa petite-fille. Il avait envie de boire aussi, de s'enivrer.

Pierre Da Costa rempocha son téléphone. Il venait d'écouter le message que lui avait laissé Armand. Des images de Cardiff lui revinrent, du concert qu'il avait passé à côté de David et Sue, du bar de l'hôtel ensuite, jusque tard dans la nuit.

La porte du hangar s'ouvrit, Mario s'approcha en remettant de l'ordre dans sa tenue. Il avait le regard fuyant d'un enfant qui a fait une bêtise. Pierre eut peur de comprendre, se sentit aussitôt oppressé. À grands pas, il entra dans le hangar. Max se tenait debout, bras ballants devant le corps du jeune Lee dont le visage angélique n'était plus qu'une bouillie sanglante.

Il perçut derrière lui la voix hésitante de Mario, ne comprit pas ce qu'il disait mais devinait qu'il tentait de s'expliquer, de se justifier, de s'excuser.

Lee n'était pas un mauvais vendeur, il avait la cote auprès des lycéens, écoulait bien l'ecsta, pas mal d'héro chez les putes, aussi. Il se camait, avait détourné un peu de fric, ce qui n'était pas tolérable, ce qui méritait une correction, une mise au point, mais pas la mort.

Pierre repensa à David, à Sue, à Cardiff… Mario le scrutait de ses yeux de brute stupide. Il était entouré d'abrutis. Sa colère monta d'un coup, une chaleur au visage, un élan d'exaspération dans les bras. Il fit un pas et cogna de toutes ses forces. Le nez de l'autre cassa net mais il encaissa sans répliquer. Il ne ferait pas un geste, accepterait les coups de son patron. Une immense lassitude pesa soudain sur Pierre. Il eut le cœur soulevé par la chaleur, l'odeur du sang, de la sueur…

– Nettoyez-moi tout ça !

Il sortit du hangar, traversa le terrain vague et monta dans sa voiture. Ses mains tremblaient. Il ferma les yeux un instant. La colère refluait, laissant le champ libre au désarroi.

Il prit une longue inspiration, mit le contact. Aussitôt, le lecteur de CD se mit en route et la voix de Springsteen emplit l'habitacle. *Murder Incorporated*, comme un fait exprès.

Émilie Le Guen se précipita pour ouvrir la porte de peur que l'on sonne de nouveau et que l'on réveille sa fille en pleine sieste.

– Papa ?

– Tu n'as pas eu mon message ?

– Non. Entre. Ça n'a pas l'air d'aller !

– Si, si, c'est juste que je suis bourré.

– En plein après-midi ? Tu n'es pas de service ?

– En vacances…

– Toi, en vacances ? C'est nouveau ! Je n'ai pas le souvenir de vacances avec toi quand j'étais petite.

– Tu exagères.

– Oui, mais c'était quand même rare !

Elle referma la porte du petit appartement derrière son père.

Essoufflé par l'ascension des escaliers, Guillaume s'assit à la table du séjour.

– Je te préviens, j'ai le vin triste.

– Pourquoi tu me dis ça ?

– Parce que j'ai envie de pleurer.

Émilie ne sut quoi dire, ni que faire. Son père ne lui avait rendu aucune visite depuis leur installation et aucun geste naturel ne lui venait.

– Est-ce que tu aurais de l'eau pour ton vieux père ?

La jeune femme se rendit à la cuisine, en revint avec un verre.

– J'avais envie de voir Capucine.

– Elle dort, dans la chambre.

– Ça t'embête si je la regarde un peu ? J'adorais te regarder dormir quand tu étais bébé.

– C'est vrai ?

– Oui, dit Guillaume en vidant le verre d'un trait. Souvent, quand je revenais en pleine nuit d'une sale affaire, c'était la seule chose qui m'apaisait. Ton oncle, lui, il va à l'église, il prie, moi je te regardais dormir.

Émilie ne dit rien et alla entrouvrir la porte de la chambre. Guillaume s'y glissa, se sentant maladroit, gros, déplacé dans cette chambre d'enfant.

Capucine dormait sur le dos, poings serrés au-dessus de la tête, une moue boudeuse aux lèvres jointes sur lesquelles perlait une bulle de salive. Son grand-père s'assit sur un fauteuil près du couffin, celui qui se trouvait dans la chambre de Mimi quand elle était enfant.

– Je te laisse, papa, j'étais en train d'étendre une lessive.

Guillaume acquiesça sans quitter le visage de sa petite-fille des yeux. Émilie referma la porte.

Quand elle revint, dix minutes plus tard, son père pleurait en silence, ses lourdes épaules secouées de sanglots. Elle eut envie de s'avancer pour le prendre dans ses bras mais n'osa le faire. Elle referma la porte sans un bruit.

Quand Guillaume réapparut dans le séjour, il portait Capucine dans ses bras.

– Elle s'est réveillée. Elle m'a souri. Elle ne pleure jamais, cette enfant ?

– Rarement. On a de la chance, elle est très facile.

– Tout le portrait de sa mère.

– Ce n'est pas ce que dit maman ! Il paraît que je dormais mal, la nuit.

– Au début, mais ça n'a pas duré, tu as été une enfant facile. Tu sais… C'est un grand bonheur d'être ton père.

Des larmes lui vinrent aux yeux.

– Qu'est-ce qui ne va pas ?

– Rien, ça va. Ça va même mieux que depuis très longtemps. Je devrais péter le feu mais je suis fatigué, c'est une drôle d'année.

– Au boulot ?

– Pas seulement. Mais au boulot, oui. J'en ai marre.

– De ton boulot ? Marre d'être flic ? Toi ?

– Ouais. J'y crois plus. Je me demande chaque matin pourquoi je continue, à quoi ça sert… Ça va me faire du bien de lever le pied un peu. Et puis il faut que je te dise…

Il hésita. Émilie l'encouragea du regard.

– J'ai rencontré quelqu'un.

Sa fille lui sourit.

– Enfin ! Mais c'est génial ! C'est qui ?

– Ma prof de piano.

– Tu fais du piano ?

– Oui, enfin presque.

– Comment on fait « presque » du piano ?

Guillaume sourit.

– Disons que je ne fais du piano que pour la prof de piano.

– Et cette prof, elle t'aime ?

– Je crois. Oui.

– Eh ben alors, la vie est belle !

– Oui. Mais je ne suis pas habitué.

Il eut un petit rire.

– Tu sais, c'est pour ça, je crois, que ça ne va plus au boulot, parce que c'est incompatible, le bonheur et la vie de flic.

Son regard fut attiré par les grimaces de sa petite-fille qui était toujours dans ses bras.

– Ha ! C'est l'heure. Tu devrais me la passer.

Capucine, soudain rouge, se contorsionnait en poussant.

– Ça ne me fait pas peur ! Je te rappelle que j'ai élevé trois enfants ! Je sais comment on change une couche !

– Oui, ben depuis le temps, tu as peut-être oublié à quel point ça pue ! Passe-la moi, papa.

Émilie retourna dans la chambre avec sa fille. Guillaume contempla le séjour, les bibelots, les meubles. Le logement de sa fille devenue femme, devenue mère et amante. Il s'avança pour regarder un cadre dans lequel se trouvait une photo de lui et de Nadège, la mère de Mimi, deux ans avant le divorce.

– Comment va Jonas ? demanda-t-il en forçant la voix.

– Ça t'intéresse vraiment ? répliqua Émilie depuis la chambre de Capucine.

– Il est quand même le père de ma petite-fille !

– Mais tu ne l'aimes pas.

– C'est vrai, répondit Guillaume, désinhibé par l'alcool. Mais tu sais, ce n'est pas lui que je n'aime pas. Il est très sympathique, une sorte de gendre idéal… Mais justement, c'est l'idée d'avoir un gendre que je n'aime pas.

– Et que ta fille soit aimée, tu n'aimes pas non plus ?

Émilie était revenue dans la pièce, sa voix soudain plus proche. Guillaume la regarda.

– Si, bien sûr. Bien sûr. Ce que je n'aime pas, c'est que tu es devenue une femme, déjà, et moi un vieux machin. On avait le temps, je trouve, je n'étais pas prêt. Pas déjà.

Émilie lui sourit. Capucine, soulagée et propre, gazouillait dans ses bras. Guillaume poursuivit sa pensée :

– Quand tu étais petite, j'avais hâte que tu grandisses, qu'on sorte de la petite enfance, du travail que ça implique. Maintenant, je donnerais n'importe quoi pour me lever la nuit et te consoler de tes cauchemars.

Émilie sourit. Des images, des sensations lui revenaient.

– Tu te souviens comment tu faisais ?

– Comment je faisais quoi ?

– Pour chasser mes mauvais rêves ?

– Non…

– Tu soufflais sur mon visage.

– Et ça marchait ?

– À chaque fois. J'adorais quand tu faisais ça.

Le téléphone de Guillaume vibra. Il le sortit précipitamment de sa poche. C'était un SMS de Patricia. Elle était chez elle, elle l'attendait, elle l'espérait, elle l'aimait.

– Tu me la présenteras, un jour ? demanda Émilie en voyant naître un sourire béat sur les lèvres de son père.

Il la regarda.

– Oui. J'aimerais beaucoup qu'elle te connaisse. Je suis sûr que vous allez vous adorer.

– C'est sérieux, alors ?

– Ça n'a jamais été aussi sérieux.

Il s'avança, embrassa sa fille, sa petite-fille, soudain pressé.

– Il faut que je file, je voudrais passer chez moi prendre une douche, me passer la tête sous l'eau froide. Je commence à avoir mal au crâne et je dois avoir une haleine de bouc.

Il ouvrit la porte, sortit sur le palier et se retourna. Il regarda sa fille, Capucine dans les bras.

– Je vous aime. Je vous aime toutes les deux… Et pour Jonas, je te promets de faire un effort, ou alors de mieux faire semblant !

Il fit un clin d'œil à sa fille et referma la porte derrière lui.

Il dévala les marches. Pour la première fois depuis longtemps, il se sentait jeune. Il manqua s'étaler sur le palier du deuxième et, se souvenant qu'il avait beaucoup trop bu, termina sa descente en se tenant à la rampe.

Nancy Le Guen fumait cigarette sur cigarette. Damien était assis sur le fauteuil de son père, dans son bureau. Le silence venait de retomber après qu'il avait récapitulé la suite des événements de cette tournée. Elle avait pris des notes sur un carnet, les noms des victimes, les dates, les lieux. Isabelle Guérin défenestrée à Madrid, le 25 novembre. Christophe Richard, massacré à Anvers, dans la nuit du 12 au 13 décembre. Grégory Morinet, retrouvé pendu à Paris, le 17 du même mois. Julie Martin, agressée puis étouffée à Londres, le 31 mai. David et Sue Harris, suicidés par empoisonnement à Cardiff, dans la nuit du 14 au 15 juin.

La vieille dame se sentait excitée par ce que, secrètement, elle intitulait « l'affaire du Boss ».

– Trois suicides, enfin quatre puisqu'il y en a un double, et deux assassinats. Sans même compter l'ex de la môme Martin, qui s'est fait liquider deux jours après l'avoir soi-disant tuée.

– Je n'y crois pas du tout, à la thèse de l'ex.

– C'est vrai que cette histoire de voiture de location n'est pas claire. Et puis cette chanson que tu as entendue. *Somme machin chose…*

– *Something In The Night.*

– Et ça veut dire quoi ?

– Quelque chose dans la nuit.

– C'est tout trouvé !

Elle marqua une pause, puis revint à Éric Sangaré.

– Et pourquoi se serait-il fait ensuite ouvrir le ventre en banlieue parisienne, ce type ? S'il avait tué son ex-femme, il serait juste en cavale, ou en prison. S'il s'est fait tuer, c'est qu'il savait quelque chose, parce que le coup du portefeuille qui a disparu, ça sent le maquillage grossier à plein nez !

Damien acquiesça.

– Sept morts, ça commence à compter ! Votre Springsteen va commencer à le sentir dans les chiffres de vente de ses disques !

Damien ne sourit pas à cette tirade qui amusait pourtant beaucoup sa mère. Elle poursuivit plus sérieusement sa réflexion :

– Ce sont ces foutus Anglais qui me gênent. Qu'est-ce qu'ils viennent faire là-dedans. Jusque-là, il y avait une cohérence : les morts étaient français !

– Le lien, quand même, c'est que tous se connaissaient. Sue et David sont anglais, d'accord, mais ils fréquentaient les autres, ou les avaient déjà rencontrés. S'il ne s'agit pas de coïncidences…

– Évidemment qu'il ne s'agit pas de coïncidences, tu le sais très bien ! Arrête de faire l'autruche !

– Je ne fais pas l'autruche, maman, mais à part qu'ils étaient fans du même chanteur, tous ces gens venaient d'horizons très différents. Et puis à part les suicides, il y a quand même deux meurtres. Christophe, le maître nageur, avait des dettes de jeu. On peut imaginer que ce soit ça le mobile. Ça n'aurait donc aucun rapport avec la mort d'Isabelle et de Grégory. Pareil pour Julie, si c'est son ex.

– Sauf que tu viens de me dire que tu étais convaincu que ce n'était pas lui ! Comment il s'appelle, déjà ?

– Éric Sangaré.

– Sangaré, il n'était pas fan, d'après ce que tu m'as dit !

– Non.

Nancy réfléchit quelques secondes, le temps d'allumer une nouvelle cigarette à la braise de la précédente.

– Ce qu'il faudrait savoir, c'est s'il y a eu d'autres décès suspects pendant la tournée, parmi les fans d'autres pays, des victimes que tu ne connaissais pas, et qui ne se connaissaient pas.

– Pas facile à trouver, comme info. Il faudrait qu'Europol se mette sur le coup. Je suis mal placé pour faire quoi que ce soit, il faudrait que Guillaume s'en mêle, mais il n'a pas l'air…

– Laisse tomber ton frère, tu n'en tireras rien en ce moment. Je connais quelqu'un à Europol.

– Toi ? Toi, tu connais quelqu'un à Europol ?

– Indirectement. Le fils d'un ancien ami de ton père. Robert Pennequin, il est à la retraite, maintenant. Pour tout te dire, il me courait après. Il m'a demandée en mariage quelques jours après ton père… Ne me regarde pas avec des yeux de merlan frit ! Je n'ai pas toujours été une vieille sorcière, je plaisais aux hommes, tu sais !

– Je n'en doute pas, maman. Je n'en doute pas.

– Revenons à nos moutons. Robert a un fils, Marc, la prunelle de ses yeux. Marc par-ci, Marc par-là… Robert n'a jamais cessé de m'écrire. Deux fois par an. Il ne s'est jamais marié, je crois que je lui ai brisé le cœur… c'est son problème. À la mort de ton père, il a encore tenté sa chance ! Bref, j'ai des nouvelles de Marc régulièrement, et je sais donc qu'il est entré à Europol il y a trois ans. Robert ne peut rien me refuser, il n'a jamais su. Si je lui demande un rendez-vous pour toi, ça devrait marcher. Et comme j'ai passé l'âge qu'il me réclame un remboursement en nature pour ce service…

Damien sourit, soudain traversé par une bouffée de tendresse pour sa mère, conscient qu'il avait de la chance d'avoir été mis au monde et guidé par une femme si peu ordinaire. Il entendit un bruit de clé, la porte qui s'ouvrait.

– André ! annonça Nancy.

Damien fut étonné et heureux de sentir de la joie dans la voix de sa mère. Le petit homme apparut bientôt à la porte du bureau et sourit à Damien.

– J'ai vu ta voiture, dehors. Quelle bonne surprise !

Le gendarme se leva pour embrasser l'amoureux de sa mère. C'est ainsi qu'il le désignait mentalement. André alla ensuite déposer un baiser sur les lèvres de Nancy. Puis il demanda à Damien s'il voulait rester déjeuner.

– Non, merci, il faut que j'aille travailler. J'avais une affaire dans le coin, je suis juste passé quelques minutes. Il faut que je file.

André sourit et partit ranger les courses dans la cuisine.

– C'est quand le prochain concert où tu vas ? demanda aussitôt la vieille dame à son fils.

– Hambourg, le 21 juin.

– Il reste qui, dans votre groupe ?

Elle parlait à voix basse, sur le ton du complot.

– Moi, Guillaume, Jean-Marc Devilleneuve, Armand Matignon, Pierre Da Costa. Je ne parle que des Français, le « noyau dur ».

– Devilleneuve, c'est le Versaillais, c'est ça ?

– Oui.

– Da Costa, tu m'en as parlé aussi, mais pas de Matignon, c'est qui, lui ?

– Un prof de philo.

– Mais encore ? Marié, des enfants ?

– Heu... J'en sais rien.

– Tu n'en sais rien ?

– Il est très discret sur sa vie privée, répondit Damien en se rendant compte qu'il ne savait effectivement rien, ou presque, de la vie d'Armand, sinon qu'il avait un appartement dans le 15e arrondissement de Paris.

– Tu le connais depuis combien de temps ?

– Quinze ans... Au moins !

– Et il ne t'a jamais rien dit sur sa vie ? Famille, enfants, maîtresses... C'est plus de la discrétion, c'est de la dissimulation ! Ou alors c'est un agent double : en vérité, il est fan de Michael Jackson !

Damien ne put retenir un sourire. Sa mère poursuivit :

– Comme dans tous les bons romans policiers, il faut se méfier de ceux dont on ne sait rien... Bon ! Récapitulons : vous n'êtes plus que cinq.

Un frisson parcourut Damien.

– Il faut que je parle aux autres. Si vraiment quelqu'un est responsable de toutes ces morts, ça devient trop dangereux. Il faut que je leur parle.

– Je serais toi, je m'en garderais bien !

– Pourquoi ?

– Parce que le tueur est l'un de vous.

26

C'était le 21 juin. Nancy Le Guen pensa à ses deux fils qui devaient être à Hambourg, dans un stade, à attendre l'apparition de leur idole. Guillaume avait finalement décidé de s'y rendre, il avait des congés. Nancy était inquiète ; soudain, cette affaire ne l'amusait plus du tout. Elle n'y comprenait pas grand-chose, manquait d'éléments. Elle avait tenté de parler à son aîné, mais ses mots n'avaient eu aucun écho en lui, aucune prise. Il était si étrange depuis des mois, si lointain, si fermé. Et pourtant, elle percevait une lueur dans sa voix depuis peu.

– C'est quoi, le site ? demanda André qui venait de se connecter au Net sur son ordinateur portable.

Nancy lui tendit le carnet sur lequel elle avait noté différentes adresses consacrées à Bruce Springsteen et notamment celle du forum français de ses fans. André, qui ne parlait pas plus anglais que la vieille dame, tapa « *Land Of Hope And Dreams* » sans avoir idée de ce que cela voulait dire. La page d'accueil du forum s'afficha. Il fallait s'inscrire pour avoir accès à toutes les discussions. Enfin, ils purent visiter le site.

– Quel ramassis de conneries ! s'exclama Nancy. Ils ont quel âge ? Et c'est quoi ces dessins idiots ?

– Des smileys.

– Parfois, je suis contente d'avoir déjà un pied dans la tombe. Non mais, regarde-moi ça !

Ils parcoururent des pages et des pages de discussions et ce fut Nancy, la première, qui repéra que l'un des intervenants avait pour pseudonyme le titre de la chanson que Damien avait entendue à l'hôpital londonien, juste avant la mort de Julie : *Something In The Night.*

– Elle est belle, la gendarmerie ! Ça saute aux yeux, non ? Comment est-il possible que Damien n'ait pas exploré cette voie ?

– Il est trop impliqué, dit André. Et puis ce n'est pas une enquête, il est dans la peur, le trouble, pas dans la réflexion.

À l'aide de la souris, André essayait tous les boutons disponibles et dénicha l'historique des messages postés par ce Something In The Night.

Ils les lurent en diagonale.

– C'est lui ! lança Nancy. Bon Dieu, c'est lui, j'en suis certaine.

– Ou elle !

– Regarde les sujets qu'il a postés, poursuivit Nancy sans relever l'intervention d'André : « Quel hôtel à Madrid », « Ce *Magic Tour*, vous allez où, et quand ? », « Covoiturage Anvers », « Hôtel à Londres ? » Il va à la pêche aux informations, il doit connaître les pseudos et il sait qui va où, et quand... J'imagine qu'en partant du site, on doit pouvoir remonter à celui qui envoie les messages !

– Tu rêves ! Internet grouille de chausse-trappes et de fausses identités.

– Envoie un message à Damien, un... comment tu appelles ça ?

– Un SMS.

– C'est ça, vas-y.

André sortit son téléphone portable et entreprit de rédiger un message pendant que Nancy continuait de lire ceux de Something In The Night. À l'un de ses tout derniers, datant de l'avant-veille, un certain Sinaloa Cowboy répondait :

> En congé forcé, j'en profite pour réserver un vol Montpellier-Hambourg ! Ce sera mon premier stade cette année.

Guillaume regardait la scène, la foule, le public allemand qui tapait dans ses mains en cadence. C'était son premier stade cette année. Il était heureux de retrouver cette ambiance estivale qu'il connaissait si bien – les dizaines de milliers de fans, la chaleur, la fatigue de l'attente, du piétinement, du voyage, l'excitation de la proximité de son idole, de la musique, du rock'n'roll, du son trop fort, des bières ingurgitées, de la complicité avec Damien qu'il vit à l'instant sortir son portable de sa poche. Guillaume, finalement, savourait ses vacances forcées. Il repensa à Carneiro et comprit qu'il n'avait aucun remords. C'était étrange, cela ne lui ressemblait pas, lui qui était si épris de justice, qui avait un sens si aigu du devoir et était si sujet à la culpabilité. Quand il revivait mentalement la scène, il sentait une nouvelle pulsion de violence, comme l'envie de reproduire son geste. De même, il n'avait plus refait son cauchemar récurrent alors qu'il avait redouté de le voir réapparaître à l'approche du concert d'Hambourg. Était-il enfin en train d'apprendre à s'alléger ? Était-ce parce qu'il était amoureux ? Il pensa à Patricia, à la semaine en Toscane qu'ils avaient prévu de s'offrir à la fin du mois, après le concert au Parc des Princes.

Il fut tiré de ses pensées par l'apparition soudaine de centaines de pancartes brandies dans le *pit*. Les *requests*, le moment dont tout le monde parlait sur le Net, la nouveauté de cette année : Bruce Springsteen allant à la pêche aux titres dans la foule, le E Street Band se transformant pour quelques minutes en un jukebox vivant. Le chanteur arpentait la scène, ramassait panneaux et pancartes, plaisantait avec le public, commentait les suggestions les plus saugrenues. Guillaume se mit à sourire. Quoi qu'en pensent les puristes, dont il avait la réputation d'être, c'était tout de même du grand spectacle.

Damien, à moins d'un mètre de son frère, déchiffrait le SMS qu'il venait de recevoir :

Sur le forum, il y a quelqu'un qui écrit sous le nom de Something In The Night. Ta mère pense que c'est le tueur, toutes ses questions sont en rapport avec la tournée, l'itinéraire de chacun, les hôtels réservés... Soyez prudents tous les deux. André.

Il releva les yeux, pensif. *Something In The Night*, la chanson qu'il avait entendue sortant de la voiture garée derrière l'hôpital à Londres. Bruce, tout sourire, interpellant la foule, récupérait les requêtes des premiers rangs. Damien suivait cette récolte sur un écran géant, déchiffrant les titres écrits sur les panneaux tendus vers la star : *Rosalita*, *Trapped*, *Atlantic City*... Le chanteur choisissait les feuilles, les cartons, les coinçait sous son bras et longeait la scène pour aller en chercher d'autres un peu plus loin. Damien continua de déchiffrer les titres : *Hungry Heart*, *Because the Night*, *Incident*. Soudain son cœur se serra. La caméra venait de filmer une feuille brandie à bout de bras, sur laquelle était écrit *Something In The Night*. Une coïncidence ? Après tout, il n'y avait rien d'étonnant à ce qu'une personne réclame cette chanson particulièrement aimée des fans, et rarement interprétée par le chanteur américain. Pourtant, Damien fut aussitôt convaincu que le tueur était là, à quelques mètres, réclamant à Springsteen la chanson qu'il écoutait avant de passer à l'acte, qu'il utilisait comme pseudonyme sur le forum, si Nancy pensait juste. L'adrénaline déferla dans ses veines. Damien se concentra pour parvenir à localiser l'emplacement du panneau dans le *pit*. L'image était inversée sur l'écran géant, puisque filmée depuis la scène. La gauche devenait la droite, Bruce étant entré dans le champ de l'objectif par la droite, la pancarte devait donc être face au micro de Miami Steve, à seulement quelques dizaines de mètres de lui. Damien balaya la foule du regard, des dizaines et des dizaines de nuques, de bras tendus, d'épaules... Il aperçut un carré jaune, se mit sur la pointe des pieds. Était-ce le bon panneau ? Il ne pouvait voir ce qui était inscrit dessus. Le tueur était-il bien là, à une trentaine de mètres de lui ?

Damien se lança, fendit la foule, s'excusant en anglais à chaque spectateur qu'il bousculait. Plus il avançait vers la scène, plus le public était dense, les épaules serrées. Les Allemands étaient réputés pour ne pas aimer les resquilleurs et l'on essaya plusieurs fois de l'empêcher de passer, l'apostrophant en allemand, tentant de le repousser parfois violemment. L'excitation montait en Damien, la tension. Il s'efforçait de ne pas perdre de vue le panneau jaune. Il n'était plus qu'à une dizaine de mètres. La scène était proche. Un mouvement de foule souleva Damien vers les barrières. Bruce venant de se poster sur l'une des avancées aménagées en bord de scène, les fans se précipitaient dans l'espoir de le toucher. Comme s'il avait bu la tasse, le gendarme mit quelques instants à retrouver ses esprits. Soudain, il vit le panneau, tout proche de lui, à quelques mètres seulement. *Something In The Night* était bien écrit dessus. Il touchait au but, joua de l'épaule, s'approcha encore, se glissa entre deux Allemands d'une bonne tête de plus que lui, le souffle court, quand Bruce Springsteen le prit de vitesse, sa main se saisissant de la requête. Damien vit le panneau jaune s'élever dans les airs, la star l'emporter vers le fond de la scène. La « balise » avait disparu, le tueur redevenu insaisissable au cœur de la foule. Anonyme.

Le gendarme s'immobilisa, sidéré d'avoir échoué si près du but. Il regardait les visages autour de lui. Il en aurait pleuré de rage.

Springsteen, de retour à son micro, disait quelques mots qu'il n'écouta pas, puis il l'entendit compter jusqu'à quatre et, au piano, Roy Bittan joua les premiers accords si caractéristiques de cette chanson qui semblait au cœur des drames qui frappaient la tournée. La voix du chanteur s'éleva, se mua en cri, la batterie soutenant ses intonations de plus en plus tragiques.

Je descends la rue Kingsley,
avec l'idée d'aller prendre un verre.
Je mets la radio à fond,

comme ça je n'ai pas à penser.
Pied au plancher,
à la recherche d'un moment où le monde semblerait parfait,
je m'enfonce dans les entrailles
de cette chose dans la nuit.

Damien ferma les yeux. Il adorait cette chanson, tenta de la savourer malgré sa colère, son angoisse. Son portable vibra de nouveau. Ce n'était pas André cette fois, mais Anne Gaillard, l'infirmière de Roubaix, l'ancienne maîtresse de Christophe Richard.

J'ai retrouvé le prénom de celui qui avait prêté de l'argent à Christophe. C'est Pierre. Je sais juste que lui aussi était fan de Springsteen. Tenez-moi au courant s'il vous plaît. Anne.

Pierre ? Damien se demanda si cette information avait une quelconque importance. Christophe devait de l'argent à Pierre. C'était vers lui qu'il s'était tourné sans doute pour rembourser une dette trop pressante. Ce n'était pas étonnant, Pierre Da Costa n'était pas regardant sur les dépenses, était généreux en amitié, toujours le premier à offrir une tournée ; Damien l'imaginait facilement prêtant sans intérêt quelques milliers d'euros au maître nageur.

Patricia posa son téléphone sur la table de chevet. Elle venait de parler à Guillaume, l'avait trouvé en forme, plus reposé bien que fatigué par le voyage et le concert auquel il avait assisté à Hambourg. Plus détendu que depuis qu'elle le connaissait. Ils avaient mis vingt minutes à se dire au revoir, à se dire à demain, à tout de suite, bonne nuit, je t'aime. Ses yeux se fermaient. Elle se sentait bien, aimée, aimante. Elle sentait aussi le désir sourdre en elle. Elle se mit sur le côté, se recroquevilla en boule, joignit ses mains, remonta ses genoux vers sa poitrine et cala ses poignets entre ses jambes. Le sommeil la gagna aussitôt. Elle entendit un bruit dans le séjour, se dit confusément que c'était Tom qui faisait encore des siennes et s'endormit profondément.

L'homme retint un juron. Sa cheville, qu'il venait de cogner dans une table basse, irradiait de douleur. Du pinceau de sa fine *Maglite*, il fouillait le séjour de l'appartement. Le piano à queue, un fauteuil, un canapé. Il se dirigea vers une porte, s'engagea dans un couloir. D'autres portes. Chambres, salle de bain, cuisine ? De ses mains gantées de latex, il sortit un couteau. Marchant sans un bruit, il fit une halte derrière chacune des portes du couloir pour écouter le silence. Le ronronnement d'un frigo ? Une respiration régulière ? Il posa ses doigts sur une poignée, l'abaissa doucement mais fermement, soulagé qu'elle ne grince pas. Il entra, retenant sa respiration. Il percevait sa cible dans la pénombre, endormie en boule. Encore deux pas. Il leva son couteau… Soudain un feulement et une douleur fulgurante à la joue, ses chairs qui se déchirent, son sang qui gicle. Réprimant un hurlement de douleur, il saisit d'une main la bestiole qui lui avait sauté au visage et la projeta de toutes ses forces contre le mur. Il y eut un bruit d'os qui rompt, de chair qui éclate. Le furet tomba au sol dans un bruit de serpillière détrempée. L'homme l'éclaira de sa torche. Il était mort.

Il porta une main à sa joue. Le sang était chaud, la douleur intenable, il n'était pas loin de tourner de l'œil. Ce n'était pas le moment. Il expira trois fois, à fond, ferma les yeux, les rouvrit. Il fallait faire vite. Il cala sa torche entre ses dents, gémit tant sa bouche lui faisait mal. Il ramassa le cadavre du furet, le posa sur le dos sur la table de la cuisine et l'éventra d'un geste sûr. Il aimait les animaux, détestait ce qu'on lui faisait faire depuis quelque temps. Ça sentait la tripe, la merde, le sang. En apnée, il sortit la douille de sa poche, la glissa dans la plaie, rapprocha les chairs comme s'il voulait les recoudre. Il serra les dents pour chasser la nausée qui montait, manqua défaillir. Il quitta rapidement la cuisine, traversa le séjour.

L'air doux de la nuit lui fit du bien, une fois dehors, rue

Boussairolles. Il fit quelques pas jusqu'à la voiture, dut s'appuyer à un mur.

– Serge, qu'est-ce que tu branles ? lui demanda son acolyte en sortant du 4 x 4.

Il détourna la tête en voyant son visage, ferma les yeux.

– Emmène-moi à l'hosto ! Ça va p…

Il tomba évanoui. Sa joue droite était ouverte verticalement, on lui voyait les dents.

Guillaume Le Guen se sentait mieux que depuis des mois. Le concert avait été bon finalement, avec quelques pépites, des chansons qu'il n'aurait pas espéré entendre en 2008, comme *Something In The Night*, *Held Up Without A Gun*, *Incident On 57th Street*. La magie avait opéré une fois de plus, lui permettant, ainsi qu'aux autres membres du groupe, de s'abandonner à la musique sans plus penser, près de trois heures durant, à la mort qui frappait depuis le mois de novembre. Seul Damien semblait crispé. D'ailleurs, il avait disparu juste après le concert et ne les avait pas rejoints au bar de l'hôtel, ce qui arrangeait Guillaume qui n'avait aucune envie de discuter avec lui. Il ne voulait rien savoir, fuyait son frère depuis des semaines, ne répondait pas à ses messages. N'était-il pas en congé ? Il regrettait que Patricia n'ait pas voulu l'accompagner à Hambourg. Avant de partir, il s'était retenu de la demander en mariage.

Il ferma les yeux. L'engourdissement du sommeil s'emparait de lui. Son portable sonna. Il décrocha, espérant qu'il s'agissait de Patricia. Il n'y avait personne au bout du fil, que de la musique, les accords au piano de *Something In The Night*. Un plaisantin ? Guillaume était trop fatigué pour s'en offusquer. Il avait dû boire une bière ou deux de trop. Il raccrocha, se tourna dans le lit, s'endormit aussitôt, lourdement.

Son portable sonna de nouveau.

Damien avait la tête posée sur le ventre d'Annelie, qui lui caressait les cheveux. Ils avaient fait l'amour, plus doucement que depuis leur rencontre, plus tendrement. Pendant leur étreinte, le gendarme avait acquis la certitude que c'était la dernière fois. Il était oppressé, bien qu'heureux de partager cette nuit avec la jeune Suédoise. Elle venait de lui dire qu'elle aimait son mari, sa famille, qu'il n'avait rien à attendre d'elle que des nuits d'amour, mais qu'elle avait de l'affection pour lui. Damien retenait ses larmes, ne voulait avouer qu'il était amoureux, qu'il avait mal.

– Tu es si doux. Si tendre, lui dit-elle. Tu es un drôle d'homme, Damien. Tu n'as pas fini de souffrir à cause des femmes…

Damien releva brusquement la tête. Il avait entendu un bruit dans le couloir, une serrure que l'on cherche à forcer.

– Qu'est-ce qui se passe ? demanda Annelie.

Il lui fit signe, d'un doigt, de garder le silence. Il se leva, enfila son jean, ramassa son T-shirt. Annelie s'assit sur le lit. Il se dirigea vers la porte de la chambre et écouta. Il lui sembla entendre des pas. C'était la pleine nuit, l'hôtel était silencieux.

Damien prit son inspiration et ouvrit brusquement la porte.

Personne. Tendu, le gendarme fit un pas dans le couloir, regarda en direction de la chambre 316, celle de Guillaume. Il attendit quelques secondes et finit par se convaincre qu'il s'était fait des idées. Il était trop nerveux. Il fit demi-tour, aperçut le corps menu d'Annelie, fut traversé d'une envie de la serrer dans ses bras, aussitôt remplacée par un pincement de tristesse. La reverrait-il après Hambourg ? À Paris, à Barcelone en juillet ? Et à quoi bon puisque ensuite, elle retournerait dans sa vie, sans lui. À quoi bon souffrir encore ? Damien se savait incapable de s'abandonner au présent, d'aimer sans futur, sans construction possible. Il rentra dans la chambre, laissa la porte se refermer derrière lui.

La silhouette sortit de l'ombre et se dirigea sans bruit vers la porte de la chambre 316. Elle glissa la carte magnétique dans le lecteur qui passa au vert.

Guillaume s'agita, un bruit venait de troubler son sommeil. Il se força à ne pas ouvrir les yeux, à ne pas brusquer son engourdissement.

La silhouette pénétra dans la chambre 316. La salle de bain entrouverte était plongée dans l'obscurité, les doubles rideaux mal fermés laissaient passer un rai de lumière orangé qui s'étirait jusqu'au lit défait. Pas de valises, pas de vêtements. La chambre en pagaille mais vide. L'intrus laissa échapper un râle de colère.

Guillaume se tourna une nouvelle fois sur le siège en plastique. Il entrouvrit les yeux et vit un homme de ménage pousser un chariot chargé de seaux et de balais. Ils n'étaient que trois à somnoler dans la salle d'attente de l'aéroport de Hambourg. Guillaume se remémora l'appel affolé de Patricia, quelques heures plus tôt. Tom, son furet, avait été éventré. Guillaume savait que les collègues trouveraient une nouvelle douille. Il sentit une brûlante aigreur traverser son œsophage. Comment n'y avait-il pas pensé plus tôt ? Comment n'avait-il pas compris que la douille ne lui était pas destinée, à lui, mais que c'était Patricia qui en était la cible ?

27

Dix mois qu'il était mort. Dix mois qu'elle était veuve. Un mot qui lui semblait toujours aussi étranger, un mot pour les autres, pas pour elle.

La petite Rita dormait enfin, le portrait de son père en uniforme posé sur sa table de chevet. Chaque soir depuis son décès, Leïla Bianchi, qui ne croyait en aucun Dieu, faisait réciter sa prière à la petite qui, du jour au lendemain, avait imposé cette coutume à sa mère. Très solennelle, l'enfant, mains jointes et yeux fermés, demandait au Seigneur de prendre soin du « lieutenant Kévin Bianchi ». Elle ne disait jamais papa mais chaque soir le grade, le prénom et le nom de son père.

Depuis des semaines déjà, Leïla n'arrivait pas à supprimer le nom de son époux défunt dans le répertoire de son portable même si chaque fois qu'elle tombait dessus au hasard d'un numéro à composer elle recevait un coup au cœur. Effacer son nom et son numéro lui paraissait une forme de sacrilège. De même pour son adresse e-mail. Ce soir pourtant, elle s'était lancée et faisait le tri dans la messagerie de Kévin, songeant au week-end où, avec sa sœur, elle avait vidé la maison de ses parents décédés. Demain, elle résilierait enfin ses abonnements Internet et téléphone portable, étape moderne et douloureuse du deuil.

Elle repéra le message dans les brouillons. Elle l'ouvrit, émue de trouver ces mots que son époux n'avait pas eu le temps d'envoyer. Ils étaient adressés au commissaire Guillaume Le Guen :

Guillaume,

Je t'écris de ma messagerie perso parce que ce que j'ai à te dire est délicat. Tu me connais, je ne suis pas du genre ragot, c'est pour ça que je n'ai rien dit encore. Mais je n'arrête pas d'y penser, surtout depuis qu'on avance sur les ateliers clandés. C'est à propos de Luc. Je l'ai surpris avec Serge Califo, et depuis il a un comportement étrange. Tu te souviens de Califo ? On l'avait serré une première fois pour proxénétisme, il bossait pour les Albanais. Il était censé s'être mis au vert depuis, mais ça fait déjà deux fois que je le croise depuis que nous travaillons sur cette affaire de clandestins. Et comme les Albanais sont dans le coup, je ne peux pas croire que son lien avec Luc soit le fruit du hasard. J'ai essayé de lui parler, mais je suis certain qu'il me ment. Je n'accuse pas, je sais que ce que suggère ce message est grave, mais justement, je ne peux plus garder ça pour moi.

Le message s'arrêtait là, daté du matin même de la mort de Kévin. Leïla ferma les yeux. Quelques heures plus tard, le capitaine Luc Vienney assassinait son mari avant de se donner la mort. Leïla rédigea deux lignes explicatives à l'intention de Guillaume et lui envoya les derniers mots de Kévin.

Damien eut enfin des nouvelles de son frère quelques minutes avant le début de l'embarquement. Un SMS, dans lequel Guillaume expliquait qu'il avait quitté l'hôtel en pleine nuit pour prendre le premier avion, qu'il était déjà en France. Il n'exposait pas la raison de ce départ précipité mais Damien était soulagé, son frère allait bien.

Pierre et sa petite amie tendirent leurs cartes d'embarquement à l'hôtesse, suivis de Jean-Marc Devilleneuve. Armand n'était toujours pas arrivé, ce qui n'étonnait personne tant chacun savait combien il avait de mal à sortir du lit le matin. Ce ne serait pas la première fois qu'il arriverait *in extremis* dans l'avion, juste avant que les hôtesses n'en ferment les portes.

Le portable de Damien sonna encore. Un numéro inconnu.

– Damien Le Guen.

– Marc Pennequin, Europol. Je crois qu'il faut qu'on se voie.

– Oui, c'est gentil de m'appeler.

Il se mit à l'écart.

– Je n'ai pas vraiment le temps de vous parler maintenant, dit son interlocuteur. Est-ce que vous pourriez être à Paris le 24 ?

– Heu… Oui, je me débrouillerai.

– Bien. Je vous envoie mon adresse e-mail par texto, pour que vous puissiez me faire un topo sur l'affaire avant qu'on se rencontre. Soyez précis, dates, noms, tout ce à quoi vous pensez. Plus vite je le reçois, et mieux ce sera.

– D'accord, je vous envoie ça ce soir.

– Alors le 24, à 14 heures, au Select, boulevard du Montparnasse.

Il raccrocha. Damien sentit sa poitrine se gonfler. Ça bougeait enfin.

Il tendit ses cartes d'embarquement et d'identité à l'hôtesse et parcourut le couloir jusqu'à l'avion. Pierre Da Costa, déjà à sa place, fit la moue à son intention.

– Là, pour Armand, c'est mort, il est bon pour prendre le vol suivant !

Damien sentit un pincement au cœur. Et si Armand était le prochain ? S'il y avait bien eu un rôdeur, cette nuit, dans le couloir de l'hôtel ?

– Pardon !

Il sursauta, un homme souhaitait passer dans la travée pour atteindre son siège. Damien s'effaça, trouva son propre fauteuil, s'y assit. Il sortit son portable, composa le numéro d'Armand, tomba sur sa messagerie puis repensa aux mots de sa mère disant qu'il fallait toujours se méfier de ceux dont on ne savait rien.

Une hôtesse passa entre les sièges pour compter les passagers. Le pilote leur souhaita la bienvenue à bord ; le temps serait dégagé sur tout le parcours.

La poitrine de Damien se soulevait à chacune de ses respirations. La peur l'envahissait, la certitude qu'un nouveau drame s'était déroulé, dont Armand pourrait être le bras armé ou la victime. Un steward claqua un à un les coffres à bagages. On allait fermer les lourdes portes. Damien se leva. Il ne pouvait quitter Hambourg. Il devait retourner à l'hôtel, chercher Armand.

Il resta stupéfait, mettant quelques secondes avant de comprendre que le professeur de philosophie se tenait debout devant lui, écarlate, en sueur d'avoir couru, d'être parvenu à entrer dans l'avion juste avant que l'on en referme les portes. Armand remonta la travée, essoufflé, sourit à Damien en lui tapant sur l'épaule et en lançant : « Cette fois, c'était moins une ! »

Patricia tomba dans les bras de Guillaume à l'entrée de son appartement. Il la serra contre lui, caressa ses cheveux, baisa ses yeux encore rouges d'avoir pleuré. Elle lui dit combien, à son réveil, la vision de son furet éventré sur la table de la cuisine avait été horrible.

Guillaume aperçut alors un homme dans le séjour. Patricia sentit son mouvement de recul.

– Je te présente Mathias. Mathias Dalbret. Mathias, voici Guillaume.

Dalbret. Ce nom lui disait quelque chose. Il serra la main de l'homme sans lui rendre son sourire.

– Mathias est photographe, il a une boutique aux Beaux-Arts.

Guillaume le remettait, situait sa boutique. Son cœur battait fort. Pourquoi ce type était-il là ? Pourquoi Patricia avait-elle eu besoin de faire appel à lui dans ce moment de détresse ?

Il se rendit compte qu'elle le regardait, devinait sa jalousie. Il se sentit rougir. Elle referma la porte. Ce Dalbret ne semblait pas avoir l'intention de les laisser seuls. Il prit la parole :

– Je disais à Patricia qu'il y avait eu d'autres cas d'animaux domestiques tués ces dernières semaines.

– Des gens que je connais, ajouta Patricia.

Comment était-il au courant puisque rien n'avait filtré dans la presse ? Guillaume n'avait pas envie de parler de tout cela en présence du photographe et sentait sa mauvaise humeur monter.

– Est-ce que mes collègues sont venus, ce matin ? demanda-t-il à son amante.

– Oui. En nombre. Ils sont restés longtemps, ont fait tout un tas de relevés, emmené Tom.

– Tu te souviens de la lettre arrivée chez moi ?

– Oui.

– Elle t'était destinée, ce qu'on a fait à ton furet le prouve.

Il pensa que cela signifiait aussi que Patricia était surveillée de près, que ceux qui avaient envoyé la lettre savaient avec qui et où elle couchait.

– Ça veut dire qu'il y a eu d'autres lettres avant, demanda Patricia, chez les personnes à qui on a tué les animaux ?

– Oui.

Mathias Dalbret intervint :

– Chez le maire, son adjoint et Giraud, le président du conseil général…

Guillaume ne répondit pas. Patricia sentit sa tension.

– Mathias est lié à tout ça, lui aussi. Ceux qui ont reçu des lettres ont tous un lien avec moi. Avec nous.

Guillaume fronça les sourcils, attendant la suite. Patricia se lança :

– Jean-Claude, mon mari, en dehors de sa carrière de chef d'orchestre, comme tu le sais sans doute, était très impliqué au niveau régional. Il connaissait tout le monde à la mairie, au conseil général. Et moi aussi, par conséquent. Et Mathias, qui est un ami depuis plus de dix ans. Jean-Claude avait créé une association pour venir en aide aux immigrés clandestins. Il avait obtenu des appuis en haut lieu. Je poursuis son action depuis sa mort.

Mathias Dalbret prit le relais :

– Je suis passionné par les oiseaux, je les photographie depuis toujours. Évidemment dans le parc régional de Camargue, mais aussi, plus près, sur les étangs de l'Or, de Pérols, de Vic, le long du canal du Rhône. Il y a un an, plus d'un an, c'était en mars, je faisais des photos, à l'aube, quand j'ai aperçu une embarcation. Un gros Zodiac, moteur puissant, qui a débarqué vite fait une quinzaine de passagers sur la plage, près de l'abbaye de Maguelone. J'ai fait des photos, par réflexe. En photo animalière, on est camouflés, les types ne m'ont pas vu. J'y suis retourné, sans succès pendant plusieurs jours, puis j'ai revu le Zodiac. Et plusieurs fois encore. Ce sont des clandestins qui débarquent, directement casés dans des boulots au noir. En fait, c'est de la main-d'œuvre « commandée ». Des hommes et des femmes qui s'endettent pour arriver jusqu'en France. Ils travaillent ensuite pour rembourser leur passage, logés dans des conditions d'hygiène déplorables. De l'esclavagisme moderne.

– Ça, on ne l'a su que plus tard, reprit Patricia. Les passeurs sont albanais et on essaye, avec l'aide de politiques de la région, de démanteler leur réseau.

– Et donc, poursuivit Guillaume en pensant à l'affaire des ateliers clandestins qui avait tourné court après la mort de Bianchi et Vienney dix mois plus tôt, ils cherchent à vous en dissuader. Lettres de menaces, animaux massacrés…

Patricia acquiesça.

– Tu as raconté ça aux collègues, ce matin ?

– Non.

Guillaume réfléchit quelques instants. Puis il sortit son téléphone et appela le SRPJ. On lui passa rapidement l'adjudant Ballard.

– Salut Fabrice, c'est moi.

– Tiens, le vacancier !

– Qu'est-ce que tu peux me dire sur le furet de ce matin ?

– Pas grand-chose, d'autant moins que ce n'est pas toi qui es sur l'affaire !

– Fais pas chier !

– OK, OK… Même procédé que pour les autres bestiaux, ceux des lettres. Il y avait bien une douille dans le bide du furet. J'ai bon espoir qu'on ait deux sangs différents. J'en ai trouvé sous les griffes et sur les dents. La brave bête a dû se défendre. Les échantillons sont partis au labo.

– Dès que tu as les résultats tu me le dis. Je veux être tenu au courant au fur et à mesure.

– J'imagine que je dois rester discret sur ce point ?

– Rien à foutre. Je vais parler à Valdeyron.

Il raccrocha, fusilla Mathias Dalbret du regard.

– Je vais vous laisser, dit ce dernier, maintenant que Patricia n'est plus seule.

Il serra la main de Guillaume, embrassa Patricia qui le remercia d'être venu si vite.

Quand elle eut refermé la porte de son appartement, Guillaume s'avança pour l'enlacer. Ils ne dirent rien un instant, savourant la chaleur l'un de l'autre, puis, murmurant, Guillaume annonça qu'il allait demander qu'on la mette sous protection policière, le temps que l'on remonte jusqu'à la tête du réseau des passeurs.

– Je n'ai pas peur !

– Moi si, répondit le commissaire. On ne sait pas de quoi sont capables ces types. Ils n'en sont encore qu'à l'intimidation, mais ils pourraient bien vouloir franchir une étape supplémentaire. Je vais aller voir le divisionnaire, lui raconter tout ce que tu m'as dit. Si on a de la chance avec l'ADN prélevé ce matin, tout pourrait aller très vite.

– J'ai confiance, Guillaume. Mais je ne veux pas de policiers devant ma porte.

– Alors c'est moi qui m'installe chez toi…

Elle le regardait, il eut peur d'avoir été trop loin et ajouta :

– Le temps que l'affaire soit résolue.

Elle sourit. Il était suspendu à ses lèvres.

– Ce n'était pas la peine d'ajouter cette dernière phrase, Guillaume. Ta protection policière à toi, je l'accepte, même, je la réclame. Je la veux !

Elle se colla encore plus contre lui, chercha ses lèvres, sentit son désir contre son ventre. Guillaume se dit aussitôt que le commissaire divisionnaire pourrait bien attendre un peu.

Marc Pennequin, d'Europol, n'avait pas 35 ans. Il était un peu plus grand que Damien, mince, des yeux gris magnétiques, il attirait le regard des femmes. Sa poigne était ferme, sa voix décidée. Il invita Damien à s'asseoir en face de lui, à une table en bois au fond du Select. Un ordinateur portable était ouvert devant lui. Il n'était pas du genre à perdre de temps.

– J'ai lu votre rapport, très détaillé. Il nous sera utile. Un nom a immédiatement retenu notre attention : Pierre Da Costa. J'ai demandé à une collègue de nous rejoindre, elle ne va pas tarder.

– Pourquoi Pierre ?

– Ma collègue vous le dira mieux que moi. Mais c'est ce nom qui nous a convaincus de nous pencher sur votre « affaire » de toute urgence.

Il avait mimé les guillemets avec les doigts avant de prononcer ce mot.

– J'ai lancé une recherche sur toutes les dates des concerts, dans chaque pays depuis novembre dernier. Il va falloir un peu de temps pour avoir un retour. Mais on a avancé, déjà. J'ai reçu hier les rapports de police de Madrid, Anvers, Paris, Londres et Cardiff. Cardiff, *a priori*, c'est bien un suicide, le couple, les…

Il regarda ses notes, Damien lui souffla le nom :

– Harris. David et Sue Harris.

– Les Harris ont laissé un mot pour justifier leur geste. La femme était atteinte d'un cancer, incurable, elle n'en avait plus que pour quelques semaines, ils ont préféré partir ensemble avant qu'elle ne souffre. Ils n'avaient pas d'enfant, pas de frères et sœurs. On a vérifié, la femme était bien malade.

Damien acquiesça, ému par ce qu'il venait d'apprendre, par cet ultime geste d'amour. David n'avait que 60 ans, et il avait préféré mourir plutôt que de survivre à Sue.

– Donc, ça les met hors-jeu.

Ce qui simplifie considérablement la donne, pensa aussitôt Damien. Toutes les victimes étaient françaises, toutes membres de son petit groupe d'amis et de fans.

– Dans deux des cas, Paris et Londres, les équipes scientifiques ont trouvé des traces d'ADN qui n'appartenaient pas aux victimes. Pas étonnant dans une chambre d'hôtel, sauf qu'il s'agit du même ADN. Inconnu de nos fichiers.

– Et ce n'est pas celui d'Éric Sangaré ?

– Non, on a vérifié, même si, comme vous, je pense que le dossier a des zones d'ombre. Il est incompréhensible que les enquêteurs anglais aient négligé la piste de la voiture de location. C'est impardonnable. On va bientôt recevoir une copie des enregistrements des caméras de surveillance de l'hôpital.

Pennequin marqua une pause.

– La chanson… commença Damien.

– Oui, j'y venais. On a épluché le forum et effectivement, ce type qui signe sous le titre de la chanson que vous avez entendue à Londres s'intéresse de près à la tournée. Mais c'est le cas de tout le monde sur ce site, non ? Qui va où ? Dans quel hôtel ? Ce qui est plus intéressant, c'est qu'il est impossible de remonter jusqu'à lui. L'adresse e-mail qu'il a donnée pour s'inscrire au forum est une impasse, toutes les pistes sont brouillées, alors que les autres abonnés au site sont inscrits sous leur vrai nom.

– Alors c'est lui.

– Ou elle. Peut-être. Et il ou elle s'y connaît en informatique.

Arriva une femme d'environ 45 ans, petite, un peu ronde, les cheveux teints en rouge vif et coiffés en pétard. Marc Pennequin lui fit une place sur sa banquette, Damien se leva pour lui serrer la main.

– Chantal Bravo, annonça Pennequin, de l'Unité Drogues Europol. C'est elle qui va vous parler de Pierre Da Costa.

Damien se sentit oppressé, sur le point d'apprendre des choses qu'il aurait aimé continuer d'ignorer.

– Pierre Da Costa, dit le Patron, commença la femme avec un accent belge prononcé. Nous sommes après lui depuis des mois.

Le Patron, comme Bruce était appelé le *Boss* ! En d'autres circonstances, cela aurait amusé Damien.

– Héroïne, cocaïne, ecstasy, crack. Da Costa arrose le 18e arrondissement, le 19e, le 20e, le 93 et le 94. Un de nos hommes a infiltré son réseau. On sait qu'il aura une grosse livraison en provenance d'Espagne début juillet, c'est ce qu'on attendait pour le serrer.

Damien était sans voix. Il connaissait Pierre depuis plus de dix ans, avait beaucoup d'estime pour lui.

– Alors vous pensez bien que tout ce que vous nous racontez à propos de ces disparitions les jours de concerts nous intéresse. Il est fort possible que du coup, on précipite « un peu » les opérations. Dans votre topo, vous avez précisé qu'Isabelle Guérin, à Madrid, vous avait semblé sous l'emprise d'un stupéfiant.

– Oui. Cocaïne, à vue de nez.

– Vous savez qu'elle était enceinte ?

– Oui, je l'ai appris il y a peu.

– Sans doute de l'écrivain, Grégory Morinet.

– C'était lui le père. Ce qui pourrait étayer la thèse du crime passionnel ou du suicide.

– On peut aussi supposer que Da Costa ait été son fournisseur en dope. Était-elle devenue encombrante ? Lui devait-elle de l'argent ? On sait que Christophe Richard lui devait de l'argent. On peut aussi imaginer que Grégory Morinet, l'amant d'Isabelle Guérin, avait découvert d'où venait la drogue, et était donc devenu un danger... Il y a aussi ce professeur de philosophie sur lequel on ne sait pas grand-chose. Quels sont ses rapports avec Da Costa ?

– Bons. Mais tout le monde a de bons rapports avec Pierre !

– Matignon, d'après nos premières recherches, traîne pas mal dans les milieux gay branchés parisiens.

– Armand ! Gay ?

– Il semblerait oui. Ce sont des milieux dans lesquels circulent pas mal de drogues, nous devons creuser de ce côté-là aussi.

Damien ne dit rien, stupéfait, depuis tant d'années qu'il connaissait Armand, de ne pas avoir soupçonné une seule seconde qu'il pouvait être homosexuel. Il était abasourdi à l'idée qu'il connaissait si mal celui qu'il estimait pourtant être son ami.

– Je vous ai apporté le dossier de Julie Martin, dit Marc Pennequin en tendant une chemise cartonnée à Damien. S'il y a quelque chose à trouver dedans, vous serez mieux placé que nous pour le dénicher. Mais déjà, on sait que Da Costa lui avait prêté de l'argent à plusieurs reprises. Elle ne pouvait pas financer tous les voyages qu'elle faisait pour aller à ces concerts avec sa maigre allocation-chômage…

Damien ouvrit le dossier. Rapport d'autopsie en anglais, relevés bancaires, photographies du cadavre de Julie. Pennequin tendit la main pour sortir un cliché sur lequel était visible la bande de fans français.

– Est-ce que vous avez une idée de quand cette photo a été prise ?

Damien réfléchit un instant.

– 2003, sur la seconde partie de la tournée *The Rising*.

– Où ?

– Difficile à dire. Pas à Milan, puisqu'il y a Jean-Marc, Armand et moi et qu'on n'étaient pas à Milan. Avant Milan, donc. Difficile de reconnaître le stade, et l'affiche, derrière, est illisible. Göteborg ou Bruxelles. Je pense que c'est à Bruxelles.

Damien vit une feuille de papier bleu.

– Ça, c'est quoi ?

– Une lettre trouvée chez Julie Martin. Dans une vitrine où elle gardait ses objets fétiches. Plein de trucs en rapport avec Springsteen. Elle avait l'air un peu secouée, non ?

Damien ne répondit pas et parcourut la lettre.

Le texte était étrange, décousu, donnant l'impression de partir dans tous les sens. Certaines phrases sonnaient étrangement. Il avait l'impression, il n'aurait su dire pourquoi, que ce document était important.

Il avait besoin de calme, de fouiller dans ses souvenirs. La signature en bas de la page bleue était illisible, mais il était certain, certain, de connaître cette écriture.

28

Dans son appartement du quartier Antigone, Guillaume Le Guen resta un moment immobile devant l'écran de son ordinateur. Cela faisait quatre fois d'affilée qu'il lisait le courriel posthume du lieutenant Bianchi. Son portable vibra. Damien. Il ne prit pas l'appel.

Il avait eu un choc épouvantable en découvrant qu'il avait reçu un message de Kévin. Il était resté tout d'abord un moment sans comprendre, puis avait cru à une mauvaise blague et avait enfin découvert les quelques mots d'explication de Leïla. Il s'était aussitôt senti coupable de ne pas avoir pris de ses nouvelles comme il avait promis de le faire le jour de l'enterrement où, engoncé dans son uniforme devenu trop étroit et sentant la naphtaline, il avait été bouleversé par la détresse de la jeune femme et de sa fille Rita. Puis il avait lu et relu les derniers mots de Kévin qui avaient aussitôt fait écho à ceux de Patricia à propos du trafic de clandestins organisé par les Albanais. Il avait maintenant la certitude que les deux affaires étaient liées. Celle des ateliers clandestins qui avait provoqué la mort de Bianchi et celle des lettres de menaces. Les Albanais et Serge Califo en étaient le dénominateur commun.

Guillaume, soudain excité, décrocha son téléphone et composa le numéro du SRPJ. Alors qu'on le mettait en attente pour le divisionnaire Valdeyron, il raccrocha. N'était-il pas en vacances ? En vacances forcées ? Il se rendit alors compte qu'il en voulait à son supérieur, qu'il était vexé d'avoir été mis sur la touche, vexé surtout de ne pas avoir su tenir son rang et d'avoir mérité sa mise à l'écart.

Il composa un SMS à l'intention du lieutenant Annick Kaminski :

> Serge Califo est dans le coup des lettres anonymes. Mets la main sur lui, le reste suivra. Guillaume.

De retour à Montpellier, Damien déposa trois jours de congés. Guillaume ne répondait toujours pas au téléphone, ni à ses messages. C'est avec lui pourtant qu'il aurait voulu partager ses interrogations, ses peurs, sa tristesse. Il se sentait abandonné par son frère au pire moment. La découverte de la double personnalité de Pierre l'affectait tout particulièrement, presque plus que la mort d'Isabelle, de Grégory, de Christophe et de Julie. Pourtant, il ne parvenait pas à faire le lien entre ce qu'il avait appris et les assassinats au sein de leur bande de fans. Quelque chose le gênait, à moins que ce ne soit un frein interne qui l'empêchait d'accepter l'inacceptable. Pierre, qui était un ami depuis si longtemps, serait non seulement un trafiquant de drogue mais un assassin ? C'était au-delà de ses forces, comme, il ne s'en rendait compte qu'aujourd'hui, toutes ces disparitions depuis huit mois.

C'était un monde qui achevait de s'écrouler, son monde parallèle, celui de sa passion, de sa déraison, lui, le gendarme si sage. Une page se tournait. Tragique.

Aurait-il de nouveau l'envie et le courage d'assister à un concert de Bruce Springsteen ? Irait-il au Parc des Princes ? Qu'allait-il se passer lors de ce concert ? Pierre allait-il se faire interpeller ? Ces interrogations le guidèrent vers une autre : reverrait-il Annelie ? Referait-il l'amour avec elle ? Saurait-il un jour aimer une femme qui l'aimerait en retour ?

Il chercha un CD dans sa collection du label *Freehold Records* et choisit le concert de Bruxelles, du 12 mai 2003 au stade Roi-Baudouin, celui durant lequel, il en était certain maintenant, avait été prise la photo de groupe trouvée chez Julie. Il avait une copie du cliché, qu'il venait d'afficher sur son écran d'ordinateur. Toute la bande s'y trouvait ; tous les morts, aussi.

Il s'y tenait debout, entre Guillaume et Jean-Marc au bras de qui se trouvait sa fiancée dont il avait oublié le prénom, une fille qui avait un faux air de Sandrine Bonnaire. Pierre n'était pas loin, tout sourire. Armand, Grégory, Isabelle, Julie, Christophe.

Damien ne se souvenait plus que le concert de Bruxelles avait débuté par une version acoustique de *The River.*

Il se concentra sur la lettre sur papier bleu trouvée dans la vitrine de Julie, sur cette écriture qu'il pensait connaître.

Julie,

Tu es la seule à m'avoir écrit. Il n'y avait personne jeudi dernier, j'étais seul. Je me sens si seul. Heureusement que j'ai la musique.

Je mets la radio à fond, comme ça je n'ai pas à penser.

Damien releva la tête. Cette dernière phrase sonnait étrangement. L'auteur de la lettre avait d'ailleurs pris soin de revenir à la ligne. Pourquoi ? Et pourquoi ces mots lui semblaient-ils familiers ? Il poursuivit alors que sur le CD, Springsteen et le E Street Band entamaient *The Rising.*

Si seulement j'avais été là ! Si seulement ma mère n'avait pas eu ce malaise. Je n'arrête pas d'y penser. Je ne dors plus la nuit alors parfois, je prends la voiture et

Je m'élance, pied au plancher

En quête d'un moment où le monde semble parfait.

Encore des retours à la ligne incongrus. Encore des mots qui faisaient écho chez Damien. Le gendarme poursuivit, de plus en plus excité.

Tu peux rouler sur cette route jusqu'à l'aube

Sans voir âme qui vive.

Je repense à tous ces concerts, tous ces moments ensemble, ces tournées, ces repas partagés, ces bières. Je pense à l'amitié et je me demande si elle ne serait pas qu'un leurre, qu'un mensonge. Et l'amour qui disparaît si vite. Il ne reste que la peine…

J'ai des trucs qui s'agitent dans ma tête
Que je ne peux évacuer

Damien, à ce point de sa lecture, reprit du début, à voix haute. Sur le disque, après *Lonesome Day*, Springsteen attaquait *Darlington County*. Des images du concert de Bruxelles lui revenaient, se mêlant à celles que faisait naître la lettre de l'inconnu. Damien était certain qu'il tenait quelque chose. Et cette écriture… Il sentait qu'il n'était pas loin de la solution. Son téléphone sonna. C'était sa mère. Elle venait sans doute aux nouvelles après l'entretien avec les enquêteurs d'Europol. Il ne décrocha pas.

Il relut tout depuis le début puis poursuivit :

Quand on trouvait les choses que l'on aimait,
Elles étaient anéanties et laissées pour morte dans la boue.

Cette fois, Damien en était sûr, il s'agissait des paroles d'une chanson.

À ce moment, Springsteen, à Bruxelles, entamait *Something In The Night*. Damien avait complètement oublié qu'il avait entendu ce titre en 2003, persuadé qu'il n'avait assisté qu'une fois à son interprétation, à New York, en 2000.

Et ce fut la révélation. Ces phrases qui lui semblaient familières étaient tirées de cette chanson. Cette chanson qu'il avait entendue juste avant la mort de Julie. Cette lettre sur papier bleu avait été écrite de la main du tueur.

Damien se leva, alla chercher l'album *Darkness On The Edge Of Town*, ouvrit le livret, lut le texte en anglais. C'était bien ça. Il n'avait pas immédiatement reconnu les paroles parce qu'elles étaient traduites en français. Les dernières lignes de la lettre les reprenaient encore.

Je te remercie pour ta lettre, Julie, pour tes pensées. Mais Rien n'est oublié ni pardonné

Puis la signature illisible.

Damien ferma les yeux, cherchant où ces révélations pouvaient le mener. Quand il rouvrit les paupières, il vit que l'écran de veille s'était mis en route sur son ordinateur, agita sa souris pour le chasser. La photo de groupe de Bruxelles réapparut. Damien observa chaque visage, un à un. Il s'arrêta sur celui de la fiancée de Jean-Marc Devilleneuve et un souvenir lui revint brusquement, celui de sa joie quand Bruce avait débuté *Something In The Night* ce soir-là. Elle avait fait des bonds, littéralement, des petits bonds comme une enfant à qui l'on offre un cadeau. Jean-Marc s'était penché à l'oreille de Damien pour lui dire que c'était la chanson préférée de sa fiancée et qu'elle avait vraiment de la chance de l'entendre ce soir tant Bruce l'interprétait rarement.

Delphine. Le prénom venait de lui revenir. La fiancée de Jean-Marc se prénommait Delphine. Qu'était-elle devenue ? Il ne l'avait jamais revue, avait supposé que Jean-Marc avait rompu. Mais il n'avait pas revu Jean-Marc depuis 2003. Pas avant novembre dernier et le début du *Magic Tour*. Le week-end de la mort d'Isabelle.

Il se leva brusquement, alla s'agenouiller devant l'étagère où il rangeait sa collection de compacts *Freehold Records*, les *bootlegs* enregistrés puis gravés par Jean-Marc Devilleneuve. Damien en possédait certains, de moins bonne qualité, que Jean-Marc lui avait donnés, sans emballage, sans jaquette, de simples CD-R sur lesquels, au marqueur, le Versaillais avait seulement noté la ville et la date du concert. Damien en trouva plusieurs, les sortit, les porta jusqu'à son bureau.

Son cœur cognait, ses mains tremblaient. Il compara les écritures, celles des CD-R et celle de la lettre. Aucun doute possible, elles étaient identiques.

Plus qu'une lueur de vie. Une brise tiède caresse son visage, qui la guide vers un autre vent, froid celui-ci, salin, loin de l'Italie, mais dans lequel rit son père.

Parce qu'elle n'avait que 7 ans, sa mère ne l'avait pas laissée le voir à la morgue. Elle lui en a toujours voulu mais comprend cette nuit qu'elle avait eu raison. C'est le visage radieux de son père qu'elle emporte avec elle dans la mort qui l'étreint enfin et souffle sur sa souffrance.

Elle s'éteint, sur la plage de son enfance, un rire en tête.

VII

PARIS
PARC DES PRINCES

29

Jean-Marc Devilleneuve rouvrit les yeux un court instant, juste le temps de consulter sa montre. Il lui restait une bonne demi-heure avant de repartir au travail, son prochain état des lieux était à 14 heures, tout près de chez lui, rue du Maréchal-Gallieni. Il goûtait ces heures durant lesquelles, depuis quelques semaines, il réécoutait en paix ses derniers enregistrements. Il ne quittait plus son studio que pour aller travailler, et y passait désormais ses nuits.

Il baissa les paupières pour savourer la fin du concert du 25 novembre dernier, à Anvers. Le son était excellent et aurait pu donner un très bon double CD si son label *Freehold Records* existait encore. Mais ce n'était plus que pour son usage personnel qu'il enregistrait les shows, pour ces heures solitaires au fond du jardin de la rue des Missionnaires.

Bruce achevait la dernière chanson du concert. Jean-Marc perçut une accélération sensible de son rythme cardiaque. Il revoyait les images de cette soirée, le groupe quittant la scène, la foule s'égaillant et sortant du palais des sports. Il entendait les voix, les pas, le piétinement des gobelets en plastique jonchant le sol, des commentaires, bribes de phrases, éclats de voix, des rires… Puis sa propre voix proposant : « Une bière ? » Celle de Christophe ensuite : « J'ai déjà beaucoup trop bu, j'ai de la route à faire ! » Puis sa voix encore : « Allez, juste une ! Pierre ? » Pierre : « Non, non, je file. Les concerts en Belgique, ça fait des économies d'hôtel mais il faut rouler une partie de la nuit ensuite. »

Impatient, Jean-Marc déplaça la souris de son ordinateur pour avancer de quelques minutes. Du silence, des pas. Le son de l'extérieur, du grand air, de la nuit, le ronronnement de la circulation automobile sur le *ring*. Des pas encore, du gravier qui crisse sous les semelles, un bout de verre qui se brise sous son poids. Les premiers accords de *Something In The Night* un peu lointain, sortant de la voiture, se délitant dans l'oxygène. Puis les pas d'une course soudain, de la peur. Jean-Marc avança encore un peu dans son enregistrement. Des larmes, un gémissement, le bruit mat d'un coup qui s'abat, d'un os qui se brise. Il entendit ensuite Christophe Richard vomir.

Dans son studio, le Versaillais respirait par la bouche, plus fort, revivant intensément la scène. C'était sa préférée, avec celle de la pendaison de Grégory qu'il se repassait souvent aussi. La mort d'Isabelle ne donnait rien à la réécoute, on percevait à peine l'impact de son corps sur l'asphalte. Celle de Julie était inaudible.

« Enculé! » avait hurlé Christophe d'une voix plus désespérée qu'agressive.

Jean-Marc avait la sensation de quitter son corps, son studio, sa maison, Versailles. Il flottait entre le présent et le passé, jouissant de la réminiscence d'impressions vieilles de sept mois. Il écouta l'agonie du maître nageur jusqu'au froissement d'air menant au silence ultime qui marquait le passage de la vie à la mort.

L'huissier resta immobile, n'entendant plus que les battements de son cœur, reprenant lentement possession de son corps, revenant au présent. Il pensa alors à Delphine, à ce même instant, la coda de sa vie, seule sur le macadam, en banlieue milanaise, cinq ans plus tôt. Son dernier souffle perdu à jamais.

Il eut envie d'écouter les bandes des mises à mort de ses bourreaux italiens. Il lui avait fallu deux années pour les retrouver un à un après être parvenu à se procurer les enregistrements des caméras de surveillance des abords du stade San Rino. Il avait dû jouer au chat et à la souris avec la police locale, pirater leur enquête, les prendre de vitesse. Aucun ne lui avait échappé, même pas celui qui avait été jeté en prison, qu'il avait exécuté lors de sa première permission. Aucun Français ne lui échapperait non plus.

Jean-Marc ouvrit brusquement les yeux. On venait de sonner. Personne ne sonnait jamais chez lui, il ne recevait aucune visite. Il se leva aussitôt et descendit la volée de marches jusqu'au visiophone. De nouveau la sonnette. Deux hommes et une femme. Des policiers, cela sautait aux yeux.

Jean-Marc ramassa quelques affaires, le strict nécessaire, s'obligeant à rester calme pour ne rien oublier, puis sortit du petit pavillon du fond du jardin en empruntant la porte en fer qui menait à la contre-allée. Il longea l'école maternelle et déboucha rue du Colonel-de-Bange.

Serge Califo se recoucha après avoir mangé une banane. Rien ne passait à part les bananes. Il se souvint de celles que lui préparait sa mère, écrasées à la fourchette et mélangées à du sucre roux. Elle les lui portait au lit quand il était malade. Serge aurait aimé qu'une femme lui prépare encore des bananes écrasées. Il s'allongea sur le côté, sa joue lui fit mal, il se tourna. Le furet ne l'avait pas manqué, il était balafré à vie.

Trois jours qu'il ne quittait plus son lit, téléphone coupé, contrevents tirés. Il pleurait sur lui-même, sur ce qu'était devenue sa vie, sur ces pauvres bêtes qu'il avait dû éventrer, sur ces hommes et ces femmes aux yeux hagards qui débarquaient la nuit sur la plage de Maguelone.

On frappa à la porte. Il ne bougea pas. On frappa encore, on cria : « *Police !* » Il ne bougea pas. Qu'ils viennent le prendre, ce serait un soulagement. Ils n'auraient pas besoin de le cuisiner, de le harceler. Il leur dirait tout sans même une question. L'heure et le jour de la prochaine « livraison », chaque nom, les numéros de téléphone et les adresses s'ils le souhaitaient. De toute façon, il n'était qu'un minuscule rouage et la machine était énorme.

Il entendit la porte voler en éclats et ferma les yeux. Il avait tant envie de dormir encore.

La serrure trois points ne résista pas longtemps. Quelques curieux se tenaient sur le pas de leur porte, une femme à sa fenêtre dans la maison juste en face de celle des Devilleneuve. La circulation avait été interrompue rue des Missionnaires.

Le brigadier Delattre s'écarta une fois la porte ouverte pour laisser passer l'équipe d'intervention. Le capitaine Pennequin fut le dernier à entrer, aussitôt saisi par l'odeur pestilentielle qui flottait dans la maison.

Les hommes se dispersèrent en petites foulées, arme au poing, investissant la vaste demeure. Pennequin emprunta aussitôt un escalier sur la droite du vestibule. À chaque marche, la puanteur était plus forte. Il l'avait aussitôt identifiée comme celle d'un cadavre en décomposition avancée. Une première chambre était vide, une deuxième aussi. Il s'arrêta devant la troisième porte et sortit un mouchoir de sa poche pour s'en couvrir le nez. Il percevait très distinctement les bourdonnements, sentit son estomac se soulever à l'avance. Il prit une forte inspiration, tourna la poignée et poussa le battant du pied. Une nuée de mouches s'envola lourdement, quittant un instant le cadavre putréfié d'une vieille femme allongée sur son lit. Le capitaine ressortit aussitôt, chassant nerveusement les insectes échappés qui lui tournaient autour, sentant ses nerfs au bord de la rupture. Un jeune brigadier arriva en courant, essoufflé, lui annonçant que la maison était vide, qu'il y avait une porte au fond du jardin, près d'un second pavillon, qui donnait accès à une rue parallèle. Le jeune homme, curieux, s'avança vers la chambre de la mère de Jean-Marc Devilleneuve et, voyant, sortant des draps, son visage recouvert de mouches, se plia en deux pour vomir.

Marc Pennequin fut soulagé de traverser le jardin jusqu'à la maisonnette. Une mouche le frôla et il fut parcouru d'un frisson, écho de l'horreur qu'il venait de quitter. Il faisait beau et chaud. Le capitaine d'Europol se fit la réflexion qu'une telle demeure au cœur de Versailles avec une si belle surface de jardin devait valoir une petite fortune.

Les techniciens étaient déjà au travail dans les combles aménagés du bâtiment qui ressemblaient à un studio d'enregistrement. Des bandes magnétiques, des milliers de CD, un équipement sonore et informatique coûteux. Un poster dédicacé par Bruce Springsteen au mur et, dans un cadre posé sur le bureau, près d'un bloc de papier à lettres bleu, une photographie de Devilleneuve, souriant, une jeune femme ressemblant un peu à l'actrice Sandrine Bonnaire appuyée sur son épaule. Un cliché que le capitaine reconnut comme étant un détail agrandi de la photo du groupe des fans retrouvée chez Julie Martin.

Un technicien était assis devant l'ordinateur, sourcils froncés, faisant défiler une longue liste de fichiers.

– C'est quoi ? lui demanda Pennequin.

– Des fichiers sons. Des milliers de fichiers son.

– On peut en écouter un ?

L'autre acquiesça, cliqua sur l'un de ceux déjà ouverts sur l'écran, intitulé *Milano 02/05*.

Les policiers se figèrent, saisis par l'enfer sonore qui explosa dans les combles, crépitements et voix stridente, suppliques en italien d'un homme en train de brûler vif.

30

Le crépuscule donnait toujours le cafard à Pierre Da Costa. Par la fenêtre, il voyait les pavillons minables des voisins, leurs jardinets, leurs petites bagnoles rangées dans les allées de graviers, le chien qui guette bêtement la rue, les rideaux à motifs qu'accroche la lumière bleutée des postes de télévision. Son regard balaya le salon, la chaîne hi-fi et ses énormes enceintes, son home-cinéma, le billard américain, le flipper de collection, son mur coulissant de CD, le canapé en cuir blanc sur lequel Angelina, seulement vêtue d'un string également blanc, se vernissait les ongles en marquant la mesure de hochements de tête approximatifs. Ça ne faisait pas un mois qu'elle vivait avec lui et il ne la supportait déjà plus. Il en avait assez des blondes à gros seins.

Pour la première fois depuis qu'il était adulte, il repensa à Michelle Giraud, cette petite brune dont il avait été fou amoureux en 5e. Il lui avait écrit une lettre enflammée et pleine de fautes d'orthographe. Elle lui avait donné son premier baiser deux semaines plus tard, derrière le gymnase du collège. Un baiser chaste et doux. Ils n'y avaient ajouté la langue qu'au trimestre suivant en se promettant de ne jamais se quitter. Michelle était une élève appliquée, et pour lui plaire, il s'était mis à faire ses devoirs, et avait obtenu les meilleurs résultats de toute sa scolarité. Mais son père avait alors manqué de peu se faire serrer par les cognes et ils avaient dû déménager en catastrophe une fois de plus.

Quarante-cinq ans plus tard, Pierre se demandait ce qu'était devenue sa petite amoureuse, si elle était mariée, si elle avait des enfants et quelle vie aurait été la sienne si, à la place d'une fausse blonde siliconée, il avait à ses côtés, en cette soirée sinistre, une vraie brune répondant au nom de Michelle Giraud, épouse Da Costa.

Il ramassa la télécommande de la chaîne et coupa la musique. San Francisco, 15 décembre 1978. Un classique. Un concert d'anthologie. Bruce en train de conquérir le monde. Angelina, disposant du coton entre ses doigts de pied, n'en continua pas moins à marquer la mesure tel un chien en plastique articulé sur la plage arrière d'une voiture. Pierre la détesta pour de bon.

Bientôt le concert au Parc des Princes. La date française de la tournée, toujours moins excitante que les autres. Un concert après lequel on rentrait sagement chez soi. Pierre pensa à David et Sue, qui auraient dû loger chez lui après le show. Ils lui manquaient. Il se sentait vieux et seul. Bruce aussi se faisait vieux, et tous leurs rêves de rock'n'roll. Que s'était-il passé sur cette tournée ? Pourquoi ce pan de son existence semblait-il s'écrouler ? Sa passion pour Springsteen avait été la part lumineuse de sa vie. Des amitiés désintéressées, des valeurs à partager, les idéaux d'un artiste auxquels adhérer au moins le temps d'un concert. Tout le reste n'était que torsion, violence et mensonge.

D'instinct, il se redressa dans son fauteuil. Il venait d'entendre des pas dans la rue. Des pas de course serrés qui s'étaient aussitôt arrêtés comme si celui qui courait avait trouvé refuge derrière un obstacle. Pierre se leva. Des pas encore, un ordre murmuré. Entre deux coussins du canapé, il pêcha son Jericho 941 F.

L'ordre d'intervenir fut lancé, bruits de bottes sur le trottoir, porte de la grille éjectée de ses gonds. Des cris, des appels, un premier coup de bélier dans la porte de la maison, Angelina qui s'affole, qui court, ses seins artificiels tressautant, dressés comme des ballons de football américain.

Pierre se précipita dans la cuisine, en ouvrit la fenêtre, sauta dans le jardin de derrière, se blessant la plante des pieds. Des flics l'attendaient, il tira le premier, n'atteignant que des gilets Kevlar. Il prit deux balles dans le ventre, tomba à genoux, son sang chaud sur ses mains, s'affalant l'instant d'après.

Des cris encore, des pas. On pressait son ventre, on le soulevait. Il sentit un poids sur son visage, un souffle, de l'oxygène. Il vit une lune floue qui tanguait dans le ciel. Il perdit connaissance, revint à lui, aperçut des silhouettes penchées. On lui parlait, il ne comprenait pas, les hurlements d'une sirène couvraient les voix. On aurait dit des encouragements. Tout bougeait. Il avait mal. Envie de dormir. Il allait fermer les yeux. Il se dit qu'il n'avait pas eu le temps d'enfiler un pantalon, que mourir en caleçon manquait de dignité. Il se demanda si Michelle Giraud, au long de sa vie, avait déjà repensé à lui, ne serait-ce qu'une fois ? Il ferma les yeux. Il se sentait plus léger que depuis longtemps. En paix. Puis il ne sentit plus rien.

Tapie dans les dunes, la jeune lieutenant Annick Kaminski avait peur. Le commissaire divisionnaire Valdeyron était à ses côtés, mais c'est Le Guen avec qui elle aurait voulu faire équipe. Elle apercevait, une vingtaine de mètres en avant sur la plage, les légers renflements des hommes camouflés dans le sable. Ils avaient espéré une nuit couverte, mais les nuages s'étaient finalement déchirés. La mer était calme, sombre, seulement traversée par le reflet scintillant de la lune.

Ce ne fut d'abord qu'une impression. Un lointain bruit de fond, puis un bourdonnement plus affirmé. Annick visa la mer de ses jumelles. Une masse sombre traversa le chemin lunaire. Elle se tourna vers Valdeyron, lui fit un signe affirmatif de la tête. Le divisionnaire passa le mot sur le talkie : ils arrivaient.

Un nouveau bruit de moteur couvrit celui du long bateau pneumatique en approche. Un camion pick-up se rangea derrière les dunes. Son moteur s'arrêta, les policiers perçurent des claquements de portières, des voix. Deux hommes. Les renseignements de Serge Califo étaient précis et exacts. Tout comme la piste donnée par Guillaume Le Guen, que les analyses ADN du sang retrouvé sous les griffes du furet étaient ensuite venues confirmer. Le camion s'était arrêté à quelques mètres seulement de la seconde équipe d'intervention.

L'embarcation fonçait vers la plage à vive allure. On commençait à percevoir les silhouettes à son bord, une quinzaine. Annick sentit que l'excitation était en train de prendre le pas sur la peur. N'avait-elle pas toujours rêvé de moments comme celui-ci ? D'action ? D'adrénaline ? Enfant, dans la cour d'école, quand elle jouait aux gendarmes et aux voleurs, n'était-elle pas toujours du côté de la loi ? Cette enfance de garçon manqué aboutirait-elle à une vie de femme flic réussie ?

Le bateau ne ralentit pas et ne s'arrêta qu'une fois aux trois quarts échoué sur le sable. Des cris, des ordres. Des hommes et des femmes bousculés, poussés, pressés de quitter le bord, de sauter sur la plage. Derrière les dunes, la bâche du pick-up relevée.

– Maintenant ! souffla Valdeyron dans le talkie.

Tout alla très vite. Les hommes jaillirent de leurs caches et mirent en joue les passeurs qui comprirent en un instant qu'ils n'avaient aucune chance de s'en tirer. Pas un coup de feu ne fut tiré, ni près du bateau ni près du camion. Les clandestins affolés n'y comprenaient rien et levaient les mains en lançant des suppliques dans leurs langues maternelles.

Annick Kaminski, l'arme au poing, peinait à se retenir de sourire, à cacher son excitation. Elle tenta d'imposer à ses traits un air blasé de vieux baroudeur.

Au même instant, on arrêtait sans plus de difficultés les têtes du réseau à leur domicile, soit deux hommes à Montpellier et un à Marseille, alors qu'une vingtaine de gendarmes, à une dizaine de kilomètres au nord-est de Montferrier-sur-Lez, encerclait un foyer d'ouvriers clandestins.

Guillaume Le Guen écouta pour la troisième fois les mots que son frère Damien avait laissés sur la messagerie de son portable. Il y évoquait ses découvertes à propos de Jean-Marc Devilleneuve, disait que l'on avait trouvé sa maison vide, qu'il était en cavale, annonçait aussi la mort de Pierre Da Costa.

Il reposa son téléphone, sonné, abasourdi. L'engin se mit aussitôt à vibrer. C'était un SMS, du lieutenant Kaminski :

Opération réussie. Tu nous as manqué. Annick.

Valdeyron lui avait proposé de prendre part à l'opération puisque c'était grâce à lui que l'on était parvenu à identifier les passeurs, mais il avait refusé, rappelant à son supérieur, non sans ironie, qu'il était en vacances. Bouderie ? Réelle lassitude ? Il n'en savait rien. Pour l'heure, il ne pensait qu'au décès de Pierre, qui n'était pas l'homme qu'il avait si longtemps fréquenté, apprécié, considéré comme son ami. Il pensait à Jean-Marc Devilleneuve, à cette révélation qui l'avait frappé comme un direct au ventre. Comment n'avait-il pas compris plus tôt ? Comment avait-il pu être si aveugle ? Si volontairement aveugle ?

Il eut le désir d'appeler son frère mais n'en fit rien.

Il savait pourquoi Jean-Marc tuait. Il savait aussi qu'il voudrait tuer une fois encore. Une dernière fois puisqu'il n'en restait plus qu'un sur la liste du Versaillais.

Guillaume s'assit à son bureau et se connecta au Net.

Le cybercafé, rue d'Odessa, n'ouvrait qu'à 9 h 30. Jean-Marc s'y engouffra aussitôt et afficha le forum *Land Of Hope And Dreams*.

Stupéfait, il y apprit la mort de Pierre Da Costa, alias Pedro dans la communauté virtuelle des fans. Il en fut d'abord contrarié, avec la sensation qu'on lui avait volé quelque chose, amputé un projet qui lui avait demandé des années d'efforts, puis il se dit que les policiers ayant débarqué à Versailles, c'était un mal pour un bien, un coup de pouce du destin.

Il se rendit alors compte qu'il avait reçu un message privé sur son compte Something In The Night. Un message posté par Guillaume Le Guen, sous son pseudonyme de Sinaloa Cowboy :

Je t'attends au Parc des Princes. Je serai seul à Boulogne.

Jean-Marc savait qu'il s'agissait d'un piège, d'un sale piège de flic. Il savait aussi qu'il ne manquerait pas ce rendez-vous.

La France après l'Italie. Les mêmes dorures, le même bon goût, le même calme préservé, aseptisé. Les hôtels de luxe, comme les aéroports, se ressemblaient partout dans le monde. Il repensa, il ne savait pourquoi, à ce gourbi au-dessus d'un salon de coiffure, à Asbury Park, où il avait écrit certaines des chansons qui allaient faire de lui un homme riche et célèbre partageant sa vie entre la scène, les avions et les suites royales. Bruce Springsteen n'écoutait plus la conversation, sa décision était prise.

Le tourneur français, la sueur perlant à son front, était à bout d'arguments. Chaque concert pesait une fortune, et une annulation de dernière minute serait un gouffre. Reporter la date parisienne de la tournée ne changerait rien à l'affaire, et de toute façon, il n'y avait plus de date libre pour le stade. Mais pourquoi ce putain de flic avait-il tenu à mettre le management de Springsteen au courant ?

Les deux assureurs avaient l'air de croque-morts. Ils n'en démordaient pas : impossible de maintenir le show si un tueur en série se cachait dans la foule. Le capitaine Pennequin doutait que l'assassin puisse s'attaquer au chanteur, assurant qu'il ne frappait que parmi les fans français. Jon Landau, le manager de la star, ne voulait pas prendre le risque.

– Mais putain ! lâcha le tourneur français. Jon, si tu annules Paris, tu fais aussi une croix sur le reste de la tournée ! Il reste quoi, ensuite ? Combien de shows ?

Landau se tourna vers Barbara Carr.

– Dix concerts, répondit la femme.

– Tu vas annuler dix putains de concerts ! s'exclama le Français. Parce que ce tueur, là, si tueur il y a, pourquoi il n'irait pas à la prochaine date ?

– Ici, à Paris, je peux mettre en place un dispositif important pour l'arrêter, ajouta Marc Pennequin. On est en France, il tue des Français, il va essayer de venir et nous avons son signalement. On va le cueillir en douceur à l'entrée, et le concert pourra se dérouler tranquillement.

– Et s'il rentre quand même ? Et s'il est armé ?

Le manager s'épongea le front. Cela faisait plus d'une heure qu'ils étaient réunis dans ce salon du Ritz et cela ne menait à rien.

Un silence pesant s'imposa.

Barbara Carr jeta un coup d'œil à Bruce Springsteen et constata qu'il n'écoutait plus les arguments des uns et des autres. Il était ailleurs, le regard en lui-même.

– Et toi, Bruce, qu'est-ce que tu en penses ?

Le chanteur mit un instant à comprendre que c'était à lui que s'adressait Barbara. Il lui sourit. Il songea à ses premiers concerts dans des campus universitaires, aux clubs enfumés du New Jersey, aux salles de plus en plus grandes ensuite, puis aux stades démesurés. Combien de dizaines de milliers de personnes allaient-elles faire le déplacement au Parc des Princes ? Il s'était habitué à l'adoration dont il était l'objet. On s'habitue à tout. Pourtant, parfois, quand il montait sur scène, il reprenait pied dans la réalité et, face à la marée humaine qui criait son nom, trouvait son succès anormal, démesuré, incompréhensible. Parfois, il se disait qu'il donnerait l'intégralité de sa fortune pour monter sur l'estrade étroite d'une salle des fêtes minables en ayant tout à prouver. Tout devant lui, encore.

Puis il pensa enfin à ce tueur parmi ses fans et regarda une à une les personnes présentes dans la salle. Chacun était pendu à ses lèvres. Sa décision était prise depuis les premières minutes de cette réunion de crise.

– On joue, lâcha-t-il d'une voix posée. On maintient le show.

31

La date du 27 juin 2008 était inscrite en bas du mur d'écrans du PC de surveillance. Le capitaine Marc Pennequin était au comble du stress. Il y avait un policier en civil à chaque entrée du stade, chacun en possession d'un portrait de Jean-Marc Devilleneuve, quinze autres étaient déjà à l'intérieur du Parc des Princes. La foule qui convergeait vers le vaisseau de béton était impressionnante. On attendait cinquante mille personnes, et une seule l'intéressait. Si elle venait ! Pennequin avait eu du mal à convaincre sa hiérarchie de mobiliser tant d'hommes sur une intuition, celle de Damien Le Guen, ce gendarme montpelliérain qui avait dévoilé l'affaire et qui était persuadé que le tueur serait là ce soir, qu'il ne manquerait pour rien au monde cette date française de la tournée de son idole. Tenterait-il de tuer de nouveau ? Le Guen n'en savait rien, et de toute façon, il n'avait encore jamais tué dans l'enceinte d'une salle de concert ou d'un stade, mais toujours après le show. Il était certain qu'il assisterait d'une façon ou d'une autre au concert et que si l'on ne parvenait pas à l'arrêter ce soir, on ne l'arrêterait jamais. Marc Pennequin était d'accord, mais il savait aussi qu'il paierait cher un échec, qu'il était condamné à réussir. Il ne pouvait rentrer bredouille. Son regard passait d'un écran à l'autre. Le staff du stade s'était montré très coopératif et n'avait pas ménagé ses efforts en un temps si bref. Le dispositif de vidéosurveillance mis en place pour lutter contre les hooligans les jours de match de football leur serait d'une aide précieuse.

Les gradins étaient encore clairsemés, la fosse se remplissait régulièrement, les premiers mètres du *pit* contre la scène déjà saturés. Damien tomba une fois de plus sur la messagerie de son frère. Pourquoi ne répondait-il à aucun appel depuis des jours ? Avait-il seulement écouté ses messages, lu ses mails, ses SMS ? Était-il à Paris ce soir ? Avant de quitter Montpellier, le gendarme était allé sonner à son domicile, sans succès. Au SRPJ, ses collègues n'avaient aucune nouvelle non plus.

Il ne comprenait pas ce qui se passait, quel jeu jouait Guillaume, s'il tenait un rôle ou non dans la tragédie qu'était devenue ce *Magic Tour.* Damien se sentait mal, à bout. Depuis le mois de novembre, depuis la mort d'Isabelle à Madrid, Damien ne tenait que par le déni. Il s'était petit à petit ouvert à la réalité, mais prudemment, plein de verrous encore qui n'avaient sauté, si violemment, que durant son entretien avec les équipes d'Europol. Et brusquement, toutes ces semaines passées étaient devenues au-dessus de ses forces.

Il était pourtant là ce soir, ne sachant pas bien à quoi il pouvait servir, s'il était présent par fanatisme, parce qu'il ne pouvait manquer le passage du Boss en France, pour épauler les policiers ou, plus ou moins consciemment, pour servir d'appât. Car si Devilleneuve tuait un à un les membres de leur bande, pourquoi ne serait-il pas le suivant sur la liste ? Au dernier moment, avant de quitter son appartement montpelliérain, Damien avait empoché son arme de service. Grâce à Pennequin, il était entré en évitant les équipes de surveillance.

Dans le TGV, il avait reçu un appel d'Annelie. C'était la première fois qu'elle lui téléphonait, que ce n'était pas lui qui la sollicitait. Il avait aussitôt eu envie de lui dire qu'il l'aimait. Mais c'est elle qui lui avait parlé, lui expliquant qu'ils ne devaient plus se voir, qu'elle avait peur qu'il s'attache à elle, qu'elle ne s'attache à lui, que cela ne pouvait que les faire souffrir. Elle avait ajouté qu'il n'était pas comme les autres, qu'elle ne voulait pas qu'il soit comme les autres, qu'elle n'oublierait jamais leurs quatre nuits d'amour.

La communication n'était pas bonne, et Damien avait dû faire des efforts pour suivre le discours d'Annelie qui lui avait parlé en anglais, et ce n'était que dans le stade, des heures plus tard, que l'impact de ses mots le frappait pleinement. Annelie lui avait fait une déclaration d'amour qui était aussi des mots d'adieu. Elle devait être au premier rang, contre la barrière, comme à chaque concert, à seulement une vingtaine de mètres. Pensait-elle à lui ?

Damien se sentait fatigué, vide, creux. Triste. Profondément triste. Il se sentait si seul au milieu de cette marée humaine qui montait de minute en minute.

Armand Matignon passa près de lui sans qu'il ne le voie. Damien l'avait appelé le matin même pour le dissuader de venir au concert. Le cœur du professeur de philo s'était emballé. Il avait bu plus que de raison, ce qui n'était pas dans ses habitudes. Il avait la nausée. Il se dégoûtait lui-même d'être là. En apprenant par la presse la mort de Pierre, et en même temps sa double vie, il avait pris conscience de l'indécence de leur comportement à tous depuis le concert de Madrid à l'automne, de leur aveuglement volontaire, de leur égoïsme répugnant. Comment avaient-ils pu continuer à suivre la tournée ? Quelles raisons s'étaient-ils individuellement trouvées pour retourner chaque fois aux concerts ? En reposant le journal, il s'était dit que c'était fini, qu'il n'irait pas au Parc des Princes. Il en avait été soulagé aussitôt. Puis ce matin, il s'était réveillé l'estomac noué. La pression était montée de minute en minute et le coup de téléphone de Damien avait achevé de le troubler. Il s'était imaginé les *roadies* montant la scène, les premiers fans faisant la queue dès le petit matin. La distribution de bracelets pour l'accès au *pit*. L'arrivée du groupe et de Bruce. À l'heure supposée du *soundcheck*, de la répétition, il s'était dit que faire un tour près du stade, sans y pénétrer, juste pour sentir l'ambiance, était sans conséquence. Une fois sur place, regardant les fans entrer par grappes, le défilé des T-shirts à l'effigie de la star américaine, il s'était rendu compte qu'il avait empoché sa place de concert avant de sortir de chez lui. Il avait alors vu un type distribuer par surprise une dernière poignée de bracelets pour le *pit* et avait tendu le bras.

Il était maintenant près de la scène, observait Damien de loin et se faisait l'impression d'être un alcoolique replongeant dans son vice. Comme il aimait cet homme à qui jamais il n'avouerait ses sentiments. Comme il avait détesté cette jeune suédoise qui avait si facilement séduit l'objet de son amour. Il se trouvait lamentable et eut envie d'une autre bière. De mourir, aussi.

Dans sa maison de Biranques, dans le bureau de son époux devenu le sien, Nancy Le Guen était soucieuse. Elle avait mal dormi, n'arrivait plus à écrire depuis plusieurs jours. Elle avait sorti la boîte à chaussures contenant toutes les cartes postales envoyées par ses fils quand ils étaient en voyage pour suivre les concerts de Bruce Sprinsgteen et y cherchait une réponse à une question qu'elle ne se formulait même pas clairement. Elle tentait de comprendre ce qui se passait depuis des mois. Comme toujours, comme dans tous les romans policiers qu'elle lisait si passionnément, la solution devait se trouver dans le passé. Dans le passé commun de ces hommes et de ces femmes qui avaient trouvé la mort à travers l'Europe depuis le retour de leur idole. Un passé qui ne pouvait donc qu'être lié à leur passion, à une tournée précédente puisque de ce qu'elle en savait, ces « amis » ne se voyaient quasiment jamais en dehors du contexte des concerts du chanteur américain. Et ces tournées passées étaient entre ses mains, sous la forme de cartes postales représentant des monuments célèbres des villes visitées par ses fils à l'occasion de concerts.

Elle avait repris la liste des noms établie avec Damien. Elle avait barré les morts, le dernier en date étant Pierre Da Costa qui, lui, avait été tué par la police. Il ne restait plus que cet Armand Matignon et ses deux fils. Nancy était persuadée que Guillaume savait quelque chose. Amoureux ou non, traumatisé ou non par la mort de ses collègues en août dernier, il y avait autre chose, elle en était certaine. Guillaume ne tournait pas rond, et c'était lié à ce chanteur, à ces morts. Il savait quelque chose, se repliait sur lui-même depuis des semaines, était devenu complètement injoignable. Guillaume savait quelque chose que Damien ignorait. Une chose liée à une tournée passée ? Mais n'avaient-ils pas tous les deux assistés aux mêmes concerts depuis des années comme en attestaient leurs signatures au dos de toutes les cartes postales qu'ils lui avaient envoyées ? Leur passé « springsteenien » n'était-il pas un passé commun ?

Nancy ne parvenait plus à réfléchir. Elle feuilletait sa collection de cartes, regardait les photos, les signatures, les dates. Elle en était au printemps 2003 :

Rotterdam. 6 mai 2003. *Encore une tournée pour tes fadas de fils ! Damien et Guillaume.*

Rotterdam. 8 mai 2003. *Un de plus ! Damien et Guillaume.*

Bruxelles. 12 mai 2003. *Des baisers de Belgique. Damien et Guillaume.*

Paris. 24 mai 2003. *La pluie menace le Stade de France ! Damien et Guillaume.*

Florence. 8 juin 2003. *Grosse chaleur à Florence. Damien et Guillaume.*

Göteborg. 21 juin 2003. *Un détour en Suède. Damien et Guillaume.*

Göteborg. 22 juin 2003. *On pense à toi maman ! Damien et Guillaume.*

Milan. 28 juin 2003. *Damien me manque, je quitte l'hôtel pour aller au stade San Rino. Je t'embrasse. Guillaume.*

Nancy se figea, relut la carte postale, la retourna. Milan, le 28 juin 2003. Guillaume s'était rendu seul à ce concert. Le premier et unique accroc en une décennie de concerts en commun. Milan, juin 2003.

Nancy s'alluma une cigarette, ses mains tremblaient. Elle

avait besoin d'un verre de porto. Non, de whisky. De quelque chose de fort. Elle appela André, lui cria de lui apporter son téléphone portable.

Jean-Marc Devilleneuve faisait la queue devant la porte H. Il avait effectué plusieurs fois le tour du stade et avait immédiatement repéré les policiers en civil qui dévisageaient les arrivants. Même mal rasé et avec la casquette du PSG qu'il venait d'acheter sur un stand ambulant, il ne parviendrait pas à passer sans se faire prendre. Un piège lui était tendu, de plus grande envergure qu'il ne l'avait imaginé. Il n'avait pas de plan, savait qu'il aurait dû renoncer, faire demi-tour. Mais pour aller où ? Il n'avait plus de maison, Versailles n'était plus un refuge, et c'était l'idée la plus difficile parmi celles qui le hantaient depuis l'arrivée de la police rue des Missionnaires. Il avait perdu Versailles, sa ville, et se sentait perdu lui-même. Il avait toujours su qu'il se ferait prendre un jour, trouvait cela dans l'ordre des choses, mais pas si près du but, de l'accomplissement de son projet. Et pas par la profanation de la maison de la rue des Missionnaires, de son pavillon du fond du jardin, de son studio. Il se demandait comment les policiers étaient remontés jusqu'à lui, quelle erreur il avait commise sinon en ne commençant pas, dès Madrid, par tuer Guillaume Le Guen, par tuer le flic. Et pourquoi n'avait-il pas tué Guillaume en premier sinon par lâcheté, parce qu'il était plus facile de pousser Isabelle par la fenêtre que de s'attaquer à un homme coutumier de la violence et de la mort ? Et aussi parce qu'il avait toujours eu de la sympathie pour cet homme, sa réserve, son évidente difficulté à être heureux, à profiter du présent, à être dans l'instant, à lutter contre la mélancolie et que ces traits de caractère, ou de manque de caractère, lui étaient très familiers. Mais il n'était plus temps d'être lâche.

Dans la poche de son imperméable, il serra le manche du couteau à cran d'arrêt. Il se glissa encore plus au centre de la queue, regarda les visages autour de lui. Un homme d'une quarantaine d'années, très grand, très blond. Un couple de jeunes se tenant par la main. Un type d'une bonne soixantaine, très mince. Une mère et sa fille, brunes et coiffées d'une longue natte toutes les deux, la première d'environ 50 ans, la fille, d'un peu moins de 30, se ressemblant beaucoup à la seule différence que la première avait au moins vingt-cinq kilos de plus que la seconde. Un couple gay, la quarantaine. Une famille, le père, la mère et deux ados boudeurs. La file n'était pas organisée et continuait en troupeau loin derrière Jean-Marc. Celle de la porte voisine, la I, était un peu moins longue. Entre les deux des grappes d'hommes et de femmes en train de discuter, un vendeur ambulant de saucisses et de sodas.

Jean-Marc était nerveux, ce qui n'était pas dans son habitude. Il aimait l'ordre, maîtriser ses actes, son temps et ne supportait pas l'improvisation. Pourtant il s'approcha de la petite famille, décida de s'attaquer à l'un des ados mais changea d'avis au dernier moment et s'approcha de la mère et la fille à nattes. Il devait agir vite. Il sortit son couteau, en libéra la lame et la planta dans la cuisse de la mère, la ressortant aussitôt et quittant la file au moment où sa victime se mettait à hurler. La panique fut instantanée. Jean-Marc était déjà derrière le marchand de saucisses quand le flic de la porte H se précipita vers l'attroupement autour de la femme qui s'était laissée tomber au sol et criait de plus belle. Comme il l'avait espéré, le policier de la porte I se précipita également, croisa Jean-Marc en courant, doigt sur l'oreillette, sans lui accorder le moindre regard. Ce devait être l'affolement au QG des flics. Le Versaillais se mêla à la queue de la porte I, constatant que les types de la sécurité, nerveux et ne pouvant s'empêcher de regarder vers la cohue voisine, laissaient passer les spectateurs sans plus les fouiller, en les pressant au contraire, comme s'il s'agissait de les mettre à l'abri d'un danger inconnu, dans l'enceinte du stade.

Jean-Marc présenta sa place de concert et se retrouva à l'intérieur bien avant que le policier ne reprenne son poste en porte I. Son cœur battait trop vite, il s'obligea à respirer lentement. Il entendit le choc répété et profond d'une grosse caisse, quelques accords à la guitare, une voix comptant dans un micro. Sur scène commençaient les derniers tests son. Il n'avait pas de temps à perdre et déplia le plan du stade et de ses coulisses téléchargé sur le site de son architecte.

Le Parc des Princes se remplissait de plus en plus vite. La fosse derrière la barrière du *pit* était déjà très dense, les places libres dans les gradins se faisaient rares. Les techniciens lumière grimpaient sur les échelles de corde. Autant de signes qui réjouissaient la foule impatiente et qui ne faisaient que renforcer l'angoisse de Damien, que serrer le nœud qu'il avait au ventre. Il se sentait inutile, impuissant ; il ne parvenait toujours pas à joindre son frère. Il allait essayer de nouveau quand son téléphone vibra dans sa main. « André ». Il décrocha et ce fut la voix de sa mère qui lui dit :

– Il faut que je te parle.

– Pas maintenant, maman…

– Si, maintenant. Tu te tais et tu m'écoutes.

Damien se résigna, se boucha l'oreille droite du plat de la main et ferma les yeux pour tenter d'occulter le bruit de la foule et de n'entendre que ce que Nancy essayait de lui dire.

– Tout est lié au 28 juin 2003.

Il ne comprenait pas où sa mère voulait en venir. La vieille dame poursuivit :

– Les meurtres, tous ces morts doivent avoir un lien avec un concert à Milan, le 28 juin 2003, un concert où tu n'es pas allé.

Damien rouvrit les yeux. Milan, le dernier concert du *Rising Tour.*

– *Qu'est-ce qui te fait dire ça, maman ?* cria le gendarme dans son portable.

– Pas le temps de t'expliquer, mais penses-y. Ton frère a été à ce concert sans toi, c'est le seul depuis des lustres. Je suis sûre que la solution est là, mais je n'en sais pas assez pour comprendre ce que ça implique. Toi, tu dois pouvoir en tirer quelque chose.

Les premiers accords de *Downbound Train* puis les cris de la foule couvrirent les derniers mots de Nancy Le Guen. Sur scène, Kevin Buell essayait les guitares de Springsteen. Damien raccrocha et tenta de comprendre ce que venait de lui dire sa mère. Milan, 28 juin 2003. Effectivement, il n'avait pu se rendre à ce concert au dernier moment. Guillaume y était allé sans lui. Il se souvint alors, quand les dates du *Magic Tour* étaient tombées, du refus obstiné de Guillaume de retourner écouter Bruce en Italie. Pourquoi ? Ce concert à Milan était-il le dernier qu'il ait vu en Italie ? Oui. Sur les deux tournées suivantes, ils n'étaient pas descendus si au sud de l'Europe. Il pensa aussitôt que Guillaume ne lui avait jamais vraiment parlé de ce concert italien pourtant réputé comme l'un des meilleurs de la tournée 2003. Réputation méritée, Damien avait pu le vérifier en écoutant le concert quand il était sorti en disque pirate. Il chercha à visualiser le double CD, sa jaquette, et se souvint alors qu'il n'était pas sorti sous le label *Freehold Records* de Jean-Marc Devilleneuve. Jean-Marc non plus n'avait pu se rendre à Milan. Pourquoi ? Il lui semblait que c'était pour un problème de famille, quelque chose lié à sa mère, il n'en était pas certain.

Damien réfléchissait vite, excité, tendu. Qui s'était rendu à Milan ? Guillaume, Pierre Da Costa, Isabelle et Grégory, Christophe Richard, Julie Martin. Qui, de la bande, n'y était pas allé : lui-même, Armand et Jean-Marc. C'était limpide, Nancy avait raison. Comment en était-elle arrivée à cette conclusion ? Il n'en avait aucune idée, mais elle avait mis le doigt sur un point essentiel. Tous ceux de leurs amis qui avaient assisté au concert de Milan étaient morts. Seule exception : Guillaume. Ce qui le désignait imparablement comme la prochaine victime.

Guillaume se sentait étonnamment calme. Comme résigné. À quoi, il n'aurait pu le dire. Mais il se sentait prêt.

Seul, les yeux clos, il écoutait la rumeur de la foule qui emplissait le stade. Il connaissait si bien ces moments d'avant concert. Le ballet des techniciens sur la scène, l'impatience qui montait dans le public. Avec son habituelle demi-heure de retard, Bruce apparaîtrait sur scène, en plein jour, comme à chaque tournée d'été en stade, ce qui donnait au début du spectacle une impression de proximité, de simplicité avant qu'avec la nuit qui tombe s'imposent les jeux de lumière.

Son téléphone vibra. « Damien ». Il ne décrocha pas. Pas encore.

Il avait rédigé un SMS destiné à Patricia mais qu'il hésitait à envoyer. Il cherchait à comprendre pourquoi il tenait à lui envoyer ces mots avant que ne commence le concert, que ne commence le face à face avec Jean-Marc Devilleneuve.

> Patricia mon amour,
> Je sais que je vais trop vite, je redoute de te faire peur, de te faire fuir, mais ce soir encore plus qu'aucun autre, je sais que tu es celle que j'attendais depuis toujours sans même le savoir. Et ce soir plus qu'aucun autre, j'ai envie et besoin de te le dire. Je ne sais de quoi sera fait demain, mais je ne veux jamais avoir le regret, ne serait-ce qu'un instant, de ne pas t'avoir dit à quel point je t'aime et combien je souhaite passer le restant de mes jours à tes côtés. Veux-tu devenir mon épouse ? Guillaume.

Était-ce une demande en mariage ou un adieu ? Avait-il peur de mourir ce soir ? Que Jean-Marc ne le punisse pour sa faute ? Non. Il n'avait pas peur, il était serein. Ce face à face était inévitable. En vérité, il l'avait espéré inconsciemment, et il était soulagé que le jour soit venu. Il n'avait pas peur de mourir. Il ne pensait pas devoir mourir ce soir. Il voulait parler à Jean-Marc, lui dire les mots qu'il taisait depuis cinq ans. Rompre enfin la loi du silence, la mortifère loi du silence.

Il relut le SMS qu'il avait enregistré dans les brouillons. Cette fois, il appuya sur envoi, sentant un vertige traverser son estomac. Puis il referma les yeux, attendant que Jean-Marc se manifeste.

L'orgue de barbarie, la clameur folle du public qui enfle à

chaque membre du E Street Band montant sur scène. Cinquante mille regards vissés sur la scène, sur un seul homme qui s'avance enfin.

– *Bonsoir Paris !* cria Bruce Springsteen avec un fort accent américain. *Ça va ?*

Hurlement de la foule.

– *Comment ça va ? Comment ça va ?*

Cris. Bras levés…

– *One, two, three, four…*

32

Dans le *pit*, Jean-Marc Devilleneuve était comme un lion en cage. Il allait, venait, en retrait, observant de loin Damien Le Guen, Armand Matignon, les flics en civil facilement reconnaissables car les seuls à ne pas avoir l'air concerné par ce qui se passait sur scène, par la guitare furieuse de Springsteen qui s'était lancé dans un lourd *Adam Raised A Cain.*

Comment trouver Guillaume dans cette foule, dans ce stade immense où le son tournait avec un désagréable effet d'écho. Pourquoi n'était-il pas avec son frère ? Cherchait-il à le fuir après lui avoir donné rendez-vous par mail ? Ne lui avait-il pas écrit qu'il l'attendait au Parc des Princes ?

Jean-Marc regarda la scène, Bruce crispé sur sa guitare, traits tendus, yeux fermés, en plein solo. Il repensa au moment où, à Hambourg, il avait attrapé sa pancarte, sa requête, et aux premiers accords au piano de *Something In The Night*. C'était sans aucun doute le moment le plus fort de sa vie de fan, son vœu qui influence la *setlist* du concert, une réelle interférence entre sa vie et celle du chanteur, sa carrière, l'Histoire, et cet hommage à Delphine dont chaque note était montée vers le ciel. La nuit aurait été parfaite si Le Guen s'était trouvé dans sa chambre comme prévu. Cela aurait été magnifique : la chanson de Delphine puis la mort du commissaire la même nuit.

Il sortit son téléphone. Le Guen avait son numéro. Mais aucun message encore. Il ne voulait pas être le premier à se manifester. Il refusait qu'on lui force la main. Il était le chasseur, Guillaume la proie.

Il se remémora une fois de plus son mail. Un message qui l'avait agacé par son côté provoquant : « Je t'attends au Parc des Princes. » Pour qui se prenait-il ? Un cow-boy devant le saloon prêt pour un duel ? Puis cette autre phrase : « Je serai seul à Boulogne. » Seul ? Alors que le stade grouillait de policiers ? Et pourquoi avoir précisé « à Boulogne » ? Et d'ailleurs, pensa Jean-Marc, le stade n'est pas à Boulogne, mais à la limite de cette ville, encore dans le 16e arrondissement de Paris. Alors pourquoi avoir écrit cela ? Pourquoi Boulogne ?

Il pensa à des mots entendus à la radio à propos du Parc des Princes, des supporters de son club de foot, des affrontements à l'occasion des matchs, d'une rivalité entre spectateurs d'une tribune et d'une autre, du « virage Auteuil » et du « virage Boulogne ». Boulogne. « Je serai seul à Boulogne. » Comment être seul au milieu de cinquante mille personnes ? Comment sinon dans l'unique tribune vide, le virage derrière la scène, la tribune Boulogne ?

Jean-Marc, tête baissée pour que la visière de sa casquette dissimule son visage, quitta aussitôt le centre de la fosse, essaya d'apercevoir derrière la scène, dut quitter le *pit*. Il se retourna à l'entrée du tunnel menant sous les tribunes et ne tarda pas à voir le seul point noir au centre des sièges vides, au rang le plus élevé.

Même s'il était bien trop loin pour être reconnu, ce ne pouvait être que Le Guen. Pourquoi voulait-il l'attirer dans cette tribune déserte ? C'était hors de question. Ce n'était pas ce qu'il avait prévu. Il tâta, dans la poche de son blouson, le cordon auquel étaient accrochés une bonne quinzaine de badges magnétiques. Ce serait lui qui mènerait la danse.

Guillaume écoutait *No Surrender*, la troisième chanson de la soirée. C'était la première fois qu'il assistait à un concert sans le regarder, et il aimait cette sensation.

Son téléphone vibra. Un SMS. Il prit son temps pour le consulter. Ce pouvait être Patricia ou bien Devilleneuve. Dans les deux cas, les mots reçus pouvaient changer sa vie.

Pas question que je vienne en tribune Boulogne.

Guillaume sentit un pincement au cœur, déçu que Patricia n'ait pas encore répondu, de ne pas encore savoir comment elle avait reçu sa demande. Il répliqua à Devilleneuve :

Il faut qu'on parle, Jean-Marc. Ici, on est tranquilles. Il y a des flics partout ailleurs.

C'est toi qui vas bouger.

Ce n'est pas un piège. Je suis seul, je n'ai pas d'arme, les policiers ne sont pas avec moi, ils ne savent même pas que je suis ici.

J'ai dit non.

Comme tu voudras, mais moi je ne bouge pas. C'est toi qui cherches après moi, toi que la police recherche. Toi qui as tué des innocents.

Innocents! Vous êtes tous des assassins, je ne fais que rendre la justice.

Si tu veux qu'on en parle, tu sais où je suis. Moi, je ne bouge pas.

Jean-Marc Devilleneuve n'aimait pas la tournure que prenaient les événements. Il avait toujours agi vite, par surprise. Il devait parvenir à attirer Le Guen là où il le voulait.

Il baissa la tête. Armand Matignon venait de passer à côté de lui, sortant du *pit*, empruntant le tunnel sous les gradins. Il était livide, complètement saoul. Jean-Marc lui emboîta le pas.

Les pulsations cardiaques de Guillaume tardaient à se calmer. Il espérait être parvenu à ses fins, avait senti la colère derrière les mots du Versaillais. Il n'avait pas supporté d'être accusé d'avoir tué des innocents, et Guillaume ne croyait pas non plus à ce qu'il avait écrit. Personne n'était innocent, surtout pas lui.

Une dizaine de minutes était passée, Bruce allait bientôt terminer *Spirit In The Night*, suivrait sans doute la séquence des *requests*. Guillaume s'attendait à voir Jean-Marc apparaître au bout de l'une des travées de la tribune Boulogne d'un instant à l'autre. Au lieu de quoi son téléphone vibra de nouveau. Un MMS, cette fois, de la part de Jean-Marc. Une vidéo dont Guillaume lança la lecture en retenant sa respiration.

L'image était mauvaise, capturée par un téléphone portable. Une lumière crue et blanche. Les épaules d'un homme de dos, debout devant une file d'urinoirs. L'homme se retourne. Guillaume le reconnaît : Armand. La surprise se lit sur ses traits. Une main apparaît dans le champ de la caméra, un couteau, qui tranche la gorge d'Armand.

De stupeur, Guillaume se leva. Estomaqué, horrifié. Ce qu'il venait de voir était-il la réalité ? Est-ce qu'Armand venait réellement de se faire égorger ?

Son portable vibra. Un nouveau message de Jean-Marc :

Tu veux que quelqu'un d'autre meure? J'ai bien une suggestion...

C'était tout. Guillaume était essoufflé comme s'il avait couru. Sa poitrine était oppressée, une remontée acide lui traversa l'estomac. Un autre message. Encore un MMS. Une photo cette fois : Damien dans le *pit*.

– *Enculé !* cria Guillaume.

Il ouvrit son répertoire, appela son frère tout en remontant l'allée de sièges vides.

– Réponds, putain, réponds !

Le message d'accueil de la messagerie de Damien se déclencha au bout de six sonneries.

– Damien, c'est moi. Il est près de toi, dans le *pit*, Jean-Marc est tout près de toi !

Un nouveau SMS arriva. Guillaume raccrocha, ouvrit le message :

> Maintenant, tu vas faire exactement ce que je dis. Tu te diriges vers les tribunes Auteuil. Rez-de-chaussée. Avant les toilettes, il y a une porte de service. Elle sera ouverte. Au fond du couloir, il y a une autre porte, derrière, un palier. Trois portes encore. L'une d'elles sera ouverte. Tu descends l'escalier. Je t'attends en bas. 5 minutes. Pas une de plus sans quoi tu sais ce qui se passera. Tu ne dis rien aux flics, rien à ton frère. Coupe ton téléphone. 5 minutes.

Damien sentit les vibrations de son portable. Un message ; il avait manqué un appel. Il composa le 888. La voix de son frère… Damien se retourna aussitôt, chercha Jean-Marc des yeux, tourna sur lui-même à 360 degrés. La foule criait, chantait, dansait. Il n'entendait même plus ce qu'interprétait Bruce, seulement du son, du bruit et les battements de son cœur. Guillaume était bien là, dans l'enceinte du stade, très proche sans doute. Il composa son numéro. Obtint aussitôt la messagerie. Le portable de son frère était éteint.

Il se sentait impuissant, exposé. Il repéra l'un des policiers en civil, lui fit signe et lui dit à l'oreille qu'il voulait rejoindre le capitaine Pennequin au PC de surveillance.

La porte réservée au service du couloir de la tribune Auteuil était bien ouverte, coincée par un morceau de papier fixé dans la gâche électrique. Comment Jean-Marc s'était-il procuré le passe ? Essoufflé, sentant la sueur perler à son front, Guillaume marcha jusqu'au fond du couloir, poussa la porte, se retrouva dans un sas carré donnant sur trois nouvelles portes. Celle de gauche était verrouillée, celle du milieu également, la dernière, sur la droite, s'ouvrit quand il tira la poignée. Il chercha un interrupteur, n'en trouva pas. L'angoisse saisit aussitôt le commissaire à la gorge. L'étroit escalier n'était éclairé que par des veilleuses, suffisantes pour n'importe qui sauf pour un homme atteint comme lui d'héméralopie.

Avant de s'engager, Guillaume consulta sa montre. Il ne lui restait plus qu'une minute. Il se lança, mains à plat sur les murs, s'enfonçant un peu plus dans la nuit à chaque marche.

– Mon frère est quelque part dans le stade, il a vu Devilleneuve, dit Damien à Marc Pennequin.

– Eh bien il a de la chance ! On se tue à regarder ces écrans, à zoomer, à balayer la foule… C'est juste impossible de trouver une personne au milieu de ces cinquante mille autres ! On peut l'appeler votre frère ?

– Non, il a coupé son téléphone.

Damien regarda le mur d'écrans. Les tribunes, la fosse, les couloirs, les alentours du stade, des salles vides aussi, vestiaires, salon VIP, une sorte de chaufferie géante… Il entendait le son du concert étouffé, très grave, et reconnut tout de même *Atlantic City*.

– On a eu un incident à l'extérieur, précisa le capitaine, une femme qui s'est pris un coup de couteau, on ne sait pas si ça a un rapport avec notre homme…

Guillaume manqua de tomber quand il n'y eut plus de marches. Il avança à tâtons, cherchant une lueur à laquelle se raccrocher. Son pied buta sur un obstacle. Il s'immobilisa. De sa chaussure, il chercha à identifier la masse au sol. C'était grand, long, lourd. Il s'accroupit, tâta prudemment des mains. Une étoffe, qu'il froissa un peu, sentant sous elle une matière à la fois souple et résistante. Puis ses doigts rencontrèrent un liquide épais, poisseux. Guillaume sortit son téléphone de sa poche, l'activa, tapa son code *pin*. La lumière de l'écran l'éblouit dans le noir. Une phrase traversa son esprit, celle qui, pour les médecins chinois, définissait son héméralopie : « l'éblouissement des poules ». Un appel manqué s'afficha : « Damien ». Il retourna son téléphone, éclaira ses doigts, fronça les sourcils en voyant qu'ils étaient noirs, que le liquide épais était sombre. Il avança l'engin vers l'obstacle et vit un tissu clair froissé, puis humide plus loin, trempé du même liquide que celui qui tachait sa main. Il comprit alors, écarta le téléphone pour que sa lumière éclaire une zone plus large. C'était bien un cadavre qui était devant lui, celui d'un homme de service portant le T-shirt du personnel du stade. Ce qui expliquait comment Jean-Marc s'était procuré les cartes magnétiques lui donnant accès aux sous-sols du Parc des Princes.

Guillaume se releva, nauséeux, essuyant ses doigts sur son jean. Il éteignit de nouveau son téléphone, enjamba le cadavre, le souffle court, fébrile. Il avança, mains en avant, rencontra une surface plane et lisse. Une porte, une poignée. Il ouvrit. De la lumière enfin, le soulagement de la lumière. Une longue file de néons. Des tuyaux aux plafonds, sur les murs.

Le talkie de Pennequin grésilla. Une voix, affolée, inaudible. Le capitaine fit répéter : on avait trouvé un cadavre dans les toilettes du niveau 0, côté tribune présidentielle.

– Nom de Dieu ! lâcha l'officier d'Europol.

Damien se sentit frappé aux tripes. Pennequin se rua vers la sortie du PC. Le Montpelliérain s'apprêtait à l'imiter quand, sur l'écran de ce qu'il avait cru identifier comme une chaufferie, il vit une silhouette. Puis soudain le noir de nouveau. Pas total, mais le passage de la pleine lumière à celle, trouble, d'un système de veille. Il s'immobilisa, réfléchit, appela l'image mentale de la forme aperçue. Elle lui était familière.

Sur certains écrans, on voyait des policiers en train de se ruer vers les toilettes où l'on avait trouvé un cadavre. Damien ne serait d'aucune utilité là-bas. Ce n'était pas Guillaume qui était mort, il venait de le voir sur l'écran redevenu noir. Il en était certain. Il attira l'attention de l'agent de sécurité et désigna la lucarne.

– La caméra de cet écran, là, elle se trouve où dans le stade ?

Guillaume savait que le noir ne s'était pas fait seul. Il avait identifié le bruit d'un disjoncteur que l'on abaisse. Il percevait une vague lueur, savait que la vaste pièce tout en longueur n'était pas plongée dans la nuit mais que son faible éclairage de secours était loin d'être suffisant pour ses rétines déficientes. Il avait peur. Il n'était pas seul dans le sous-sol, le tueur était là quelque part, qui, lui, devait le voir nettement.

Le sol vibrait tant le son du concert était fort. Guillaume percevait les basses, la batterie, une sourde pulsation, des ondes plus que des sons. Il parvint à reconnaître la chanson *Because The Night* et ne put s'empêcher de noter l'ironie de cette coïncidence. « Parce que la nuit », « À cause de la nuit ».

Il parla, pour que le son de sa voix tranche à vif dans le noir et dans sa peur qui menaçait de se muer en panique.

– Jean-Marc, tu ne crois pas qu'on a assez joué ?

Il y eut un long silence, puis la voix de Devilleneuve, enfin.

– C'est ce qu'elle a dû penser, Delphine, à Milan, quand ces types l'ont violée chacun leur tour.

Que pouvait-il répondre à ça ? Qu'il était désolé ?...

– Ensuite, ils l'ont battue à mort.

Il n'y avait pas de mots.

Devilleneuve poursuivit, et sa voix fit sursauter Guillaume car elle venait d'une autre direction.

– Tu es le dernier, Guillaume. Le dernier. J'ai eu tous les Italiens. Un à un.

Guillaume perçut un mouvement encore, qu'il tenta de suivre dans le noir.

– Ça a été difficile. Ça m'a changé aussi, et beaucoup appris.

Le commissaire, yeux écarquillés dans l'obscurité, mains crispées, avait les nerfs à fleur de peau.

– J'en serais resté là, je crois, si Bruce n'était pas revenu avec le E Street Band.

Le Versaillais avait encore bougé. Il était plus proche, aussi.

– Je ne pensais pas à vous, à mes « amis » français, à vous qui étiez à Milan avec Delphine. Je ne pensais pas vous revoir, ni revoir Bruce sur scène. Et puis il y a eu l'annonce de cette tournée, et vous qui repartiez comme si Delphine n'avait jamais existé. Tous ces messages de joie sur le forum...

Guillaume entendit que Jean-Marc se déplaçait encore. Une goutte de sueur roula dans son dos, il retenait sa respiration pour entendre, faute de voir.

– Tu te souviens de Birmingham, en 1999 ?

La voix venait de derrière, plus proche encore. Guillaume se retourna, eut le réflexe de porter la main à son arme mais il ne l'avait pas prise, persuadé qu'il n'en aurait pas besoin, pensant même, par superstition, que de ne pas la prendre leur assurerait une résolution pacifique. Il comprenait maintenant qu'il ne l'avait pas emportée par culpabilité vis-à-vis de Jean-Marc, une culpabilité qui n'avait plus de sens. L'homme qui tournait autour de lui dans les ténèbres était responsable de plus d'une dizaine de morts en quelques années ! C'était un malade mental qui s'adressait à lui.

– Après le concert, à Birmingham, quand on est rentrés à pied à l'hôtel ? On a pris une rue dont les lampadaires étaient en panne.

Guillaume s'en souvenait effectivement. Il recula lentement, n'en pouvant plus de la tension de savoir Devilleneuve si proche, lui tournant autour.

– On marchait tous en bande, on discutait du concert. Il y avait des travaux, et toi, ni une ni deux, tu es tombé dans un trou. Un gros trou, tu aurais pu te tuer !

Le commissaire comprenait où Devilleneuve voulait en venir. Il devait prendre la fuite, vite.

– On t'a sorti de là. Tu n'avais rien, juste de la boue partout. On s'est mis à rigoler, c'était plus fort que nous. Un vrai fou rire. Même toi, à la fin, tu rigolais. On se marrait encore en arrivant à l'hôtel ! Tu es monté te changer dans ta chambre. C'est là que Damien nous a parlé de ton handicap. Ton défaut de vision, la nuit. Héméralopie. J'avais jamais entendu parler de ça. Mais tu vois, je n'ai pas oublié. Et là, toi tu es dans le noir... Pas moi.

Guillaume perçut le souffle d'un mouvement, s'écarta par

réflexe et sentit une brûlure sur son bras. La lame d'un couteau. Il recula d'un bond, se cogna à un mur. L'autre râla, se jeta en avant. Guillaume devina une masse plus sombre encore et se jeta de côté. Il tomba, voulut se relever mais sentit la lame entailler son mollet. Il cria de douleur. La main de Devilleneuve accrocha sa cheville. Il se dégagea d'un coup de talon au hasard mais qui sembla porter au visage de son adversaire. Il se remit debout. Se lança en avant, grimaçant chaque fois que son pied touchait le sol, sentant le sang couler dans sa chaussette, souffle coupé, bras tendus. Il n'avait plus aucune idée d'où se trouvait la porte par laquelle il était arrivé. À chaque instant, il pensait percuter un obstacle de plein fouet et se souvint de jeux d'enfant durant lesquels il marchait les yeux fermés, « comme un aveugle », jusqu'à tant qu'il ne puisse plus avancer même à terrain découvert tant il se persuadait qu'il allait se cogner. Cette paralysie montait en lui, pareille à autrefois. Il ralentit sa fuite, sentait sous forme de spasmes l'impact imaginaire de l'obstacle. Il entendit des pas de nouveau. Devilleneuve avait retrouvé ses esprits, il approchait. Guillaume n'était plus qu'affolement, totalement désorienté. Il stoppa sa fuite, incapable de faire un pas de plus malgré la peur qui était à ses trousses. Il ferma les yeux dans le noir, double renoncement. Il était résigné. Ne l'était-il pas depuis le début, depuis qu'il avait décidé de venir au Parc des Princes ce soir ? Il pensa à ses fils, à sa fille, à Capucine. Il pensa à Patricia et se dit qu'il ne saurait jamais si elle avait accepté ou non de devenir sa femme, si elle avait répondu « oui » à sa demande en mariage. Il pensa à son frère, à Damien, et sut qu'il était là à l'instant précis où la détonation éclata. Assourdi, il n'entendit pas le corps s'effondrer au sol, mais sentit l'air qu'il déplaça contre ses jambes.

Le bruit du disjoncteur, puis le tintement des néons qui s'allument un à un. Guillaume rouvrit les yeux, battit des paupières. La lumière enfin. Il se retourna. Jean-Marc Devilleneuve était mort à ses pieds, Damien se tenait debout à une quinzaine de mètres, devant la porte d'entrée, son arme de service à la main, le visage tragique, comme subitement vieilli.

33

– J'ai essayé de l'appeler plusieurs fois, sur son portable, sur son fixe, au SRPJ…

– Moi aussi, répondit Nancy Le Guen à Émilie, sa petite-fille.

– C'était quand le concert ? Hier ?

– Oui.

– Et oncle Damien ?

– Injoignable lui aussi.

– Tu crois qu'ils sont encore à Paris ?

– Aucune idée, ma chérie. J'ai essayé de téléphoner à quelqu'un que je connais à Europol, mais je n'ai pas réussi à l'avoir. Je ne sais absolument pas s'il s'est passé quelque chose pendant ce concert.

– Mais c'est dingue tout ce que tu m'as raconté !

– Les hommes sont dingues, ma chérie. Mais je n'ai aucune idée de ce qui se cache derrière cette histoire. Seuls ton père et ton oncle pourront nous dire…

– Pourquoi ils n'appellent pas ? C'est pas leur genre ! La dernière fois que j'ai vu papa, il n'avait vraiment pas l'air en forme. Il avait bu, il a regardé Capucine dormir et il s'est mis à pleurer.

Nancy marqua une courte pause avant de répondre :

– Ton père pleurait beaucoup quand il était enfant. Pas son frère. Damien ne pleure pas. Ça ne veut pas dire qu'il est moins sensible. Je pense que c'est parce qu'il n'a pas connu son père, qu'il n'en a aucun souvenir. Alors il ne peut pas le pleurer, ce qui n'empêche pas le manque, ce manque fondateur. Il ne sait pas pleurer, il est comme bloqué. Ton père sait, lui.

Émilie resta silencieuse quelques secondes avant d'oser poser la question qui la taraudait.

– Tu crois qu'il a pu leur arriver quelque chose ?

– Non, répondit sa grand-mère. Ne t'inquiète pas ma Mimi. Je pense qu'ils sont ensemble quelque part, qu'ils ont besoin de se retrouver après tout ce qui s'est passé. Si ça se trouve, ils sont en train de cuver dans un hôtel à Paris ! Ils vont bientôt appeler. Je suis certaine qu'on aura bientôt des nouvelles. Ne t'inquiète pas, ton père et ton oncle sont de grands garçons.

Nancy mentait. Elle avait peur pour ses fils. Terriblement peur.

André se tenait debout à l'entrée du bureau, qui la regardait sans qu'elle le sache. Il ne l'avait jamais vue si fragile, même pas à l'hôpital, l'été passé, après qu'elle avait frôlé la mort.

La nuit se glissait à l'intérieur de Notre-Dame-d'Espérance. Damien était assis sur le deuxième banc le plus à gauche de l'église octogonale où il avait l'habitude de se recueillir, face à la petite vierge blanche nichée dans le mur.

Deux heures plus tôt, l'abbé Cattiaux avait reçu sa confession puis lui avait laissé les clés, sachant que le gendarme, qu'il connaissait depuis longtemps, aurait besoin de rester seul avec ses fantômes et Dieu une partie de la nuit. Cette nuit plus qu'aucune autre, sans doute.

Damien avait allumé un cierge et prié pour le repos des âmes d'Armand Matignon et de Jean-Marc Devilleneuve. Puis il avait pleuré, longuement, secoué de sanglots qui l'avaient pris par surprise et soulagé d'un poids qu'il ignorait avoir porté. Aurait-il assez de toute sa vie pour se faire pardonner, et se pardonner à lui-même d'avoir ôté la vie à un homme ?

Le gendarme ne priait plus, ne pensait plus. Il regardait la flamme du cierge qu'il avait lui-même allumé et laissait le vide monter en lui.

Il n'entendit pas la porte de l'église, les pas claudicants approcher lentement. Pourtant, quand le banc grinça sous le poids d'un homme à ses côtés, il sut qu'il s'agissait de son frère.

Il tourna son visage, regarda celui de Guillaume.

Les deux frères restèrent un long moment silencieux, puis l'aîné se lança :

– Il y a eu un orage dément cette nuit-là, à Milan. Des trombes d'eau. Incroyable. C'était la panique dans le stade. J'ai quitté la pelouse, il n'y avait pas encore de *pit* à l'époque. Avec Julie, Isabelle et Delphine, la petite amie de Jean-Marc, on s'est réfugiés dans les premiers rangs des tribunes, au moins, on n'avait plus les pieds dans la boue. Pierre, Grégory et Christophe sont restés dans la fosse. Bruce a joué *Who'll Stop The Rain*, bien sûr, juste après *Waiting On a Sunny Day*. Ça s'imposait. Quand l'orage s'est arrêté, il y avait un nuage de vapeur au-dessus de la foule. C'était surréaliste. Un concert formidable, Bruce survolté par les conditions extrêmes. Tu te souviens, c'est ce soir-là qu'il a chanté *Follow That Dream*, juste avant *Thunder Road*.

– Oui, répondit Damien, tu m'avais appelé sur mon portable, j'avais entendu la chanson en entier. J'étais tellement déçu de manquer ça !

– On avait déjà pas mal picolé avant le début du concert, reprit Guillaume. L'ambiance, l'Italie, le dernier show de la tournée. La fête. On a continué à boire des bières après l'orage parce qu'on avait froid, on était trempés jusqu'aux os. On était tous un peu partis, la copine de Jean-Marc aussi. Je me souviens qu'à un moment, je me suis penché vers elle pour lui dire qu'il allait vraiment avoir la rage d'avoir manqué un si bon concert. Elle m'a lancé un drôle de regard, et elle m'a dit qu'il n'y avait pas que le concert qu'il allait manquer. Ses yeux brillaient. Je me souviens que ça n'allait pas fort entre eux ; c'était pas le grand amour. Sur les rappels, elle a dansé comme une folle. Elle s'est pas mal frottée à moi, même qu'Isabelle et Julie me faisaient signe que c'était « une affaire qui marche ». Tu parles ! J'avais envie de tout sauf de ça, même si je n'étais pas insensible à ses avances. Mais bon, je me voyais mal passer la nuit avec la fiancée d'un ami qui avait dû rester au chevet de sa mère malade. Et puis je la connaissais à peine, cette fille ! Elle ne faisait pas partie de la bande, on se demandait tous pourquoi elle était venue alors que Jean-Marc avait dû annuler. Elle n'y connaissait rien, à Bruce. Elle était un peu à l'écart depuis notre arrivée en Italie. En fait, je crois qu'on aurait tous préféré qu'elle ne soit pas là, qu'on soit entre nous. On était aimables avec elle mais c'est tout. Et puis voilà qu'elle m'allumait ! Du coup j'ai encore plus picolé… Le concert a fini sur *Rosalita*. *Rosie* chez les Italiens, c'est la folie. Le stade entier chantait et dansait, c'était magique. Je me souviens de m'être dit que c'était vraiment dommage que tu ne voies pas ça.

« On a traîné après le concert. On a descendu encore quelques bières. On était crevés, mal aux jambes, plus de voix, les vêtements trempés, mais on n'avait pas envie de rentrer. Pas envie que la tournée s'arrête, de retrouver la routine. Enfin, tu connais ça… Il a quand même fallu y aller, les buvettes du stade ont fermé, les types de la sécurité nous ont demandé de sortir. Et puis il ne fallait pas manquer le dernier bus pour rentrer au centre-ville. J'avais une envie de pisser épouvantable. J'ai dû me soulager dans un bosquet, en pleine ville. Les autres se marraient comme des idiots, tu sais, ces fous rires quand on a trop bu… Delphine n'arrêtait plus de rire.

« Ils ont déboulé d'une ruelle. Je ne sais plus combien ils étaient, au moins six, peut-être plus. Des skins. Crâne rasé, fringues de surplus militaire. Il y en avait au moins trois qui avaient des battes de base-ball. Jeunes, très jeunes. En forme. Nous, on était quatre types bourrés et trois femmes. L'un des skins a gueulé un truc en italien. Aucun de nous ne parlait sa langue, mais ce n'était pas nécessaire pour comprendre qu'il nous insultait. Christophe aurait bien voulu en découdre, Grégory l'a retenu. C'est Pierre qui a crié : « On se casse ! » On voyait le bus tout au bout de la rue. On s'est mis à courir comme des malades, droit devant. Je me souviens que Christophe rigolait tellement il avait bu, il ne se rendait pas compte du danger. Grégory tenait Isabelle par la main pour l'aider à aller plus vite. Les Italiens étaient à nos trousses. On avait une vingtaine de mètres d'avance. Vu notre état et vu leur forme, on n'avait aucune chance. À un moment, j'ai eu Delphine dans mon chant de vision. Elle ne savait pas courir, ça se voyait. Tu sais, le genre de fille qui ne court jamais, qui ne sait pas quoi faire de ses bras, qui ne sait pas quand respirer. Et puis elle rigolait. Elle était saoule, fatiguée. Je ne crois pas qu'elle avait peur, qu'elle se rendait compte. J'ai continué à courir, le plus vite possible, je tirais sur mes bras, j'ai eu un putain de point de côté. J'ai entendu Julie crier : « Grouille, Delphine ! » Julie ne rigolait pas du tout, elle avait peur. C'était le dernier bus, il n'y avait personne dans la rue. J'ai cru que je n'y arriverais jamais, j'avais l'impression de n'avoir jamais couru aussi longtemps et aussi lentement. »

Guillaume marqua une pause. Son frère ne dit rien de peur d'interrompre ce qu'il recevait comme une confession. Il devinait ce qui allait suivre, aurait pu dire à son frère que ce n'était pas la peine de continuer, mais Guillaume avait besoin de se libérer de ces mots-là. Il reprit, la voix tendue :

– Pierre est arrivé dans le bus le premier. Aussitôt, le chauffeur a mis le contact. C'était l'heure du départ. Grégory et Isabelle se sont engouffrés juste après lui, puis Christophe. Moi ensuite, plié en deux tellement j'avais mal aux côtés. J'arrivais plus à respirer, j'étais au bord de dégueuler. Julie est arrivée en dernier ; elle n'en pouvait plus et s'est laissée tomber sur une banquette à l'arrière. On était tout seuls dans le bus, hébétés, hors d'haleine. Je me suis laissé glisser par terre, assis contre une paroi au milieu, où il n'y avait pas de siège. Le chauffeur a fermé les portes, ça a fait comme un gros soupir. Et là j'ai pensé à Delphine, j'ai pensé qu'elle n'était pas dans le bus. J'étais vraiment au bord de vomir, super mal, j'ai voulu me relever mais j'en étais incapable. J'ai levé la tête et j'ai vu Pierre qui regardait dehors, dans la rue. J'ai regardé aussi à travers la porte vitrée et j'ai vu au loin les Italiens qui entouraient Delphine. C'est comme si j'avais pris un coup de poing dans le foie. C'est là que j'ai compris que j'avais vraiment eu peur. La peur de crever. Julie regardait aussi, bouche bée. Le chauffeur a dit : « *Andiamo.* »

Guillaume fut secoué d'un sanglot, il cacha son visage dans sa main, émit un gémissement aigu. Il poursuivit d'une voix tremblante :

– Pierre et moi on s'est regardés. C'était comme si chacun demandait à l'autre de faire quelque chose, de dire quelque chose. Mais personne n'a rien dit. On a laissé le chauffeur démarrer, on a laissé Delphine aux mains des skins, là-bas, dans la rue. Julie a fondu en larmes.

Guillaume pleurait, Damien voyait ses larmes couler sur ses joues, le tremblement de ses mains.

– On n'a pas dit un mot de tout le chemin. La ville défilait, la nuit. On était dispersés dans le bus, chacun les yeux dans le vide. Tout au fond, Julie pleurait, je me souviens que j'avais envie de lui crier de la fermer.

Un nouveau sanglot. Damien s'approcha de son frère, se tourna vers lui, passa une jambe de chaque côté du banc et l'enlaça, le serra contre sa poitrine. Guillaume pleura un long moment sans plus pouvoir parler. Puis il reprit son récit à voix basse :

– Arrivés au centre-ville, on a marché vite jusqu'à l'hôtel, sans un mot, comme si on fuyait quelque chose. On se fuyait nous-mêmes. On est montés direct dans les chambres. Pas de dernier verre, pas de bar. Chacun dans sa chambre.

Il renifla, se serra davantage contre son frère, pour se blottir encore plus près dans ses bras. Sa voix n'était plus que détresse, presque enfantine.

– Une fois dans la chambre, j'ai foncé dans la salle de bain et j'ai enfin vomi. Ensuite, je me suis couché tout habillé. J'ai fait un rêve étrange, douloureux, de culpabilité et de mort, dans lequel une femme m'appelle et m'appelle encore, en vain. Je le fais toujours cinq ans plus tard.

Les deux frères étaient dans les bras l'un de l'autre, le cadet berçant l'aîné qui gémissait plus qu'il ne parlait.

– Le matin, à l'aéroport, on avait tous l'air de morts vivants. On n'a pas échangé un mot, je crois. Pas besoin de mots pour sceller notre pacte du silence. On a embarqué, l'hôtesse a compté les passagers. Delphine n'est pas apparue. L'avion a décollé.

Damien ferma les yeux, secoué par les sanglots de son frère qui se tut et pleura en silence un moment. Puis il prononça une dernière phrase, dans les aigus :

– En cinq ans, aucun de nous tous n'a jamais dit un mot sur ce qui s'est passé cette nuit-là. Pas un seul mot…

Damien resserra encore son étreinte comme pour tenter de prendre un peu de la souffrance de Guillaume dont la voix se mua en un cri qui finit par mourir dans une ultime plainte.

Puis le silence reprit ses droits dans la petite église. Guillaume se laissa glisser sur le banc, recroquevillé, la tête sur une cuisse de son frère qui se pencha pour garder ses bras autour de lui.

L'aîné finit par s'endormir, et Damien se mit à prier pour le pardon de son frère et pour le sien.

Ils quittèrent Notre-Dame-d'Espérance au petit matin. La ville était encore endormie, l'air frais bien qu'il ne fasse aucun doute que la journée serait chaude. Guillaume et Damien se sentaient convalescents, tels de fragiles rescapés d'une catastrophe qui, après coup, leur semblerait irréelle. Le cadet s'étira. L'aîné fit craquer ses vertèbres d'un mouvement de tête. Les deux sortirent leurs téléphones portables en même temps et les allumèrent.

Damien avait trois messages de sa mère, un du capitaine Pennequin. Il les écouterait plus tard et comprit qu'il avait espéré en recevoir un d'Annelie. Il se demanda combien de temps il mettrait pour l'oublier. S'il l'oubliait un jour.

Sur le téléphone de Guillaume s'affichèrent quatre appels en absence de Mimi, deux messages de Nancy et un SMS de Patricia.

Le commissaire avala sa salive, sa respiration se mit à trembler. Assailli par une vague d'émotion, il serra les mâchoires pour repousser un sanglot. Il avait peur, peur de ce qu'il était sur le point de lire, de la réponse à sa demande en mariage. Il comprenait maintenant que s'il ne s'était pas senti près de la mort au Parc des Princes, il n'aurait jamais écrit ce message à Patricia, que c'était beaucoup trop tôt au regard de leur histoire. Toute l'émotion et la tension qu'il avait mises dans ces mots à un moment si particulier de sa vie avaient dû sembler incongrues en étant reçues dans la vie ordinaire de la femme qu'il aimait. En se déclarant avec autant d'urgence, de sincérité et d'emphase, ne l'avait-il pas perdue ?

Il s'était arrêté de marcher ; sa jambe blessée le tirait. Damien l'imita. Ils échangèrent un regard.

Une voiture passa dans la rue, un chien aboya au loin.

Guillaume leva les yeux vers le ciel qui se teintait de jour. Il prit une longue inspiration, sa poitrine se gonfla. Il expira comme l'on soupire. Enfin il appuya sur « Lire le message » en fermant les yeux.

Puis, le cœur battant, il souleva les paupières.

Achevé d'imprimer sur les presses de France Quercy à Mercuès en juillet 2011

Dépôt légal : octobre 2011 · ISBN 978-2-84742-173-6 · Imprimé en France